Andy Warhol

Du même auteur

Biographies

Hubert de Givenchy, Grasset, 2000.

Karen Blixen Une odyssée africaine, Payot, 2004 ;
rééd. « Petite Bibliothèque Payot », 2005 et 2018.
Grand prix littéraire de l'Héroïne, 2004.

Natalie Paley, Bartillat, 2005 ; rééd. 2015.

Madeleine Castaing, Payot, 2008 ;
rééd. « Petite Bibliothèque Payot », 2009 et 2021.

La Javanaise, Robert Laffont, 2011.

Elsa Triolet & Lili Brik. Les sœurs insoumises, Robert Laffont, 2015.
Grand prix de la Biographie de l'Académie française 2015.

Elle, Edmonde, Allary Éditions, 2017.

Nancy Mitford. La dame de la rue Monsieur, Allary Éditions, 2019.

Essais

Les Anges du bizarre, Grasset, 2001.
Une trilogie de l'excès, première partie.

Petit Dictionnaire du snobisme contemporain, Payot, 2006.
Une trilogie de l'excès, deuxième partie.

Éloge des garces, Payot, 2013.
Une trilogie de l'excès, troisième partie.

Journal intime

Férocement vôtre journal d'une lecture des
Mémoires *de Saint-Simon*, Ramsay 2005.

Anthologie

Les Sautes d'humour de Monsieur de Saint-Simon, Payot, 2019.

www.jeannoel-liaut.com

Jean-Noël Liaut

Andy Warhol

Le renard blanc

ALLARY ÉDITIONS
5 RUE D'HAUTEVILLE, PARIS X^{e}

En mémoire de mon père, Francis Liaut (1946-2019).

« Le monde me doit ce dont j'ai besoin. Il me faut de la beauté, de l'éclat, de la lumière. »

(Richard Wagner)

« Mon âme a une crevaison. »

(P. G. Wodehouse)

Avant-propos

Le lundi 19 janvier 1987, j'ai croisé Andy Warhol à Beaubourg. J'étais en khâgne, j'avais 20 ans depuis deux mois et, à cette minute précise, plus de trente ans après, je me souviens de lui comme si cette brève rencontre venait de se dérouler. L'olfactif dément que je suis peut même préciser qu'il embaumait Shalimar. J'ignorais alors qu'il s'en aspergeait pour masquer une odeur d'ail persistante. Il en faisait grand usage pour préserver sa santé, ce qui semble ironique puisqu'il allait mourir un mois plus tard, le 22 février, à l'âge de 58 ans. Sa présence m'intriguait tellement que je ne pouvais pas le quitter des yeux. Avec sa perruque platine en acrylique, posée de travers, et son visage blafard, qui m'évoquait ces animaux translucides privés de lumière du jour, l'homme semblait appartenir à un autre espace-temps. Qu'aurait révélé une coupe géologique pratiquée dans l'esprit d'Andy? Je m'étais alors posé la question. Artiste célèbre dans le monde entier, il paraissait doux, pudique, attentif à ceux qui l'entouraient, loin de la réputation sulfureuse qui le précédait partout. Mais derrière l'air réservé, je décelais aussi chez lui un «pince-sans-ririsme», pour reprendre la belle expression de Toulet. Ce quinquagénaire hermaphrodite s'exprimait avec la voix d'une vieille dame ironique. Autant dire qu'il me semblait aussi énigmatique que l'homme au masque de fer. Personne n'était moins classiquement terrestre. Mais qui se cachait vraiment derrière la panoplie warholienne ?

Dès cet instant, j'ai commencé à m'intéresser à lui, au point de lui consacrer mon mémoire de maîtrise, en 1990. Ces pages sur La Factory argentée (1964-1967) furent bien plus pour moi qu'un simple travail universitaire. Après la publication de mon premier livre, en 1994, plusieurs éditeurs voulurent lire mon mémoire et me proposèrent de le transformer en essai ou biographie, mais j'ai résisté à la tentation car l'ensemble me semblait trop sec, trop lié à mes seules lectures en bibliothèques. Il manquait la chair, le supplément d'âme, les conversations avec ses proches, une véritable investigation. Commencée au début des années 90, cette dernière s'est achevée en 2020. Au fil du temps, je n'ai cessé d'enquêter sur Andy Warhol, et ma curiosité fut plus que récompensée. J'ai interrogé, parmi bien d'autres, l'actrice underground et plasticienne Ultra Violet. Bavarde prodigieuse, elle m'a aidé à débroussailler l'écosystème warholien, dont elle fut l'une des figures emblématiques. Son nom restera indissociablement lié à celui de Warhol, à l'allure du New York des années 60, qui continue d'inspirer les créateurs du monde entier. L'historien de l'art John Richardson, qui avait prononcé l'éloge funèbre de son ami Andy, le 1er avril 1987, m'offrit un précieux sésame en le comparant à *L'Idiot* de Dostoïevski. Lee Radziwill, sœur de Jacqueline Kennedy, m'a décrit sa propriété de Montauk et l'atmosphère qui y régnait au début des années 70. Elle m'a aussi révélé le secret derrière la célèbre voix de Warhol. Pierre Bergé m'a éclairé sur les rapports d'Andy et d'Yves Saint Laurent, qui imaginèrent ensemble deux comédies musicales. Au cours de nombreuses conversations, chez lui ou au restaurant,

Stuart Preston, l'ancien critique d'art du *New York Times*, insista toujours sur l'originalité et l'importance de Warhol dans l'histoire de l'art – il le rencontra à ses débuts et Andy avait fait son portrait en 1958. J'ai attendu vingt-cinq ans avant d'écrire ce livre, afin d'avoir la distance nécessaire pour porter un regard mesuré et, je l'espère, juste, sur ce monstre sacré de l'art du XXᵉ siècle. Et je peux affirmer que bien des éclairages présents dans ces pages, et obtenus grâce à des dizaines d'heures d'entretiens avec ses intimes, n'apparaissent dans aucune des nombreuses biographies qui lui furent consacrées.

En plus de modifier à jamais le regard de ses contemporains par ses tableaux, Andy Warhol avait deviné avant tout le monde que chacun pouvait réussir pour les raisons les plus incongrues. La téléréalité est toute contenue dans son « quart d'heure de célébrité ». D'une manière générale, notre époque illustre à quel point les prophéties warholiennes étaient fondées. Et elle souligne combien il a essaimé : utilisation de la vidéo dans l'art contemporain, clips musicaux, graphisme, direction artistique, design et mode. On ne compte plus les enfants de Warhol – à commencer par Jeff Koons –, les Warhol aux grands ou petits pieds, et son impact sur la production d'images diverses et variées donne la mesure de sa postérité. Son influence n'a jamais cessé de grandir, de se déployer. Tous sont fascinés par cet homme qui fit des boîtes de soupe et des chaises électriques des icônes intemporelles que s'arrachent, plus que jamais aujourd'hui, musées et collectionneurs. En novembre 2013, l'un de ses « Accidents de voiture » de 1963 – « Silver Car Crash (Double Disaster) » – se vendit à cent cinq millions de dollars chez Sotheby's.

La comédienne Paulette Goddard, muse de Charlie Chaplin, appelait Andy « le renard blanc ». Et c'est bien ainsi que je le vois : un renard malin et curieux de tout, un Goupil à pelage platine qui ne cessa d'explorer, un Fennec flairant le sens du vent, qui comprit son époque mieux que quiconque, mais mystérieux et insaisissable, que peu de gens parvinrent vraiment à caresser. Ce *Fantastic Mister Fox* était pour moi le dernier dandy. Un dandy qui abritait aussi un paysan prudent et syllogomane, un romantique frustré, un homme dont le lot d'épreuves et d'angoisses devint un trésor de guerre, un self made mythe en perpétuelle réinvention de lui-même, un ange exterminateur et un être très entouré mais profondément seul, qui me faisait penser à ce qu'écrivait Madame de La Fayette dans son histoire de *La Princesse de Montpensier* : « Il sortit du bal, feignant de se trouver mal, et s'en alla chez lui rêver à son malheur. »

J'ai essayé de saisir Warhol de face, de dos, de profil et de trois quarts, de découvrir toutes les teintes caractéristiques de sa personnalité. Parfois, j'ai revêtu une tunique d'orties. Il y eut aussi des moments fleuris. J'ai surtout pris le temps d'entrer dans l'atmosphère warholienne, d'évaluer ses mérites et ses défaillances. Rencontres et lectures ont nourri le portrait de cet homme-orchestre, tout à la fois illustrateur, peintre, photographe, cinéaste, auteur (à défaut d'être vraiment écrivain), créateur de magazines et découvreur de talents. Ou comment un fils de pauvres immigrés ruthènes devint un artiste vénéré ou méprisé – la polémique fut intéressante à ausculter car il compte autant d'adorateurs que de détracteurs et ne laisse personne indifférent, encore aujourd'hui. Voici donc ma version des Très Riches Heures d'Andy Warhol.

I

«Il n'y a que deux maux réels : maladie et pauvreté»

Après le décès de sa mère, Julia, en 1972, Andy Warhol affirmait qu'elle se portait comme un charme lorsqu'on lui demandait des nouvelles de la vieille dame. «Elle va très bien, merci, mais elle est un peu fatiguée et reste à la maison.» Ce comportement fait penser à Norman Bates dans *Psychose*, le film d'Alfred Hitchcock. Souffrant d'un trouble dissociatif de la personnalité, Bates aime tellement sa mère qu'il prétend qu'elle est toujours vivante et il garde précieusement son cadavre momifié et habillé dans la cave de leur motel. Qu'en était-il d'Andy ? S'agissait-il d'un refoulement défensif ? D'un deuil pathologique ? Souffrait-il, lui aussi, d'un trouble dissociatif ? Ou était-ce un alibi pour se débarrasser des importuns ? Ce qui lui permettait de prendre la fuite en prétendant qu'il devait rentrer à la maison pour s'occuper d'elle... Un trait d'humour très Warhol. Il allait jusqu'à lui choisir des robes dans les boutiques élégantes de New York alors qu'elle était morte et enterrée depuis des années. «J'imagine qu'il devait les porter lui-même, en secret, chez lui !», suggère Ultra Violet. «Cela s'inscrirait bien dans sa personnalité. Qui sait[1] ?» Toutes les hypothèses sont envisageables. Mais ne peut-on voir simplement dans son atti-

1. Propos d'Ultra Violet recueillis par l'auteur.

tude une incapacité à évoquer à voix haute le décès de l'être qui compta le plus pour lui ? « Il ne faut jamais oublier que Julia avait été au cœur de l'existence d'Andy, son rôle était primordial et, à sa disparition, il devait se sentir complètement vulnérable et dépossédé. Beaucoup d'homosexuels adorent leur mère, mais combien mentent sur leur mort ? À ma connaissance, il est le seul », explique John Richardson[1].

Julia Warhola et son plus jeune fils formèrent un aigle à deux têtes dès l'enfance d'Andy. Il fut modelé par les histoires qu'elle lui racontait sur son pays d'origine et sur sa jeunesse, façonné par sa sensibilité incontrôlable, qui donnait la part belle au pathos et aux larmes. L'aimable et implacable Julia alternait les registres, douceur et récits cruels, abîmes et cimes, l'ange du foyer se noyait volontiers dans la marmite aux souvenirs. Rien n'était inavouable pour elle, même devant un jeune enfant impressionnable. Elle ravaudait sans cesse le passé, sans jamais poser les bases d'une paix salutaire pour sa progéniture. « Je disais d'Andy qu'il était mon petit vampire des Carpates car sa famille venait de cette région du monde », se souvenait son amie Sao Schlumberger[2]. Et plus précisément du village de Mikova, situé dans l'actuelle République slovaque, non loin de la frontière polonaise, en Europe centrale. Ses parents appartenaient à la minorité ruthène. Ils parlaient le rusyn, qui mêlait plusieurs langues et dialectes, étaient des chrétiens rattachés à l'Église orthodoxe de Constantinople et vivaient dans la plus extrême pauvreté. Ces paysans austères et pieux survivaient plus qu'ils ne vivaient, tout en subissant le joug de divers despotes au fil du temps, Empire austro-hongrois ou dictature soviétique. Une existence liée au rythme des saisons

---

1. Propos de John Richardson recueillis par l'auteur.
2. Propos de Sao Schlumberger recueillis par l'auteur.

et à l'agriculture, à l'inconfort et à l'absence d'hygiène. « Il n'y a que deux maux réels : maladie et pauvreté », écrivait le prince de Ligne au XVIIIe siècle et cette pensée aurait pu être la devise de ces populations ruthènes. Pour la plupart fermiers et bergers, ils ne savaient ni lire ni écrire et leur seul réconfort était la prière, et une fête de village, de temps à autre, pour célébrer un mariage ou la fin des moissons.

Les parents d'Andy sont nés tous deux à Mikova – Andreï Warhola en 1889 et Julia Zavacky, en 1892. À l'âge de 16-17 ans, le jeune homme émigra aux États-Unis pour s'installer à Pittsburgh, le bassin houiller de l'Amérique, avec l'espoir de faire des économies et de rentrer chez lui afin d'y fonder une famille. Ils étaient nombreux à tenter l'aventure, dans des conditions effroyables. Après s'être rendus à pied jusqu'au port le plus proche et avoir traversé l'océan en bateau, entassés dans des dortoirs insalubres, ils devaient affronter les services d'immigration d'Ellis Island. Au moindre signe de malaise, ils étaient mis en quarantaine. Certains étaient renvoyés pour toujours dans leur pays d'origine et l'endroit méritait bien son surnom : « L'Île aux Larmes. » Puis Andreï gagna Pittsburgh, où les aciéries fonctionnaient jour et nuit. Les descriptions du quotidien de ces hommes donnent la mesure de leur force de caractère : conditions de travail inhumaines, salaires de misère, promiscuité, recours à des prostituées porteuses de maladies vénériennes. Avec pour seul espoir l'idée que chaque centime mis de côté permettrait peut-être d'obtenir la main d'une jeune fille, au pays.

Au bout de deux ans, Andreï repartit pour Mikova afin de s'y marier. C'est alors qu'il revit Julia, âgée de 16 ans, une adolescente qui passait pour être jolie, pleine de vie et « artiste » : elle peignait les objets du quotidien pour les rendre plus beaux, sculptait des petites statuettes et chantait à ravir. Andreï avait été garçon d'honneur de son frère, leurs familles se connaissaient depuis toujours et, tombé sous son charme, il lui fit sa demande. Il était beau, adorable, prêt à tous les sacrifices, d'une foi profonde et il ne buvait pas, une rareté dans ces régions où les alcooliques battaient leurs femmes. Toutes ses amies rêvaient de l'épouser, mais Julia commença par refuser, elle n'avait nullement l'envie de finir comme sa mère : épuisée par quinze grossesses successives et meurtrie par le décès prématuré de six enfants en bas âge. Elle s'occupait de ses frères et sœurs, de leur foyer, de leurs chèvres et cela lui suffisait. Mais son père, qui avait trop d'âmes à charge, la battit jusqu'à ce qu'elle acceptât. Leur mariage, en 1909, dura trois jours et Julia aimait à raconter les festivités à Andy : orchestre tzigane, couronnes de fleurs fraîches dans les cheveux, costumes brodés et liesse générale. Cette image se confronta très vite à la réalité : le jeune couple vécut les trois premières années de leur union sous le toit des parents Warhola. Andreï travailla dans les champs du matin au soir et Julia fut aux ordres d'une belle-mère peu avenante, ainsi le voulait la tradition. Lorsqu'il décida de repartir pour Pittsburgh, Julia, qui venait de donner naissance à leur premier enfant, resta à Mikova. Il promit de la faire venir le plus rapidement possible, dès qu'il aurait assez d'argent pour les faire vivre. Comment auraient-ils pu imaginer que leur séparation durerait neuf ans ?

« En 1985, la comédie musicale *Les Misérables* a connu un immense succès, dès sa création, et un jour, alors que nous évoquions ce spectacle et le roman de Victor Hugo, Andy m'a dit : "Cosette, c'était ma mère…" Il avait l'air si grave, si triste que je ne l'ai jamais oublié », se rappelait Sao Schlumberger[1]. Il est vrai que les Warhola avaient tout des

1. Propos de Sao Schlumberger recueillis par l'auteur.

Thénardier avec leur bru, qu'ils traitaient moins bien que leurs animaux. Elle travaillait pour eux douze heures par jour et lorsqu'elle accoucha, en 1914, ils furent furieux car c'était une fille. Une nouvelle bouche à nourrir, une nouvelle présence inutile, alors que les garçons, eux, partaient au moins chercher fortune. L'hiver 1914 fut particulièrement rigoureux et le bébé prit froid et tomba gravement malade. Les Warhola obligèrent Julia à travailler tous les jours aux champs, alors qu'elle voulait rester auprès de sa fille. Sans l'intervention d'un médecin, sans recevoir de soins, le nourrisson mourut à six semaines. Combien de fois Julia ne décrivit-elle pas la scène à Andy ? Un soir, elle rentra à la maison, épuisée et transie, et découvrit le petit corps sans vie dans son berceau. Vingt ans après, elle revivait la scène devant son plus jeune fils, sanglotant et hurlant « mon bébé est mort » !

Julia ne trouva aucun réconfort auprès de sa propre famille. Son père était décédé et son frère préféré fut tué à la guerre, ce qui précipita leur mère dans la tombe en l'espace d'un mois, laissant Julia s'occuper de ses deux petites sœurs de 6 et 9 ans. Il se trouve que le jeune homme était vivant, il s'agissait d'une fausse nouvelle, mais le mal était fait. Persécutée par ses beaux-parents, loin de son mari, en charge de deux orphelines et en deuil de son premier enfant, Julia vivait également dans la terreur des combats, d'une grande violence dans la région. Elle allait souvent se cacher avec les fillettes dans les bois avoisinants, des jours entiers. Les femmes seules étaient victimes de viols, chacun le savait. Et que ressentit-elle en découvrant la maison de sa famille entièrement brûlée ? Andy entendit des dizaines de fois Julia lui raconter ses malheurs de jeunesse, elle ne s'en lassait jamais. « Il est dangereux de se laisser aller à la volupté des larmes ; elle ôte le courage et même la volonté de guérir», notait Henri-Frédéric Amiel dans son *journal*, le 10 février 1846.

Julia décida de travailler pour le prêtre de leur paroisse, ce qui lui permit de faire vivre ses sœurs, dont les Warhola refusaient de s'occuper. Elle attendit, en vain, des nouvelles de son mari qui, pourtant, lui envoya, à plusieurs reprises, de l'argent pour payer son voyage aux États-Unis, argent qu'elle ne reçut jamais. En 1921, elle finit par emprunter la somme nécessaire au curé, puis elle confia les deux petites à des parents avant de rejoindre Andreï à Pittsburgh. Après un périple long et éprouvant, ils se retrouvèrent enfin, mais l'Amérique ouvrière, en ce début des années 20, était à peine moins inhospitalière que Mikova et ses environs, qui avaient au moins l'avantage d'offrir une nature intacte, préservée des souillures du monde industriel. À Pittsburgh, la pollution était telle que les réverbères restaient allumés toute la journée car l'on n'y voyait rien dans les rues. Les ouvriers s'entassaient avec leur famille dans des habitations sordides et les conditions sanitaires étaient déplorables, ils vivaient dans des taudis. Leur existence rappelait *Nord et Sud* (1855), roman dans lequel Elizabeth Gaskell évoquait le «Pays Noir» des manufactures de Manchester, au cours de la seconde moitié du XIXe siècle en Angleterre : un univers miséreux et brutal dans lequel les dirigeants exploitaient leurs employés, opprimés et interchangeables. À cette date, en Amérique, le rendement industriel reposait plus que jamais sur une productivité liée à la rationalisation des tâches et sur des relations de travail fondées sur l'autorité, qui sacrifiait les ouvriers. Et dès 1920, le gouvernement Harding avait pris officiellement position pour le patronat, à tel point que le nombre de syndiqués chuta de cinq millions en 1920 à trois millions et demi en 1929. Mais le si discret Andreï ne se sentit jamais concerné par ces combats car il n'avait qu'un seul désir, être invisible et se fondre dans la masse.

En cette même année 1921, alors que Julia découvrait son nouveau pays, l'économie américaine fut victime d'une forte dépression, provoquée par une baisse rapide des exportations. Elle frappa de plein fouet l'industrie automobile, indissociable des grandes aciéries de Pittsburgh. À partir de 1921, l'augmentation de la production européenne avait quasiment libéré la Vieille Europe de sa dépendance vis-à-vis du Nouveau Monde. Le chômage menaçait, Andreï le savait, et le flot constant de nouveaux arrivants rendait leur quotidien précaire, il fallait serrer les dents et faire profil bas. Et il n'y avait aucun soutien à attendre entre les différentes vagues d'immigrés, le «chacun pour soi» était la seule règle en vigueur et les derniers arrivés, les plus méprisés. Les Warhola étaient à peine moins à plaindre que les Noirs des États du Sud et que les «petits Blancs» des Appalaches, plongés dans une terrible pauvreté. Mais Andreï avait progressé dans la hiérarchie, il avait quitté les mines de charbon pour devenir ouvrier dans le bâtiment, un poste qui l'amena à voyager à travers les États-Unis, d'un chantier à l'autre.

Ce couple de jeunes mariés plus si jeunes – ils étaient âgés de 32 et de 29 ans au moment de leurs retrouvailles – fonda une famille au plus vite puisque leur premier fils, Paul, naquit en juin 1922, suivi d'un deuxième, John, en mai 1925. C'est dans la chambre de ses parents, à Pittsburgh, qu'Andrew Warhola naquit le 6 août 1928 sous le signe du Lion. «Je suis Poisson-Chat[1]», répondit-il à un journaliste qui lui demandait, quelques mois avant sa mort, quel était son signe astral.

---

1. Splash n° 6, 1986. Voir *Andy Warhol : Entretiens 1962-1987*, Grasset, 2005, p. 364.

II

«Andy Morningstar»

L'enfance d'Andrew, surnommé Andy par ses proches, développa en lui une stratégie de survie qui conditionna sa vie d'adulte : tout anticiper, jusqu'aux plus noires possibilités. Une enfance recroquevillée, minée par la pauvreté et la maladie. «Je suis une fleur sans couleurs qui a poussé dans une poubelle, et seule ma mère pensait à m'arroser», confia-t-il un jour, en riant, à son amie Sao Schlumberger[1]. «Une plaisanterie à main armée», aurait dit Sainte-Beuve. Le Pittsburgh ouvrier des années 20 et 30 était autant un territoire géographique que cérébral, un monde d'impasses et d'angles morts. Les Warhola vivaient dans des boîtes à chaussures, ils respiraient un air vicié et Julia s'inquiétait de voir son mari s'épuiser à la tâche, afin de mettre chaque sou de côté, dans un contexte plus difficile que jamais. Un an après la naissance de leur dernier fils, le krach boursier de Wall Street, en octobre 1929, amorça une vague de licenciements sans précédent à travers le pays, et les chômeurs se comptèrent par millions. En mars de cette même année, le président Herbert Hoover avait promis une «aube nouvelle» devant permettre l'accès à la prospérité, même aux plus démunis, et voilà que sept mois plus tard,

1. Propos de Sao Schlumberger recueillis par l'auteur.

le 24 octobre, la chute des cours engendrait des faillites en cascade et un chômage généralisé. Pendant les trois années qui suivirent, un travailleur américain sur quatre perdit son emploi et certains sillonnèrent désespérément le pays à la recherche d'un travail quel qu'il fût, même le plus ingrat. La photographe Dorothea Lange fit des portraits de ces familles brisées par les aléas du capitalisme. Il fallut attendre l'élection du président Roosevelt, en 1932, pour commencer à retrouver espoir. En 1933, il lança sa politique de New Deal, un vaste programme de réformes qui stimula la croissance.

À Pittsburgh, les Warhola ne furent pas épargnés et Andreï perdit lui aussi son emploi. Ils durent quitter la maison qu'ils occupaient et louèrent un minuscule deux-pièces. Andreï se transforma en homme à tout faire et Julia devint femme de ménage. Les trois frères dormaient dans le même lit et se lavaient dans une bassine, car les sanitaires étaient inexistants, mais leurs parents mettaient un point d'honneur à les nourrir correctement, même aux pires moments. Ils grandissaient entre un père épuisé et sévère, mais toujours juste, et une mère bienveillante et exaltée, qui replongeait dans ses souvenirs à la moindre alerte. Elle revivait sans fin ses douleurs passées, ce qui l'aidait à supporter la tristesse et les problèmes du quotidien, et leur chantait des ballades traditionnelles à fendre le cœur. Dès qu'elle avait un peu de temps, Julia imaginait des compositions florales avec des boîtes de conserve vides, gardées précieusement. Puis elle essayait de les vendre, en faisant du porte à porte, afin d'arrondir leurs fins de mois. Il lui arrivait de parcourir des kilomètres à pied avant d'en placer une seule car, en ces années de dépression économique, cet achat n'était pas une priorité pour les ménagères qui devaient jongler avec le moindre centime. Mais elle ne se laissait pas décourager et poursuivait son chemin avec l'espoir de pouvoir améliorer leur ordinaire. Bien des années plus tard, Andy affirma que ces créations lui inspirèrent ses célèbres peintures de boîtes de conserve, qui lui apportèrent la gloire.

Ses frères aînés faisaient de leur mieux pour aider leurs parents en livrant à domicile des journaux, du charbon et de la glace. Paul et John étaient combatifs, résistants, rarement abattus, alors qu'Andy, timide et réservé, avait peur de tout. Plus classiquement virils, ils ne comprenaient pas toujours les réactions du petit dernier et les disputes étaient fréquentes. À l'âge de 4 ans, dès son premier jour d'école maternelle, Andy fut battu par une petite fille et il refusa d'y retourner pendant un an, préférant rester à la maison auprès de sa mère qui cédait à tous ses désirs. La maisonnée Warhola était plutôt triste et austère, mais le monde extérieur lui paraissait encore pire. Ses frères ne se faisaient-ils pas racketter dans les rues, sur le chemin de l'école, par des fils d'immigrés irlandais et italiens ? Mais eux préféraient lutter plutôt que de capituler, le courage n'était pas une option pour Paul et John. Dès cette époque, Andy, enfant angoissé et pessimiste, s'attacha passionnément à sa mère, au point qu'ils s'enfermèrent tous deux dans une prison affective.

En 1934, Andreï, qui avait économisé patiemment chaque dollar depuis son arrivée en Amérique, put payer comptant une petite maison en briques dans un quartier moins sordide, South Oakland, au n° 3252 de Dawson Street. Les parents dormaient dans la salle à manger et les trois frères au grenier, ce qui leur permit de louer les deux chambres et la salle de bains, à l'étage. En 1932, Andreï passait d'un emploi de manœuvre à un autre, mais la vie fut plus douce pour toute la famille puisqu'ils étaient devenus propriétaires et percevaient les loyers de leurs locataires. De plus, ils disposaient d'un petit jardin potager et Julia s'en occupait avec le plus grand soin, les légumes qu'elle faisait pousser représentaient des économies toujours bienvenues, et elle les cuisinait fort bien. Deux ans plus tard, le petit Andy attrapa la scarlatine, et il garda toute sa vie de cette «fièvre écarlate» un nez rouge dont les autres enfants se moquèrent beaucoup et qui devint pour lui une source de torture intérieure, entretenant un profond sentiment d'infériorité. Entre-temps, non sans avoir beaucoup hurlé et pleuré, il avait retrouvé le chemin de l'école où il fut toujours un élève studieux et appliqué. Andy excellait dès qu'il se mettait à dessiner mais avait plus de mal avec l'anglais car, à la maison, ses parents ne parlaient que le rusyn et il progressait avec difficulté dans la langue de leur pays d'adoption.

Si Andreï la parlait à peu près correctement car elle lui était indispensable pour des raisons professionnelles, Julia ne risquait pas d'améliorer son anglais puisqu'elle vivait en vase clos et ne voyait que des membres de leur famille, eux aussi exilés dans la région. Frères, sœurs, cousins, oncles et tantes se retrouvaient le plus régulièrement possible dans une atmosphère qui rappelait celle de Mikova, bruyante et joyeusement ruthène. Andy n'en gardait pas que de bons souvenirs et, en avril 1983, à l'âge de 54 ans, il confiait à son journal intime un épisode révélateur[1]. Un jour, alors qu'ils rendaient visite à une sœur de sa mère, qui vivait dans le quartier nord de la ville, son hôtesse recevait aussi une vieille dame sans dents à qui

1. *The Andy Warhol Diaries*, Pat Hackett (éd.), Simon & Schuster, 1989, p. 496. La version française du journal de Warhol ayant fait l'objet de coupes, nous utiliserons le texte original tout au long de cet ouvrage.

elle avait servi un bol de soupe. Comme elle ne l'avait pas fini, la tante le donna à son jeune neveu et il dut le vider sous ses yeux car gâcher de la nourriture était inenvisageable. À l'âge adulte, Warhol détesta le moindre contact physique et il préférait dîner chez lui, seul, avant d'aller retrouver des amis au restaurant car l'idée d'une vaisselle douteuse le dégoûtait. Et cela prit de plus vastes proportions avec l'arrivée du sida. Il déploya alors des trésors d'inventivité pour ne plus boire dans des tasses à café utilisées par d'autres, même lavées.

La religion régissait la vie de la famille Warhola. Ils disaient les Grâces avant chaque repas et ne se couchaient jamais sans prière. Le dimanche, avant de respecter un repos absolu, ils assistaient tous ensemble à la messe dans une petite église aux murs couverts d'icônes. Ces beaux visages byzantins de saints et d'archanges, d'apôtres et de martyrs, alignés et accrochés très près les uns des autres, auraient inspiré à Andy ses portraits sérigraphiés. Les peintres d'estampes, en Chine, ne disaient-ils pas que le vent du passé soufflait dans leurs pinceaux ? Il ne souffla pas seulement dans ses œuvres car Warhol, sa vie durant, se rendit régulièrement à l'église chaque dimanche. Une fois devenu un artiste célèbre, il allait à la messe dominicale avec un pot vide de beurre de cacahuètes qu'il remplissait d'eau bénite afin de pouvoir purifier chaque pièce de son domicile new-yorkais. Enfant, Andy était d'une telle piété que son frère Paul pensait qu'il pourrait se destiner à la prêtrise. En famille et avec les enfants du voisinage, il pouvait être aussi un petit garçon rieur et facétieux, et il adorait jouer avec leur chienne, Lucy. Ce dernier point n'est pas sans importance car il fut toujours, jusqu'à sa mort, plus proche de ses chats et chiens que des êtres humains.

Alors que leur vie était enfin à peu près calme, une nouvelle épreuve bouleversa Julia quand Andy tomba gravement malade, à l'âge de 8 ans, lorsqu'il attrapa la danse de Saint-Guy – aujourd'hui, cette appellation est obsolète et l'on parle de Chorée de Sydenham. Il s'agissait d'une infection du système nerveux central qui frappait les enfants de 5 à 15 ans et se caractérisait par des accès de fièvre, des mouvements brusques et incontrôlables des membres et un rhumatisme articulaire aigu. À l'école, ses mains tremblaient tellement que les autres élèves se moquaient copieusement de lui, et Andy souffrait également d'inattention et d'une instabilité émotionnelle encore plus profonde. En juin 1981, il notait dans son journal[1] qu'à l'époque il avait également été victime de complets trous de mémoire. Cette pathologie eut des répercussions très graves puisqu'elle provoqua chez lui une dépigmentation de la peau et une chute précoce des cheveux. La Chorée de Sydenham se guérit grâce à la pénicilline, mais elle ne fut mise en circulation qu'en 1941, soit plusieurs années après. En 1935, il fallait attendre patiemment que l'infection disparaisse comme elle était venue. Julia était folle d'inquiétude car Andy était un enfant malingre et fragile, contrairement à ses frères. Bien avant d'attraper la scarlatine et la Chorée de Sydenham, ne s'était-il pas cassé le bras en tombant entre les rails d'un tramway, à l'âge de 4 ans ? L'os s'étant mal ressoudé, il avait fallu le recasser pour le remettre dans l'axe.

Devenu le souffre-douleur de sa classe, Andy parvint à convaincre sa mère de le garder auprès d'elle à la maison. Il l'appelait « Matsuka » et elle l'avait surnommé « Andek ». Matsuka et Andek étaient plus que jamais inséparables. Il

1. *Idem*, p. 386.

l'aidait au potager, la regardait cuisiner, ils riaient et n'aimaient rien tant que dessiner et peindre ensemble, surtout des chats. La volubile Julia lui racontait des histoires du temps jadis et ne manquait jamais d'évoquer sa pauvre petite sœur morte, la Première Guerre mondiale à Mikova et autres thèmes chers à cette « Drama Queen » ruthène. Andreï s'exila avec les garçons, dans leur chambre, afin de laisser le champ libre à Andy, qui dormait avec sa mère. Elle veillait sur lui nuit et jour – terrifié à l'idée qu'il pût mourir lui aussi, comme sa petite fille. Julia lui fournissait cahiers et *scrap-books*, crayons et boîtes de peintures, ciseaux et pots de colle. Andy dessinait, faisait des collages et lorsqu'il voulut un projecteur, pour regarder des dessins animés, elle fit encore plus de ménages pour le lui offrir car il ne devait pas être payé avec l'argent du foyer. Andy la récompensait avec des dessins des personnages qu'il venait d'admirer sur l'écran, ses premiers portraits. Il se mit également à utiliser l'appareil photo de la famille. Leur lit devint un délicieux radeau sur lequel il pouvait se réfugier à la moindre alerte. À l'âge adulte, Warhol fut célèbre pour ses quatre ateliers, tous appelés « Factory », dans lesquels, entouré et soutenu par ses assistants, il se livrait à ses diverses activités artistiques – peinture, photographie, tournage de films, création d'un magazine. En 2016, l'essayiste Olivia Laing proposa la thèse suivante[1] : la chambre de Dawson Street avait été son premier atelier, sa première Factory. Le petit Andek y exprima toute sa créativité naissante avec, à ses côtés, sa Matsuka pour seule et unique assistante.

Sa passion pour le cinéma vit le jour dans sa chambre-atelier, en lisant les magazines spécialisés que lui appor-

1. Olivia Laing, *The Lonely City*, Canongate, 2017, p. 54.

tait sa mère et en allant voir un film chaque semaine, le samedi. Andy fuyait une réalité insatisfaisante en se plongeant dans la vie des étoiles, dont il découpait les photos, qu'il collectionnait précieusement, et en fréquentant les salles obscures. Hollywood devint son école et l'antidote aux contraintes de son quotidien, un refuge pour oublier Pittsburgh et sa maladie. Il avait alors l'impression de vibrer et se sentait vivre plus intensément. Chaque semaine, il attendait avec impatience le départ pour le cinéma. La récréation, qui durait deux heures, comportait une ouverture musicale, un spectacle de scène, un court-métrage comique, des actualités et un long-métrage, sans oublier des photos de promotion des interprètes principaux, qui rejoignaient sa boîte aux trésors. Andy n'en perdait pas une miette. Il s'évadait d'un monde étriqué et cruel pour rejoindre des palais, des contrées exotiques et des époques idéalisées. Il en conçut une passion pour la beauté physique et l'élégance théâtralisée des femmes, telles que se les représentaient les studios californiens. Autant dire faux cils, satin, renard blanc et diamants à tous les étages. « Andy avait une connaissance encyclopédique du travail des grands costumiers », se souvenait son amie Ultra Violet. « Dans les années 60, il pouvait encore évoquer, dans les moindres détails, ce que portaient Marlène Dietrich, Joan Crawford ou Hedy Lamarr dans des films des années 30 et 40. "Tu devrais choisir ce modèle", me disait-il, "Loretta Young ou Jeanette MacDonald avaient le même et cela t'irait parfaitement." Il avait une passion pour Adrian, qui avait habillé Garbo, son icône. Andy m'avait fait une liste de tous les films que l'on devrait voir seulement pour les garde-robes et, dès qu'un cinéma de quartier les repassait, il se précipitait. Certains étaient médiocres mais le costumier avait fait des merveilles. "C'est un navet mais Merle Oberon y est si belle et si chic, vas-y, cela te donnera des idées[1]…"»

Ses rêves de celluloïd étaient sans fin : Andy passait des heures à lire des revues qui évoquaient rivalités entre actrices, intrigues romanesques et potins divers et variés. La pieuse Julia, qui ne comprenait pas l'anglais, n'avait aucune idée de ce que ces pages contenaient. À de très rares exceptions près, magazines et films abordaient rarement les réalités économiques et sociales de ces temps de crise et lorsqu'un réalisateur s'y risquait, comme King Vidor avec *Notre pain quotidien* (1934), qui racontait la vie d'un couple de chômeurs, le public désertait les salles. Tout comme Andy, les spectateurs américains voulaient rêver. Les menaces de clochardisation ne faisaient pas le poids face à Fred Astaire et Ginger Rogers, qui affrontaient tous les problèmes en dansant, tirés à quatre épingles en robe du soir et queue-de-pie.

Sa vie durant, Warhol rappela que son film préféré avait été et resterait *Alice au pays des merveilles*. Dans la version de 1933, celle de Norman McLeod vue dans son enfance, Gary Cooper était le Chevalier blanc et Cary Grant, la fausse tortue. Andy se prenait alors pour l'héroïne, qui pouvait passer de l'autre côté du miroir, où tout n'était qu'excès : la Factory argentée, son premier atelier, s'apparenterait à un thé chez le Chapelier fou, avec Andy dans le rôle, tour à tour, du Chapelier, d'Alice et de la méchante Reine de cœur, qui ordonnait des décapitations au gré de ses humeurs. D'une manière générale, il s'identifiait surtout aux petites filles et aux adolescentes. Il avait également un faible pour *Le Magicien d'Oz* (1939) et pour *Les trois jeunes filles ont grandi* (1939), avec Deanna Durbin, vedette de

1. Propos d'Ultra Violet recueillis par l'auteur.

comédies musicales. Mais son actrice préférée, celle à qui il vouait un véritable culte, fut bien Shirley Temple. Dès 1934, cette fillette âgée de 4 ans joua dans une succession de films à succès des orphelines exquises et courageuses, à la recherche d'une famille. Une enfant en quête de protection et d'affection à laquelle Andy s'identifiait profondément. Il la copiait, imitait sa voix et ses gestes et, une fois devenu adulte, il surprenait parfois son entourage en se réappropriant sa gestuelle si typique et en rejouant, de mémoire, des scènes de *Boucles d'or* (1935), d'*Heidi* (1937) ou de *Petite Princesse* (1939). « Un jour, Andy m'a imité Shirley chantant et dansant avec Bill Bojangles Robinson, je n'en revenais pas », se souvenait Stuart Preston[1]. « Il était gauche mais joyeux, comme rarement, et je n'avais pas sous les yeux un adulte coiffé d'une perruque mais un petit garçon qui pensait être Shirley Temple, comme s'il s'était trompé de corps. » Il l'admirait tant qu'il lui écrivit pour obtenir un autographe et lorsque ce dernier arriva au courrier, à Dawson Street, Andek n'avait jamais été plus heureux de toute sa vie.

Loin d'être une passade, sa passion pour le cinéma ne faiblit jamais au fil du temps. Warhol réalisa et produisit de nombreux films, il créa un magazine entièrement consacré au septième art et rechercha la compagnie d'actrices et d'acteurs célèbres. Plus profondément, sa maladie, associée à ces films et à ces lectures, provoqua en lui ce que les psychanalystes définissent comme étant « un cas d'autoengendrement ». Il s'agissait d'une renaissance par le seul pouvoir de l'imagination, d'une construction de ce que Freud appelait « le roman familial des névrosés ». Andy n'était plus un Warhola, le fils d'Andreï, et il mettait

1. Propos de Stuart Preston recueillis par l'auteur.

en scène des situations dans lesquelles il remplaçait ses parents par des êtres charismatiques, admirés de tous, infiniment plus flatteurs pour lui que les modèles originaux. Il s'était d'ailleurs choisi un nouveau nom de famille, ainsi qu'il le note dans son journal, en octobre 1984[1] : Andy Morningstar, Andy « Étoile du Matin ». Rien ne lui paraissait plus beau que ce patronyme de fiction. Dans ses fantasmes, il pouvait supprimer ses frères et se prendre pour Shirley Temple dans *Pauvre Petite Fille riche* (1936), tout était possible. Et le pauvre Andreï laissait la place au ventriloque Edgar Bergen, qu'il admirait beaucoup, alors que sa Matsuka, en tablier fleuri et babouches, prenait les traits de Greta Garbo ou de Paulette Goddard, qui devint, des décennies plus tard, une amie et une déroutante mère de substitution deux ans après la mort de Julia. Pour Andy, le glamour fut à la fois un poison, une arme et une baguette magique.

---

1. *The Andy Warhol Diaries, op. cit.*, p. 605.

III

« La prière, le dessin et le cinéma »

À 10 ans, Andy Warhol était une souris dans un monde de chats. À l'école, où on le força à revenir, il était discret jusqu'à l'invisibilité et n'avait qu'une envie, rentrer à la maison et retrouver Julia. Elle le surprotégeait car il était son petit garçon fragile et il préférait le refuge de sa chambre aux aventures offertes par le monde extérieur. Il détestait tous les sports et passait pour une mauviette auprès de ses frères et des autres garçons du quartier, qui ne juraient que par le base-ball. Andy ne fréquentait les stades que pour aider Paul et John à vendre des cacahuètes les soirs de match, afin d'être certain de pouvoir s'offrir une place de cinéma, chaque samedi. Ce garçonnet dépigmenté à nez rouge était trop efféminé et embarrassant pour l'Amérique des années 30, et plus encore pour le Pittsburgh de l'époque. Mais il excellait dans un domaine, le dessin.

Andek se faisait pardonner en exécutant le portrait de ses proches et des habitants de la rue Dawson. Alors, il existait vraiment, donnait le meilleur de lui-même et captivait les autres, flattés de retrouver leurs traits sous ses crayons agiles. L'espace d'un croquis, il était enfin respecté. Et il en profitait pour gagner quelques sous en les vendant à ses modèles. À l'école primaire, un professeur frappé par son talent le recommanda pour assister aux classes d'art du samedi, offertes par le Carnegie Museum of Art, considéré comme le premier musée d'art moderne du pays. Élevé dans un milieu d'une parfaite étroitesse intellectuelle, Andy émergea enfin des ronces en recevant un enseignement d'une grande qualité et en découvrant pour la première fois des œuvres d'art. La mixité sociale lui ouvrit également les yeux car certains des enfants présents arrivaient dans des voitures conduites par des chauffeurs, accompagnés de mères comme sorties d'un magazine.

À la maison, Andy réalisait-il que son père n'était plus que l'ombre de lui-même, épuisé par des années de labeur dans des conditions éprouvantes ? Paul et John pensaient que leur petit frère surjouait parfois le rôle de l'enfant malade afin d'obtenir plus facilement gain de cause. À la moindre contrariété, il avait une nouvelle crise nerveuse et ne quittait plus la maison pendant des jours, et parfois des semaines, tyrannisant alors la famille entière, qui vivait au rythme des aléas de sa santé. Prisonnier d'un monde dans lequel seule sa mère avait un rôle à jouer, Andek laissait ses frères, bien plus matures que lui, s'inquiéter pour Andreï, tout comme le faisait Julia, partagée entre un fils maladif et un mari qui s'étiolait à vue d'œil. Faire vivre sa famille le plus honorablement possible avait été la seule priorité de cet homme responsable et grave, comme déserté par la joie de vivre. À 16 ans, Paul avait arrêté ses études pour travailler dans une aciérie et soulager son père. Son salaire fut une grande aide pour leur famille. Mais Andreï n'imaginait pas pour autant ralentir le rythme, il travaillait douze heures par jour et six jours par semaine, économisant chaque dollar pour l'avenir. Le chemin parcouru depuis son départ de Mikova était admirable : il avait pu acheter leur maison et élever trois enfants en temps de crise. Mais ses forces s'amenuisaient et il n'était plus que l'ombre de lui-même.

Le 6 mai 1942, il fut hospitalisé suite à d'intenses douleurs abdominales et Julia resta persuadée, sa vie durant, qu'il avait bu de l'eau polluée sur son lieu de travail. Son état empira rapidement et il mourut le 15 mai, à 52 ans, d'une péritonite tuberculeuse, ainsi que le révéla l'autopsie. Cette tragédie survenait cinq mois après l'entrée en guerre des États-Unis, et Julia, qui gardait un souvenir terrifiant des combats de 14-18, était horrifiée en voyant partir tous ces jeunes soldats car ses fils aînés seraient très vite en âge d'être incorporés. Paul allait rejoindre la marine dès 1943 et le climat était à la tristesse généralisée. Le corps d'Andreï reposa dans un cercueil ouvert, au beau milieu du salon de Dawson Street, pendant trois jours, ainsi que le voulait la tradition, mais Andy, alors âgé de 13 ans, refusa de voir son père mort et il ne voulut pas assister aux obsèques. Sa mère l'accepta car elle pensait qu'un choc émotionnel trop profond provoquerait un nouvel accès de danse de Saint-Guy. À ce stade, tous les éléments constitutifs de la personnalité d'Andy Warhol étaient présents : les compositions florales en fer-blanc de sa mère portaient en elles ses futures toiles de boîtes de conserve et l'alignement des icônes, dans leur petite église de bois, lui inspirerait un jour ses portraits sérigraphiés. Hypocondrie et dégoût incontrôlable des microbes, fidélité à la messe, passion pour le cinéma, physique dessiné par la maladie, carrière d'illustrateur et de peintre, rejet des hôpitaux et refus catégorique de la mort. À l'âge adulte, Warhol n'assistera jamais à des funérailles, pas même à celles de Julia en 1972.

Avant de mourir, Andreï avait amassé de quoi assurer la transition et payer une partie des études d'Andy car il avait compris que, de ses trois fils, il serait le seul à pouvoir intégrer une université. En père et époux réfléchi et avisé, il avait aussi réalisé que seul John, âgé de 16 ans, pourrait veiller sur leurs finances car Julia ne comprenait rien aux chiffres et Paul s'adonnait aux jeux d'argent. John fut donc nommé chef de famille par Andreï à la fin de sa vie et il s'acquitta de cette responsabilité avec un discernement jamais pris en défaut. Devenue veuve à 49 ans, Julia était totalement désorientée et, à la moindre contrariété, elle s'agenouillait avec ses trois fils pour prier. «Après le décès de son mari, Julia se cramponna à Andy, comme lui l'avait fait durant toute son enfance. Ils contractèrent une sorte de pacte d'assistance mutuelle et elle dira à John que, sans Andy, elle n'aurait jamais pu supporter ces temps difficiles», écrit Victor Bockris[1].

Rue Dawson, la situation était souvent tendue, comme un fil prêt à se rompre : Julia et Andy s'enfermaient dans leur monde, tandis que Paul en voulait à John d'avoir été l'élu de leur père. Et comment le lui reprocher ? N'avait-il pas abandonné ses études à 16 ans pour aider les siens en leur versant son salaire ? Comment ne pas comprendre le sentiment d'injustice, mêlé de colère, qu'il ressentait ? Quant à John, comment ne pas parfois suffoquer sous le poids d'une telle charge ? Et rien ne s'améliora au sein de la maisonnée lorsque Paul se maria, en 1943. Comme il était trop pauvre pour louer un logement, ils vinrent s'installer chez les Warhola et versèrent un petit loyer à Julia. Son épouse ne fit pas l'unanimité car elle n'aimait pas Andy et ne le cachait pas : un adolescent gâté par sa mère dont les gestes maniérés l'agaçaient. Il n'était pas, à ses yeux, un mâle digne de ce nom. Tout l'exaspérait, jusqu'aux retards incessants de son époux et les éclats de

---

1. Victor Bockris, *Andy Warhol*, Plon, 1990, p. 34.

voix étaient fréquents. Lorsque Paul rejoignit la marine, John commença à travailler à plein temps pour faire vivre les siens. Il achetait fruits et légumes à des grossistes et allait les revendre à des particuliers à bord d'une camionnette, il partait à l'aube et rentrait tard le soir, épuisé. De son côté, Julia devait s'occuper de sa belle-fille enceinte et elle lui fit sentir à quel point cette situation lui pesait car elle s'était remise à faire des ménages et sa fatigue était profonde. Et lorsque Paul junior naquit en 1944, la jeune maman dut partir vivre chez ses propres parents car Julia tomba gravement malade.

Il s'agissait d'un cancer du côlon, on lui enleva le gros intestin et elle dut supporter une poche de colostomie à vie. Elle endura les pires souffrances et, plus perdue que jamais, offrit un spectacle de désolation à Andy qui avait encore en tête l'agonie de son père. Il en conçut une méfiance incurable envers les hôpitaux et les chirurgiens, méfiance qui eut des répercussions funestes sur sa propre santé. Il priait beaucoup pour sa Matsuka, certain qu'elle allait mourir à son tour. Leur lien était si profond, pour le meilleur et pour le pire, qu'il ne pouvait envisager de vivre sans elle. Cette pensée lui était insupportable et il se blottissait dans la prière, comme dans une couverture invisible et protectrice. Lorsqu'elle survécut et retrouva le chemin de Dawson Street, la prière devint pour lui un choix persistant, une confidente bienveillante, un contrepoison infaillible face aux doutes et aux angoisses qui jalonnèrent sa vie.

Adolescent solitaire et acnéique, Andy n'avait que trois refuges : la prière, le dessin et le cinéma. Le samedi matin, au Carnegie Museum, il était le meilleur élève de sa classe et faisait l'admiration des professeurs et des élèves, mais son comportement distant passait pour un manque d'amabilité et il était incapable de tisser des liens avec les autres.

Il se sentait gauche et déplacé en observant les plus favorisés d'entre eux, qu'il considérait comme des demi-dieux descendus de leur Olympe. « Andy éprouvait une fascination pour les enfants privilégiés », se souvenait Ultra Violet. « Il disait aux autres en me désignant : "Elle a grandi dans un château !" Comme si cela était synonyme de chance et de bonheur. J'avais beau lui dire que j'avais eu une jeunesse épouvantablement malheureuse, cela ne changeait rien. Et je n'ai jamais oublié à quel point des jeunes femmes comme Edie Sedgwick ou Marisa Berenson le captivaient. "En plus d'être si belle, Marisa a eu un père diplomate et, à 5 ans, elle parlait déjà couramment trois langues", constatait-il, ébloui. Il en allait de même avec Benedetta Barzini, autre magnifique jeune femme parée à ses yeux de tous les atouts : fille d'un célèbre journaliste et député italien, elle avait commencé à voyager très jeune, comme Marisa. Il ne voyait pas la solitude et la tristesse de nos enfances, c'était déroutant. Si vos parents avaient eu de l'argent, si vous aviez été matériellement protégés, vous deviez être heureux, l'équation était pour lui très simple. Et j'ai réalisé pourquoi en lisant les premières biographies qui lui furent consacrées, après sa mort. Nos problèmes existentiels devaient lui apparaître dérisoires et futiles, sans fondements réels car sa famille avait connu l'enfer de la pauvreté, à Mikova comme à Pittsburgh[1] ».

À la Schenley High School, un lycée de réputation médiocre, on le considérait comme une sorte de monstre : peau couverte de boutons et nez rouge, cheveux blancs et rares, myopie qui lui donnait un regard de taupe et exigeait le port de lunettes à verres épais, voix aiguë et virilité défaillante dans un monde où la distinction entre

1. Propos d'Ultra Violet recueillis par l'auteur.

garçons et filles était nette et précise. Le seul fait d'apparaître en public, c'était envoyer des munitions à l'ennemi. Il lui fallait supporter les affronts sans sourciller, sans donner à ses détracteurs la joie de le voir blessé par leurs sarcasmes. Les imbéciles se liguaient contre lui et l'insultaient, et Andy encaissait sans broncher mais sans pour autant modifier son comportement, sans lâcheté, sans feindre ce qu'il n'était pas et ne serait jamais, comme d'autres auraient tenté de le faire. L'enfance et l'adolescence ne furent pas pour lui des saisons lumineuses mais des hivers sans fin. Une jeunesse de naufragé. Il en garda un pessimisme profond, n'accordant vraiment sa confiance qu'en de rares occasions, ainsi que le prouve la lecture de son journal. En Amérique, les publicités et les films regorgeaient de mâles musclés aux traits parfaits, qui incarnaient un idéal de force auprès des élèves de leur âge. L'homme était toujours présenté en situation de pouvoir, exaltant une virilité outrancière, et un garçon qui ne pratiquait pas de sport n'en était pas un. Andy, qui ne recherchait que la compagnie des filles et fuyait toute activité physique, était disqualifié d'emblée, en position d'infériorité permanente aux yeux de ses contemporains.

Julia, qui avait fait preuve d'une ouverture d'esprit étonnante pour l'époque, l'avait laissé jouer avec des poupées de carton, dont il découpait les garde-robes dans les magazines. Il s'était amusé à reproduire des publicités représentant des actrices qui vantaient les mérites de cosmétiques et adorait imiter Shirley Temple… Autant dire que Pittsburgh formait une toile d'araignée dont il se sentait prisonnier, et il rêvait d'échapper à cette humanité grossière et dénuée d'imagination. « Rien ne sort jamais de rien », écrivait Shakespeare dans *Le Roi Lear,* et leur monde lui semblait dépourvu de valeur et avare de bienfaits, même si l'amour et le soutien inconditionnels de Julia adoucissaient son quotidien. Le soir, mère et fils se réunissaient autour de la radio et écoutaient les dernières nouvelles de la guerre. Andy aimait parler des soldats tombés au front, la mort nourrissait ses conversations d'alors comme elle nourrirait plus tard son œuvre. Cette attirance morbide n'est pas rare à l'adolescence, mais elle prit chez lui des proportions alarmantes. Julia, qui convoquait souvent ses défunts et cultivait un certain goût du malheur, l'avait en quelque sorte encouragé dans ses inclinaisons. En berçant leur mélancolie, pensaient-ils pouvoir affronter plus facilement les épreuves à venir ?

Élève studieux, Andy obtint en 1945, à l'âge de 17 ans, l'équivalent américain du baccalauréat. Puis, en septembre de la même année, il intégra le Carnegie Institute of Technologie de Pittsburgh, réputé pour la qualité de son enseignement artistique. Il s'aperçut à cette occasion que ses parents avaient oublié de le déclarer à la mairie, en 1928, car l'administration ne put lui fournir un certificat de naissance, et obtenir une attestation, pour son dossier universitaire, fut une démarche compliquée. Jusqu'à l'âge de 18 ans, il n'avait jamais eu la moindre existence légale. Julia put payer son inscription et sa première année d'études grâce à l'argent laissé par son mari. Andy suivit des cours de dessin et de peinture – il apprit la technique de la sérigraphie, qui deviendrait sa marque de fabrique –, d'histoire de l'art et de design, mais il devait aussi assister aux pièces de théâtre montées par les étudiants et les commenter par écrit. Cet exercice le tourmentait car son anglais était loin d'être académique et il bénéficiait toujours de l'aide de jeunes filles bienveillantes, qui avaient pris sous leurs ailes cet étrange oiseau déplumé à la pâleur maladive et à la démarche hésitante. Mais le subterfuge ne fonctionnait pas à l'oral, et les professeurs mesuraient alors à quel point ses carences étaient profondes et combien il avait été pénalisé par son milieu d'origine. L'intelligence d'Andy était avant tout visuelle.

Situé à Oakland, à quelques kilomètres des quartiers ouvriers de Pittsburgh, le campus lui offrit une plongée dans une eau pure et vivifiante : travail intense et échanges intellectuels stimulants. Jusqu'alors, les conversations entendues avaient eu la consistance d'un os de seiche et voilà que des élèves commentaient avec passion les propositions des nouveaux peintres et les dernières expositions new-yorkaises. Loin de la sinistre monotonie de sa première jeunesse, Andy découvrait des territoires insoupçonnés. Lui-même était peu disert, toujours calme, il écoutait plus qu'il ne participait. Enseignants et condisciples le trouvaient original, un rien bizarre, et il les déroutait par sa manière de procéder. Les exercices imposés étaient estampillés Warhola et il était le seul à apposer sa touche de fantaisie, comme des empreintes de pattes de chat sur les dessins demandés, et cela agaçait les professeurs les plus conservateurs. Andy résistait à toute influence, il avait une idée précise de ce que devait être le résultat et n'en démordait pas. L'orgueil et le refus de composer étaient aussi deux des caractéristiques de sa personnalité. Rue Dawson, Julia lui avait laissé sa chambre, la plus lumineuse et la plus calme de la maison, afin qu'il pût s'isoler et s'atteler à ses devoirs. Paul était définitivement parti et John faisait vivre la famille. Pour gagner un peu d'argent, Andy travaillait régulièrement dans une crémerie. Il y préparait et servait milk-shakes et sandwiches, et faisait la vaisselle jusque tard dans la nuit.

À la fin de sa première année, Andy eut une horrible surprise en apprenant qu'il n'était pas accepté en classe supérieure et devait quitter Carnegie. La raison en était très simple : sa classe comptait 48 élèves et seuls les 15 premiers pouvaient rester, les autres devant laisser leur place aux soldats revenus de la guerre. En vertu de ce que l'on appelait le G.I. Bill, les vétérans avaient la priorité dans les universités, afin de se reconvertir en faisant des études. Andy fut foudroyé par la tristesse et l'angoisse, et Julia organisa de fréquentes séances de prières pour mettre fin à ce châtiment. « Cet épisode l'avait profondément traumatisé », se souvenait Sao Schlumberger. « Un jour que je l'interrogeais sur ses études, il m'a dit qu'il n'était jamais allé à l'université ! Plus tard, notre ami Fred Hughes m'a expliqué la situation : Andy avait été tellement choqué par ce rejet, qu'il avait tout simplement gommé cette époque de sa vie. À ses yeux, cela avait été une terrible injustice. Et l'oubli volontaire, le déni étaient ses armes pour réparer les blessures infligées par le monde extérieur[1]. » Pour Andy, se souvenir, c'était affronter de nouveau l'ennemi, sous toutes ses déclinaisons.

Lorsque ses professeurs lui proposèrent de suivre une session de rattrapage, tout au long de l'été, il y vit une nouvelle preuve des bienfaits de la prière. S'il réussissait, il pourrait passer en deuxième année. Tout en participant d'arrache-pied à ces cours estivaux, Andy travailla, plusieurs matinées par semaine, avec Paul, devenu maraîcher ambulant. À bord de son camion, il sillonnait la région pour vendre fruits et légumes et il engagea son petit frère pour lui donner un coup de main. Andy avait eu la bonne idée d'emporter son carnet de croquis et ses crayons, et tout en livrant les commandes, il dessinait les visages et les silhouettes des gens rencontrés aux halles et dans les rues.

1. Propos de Sao Schlumberger recueillis par l'auteur.

Il eut l'idée de les présenter aux membres de la commission de Carnegie et ces portraits d'une population pauvre et laborieuse, pour beaucoup des immigrants débarqués d'Europe à la recherche du rêve américain, étaient si expressifs qu'il fut invité à réintégrer l'université. Et il obtint une bourse qui fut renouvelée jusqu'à la fin de ses études. Ses dessins, qui remportèrent un prix et eurent droit à un article dans la presse locale, furent exposés au Carnegie Institute et lui valurent l'admiration des autres étudiants. Sa première exposition, assortie d'une somme de quarante dollars. Autant dire que, rue Dawson, Andek et sa Matsuka prièrent beaucoup pour remercier Dieu de sa magnanimité.

IV

«Le Garçon aux cheveux verts»

En deuxième année, Andy devint très proche d'un autre élève, Philip Pearlstein, et il est fascinant de penser qu'ils seront deux peintres à la renommée internationale, deux figures célèbres du monde de l'art au XXe siècle. Né à Pittsburgh en 1924, quatre ans avant Andy, cet ancien G.I. était lui aussi issu d'un milieu pauvre et avait lui aussi assisté aux classes d'art du samedi offertes par le Carnegie Museum. Mais la ressemblance s'arrêtait là car il avait fait la guerre, il avait visité les plus grands musées italiens et deux de ses tableaux avaient été reproduits dans les pages du magazine *Life*. Esprit positif et agissant, intellectuel et brillant, Philip fut bénéfique au développement, humain et artistique, de son cadet. Contrairement à ce dernier, il ne redoutait pas l'adversité et n'imaginait pas toujours les plus grands malheurs, rester le bec vide n'était pas une option envisageable pour lui et il encouragea Andy dans cette voie. «L'ange gardien qui veille sur nos rapports avec autrui», pour reprendre la formule de Cyril Connolly, fit un cadeau de premier ordre au jeune Warhola en lui offrant l'amitié de Pearlstein. Ajoutons que leur complicité était dénuée de toute ambiguïté : à ce stade, Andy avait compris qu'il était homosexuel alors que Philip, hétérosexuel, s'apprêtait à rencontrer sur le campus sa future épouse, le peintre

Dorothy Cantor. Et il n'était pas assez beau pour troubler Andy, qui, sa vie durant, et pour son malheur, ne fut attiré que par des hommes très séduisants.

Pour la première fois, Andy faisait partie d'une coterie, la coterie Pearlstein. Elle réunissait les élèves les plus doués de leur promotion et Andy y trouva sa place immédiatement. Il se laissait choyer par les filles, comme toujours, tout en distrayant les garçons par d'amusants petits dessins obscènes. Il comprit alors le pouvoir de l'humour et de l'insolence. Leur groupe travaillait beaucoup, mais ils avaient aussi une vie artistique stimulante. Ils assistèrent à des conférences du compositeur John Cage ou de la réalisatrice de films expérimentaux Maya Deren, aux concerts donnés par l'orchestre symphonique de Pittsburgh et ils s'enthousiasmèrent en découvrant les ballets de la chorégraphe Martha Graham, qui deviendrait une amie d'Andy des années plus tard à New York. Ses relectures des mythes de Médée (1946), d'Ariane et le Minotaure (1947) et d'Œdipe et Jocaste (1947), dans de magnifiques décors d'Isamu Noguchi, ne pouvaient que les captiver. La danse fascinait tant Andy qu'il s'inscrivit à des cours, le seul garçon à les suivre sur le campus. Bien que très gauche et maladroit, cela lui apprit à se réconcilier avec un corps détesté et il adopta une nouvelle démarche dansante qui lui valut un torrent d'insultes homophobes. Comme toujours, les filles volaient à son secours et prenaient sa défense. La carte de Noël qu'il imagina, en 1948, représentait des danseuses comme sorties d'un dessin animé et elle était signée « André », car c'est ainsi qu'il voulait désormais être appelé, à la française. À la même époque, il peignit un groupe de danseuses contemporaines dans une toile intitulée *I Like Dance*. Il la présenta à un concours, mais refusa de la vendre, malgré une proposition de 75 dollars car, à ses yeux, elle méritait bien plus. Tout le passionnait, prendre des cours de piano ou participer au tournage d'un film réalisé par des étudiants.

Andy avait gagné en confiance et en maturité, il manifestait une curiosité insatiable pour les nouveautés artistiques en général et pour les échos de la vie culturelle new-yorkaise en particulier. Les revues d'avant-garde, disponibles à la bibliothèque de l'université, évoquaient les quartiers de Greenwich Village et de Soho, donnaient des nouvelles de Jackson Pollock et de Mark Rothko, et des galeries de Manhattan. New York, c'était aussi les collections du MoMA, le clivage *uptown-downtown* et le Metropolitan Opera House, *Les Quatre Tempéraments* (1946) – ballet révolutionnaire et abstrait en noir et blanc de Balanchine –, les danses afro-américaines de la singulière Katherine Dunham et les pièces de Tennessee Williams, comme *Un tramway nommé Désir* (1947), qui offrit au jeune Marlon Brando un premier rôle d'anthologie. Andy rêvait, apprenait, travaillait. Il n'avait jamais été plus stimulé, et l'amitié de Philip, la complicité qui unissait les membres de leur groupe l'entraînaient vers un cercle d'or. Après avoir longtemps eu la vitalité d'une fleur de serre, prisonnier volontaire de la rue Dawson, il appréciait enfin la vie. Chaque journée apportait son lot d'idées, d'émotions, de découvertes. Cette aisance, cette énergie se retrouvaient dans les dessins à l'encre qu'il publia dans *Cano*, une revue étudiante dont il devint le directeur artistique. Le numéro de novembre 1948 proposait en couverture une foule de violonistes aux visages lunaires, des visages de statues de l'île de Pâques dans un grillage d'archets de violons.

Au cours de l'été 1948, Andy et quatre amis, parmi lesquels Philip et Dorothy, louèrent un atelier près du campus. Ils rebaptisèrent « L'Étable » cette remise du XIXe siècle et y organisèrent une soirée d'ouverture, au cours de laquelle un orchestre de chambre se produisit devant tous leurs proches. Dès le lendemain, ils travaillaient du matin au soir, dans un climat de saine émulation. Cinq cerveaux bien huilés et créatifs, grisés par le plaisir procuré par leur art. Cinq abeilles suintantes de pollen qui dessinaient et peignaient, avant de commenter la production des autres. Pas une seule ombre, pas le moindre nuage au sein de ce Club des Cinq solidaire et inspiré. Andy y exécuta une série de portraits d'enfants, la déclinaison d'un même thème était déjà au cœur de ses préoccupations. Après avoir été si longtemps mortifié par le monde extérieur, synonyme pour lui de traquenards et de déconfitures, il découvrait les bienfaits d'une complicité entre artistes en herbe – Dorothy Cantor, seule femme du groupe, fut célèbre pour sa gentillesse et le soutien qu'elle apporta aux autres sa vie durant. Les conversations coulaient librement au sein de ce quintet sans crocs ni griffes, et les fruits tombaient de l'arbre au bon moment. Pearlstein prit alors une photo du nouvel Andy : l'on est frappé par son regard doucement rieur et par son air détendu.

Les deux amis aimaient aussi se rendre à New York, comme ils le firent à la fin de ce bel été, où ils séjournèrent chez un élève de l'université. Ils se précipitèrent au MoMA où l'on pouvait admirer *Les Demoiselles d'Avignon* de Picasso, *Le Déjeuner en fourrure* de Meret Oppenheim – une tasse, une soucoupe et une cuillère recouvertes de peau de gazelle – ou encore *Les Montres molles* de Dalí. Le musée venait d'organiser une grande exposition Chagall, un peintre très admiré d'Andy. En 1966, à la question « Qui a eu une influence profonde sur votre travail ? », il répondit au journaliste : « Marc Chagall[1]. » New York fut pour lui une révélation et devint la ville des villes, la ville où toutes ses cordes sonneraient juste.

En 1948, Andy concilia ses études au Carnegie Institute of Technologie avec un travail d'étalagiste dans le grand magasin le plus élégant de Pittsburgh, Joseph Horne's. Sa bourse ne suffisait pas et il voulait soulager au maximum Julia et surtout son frère John, qui faisait vivre la famille. Il peignait des décors pour les vitrines mais aussi ses ongles et ses chaussures, dont les couleurs variaient selon ses humeurs. En cette même année 1948, il se teignit les cheveux après avoir vu *Le Garçon aux cheveux verts* de Joseph Losey, film dans lequel un jeune orphelin est ostracisé lorsque ses cheveux deviennent subitement verts, sans explication. Losey offrait aux spectateurs une parabole sur le racisme et l'intolérance, et Andy le reçut comme un précieux cadeau. Pour les esprits étriqués du campus, Warhola était un sous-mâle coiffé de gazon, mais il n'en avait cure et cela en dit long sur son indépendance intellectuelle et sur son goût de l'équivoque, encouragé par les étalagistes homosexuels qu'il côtoyait chez Horne's. Il suivait les traces de Baudelaire faisant son apparition en cape azur et gants roses, tel que le décrit le photographe Nadar, et d'Oscar Wilde, se promenant tout en ayant une conversation animée avec le lys qu'il tenait à la main. Réflexe de défense, provocation narcissique, manifestation de joie de vivre – autant de raisons mêlées qui faisaient qu'Andy Warhola n'était plus un laideron maniéré et acnéique mais « un nuage en pantalons » (Maïakovski). Son excentricité était osée pour la fin des années 40 en

1. Magazine *Cavalier*, septembre 1966. Voir *Andy Warhol : Entretiens, op. cit.*, p. 118.

Amérique, bien peu tolérante pour ce genre de comportements, surtout chez un garçon. Warhol s'affranchissait des normes qui avaient empoisonné son passé, il affirmait sa singularité tout en économisant l'argent nécessaire à son prochain séjour à New York.

Philip, Andy, et leur ami Art Elias prirent le bus pour Manhattan en septembre 1948. L'idée était de commencer à y tisser des liens professionnels, car ils seraient diplômés dès l'année suivante, tout en s'offrant une plongée dans les musées et les galeries. Ils purent loger à Greenwich Village, chez une ancienne élève de l'université, et Andy se rendit, portfolio sous le bras, dans les bureaux du magazine *Glamour*, l'un des titres du groupe Condé Nast, dont le fleuron était la revue *Vogue*. Tina S. Fredericks, la directrice artistique, le reçut chaleureusement et il lui montra divers dessins – portraits, nus ou fleurs. Elle apprécia l'originalité du rendu et sa technique du « dessin tamponné », mise au point au cours de ses études. Il commençait par exécuter un dessin à l'encre puis il le transférait immédiatement sur un papier plus poreux, ce qui lui offrait la possibilité de le reproduire plusieurs fois tout en obtenant des effets variables, jamais identiques. La jeune femme lui promit de le faire travailler s'il revenait la voir après l'obtention de son diplôme.

De retour sur le campus, Andy-aux-ongles-multicolores-et-à-la-démarche-dansante devint l'objet de toutes les attentions. On commentait ses faits et gestes, ses goûts et ses bizarreries, certains l'imitaient et il « eut même un premier adulateur, un étudiant en art plus jeune que lui, qui tenta de se suicider et dut par la suite quitter l'école[1] ». Il peignit alors une femme en train de bercer un bébé à

1. Victor Bockris, *Andy Warhol*, *op. cit.*, p. 52.

tête de chien et le portrait dut être retiré d'une exposition regroupant des œuvres d'étudiants, car les âmes bien pensantes furent offusquées. En 1945, Denis Dawnay, un autre artiste excentrique à la santé fragile, qui préférait lui aussi sa mère à tout autre être humain, faisait le portrait de Fleur, un bébé teckel dans son landau, habillé comme un nourrisson. Il figurait dans un livre que ne pouvait pas connaître Andy car il avait été seulement tiré à quelques exemplaires pour ses amis et ne fut officiellement publié qu'en 2005.

Sur le campus, Andy n'était qu'assurance et énergie, et le duo qu'il formait avec Pearlstein était fécond : ils créèrent une toile de fond avec des papiers journaux pour une pièce montée par des étudiants, illustrèrent un livre pour enfants et Andy, tout en fournissant des dessins à la revue *Cano*, arrondissait ses fins de mois en exécutant des portraits. « Ils ne coûtaient que cinq dollars pièce, il me l'a raconté », se souvenait John Richardson. « Ils sont aujourd'hui très recherchés, tout comme ses illustrations pour *Cano*. Mais Andy n'avait aucune indulgence pour ses talents passés. Certains artistes sont nostalgiques et évoquent leurs débuts avec mélancolie mais pour lui, cela ne correspondait à plus rien d'essentiel et il n'aimait pas revoir ses œuvres de jeunesse. "Elles ont beaucoup trop de rides à mon goût", avait-il précisé et je n'ai jamais oublié cette expression. Et j'ai appris que, des années plus tard, lui qui ne jetait rien avait pourtant brûlé des sacs entiers d'illustrations réalisées pour des magazines tout au long des années 50[1]. »

Rue Dawson, alors que la date des examens approchait, Andy n'était plus un étudiant sûr de lui, mais un jeune

1. Propos de John Richardson recueillis par l'auteur.

homme inquiet pour son futur. Julia et son fils alternaient conseils de guerre et séances de prières. Andek s'apprêtait à aller tenter sa chance à New York avec Philip, ils allaient être séparés pour la première fois depuis sa naissance et cette perspective les angoissait autant l'un que l'autre. Plus maussade que jamais, Julia lui prédisait le pire, elle aurait préféré le garder à la maison, mais les perspectives de carrière à Pittsburgh n'étaient guère enivrantes. Il lui fallait impérativement quitter le camp ennemi, cette ville qu'il ne cesserait de renier au point de mentir sur son lieu de naissance dès qu'il serait interviewé par un journaliste. Le pacte était clair et précis, il ferait venir sa mère auprès de lui dès que ses moyens financiers le lui permettraient. La roue de la fortune allait-elle sourire au dernier des Warhola ? Andy, qui s'identifiait aux jeunes héroïnes des films hollywoodiens, avait les espoirs d'une princesse de dessin animé. Allait-il chausser à son tour la pantoufle de vair ? Le pauvre Andy d'aujourd'hui serait-il le millionnaire de demain ? Au jeu du rêve américain, tous les espoirs étaient permis.

V

«Andy-la-Guenille»

Andy obtint son diplôme, une licence en conception graphique, en juin 1949, et il partit peu après en bus pour New York, avec Philip. Les deux amis s'installèrent dans un appartement minuscule, sans eau chaude ni ascenseur, qu'ils sous-louaient au sixième étage d'un immeuble de St. Mark's Place. Leur terrain d'atterrissage était sinistre, mal aéré et infesté de cafards, la baignoire en était tapissée. Ils comptaient vivre sur leurs maigres économies en attendant de pouvoir travailler en tant qu'illustrateurs, pour des magazines et des agences de publicité, et chaque centime comptait. Tina S. Fredericks, la directrice artistique de *Glamour*, tint parole et lui commanda, dès leur premier rendez-vous, un dessin de chaussure, à livrer pour le lendemain. Elle lui acheta aussi, à titre personnel, l'encre représentant des violonistes qui avait fait la couverture de la revue *Cano* en novembre 1948. Elle fut ainsi sa première collectionneuse new-yorkaise, car cette acquisition fut suivie par d'autres. «Elle avait accroché ses petits Warhol sur un mur de son appartement de Manhattan, des œuvres de jeunesse», se souvenait Dorian Leigh, l'un des plus grands mannequins de sa génération, dont Truman Capote s'inspira pour le personnage d'Holly Golightly dans *Diamants sur canapé*. «C'était pour elle un motif de joie et de fierté, elle avait découvert Andy avant tout le monde. Tina était intelligente, sophistiquée, très cosmopolite. Elle était née à Berlin, avait vécu à Londres, et elle possédait un flair infaillible pour le talent et la qualité. Une marraine-fée pour ce débutant[1]. »

Elle fut si séduite par les dessins qu'il lui apporta qu'elle lui en commanda de nouveaux sur-le-champ. Ses premières illustrations furent publiées dans *Glamour* en septembre 1949, soit moins de trois mois après son arrivée. Elles accompagnaient une série d'articles consacrée au bonheur et à la réussite auxquels aspiraient les jeunes femmes de l'après-guerre : « Le succès sur les chapeaux de roues », « Le succès c'est une carrière à la maison », « Le succès c'est une histoire de famille » et « Le succès c'est un mariage heureux ». Andy avait imaginé plusieurs portraits féminins, mais surtout une échelle sur laquelle des chaussures avaient été disposées sur les barreaux, en route vers le succès tant désiré. Les dessins étaient signés « Warhol », ce qui n'était pas un choix de leur auteur mais une erreur de typographie – d'autres légendes circulent sur l'abandon du « a », mais nous choisissons cette version. Le principal concerné oublia aussitôt les Andrew ou André Warhola pour cet Andy Warhol, symbole de sa nouvelle existence new-yorkaise. Ce nom apparut pour la première fois dans les pages du magazine *Mademoiselle* en février 1950.

Andy, si connu pour sa timidité et ses silences, fit preuve, pour s'imposer auprès de ses futurs employeurs, d'une débrouillardise digne des héros de Mark Twain. Une carrière free-lance était semée d'embûches, rien n'était jamais gagné d'avance et il fallait se renouveler et séduire quotidiennement. Sa présence physique, peu ragoûtante,

1. Propos de Dorian Leigh recueillis par l'auteur.

aurait pu le desservir dans un monde obsédé par les apparences et ses camarades l'avaient très vite surnommé «Andy-la-Guenille» car il avait presque l'air d'un clochard. Pearlstein essayait de le cornaquer tant bien que mal, de le convaincre d'être un peu moins négligé, mais Andy avait compris que son image de garçon pauvre et peu soigné mais très travailleur éveillait un sentiment de protection quasi maternel chez bien des femmes, qui faisaient appel à ses services pour lui venir en aide. Il existait un contraste saisissant entre son apparence et le grand raffinement de ses dessins.

Dans son journal, le 20 novembre 1986[1], Warhol raconte comment il procédait pour arriver à ses fins. Contrairement à ses concurrents, qui arrivaient dès l'ouverture des bureaux, Andy se présentait plus tard dans les rédactions et les agences, lorsque les directeurs artistiques des deux sexes commençaient à montrer des signes de fatigue, après toute une succession de rendez-vous. C'est alors qu'il partait à l'assaut car ils capitulaient plus facilement, la matinée ayant été longue. L'idéal pour lui était de les solliciter à l'heure du déjeuner. Le téléphone sonnait moins, ils étaient plus disponibles et désireux d'en finir au plus vite. Très au point, sa stratégie porta ses fruits. Une fois toutes ses démarches terminées, il retrouvait Philip à l'appartement et se mettait immédiatement au travail, jusque tard dans la nuit, pour proposer, dès le lendemain, une nouvelle moisson. Assis dans leur cuisine-salle de bains, il dessinait, dessinait, dessinait.

En janvier 1984[2], il se souvenait, toujours dans son journal, à quel point il était alors fatigué, tout lui revenait

1. *The Andy Warhol Diaries, op. cit.*, p. 775
2. *Idem*, p. 550.

en mémoire trente-cinq ans plus tard : le trajet de retour depuis la station de métro d'Astor Place, l'escalier interminable à gravir, portfolio sous le bras. Et que dire de ces nuits blanches passées à travailler ? Mais il devait réussir à tout prix, ne pas décevoir sa Matsuka et la faire venir au plus vite à New York. Il lui écrivait chaque jour une carte postale et allait chaque matin assister à la messe de 7 h 30, elle pouvait être fière de lui. De son côté, Julia lui envoyait un peu d'argent dès qu'elle le pouvait afin de l'encourager dans ses efforts et d'adoucir son quotidien. Persévérer, escalader les barrières, conquérir, engranger, tel était le tao d'Andy.

Pearlstein avait plus de mal à s'imposer, il méprisait le monde frivole des magazines de mode, les nerfs en verre filé des rédactrices en gants blancs, et il finit par être engagé à plein temps pour dessiner des sanitaires, ce qui lui permettait de peindre la nuit. Les deux amis se construisaient peu à peu sur des choix opposés et irréconciliables : Philip ne penserait qu'à la qualité de son œuvre et refuserait de n'être qu'« un simple mangeur d'argent » (Stendhal), fuyant toute publicité n'étant pas directement liée à la qualité de ses tableaux. Alors qu'Andy, loin d'être horrifié par la notion d'« art commercial », rechercherait la médiatisation sous toutes ses formes, même les plus mercantiles. Et, à ce stade, il appréciait vraiment d'être publié dans des revues féminines, n'y voyant rien de blâmable. « Pearlstein était plus sérieux, plus conventionnel, au fond plus bourgeois et, si je puis dire, très hétérosexuel. Andy était plus original, plus inattendu, plus attiré par le glamour et le style », constatait son ami, le critique d'art Stuart Preston. « Ce qui était artificiel pour le premier ne l'était pas pour le second. Et il est évident que sa préciosité homosexuelle avait un rôle à jouer dans les choix d'Andy.

C'était "le mariage de la carpe et du lapin", comme disent les Français[1]. »

Lorsque leur sous-location prit fin, les deux compères louèrent une vaste pièce à une danseuse et chorégraphe lesbienne, pionnière de la thérapie par la danse. Andy envoya alors à ses proches, pour leur signifier son changement d'adresse, des petites cartes écrites à la main et glissées dans des enveloppes contenant de la poudre scintillante ou « poussière magique » – le sillage de la fée Clochette. Dès qu'ils le pouvaient, ils allaient au cinéma et au théâtre, mais aussi découvrir les nouvelles expositions proposées par les galeristes de Manhattan. Et Philip lui faisait écouter de la musique classique et de l'opéra. Andy aimait particulièrement *Façade*, onze poèmes ésotériques récités avec un mégaphone par leur auteure, Edith Sitwell, sur une musique du compositeur William Walton. Mlle Sitwell, qui avait l'âge de Julia et ressemblait à une patricienne médiévale, était une excentrique comme il les aimait. N'avait-elle pas pour devise : « Un lévrier ne doit pas chercher à marcher comme un pékinois » ? Andy aurait pu l'adopter et la faire sienne.

Après avoir été enfant malade et prodige du dessin, employé dans une crémerie et vendeur de fruits et légumes, étalagiste et étudiant en art et design, Andy plongeait avec passion dans son nouveau rôle, illustrateur publicitaire. Pittsburgh et la rue Dawson semblaient bien loin alors qu'il arpentait les rues de Manhattan, symbole de la prospérité américaine et d'une consommation encouragée par les magazines et les agences de publicité pour lesquelles il travaillait. En 1950, le Diner's Club introduisit la carte de crédit et les femmes qu'il croquait dans ses dessins en

1. Propos de Stuart Preston recueillis par l'auteur.

firent bon usage. Après *Glamour* et *Mademoiselle*, d'autres magazines, comme *Seventeen*, publièrent ses dessins, et sa réputation commençait à s'établir. Dès 1949, il créa également des pochettes pour les disques Columbia.

Professionnellement, Andy semblait tiré d'affaire mais à l'âge de 21 ans, qu'en était-il de sa vie privée ? Comment le situer dans le spectre amoureux et sexuel ? Ses biographes américains ont tordu le cou au cliché selon lequel Warhol était né vierge et le serait resté. Il eut des amants dès ces premiers mois à New York : on parlait d'un danseur voleur de bijoux, d'un chef de chantier, d'un… Les noms importent peu car aucune de ces relations ne s'inscrivit dans la durée, mais elles eurent le mérite d'exister. Comme le disait Voltaire du roi Frédéric II de Prusse, sexuellement passif : « En amour, (il) ne jouait jamais que les seconds rôles. » Et le même constat s'appliquait à Andy. Affligé par un physique ingrat, il n'était pas à la fête dans un monde qui valorisait plus que tout la beauté. Il fréquentait une salle de sport et s'était modelé un corps mince et musclé, mais son gros nez rouge, ses lunettes à verres épais, son crâne de plus en plus dégarni et sa peau acnéique ne favorisaient pas les conquêtes. « À New York, dans les années 40 et 50, le milieu gay était dur », se souvenait John Richardson. « L'on se retrouvait dans les bars et les bains de vapeur et les regards n'étaient pas tendres, des regards de prédateurs. Je sais qu'Andy a beaucoup souffert de son apparence, il était très complexé et n'osait pas faire des avances. Il était un romantique, il rêvait du grand amour, d'un amour sincère et partagé, mais il ne l'a jamais trouvé. Vingt-cinq ans plus tard, dans les années 70, nous avons évoqué cette période de sa vie privée et il m'a confié à quel point cela avait été douloureux. Il faut ajouter que l'homosexualité était sévèrement punie à l'époque, condamnée à tous les échelons de la société américaine, et Andy était si efféminé que l'on savait immédiatement à quoi s'en tenir avec lui. Mais il faisait preuve de caractère et ne cherchait pas à dissimuler quoi que ce soit, contrairement à tant d'autres garçons que je connaissais et qui jouaient les durs. Le vrai courage était du côté d'Andy[1].»

Au printemps 1950, les deux colocataires furent une fois encore obligés de quitter les lieux mais, cette fois, leurs chemins bifurquèrent. Pearlstein épousa Dorothy au cours de l'été suivant et Andy assista à leur mariage, ils continuèrent à se voir mais cette époque de vie commune, de connivence et d'échanges constants, au cours de laquelle Philip fit un portrait à l'huile d'Andy, prit fin définitivement. Warhol serait-il venu aussi vite à New York sans Pearlstein ? Tout comme dans la chanson *Moon River*, Philip avait été pour lui un «Huckleberry friend», un complice avec qui partir à l'aventure et découvrir de nouveaux territoires. Plus décidé, plus énergique, plus rigide aussi, Philip avait été la locomotive au sein de leur duo, mais il avait été aussi motivé et séduit par l'originalité d'Andy, par son regard si peu conventionnel. Aussi différents que complémentaires, ils s'étaient stimulés et encouragés, ils avaient plié bagages ensemble pour partir à la conquête de New York, mais le temps était venu de se séparer et un nouveau cycle commença pour eux.

Andy atterrit, non loin de Central Park, dans un entresol, sur la cent troisième rue, où vivaient des anciens élèves de son université mais aussi des apprentis acteurs et des danseurs. Un joyeux capharnaüm de matelas et de rires. Le milieu de la danse l'amusait particulièrement, il aimait leur vitalité, leur grâce physique, leur force athlétique,

1. Propos de John Richardson recueillis par l'auteur.

des qualités qui lui faisaient défaut. C'était l'époque des premiers succès de Jérôme Robbins, de l'*Orphée* chorégraphié par Balanchine sur une musique commandée spécialement à Stravinsky, de l'arrivée de Margot Fonteyn à New York. En 1950, alors qu'Andy emménageait dans ce nouvel appartement, les ballets de Roland Petit conquirent Broadway et le public américain fut subjugué par Zizi Jeanmaire dans *Carmen* et par Jean Babilée dans *Le Jeune Homme et la Mort*, sur un livret de Cocteau, l'un des héros d'Andy.

Ce dernier, qui partageait une chambre avec deux autres garçons, s'efforçait de dessiner au milieu de ces jeunes gens qui allaient et venaient, tous joviaux et gentils avec lui. En plus de ses croquis pour des magazines de mode, il illustra à cette époque des pièces de Giraudoux et de William Inge, mais aussi un article sur Lorca, pour la revue *Theatre Arts*. Il fit des portraits de ses nouveaux camarades et du chat de la maisonnée. Cependant, une certaine tristesse finit par s'installer car ses colocataires des deux sexes, bien que bienveillants à son égard, n'avaient ni le temps ni l'envie de tisser avec lui des relations plus profondes. Andy était pour eux comme un bon vieux labrador dont on caresse machinalement la tête, au coin du feu. Il n'avait jamais été plus seul qu'au beau milieu de cette foule enjouée et folâtre, et c'est alors qu'il peignit, d'après une photo publiée dans le magazine *Life*, un tableau représentant un enfant chinois en pleurs dans les décombres de Shangaï, après les bombardements de la ville par l'aviation japonaise, le 28 août 1937. S'agissait-il d'un autoportrait allégorique ? L'on pense à ce qu'Oscar Wilde disait de Bernard Shaw : « Un brave garçon, il n'a pas un ennemi… et aucun de ses amis ne l'aime. »

VI

« Première exposition »

Cette expérience de communauté artistique ne dura que quelques mois et, à la fin de l'année 1950, Andy séjourna chez un ancien élève de son université, le peintre Joseph Groell. Puis, au début de l'année 1951, il loua un studio, avec cuisine et salle de bains, au 216 East 75th Street. Il adopta aussitôt un chat siamois, le premier d'une longue série, pour lui prêter main-forte, car il y avait des rats, mais aussi pour jouer avec lui, entre deux commandes. Andy avait si peu d'affaires personnelles, si peu de vêtements, qu'il transportait tout d'un lieu à l'autre dans des sacs en papier marron, ces mêmes sacs que les Américains utilisaient pour rapporter leurs courses de l'épicerie ou du supermarché. Ses biens les plus précieux étaient son portfolio et son matériel d'illustrateur et de peintre. Dès qu'il investissait un nouvel espace, il alignait soigneusement crayons, plumes, encriers, pinceaux, tubes de couleurs et piles de buvards. Ses antidotes à l'anxiété d'une vie errante et à la solitude.

Andy travaillait à toute vapeur et ses premières illustrations pour le magazine *Harper's Bazaar*, seul véritable rival de *Vogue*, parurent en septembre 1951, elles représentaient des sacs à main et des chaussures. Il avait désormais un orteil dans le saint des saints du chic international et l'on a raconté cent fois sa rencontre avec Carmel Snow, l'élégante rédactrice en chef. Un cafard aurait sauté de l'un de ses dessins sous le regard horrifié de son interlocutrice qui, prise de pitié, lui aurait donné du travail dans la seconde. Il adorait cette anecdote même si la scène n'avait jamais eu lieu. La mésaventure serait arrivée à Pearlstein, mais Andy ne put résister à la tentation de l'intégrer à sa légende. En ce même mois de septembre 1951, le *New York Times* publia en pleine page une publicité qui fit grand bruit. Andy avait imaginé, pour une émission de radio consacrée aux crimes et aux narcotiques, un séduisant marin en train de se faire une piqûre d'héroïne et l'on y sentait l'influence de Cocteau, qui avait consacré tant de dessins à des marins. À partir de là, le jeune Warhol fut plus demandé que jamais car ce parfum de soufre séduisit le monde de la mode et des médias en ce début des années 50, alors que le maccarthysme (1950-1954) commençait à condamner tout comportement dit subversif : communisme et homosexualité. Le sénateur McCarthy et ses sbires étaient violemment homophobes et engager un illustrateur qui avait osé publier le dessin d'un marin drogué dans le journal le plus célèbre du pays, c'était lutter contre le sectarisme ambiant. L'audace d'Andy fut récompensée puisque cela lui valut son premier prix new-yorkais, une récompense décernée par le Club des directeurs artistiques.

Sa réputation lui permettait désormais d'illustrer aussi des couvertures de livres et de dessiner la carte de la météo, à la télévision, pour les actualités du matin de la chaîne NBC. L'armée l'ayant déclaré inapte au service, il pouvait se concentrer sur sa carrière l'esprit serein. Sa vue était alors si mauvaise qu'il devait porter des lunettes à verres très épais, ce qui, ajouté à ses antécédents médicaux, n'en faisait pas un G.I Joe idéal. D'une manière générale, il ne payait pas de mine et son hygiène laissait à désirer. Les mauvaises langues disaient qu'il ne se lavait pas car sa baignoire servait à un autre usage... En effet, Andy présentait ses dessins sur un papier qu'il avait retravaillé afin de lui donner l'allure des papiers français et italiens. Il teignait les feuilles dans sa baignoire avant de les faire sécher sur une corde à linge.

À cette époque de sa vie, Warhol aurait préféré être invisible tant il se sentait physiquement disgracieux. « Des amis communs m'ont raconté que le pauvre Andy ressemblait à un provincial attardé et que les gens se moquaient de son apparence », se souvenait Ultra Violet. « Il ne jurait que par les beaux danseurs de Manhattan et par les jeunes acteurs qui espéraient percer à Broadway et, naturellement, il n'était pas payé de retour, c'est une loi cruelle. On m'a également souvent dit qu'il vouait un culte aux chaussures et aux pieds de ces messieurs, il était fétichiste et demandait toujours s'il pouvait dessiner les pieds des jolis garçons qu'il rencontrait. Et visiblement, cela marchait. Et il a réuni ces croquis dans un petit livre qui s'arrache aujourd'hui à prix d'or. C'est un goût très répandu et très partagé. Il est vrai qu'Andy commençait toujours par regarder les pieds des gens qu'il rencontrait, hommes ou femmes. La première fois que je l'ai vu, il a fixé mes escarpins et m'a demandé, de sa voix mourante : "Chanel ?" Il s'agissait effectivement des modèles bicolores de cette maison. C'est la première fois que j'entendais le son de sa voix, le premier mot qu'il a prononcé devant moi[1]. »

En voyeur consommé, Andy trouvait aussi le moyen de les interroger sur leurs aventures sexuelles et de les faire poser nus. Ces narcisses, flattés, acceptaient et il finit

1. Propos d'Ultra Violet recueillis par l'auteur.

également par rassembler ces dessins en un volume. Le premier garçon dont il s'éprit à New York était effectivement très séduisant. Il se nommait Ralph Thomas Ward et était surnommé « Corkie ». Cet aspirant poète et artiste, qui vivait avec l'ancien secrétaire de la danseuse et chorégraphe Isadora Duncan, avait tout pour fasciner Andy : une longue silhouette parfaite et des boucles de pâtre grec. Ils assistèrent à une fête, le 24 décembre 1951, et dès lors, Andy lui envoya des lettres ardentes et le poursuivit de ses assiduités. Les sentiments de Corkie n'étaient pas réciproques, mais cela ne les empêcha pas de devenir amis et collaborateurs.

Au début du printemps 1952, Andy commença à travailler avec Corkie sur le premier des sept petits livres illustrés de sa main qu'il destinait à ses meilleurs clients et à des gens susceptibles de l'aider dans sa carrière – un parfait cadeau de Noël, enveloppé de papier de soie. Publiés à compte d'auteur, ils étaient tirés à environ une centaine d'exemplaires et les originaux sont aujourd'hui l'objet d'un véritable culte. En l'espace de deux ans, Andy et Corkie eurent six projets en commun, deux livres achevés et quatre manuscrits. Le premier, terminé et offert en cette même année 1952, s'intitulait *L'amour est un gâteau rose*. Corkie, dont le nom figurait à côté de celui de Warhol, en tant que coauteur, avait écrit, en vers, des textes qui évoquaient des liaisons célèbres et funestes, en parfaite contradiction avec le titre choisi et le contraste était d'autant plus savoureux. Andy avait dessiné, sur un papier bleu Wedgwood, onze couples légendaires, d'Antoine et Cléopâtre à Roméo et Juliette. Les mots de Corkie les accompagnaient comme des petits poèmes ironiques et parfois grivois. Leur second volume publié fut *A est un alphabet*. Il s'agissait d'un alphabet représentant des animaux, mais

Andy avait créé des personnages humains pour chacune des espèces citées : dalmatien, grenouille, hareng, loutre, grillon, albatros… « C'était un mélange très réussi d'innocence et d'insolence, un mariage absolument irrésistible, même les fautes d'orthographe et d'impression étaient irrésistibles car on se demandait s'il ne l'avait pas fait exprès. Elles s'adressaient à un public blasé, qui avait tout vu, le New York de la mode et des agences de Madison Avenue, et pourtant ils tombaient sous le charme, et les gens les collectionnaient. C'était une idée très Warhol, très adroite. Et on voyait là à quel point il était un esprit original et inspiré », résumait Stuart Preston[1].

Andy avait compris qu'il lui fallait séduire et cajoler celles et ceux qui pouvaient parler de lui et lui procurer de nouveaux contrats. Il leur envoyait à Pâques des dessins d'œufs multicolores et, au fil du temps, ils reçurent des putti facétieux, des chats aux couleurs psychédéliques, des chaussures de fée et des gâteaux de Dame Tartine. Il avait compris que ces petits cadeaux amusaient et retenaient l'attention, et il en profita aussi pour faire sa cour à des personnalités qui incarnaient son idéal de glamour. Un certain Jerry Zipkin, héritier new-yorkais dont la fortune provenait de l'immobilier, le fascinait particulièrement car il assistait à toutes les soirées et servait de chevalier servant – de « walker », ainsi que disent les Américains – aux femmes les plus en vue. Zipkin était le garçon le plus mondain de la ville, son cœur n'avait de place que pour le tout-Manhattan, mais pour Andy, c'était le contraire d'un défaut, il le parait des qualités qui lui manquaient cruellement : enfance et jeunesse dorées, élégance, absence totale de soucis financiers, vie champagnisée. Andy avait une âme

1. Propos de Stuart Preston recueillis par l'auteur.

de cinéma et l'existence d'un Zipkin lui paraissait digne des films hollywoodiens qui l'avaient nourri à Pittsburgh, la sophistication new-yorkaise en plus. En fin limier, il s'était procuré son adresse et il lui envoyait de ravissants dessins avec les mentions «Joyeux Lundi», «Joyeux Mardi», «Joyeux Mercredi...». Un pour chaque jour de la semaine. Et ils finirent par faire connaissance. Mais l'homme qui l'obsédait le plus était bien Truman Capote.

Andy avait découvert son existence dès son premier séjour à New York, en 1948, alors que Capote, qui avait quatre ans de plus que lui, venait de remporter un triomphe avec son premier roman, *Les Domaines hantés*. C'était moins le texte qui avait d'abord retenu son attention que la photo de son auteur, publiée en quatrième de couverture. «Truman, mollement étendu sur un canapé, fixait sur l'objectif des yeux si grands, avec une expression si provocante, qu'il ne semblait songer qu'à séduire», écrit Gerald Clarke[1]. Andy avait été aimanté par ce portrait et la foudroyante notoriété du jeune romancier, soudain recherché par toutes les gloires, ne fit qu'aiguiser sa fascination. Il avait été également troublé en constatant que Joël, le jeune héros du livre, âgé de 12 ans, lui ressemblait, moralement et physiquement, comme deux gouttes d'eau au même âge. Warhol avait commencé à lui écrire rue Dawson, mais il ne reçut aucune réponse. Une fois installé à New York, il recommença à lui envoyer lettres et dessins, en lui proposant de faire son portrait. Mais Capote ne répondait jamais aux courriers de ses admirateurs. Andy persévéra, il lui fit parvenir des illustrations de ses nouvelles et en vint même à faire le pied de grue devant l'immeuble de l'écrivain, dans le seul but de l'apercevoir

1. Gerald Clarke, *Truman Capote*, Gallimard, 1990, p. 169-170.

quelques instants, avant de le suivre dans les rues. Il franchit une nouvelle étape en abordant Nina Capote, la mère de l'auteur, une vaporeuse alcoolique le plus souvent entre deux vins, qui l'invita aussitôt à venir boire un verre pour lui tenir compagnie, tant elle se sentait seule. L'on peut imaginer la surprise et le malaise de Truman en trouvant sa mère éméchée en pleine conversation, dans leur salon, avec ce garçon qui le harcelait et qui avait le physique d'un pervers de mauvais roman, l'admirateur psychopathe à lunettes à double foyer. Il resta maître de ses nerfs et écouta patiemment Andy lui raconter sa vie, mais ses confidences le laissèrent de marbre car ce qui fonctionnait avec les rédactrices de mode trouva peu d'écho en Truman. Dès lors, ce dernier reçut des coups de téléphone quotidiens de son admirateur jusqu'à ce que Mme Capote, dans un moment de sobriété et de lucidité, lui demandât de cesser d'importuner son fils.

Bien que refroidi par ce rejet, Andy décida de présenter ses illustrations des œuvres de Capote à un marchand, autant ne pas avoir travaillé pour rien. Il s'adressa à Alexandre Iolas, personnage pittoresque et controversé, qui dirigeait la Hugo Gallery. «Je l'ai très bien connu, nous avons représenté tous les deux des artistes comme Tinguely», se souvenait sa consœur Denise René, dont le nom reste indissociablement lié à celui de Vasarely. «Les gens l'admiraient ou le détestaient, il n'y avait pas d'intermédiaire. D'origine grecque, Iolas était un personnage flamboyant, avec ses manteaux de fourrure, ses bijoux, son maquillage, ses excès… un orchestre à lui tout seul. Il avait été danseur et en avait gardé une gestuelle très théâtrale, il affichait ouvertement son homosexualité, ce qui était rare à l'époque, et très mal vu. Mais derrière cet histrionisme, ce plumage de perroquet, il y avait une passion pour les artistes qu'il défendait vraiment, et je respectais beaucoup son œil et ses compétences[1].» Iolas fut convaincu par le talent d'Andy et il décida aussitôt de lui organiser sa première exposition, du 16 juin au 3 juillet 1952. Il avait sélectionné quinze dessins illustrant des nouvelles de Truman Capote. Aucune des œuvres présentées ne fut vendue, mais Andy eut droit à une critique positive dans *Art Digest.* Le journaliste comparait son univers à celui de Cocteau, qu'il admirait tant. Et, surtout, il était exposé pour la première fois de sa vie à New York. La rue Dawson semblait alors à des années-lumière.

Andy vivait dans un désordre indescriptible et lorsque Julia, accompagnée de Paul, vint lui rendre visite, elle fut horrifiée par la saleté de l'endroit et par le fait que son fils cadet ne se nourrissait que de biscuits et de sucreries, négligeant autant son alimentation que son hygiène. Ne trouva-t-elle pas 97 chemises sales dans un placard ? Il préférait en acheter de nouvelles plutôt que de les laver. Elle se mit immédiatement à la tâche et fit le ménage de fond en comble, tout en lui préparant des repas dignes de ce nom. Mais elle comprit qu'il reprendrait ses habitudes désastreuses dès qu'elle repartirait et c'est pourquoi elle revint très vite vivre chez lui, abandonnant Pittsburgh et sa famille. Ses fils aînés étaient indépendants, ils n'avaient plus besoin d'elle et ils comprirent sa décision. Andy put désormais se consacrer à son travail tout en étant bien nourri et en portant des vêtements propres. Dès lors, elle ne vécut plus que pour le soutenir et l'encourager même si, en bonne mama ruthène, elle était inquiète de le voir mener une existence si solitaire. Elle rêvait de lui trouver une épouse parfaite et lui en parlait souvent, ignorant tout

1. Propos de Denise René recueillis par l'auteur.

de sa sexualité. Mais elle le faisait rire, ils s'entendaient parfaitement et avaient retrouvé en un instant leur complicité d'antan. La présence de Julia lui fut salutaire, mais il avait compris que son physique et son comportement de paysanne étaient incompatibles avec le monde new-yorkais qu'il voulait conquérir. Elle assista, chaussée de babouches, à son vernissage à la Hugo Gallery et il mesura à quel point le décalage était profond. Dès lors, il traça un cercle invisible autour d'elle et le duo vécut en solitaire avec leurs chats, car il en avait adopté un deuxième pour tenir compagnie au premier, et bien d'autres suivraient. Le cas de Julia prouve à quel point l'extrême sensibilité d'Andy se doublait d'une inflexibilité tout aussi grande. Il pouvait être, moralement, un ogre intraitable.

VII

«Les Chats de l'oncle Andy»

À en croire Ernest Hemingway, le célibat augmenterait et améliorerait la productivité d'un créateur et cette formule aurait pu être inventée à l'intention d'Andy, à cette époque de sa vie. Avec Julia à ses côtés, il travailla plus que jamais, multipliant pistes et commandes. Après Tina S. Fredericks, une nouvelle alliée se manifesta en la personne de Fritzie Miller, qui était agent d'artistes publicitaires et grâce à qui ses illustrations furent aussi publiées dans *Mc Call's*, *Ladies Home Journal* ou *Vogue*. Apparaître dans les pages de *Vogue* et de *Harper's Bazaar* était une consécration, Andy s'y retrouvait aux côtés des plus grands photographes – Cecil Beaton, Richard Avedon ou Irving Penn – et d'illustrateurs aussi réputés que René Bouché, Éric, Gruau ou Marcel Vertès. «C'était le chant du cygne des illustrateurs», se souvenait Edmonde Charles-Roux, qui dirigeait l'édition française de *Vogue*. «Les magazines allaient de plus en plus sacrifier les illustrateurs au profit des photographes et les années 50 leur offrirent un dernier tour de piste. Dès la décennie suivante, beaucoup se retrouveraient au chômage, obligés de se reconvertir[1].» Andy en profita pleinement et il se mit à gagner de plus

1. Propos d'Edmonde Charles-Roux recueillis par l'auteur.

en plus d'argent, ce qui lui permit, au printemps 1953, de déménager et de s'installer avec sa mère dans un appartement au 242 Lexington Avenue. Il commença par le sous-louer à un ancien élève de l'université avant de signer un bail en son nom avec le propriétaire, au bout d'un an. Le duo Warhol disposait de quatre pièces, d'une cuisine et d'une salle de bains, le tout dans un état parfait.

L'appartement devint le domaine des chats car le couple d'origine, Hester et Sam, se reproduisit très vite et leur progéniture fit de même – Andy ne pensa jamais à les faire stériliser, cela va sans dire. Tous les nouveaux chatons étaient prénommés Sam et il y en eut beaucoup. Les chiffres varient d'une source à l'autre, mais les Warhol auraient abrité une bonne quinzaine de chats sous leur toit. Ils circulaient en toute liberté au beau milieu des élégants accessoires qu'Andy devait croquer pour les magazines, et l'hygiène laissait à désirer puisque cette meute ne subissait aucune contrainte. Mère et fils étalaient des feuilles de papier journal un peu partout, pour qu'ils pussent y faire leurs besoins, et l'odeur était parfois saisissante même si Julia faisait de son mieux avec son seau et sa serpillière. Seuls les lits étaient protégés par des housses de plastique. Andy donnait très régulièrement des petits chats aux uns et aux autres, lorsque leur nombre devenait trop important, mais il ne leur refusait rien, même lorsque l'un d'eux mordit si profondément Julia qu'elle dut être soignée et recousue à l'hôpital. Leurs miaulements, parfois violents lorsqu'ils se disputaient, étaient plus ou moins atténués par les disques qu'il écoutait du matin au soir en travaillant, pour la plupart des airs des comédies musicales de Broadway. Il ne se mettait jamais en colère, ne leur reprochait jamais rien, charmé de les voir évoluer en toute liberté. Et il ne changeait rien à ce modus vivendi lorsque ses frères et leurs enfants venaient leur rendre visite – en 2009, son neveu l'artiste James Warhola publia un livre délicieux consacré à ces séjours, *Les Chats de l'oncle Andy*. Julia, si heureuse de retrouver sa tribu, cuisinait pour tous et ils dormaient sur des matelas au beau milieu des félins. Andy, qui avait désormais les moyens de s'acheter des chaussures de qualité, n'aimait pas les porter neuves. Il laissait ses minets uriner dessus et y essuyait ses pinceaux, jusqu'à ce que leur aspect le satisfît complètement. Et lorsqu'il dessinait, Hester s'installait paisiblement sur son épaule.

Cette atmosphère l'enchantait et, au début des années 70, il fut particulièrement fasciné par une histoire qui défraya la chronique en Amérique. Une mère et sa fille, Big et Little Edie Bouvier, tante et nièce de Jacqueline Kennedy, vivaient seules, et complètement isolées, à *Grey Gardens*, un manoir insalubre de vingt-huit pièces, dans les Hamptons. Elles y cohabitaient avec une meute de chats, de ratons laveurs et d'opossums, et portaient des colliers antipuces, une technique qu'Andy adopterait des années plus tard avec ses chiens. La presse s'empara de leur histoire et Jacqueline Kennedy et sa sœur, Lee Radziwill, prirent en charge l'assainissement des lieux. Puis Lee obtint leur autorisation pour leur consacrer un documentaire – il sortit en 1975 et fit grand bruit. Ces deux excentriques, qui dormaient dans la même chambre et chantaient des airs de comédie musicale, avaient préféré la compagnie des chats à celle de leurs semblables. « “Ma mère et moi étions Big et Little Edie !”, m'a dit Andy, avec un air ravi », se rappelait Lee Radziwill, alors devenue une amie de Warhol. « Il voulait tout savoir du tournage, il me posait de nombreuses questions sur leur façon de vivre, leur façon de parler, la maison, leurs vêtements, leurs animaux. Je l'ai rarement vu aussi animé. “J’adore ces femmes, elles sont mes héroïnes. C’est encore mieux qu’une pièce de Tennessee Williams, quelle chance tu as d’avoir de telles parentes[1] !”»

Très logiquement, les félins de Lexington Avenue devinrent les héros de son troisième petit livre publié à compte d’auteur, en 1954, et intitulé *25 chats prénommés Sam et un, Blue Pussy.* Il fut le premier à être relié avec une couverture rigide et le premier à être coloré – ces matous rouges, azur, jaunes, mauves ou roses étaient particulièrement irrésistibles, tous saisis dans des attitudes différentes. Chaque illustration avait une légende écrite par Julia et sa calligraphie maladroite et enfantine accompagnerait désormais régulièrement le travail de son fils. Ce dernier signa et numérota à la main chaque exemplaire dont un seul contenait un chat non coloré avec la mention «Faites-le vous-même». Ses portraits sont vivants et ludiques, on sent à quel point il les aimait et l’on pense aux mots de Montaigne : «Quand je joue à ma chatte, qui sait si elle passe son temps de moi plus que je ne fais d’elle ? Nous nous entretenons de singeries réciproques. Si j’ay mon heure de commencer ou de refuser, aussi elle a la sienne[2].» Si sa chatte s’endormait sur ses pages du jour, la plume de l’auteur des *Essais* la contournait plutôt que de la réveiller. Andy, lui, les laissait imprimer leurs pattes sur ses œuvres.

Plus créatif que jamais, il dessinait du matin au soir : illustrations pour des magazines de mode, cartes de vœux pour le joaillier Tiffany, publicités pour les parfums Bourjois, couvertures de livres et de magazines, papier cadeau imprimé à la main – il mêlait fleurs et fruits, papillons et soleil, lune et étoiles –, sets de table pour le restaurant

1. Propos de Lee Radziwill recueillis par l’auteur.
2. Montaigne, *Essais*, livre II, chapitre 12.

« La Cage à Oiseau » et jusqu'à un flyer pour une entreprise de pompes funèbres. Les commandes étaient telles qu'il dut faire appel aux services d'un assistant. Les deux garçons qui se succédèrent à ses côtés, Vito Giallo et Nathan Gluck, ne ménagèrent pas leurs peines. Andy donnait l'idée générale et exécutait le premier modèle au crayon sur du papier hydrofuge, puis ils appliquaient la technique du « dessin tamponné », qui avait fait sa réputation à New York : il leur fallait repasser les contours à l'encre de Chine et les imprimer, encore humides, sur des papiers plus poreux. Les lignes, parfois égales mais parfois fragmentées, donnaient tout leur charme à l'ensemble. Puis l'assistant devait colorer les pleins en fonction de l'inspiration warholienne. C'était un processus long et chronophage et il était heureux et soulagé de pouvoir déléguer. Pour les légendes, il faisait désormais appel à Julia dont l'écriture complétait la touche « Warhol ». Son fils la faisait rémunérer par ses employeurs. Andy dessinait d'après des images et des photos trouvées dans des livres, des magazines et dans la collection d'art graphique de la bibliothèque publique de New York, où il se rendait très souvent. Il mélangeait divers éléments, mêlant les sources et les réinterprétant au gré de sa fantaisie. Pour se changer les idées, il allait passer la soirée au théâtre et dans les restaurants chics de Manhattan, où il laissait de généreux pourboires aux jolis serveurs. Ces derniers étaient-ils surpris en le voyant tirer ses billets non pas de ses poches, mais de ses chaussures ? Andy aimait ces îlots de frivolité new-yorkaise, où l'on recherchait l'amour et rêvait de gloire, mais où chaque geste était calculé. Le monde du spectacle et des médias y croisait des membres de l'élite de Park Avenue en une foire aux vanités qui le distrayait et nourrissait sa vision du monde.

En 1953, alors qu'il faisait des recherches iconographiques à la bibliothèque publique de New York, Andy fit la connaissance d'Alfred Carlton Willers, un jeune homme de 20 ans, qui avait quitté l'Iowa pour vivre à New York depuis un an. Il travaillait au secrétariat de la bibliothèque et suivait des études d'histoire de l'art à Columbia. Warhol tomba amoureux de ce garçon aux longs cheveux blonds, mince et timide, aussi discret que loyal. Il lui fit la cour en l'invitant à pique-niquer dans Central Park et ils eurent une courte liaison. « Andy aurait dit qu'il avait perdu sa virginité à 25 ans avec Willers et qu'il avait cessé toute activité sexuelle à l'âge de 26 ans », se souvenait Stuart Preston. « J'ai entendu cette histoire bien des fois et c'est un mot en soi très Warhol. On lui a prêté divers amants, avant et après, mais tous ses proches disaient qu'il avait trop honte de son physique pour apprécier vraiment la sexualité[1]. » Le plus important est ailleurs : ils devinrent amis pendant une dizaine d'années, ils allaient au théâtre et à l'opéra, et ils passaient souvent la soirée à Lexington Avenue. Après avoir dîné avec Julia, Andy mettait Carlton à contribution en lui demandant de colorier ses dessins, autant joindre l'utile à l'agréable, autre trait éminemment warholien. Andy fit plusieurs portraits de lui, y compris des nus, tout en réinventant son passé – il faisait d'Hawaï son lieu de naissance – et en lui confiant ses rêves de gloire. Julia le traitait comme un membre de la famille, ignorant tout de la nature réelle de leur relation. Andy était heureux, détendu, et elle éprouvait de la gratitude à l'égard de son jeune compagnon. On ne pouvait imaginer plus éloigné que ce qu'il avait connu dans l'Iowa : une mama ruthène qui avait commencé à noyer sa solitude dans la boisson, des chats

1. Propos de Stuart Preston recueillis par l'auteur.

à profusion et cet étrange artiste qui lui demandait de se déchausser afin de pouvoir dessiner ses pieds. Willers fut très touché en constatant à quel point sa calvitie perturbait Andy et c'est lui qui, le premier, lui conseilla de porter postiches et perruques. Ils furent d'abord blonds ou bruns avant de devenir argentés, à partir de 1964.

Bien que très mobilisé par sa carrière d'illustrateur, Warhol trouva le temps de collaborer avec d'anciens élèves de son université, qui avaient formé une troupe de théâtre amateur. Ils avaient choisi de monter *Le Train du monde* (1699), une comédie satirique du dramaturge anglais William Congreve, qui racontait les déboires rencontrés par un jeune couple d'amoureux, et Andy s'intéressa tant au projet qu'il assista, des mois durant, à toutes les répétitions, et qu'il créa les décors et le programme. « Contrairement à l'image officielle, celle d'un homme qui ne lisait pas et qui avait peu de vocabulaire, Andy était très cultivé et curieux, il était un fin lecteur et aimait voir des pièces, à la fois les classiques et des textes d'avant-garde, et assister à des lectures de poésie », précisait Stuart Preston. « Andy récompensait les acteurs dont il avait apprécié le travail en leur offrant l'un de ses dessins, c'était très touchant[1]. » Il devint interprète à son tour, lui qui avait tant de mal à l'oral, et cette discipline lui fut salutaire même s'il n'avait ni technique ni charisme sur scène. Néanmoins, il joua, dans *La Cerisaie*, le personnage de Firs, un serviteur excentrique et sénile, qui marmonne en assistant à la déchéance de la famille qu'il sert depuis toujours et s'exclame à la fin : « La vie, elle a passé, on a comme pas vécu… » Mais il n'en perdait pas de vue pour autant ses priorités et n'était jamais en retard pour honorer les commandes des magazines, tout

1. Propos de Stuart Preston recueillis par l'auteur.

en travaillant à de nouvelles expositions. Grâce à Nathan Gluck, son assistant qui était aussi un artiste en devenir, il exposa trois fois en 1954 à la Loft Gallery : en avril et en mai, il participa à des expositions collectives mais fut exposé seul à partir du 10 octobre 1954. Ses nouvelles œuvres, des dessins sur des cartons découpés et pliés qui rappelaient les origamis et des portraits d'un danseur, passèrent inaperçues ou presque.

Lorsqu'un appartement se libéra, au premier étage de son immeuble, Andy le loua pour y vivre et y recevoir, sans avoir la peur d'être embarrassé par une Julia entre deux vins. Il garda le premier pour sa mère et leurs chats et allait de l'un à l'autre, plusieurs fois par jour. Julia était si seule qu'il lui offrit l'un des premiers magnétophones afin qu'elle pût envoyer des messages destinés à sa famille, restée à Pittsburgh, mais elle préféra enregistrer de vieilles ballades ruthènes et chanter en duo avec sa propre voix. À la lecture de telles anecdotes, l'on comprend la fascination de son fils pour les deux habitantes de *Grey Gardens*, dont la bizarrerie n'avait rien à envier à la leur. À la même époque, le personnage d'Andy devenait de plus en plus excentrique. Ne portait-il pas volontiers des ballerines de danseur pour marcher dans les rues ? Et que dire de ses cravates ? Il les nouait maladroitement, elles dépassaient toujours et il préférait simplement les couper, à l'aide d'une paire de ciseaux. L'on disait qu'il gardait tous les bouts dans une boîte. Parfois, il s'offrait d'élégants costumes sur mesure, mais ses cravates mutilées et ses premières perruques conféraient à l'ensemble une étrangeté qui ne passait pas inaperçue. D'autant plus qu'Andy faisait tout pour atténuer les rougeurs de son nez et les taches et boutons sur son visage. Il commença alors à se blanchir la face et donnait l'impression de se poudrer avec du sucre glace.

En 1954, Andy était devenu l'un des illustrateurs les plus reconnus et les plus demandés de sa génération. On l'invitait à de nombreuses fêtes dans le monde de la mode et de la publicité, et son allure décalée retenait l'attention de ceux qui croisaient sa route. « Le New York de l'époque était très conventionnel, à l'exception des artistes les plus marginaux de la bohème de Greenwich Village, comme la cinéaste et écrivaine Maya Deren, si fascinée par la sorcellerie et les rituels vaudous », rappelait Stuart Preston. « Mais le milieu qu'il fréquentait était moins extrême, moins radical, du moins à cette date, et il va sans dire que son personnage et toutes les histoires qui circulaient sur son compte alimentaient une véritable fascination. L'on racontait qu'il vivait avec des dizaines de chats, qu'il retenait sa mère prisonnière, qu'il était un fétichiste des pieds... Il était comme un portrait du caricaturiste Max Beerbohm[1]. »

C'est à l'automne 1954, qu'il tomba amoureux de Charles Lisanby, un décorateur de télévision, qui travaillait pour la chaîne CBS. « Charles, que j'ai connu grâce à Cecil Beaton, était un beau brun élégant, très raffiné », se souvenait Dorian Leigh. « Il avait des manières parfaites, presque surannées, et était cultivé, drôle et bienveillant, infiniment moins féroce que les homosexuels que je connaissais comme Truman Capote ou Beaton. C'était un prince charmant pour dessins animés de Walt Disney, mais un prince gay[2]. » Les deux hommes se rencontrèrent à une soirée et Lisanby, voyant Andy seul dans un coin, vint lui parler, par pure gentillesse. Warhol fut immédiatement conquis et il le raccompagna, sous la pluie, jusqu'à la station de taxi. En attendant l'arrivée d'un véhicule, sous

---

1. Propos de Stuart Preston recueillis par l'auteur.
2. Propos de Dorian Leigh recueillis par l'auteur.

l'auvent d'un taxidermiste, ils virent en vitrine un paon empaillé qui plut beaucoup à Charles, car il lui rappelait ceux qu'il voyait, enfant. Le lendemain soir, lorsqu'il rentra chez lui, le portier lui tendit un grand paquet contenant le paon admiré quelques heures plus tôt. Andy le lui offrait et ils devinrent aussitôt inséparables, même si Lisanby ne répondit jamais à ses sentiments amoureux, et encore moins au désir physique qu'il suscitait en Warhol. Mais leur complicité fut immédiatement stimulante et féconde puisque c'est Charles Lisanby qui lui suggéra le titre *25 chats prénommés Sam et un, Blue Pussy* pour le livre qu'il publia en cette même année 1954.

VIII

«Je vous aime, je souffre et je vous attends»

Le dessin qu'Andy avait publié en septembre 1949 dans *Glamour*, alors qu'il venait d'arriver à New York, était prémonitoire : une échelle sur laquelle des chaussures avaient été disposées sur les barreaux, en route vers le succès. En avril 1955, I. Miller & Fils, un chausseur élégant de Manhattan, lui proposa une somme annuelle de douze mille dollars pour dessiner ses publicités dans l'édition dominicale du *New York Times*, et autres journaux. Cela lui assura des rentrées d'argent confortables et une visibilité accrue grâce à ces fines chaussures pointues aux lignes fragmentées – une imperfection voulue, due à sa technique du dessin tamponné – qui devinrent immédiatement populaires. Elles semblaient vivantes, pleines d'esprit et de fantaisie, prêtes à partir à l'aventure. Il imagina trois cents illustrations pour I. Miller entre 1955 et 1960, et le succès fut au rendez-vous puisque leurs ventes s'envolèrent aussitôt. Et Warhol reçut de nouveaux prix, décernés par le Club des directeurs artistiques, en 1956 et 1957. «N'était-ce pas le rêve pour un fétichiste des pieds et des souliers que d'être grassement rémunéré et récompensé pour s'adonner à sa passion ?», s'interrogeait un Stuart Preston amusé. «Mark Twain ne dit-il pas que le secret du succès est de faire de votre vocation des vacances ? Ce contrat lui apporta notoriété et argent, mais ce n'était pas sans ambiguïté car il le paya chèrement et eut du mal à s'imposer dans le monde dit "sérieux" de l'art, avec une réputation aussi frivole. Cela lui prit des années, et beaucoup de ténacité, pour faire oublier cette phase de sa carrière[1].»

Très logiquement, ce thème lui inspira son quatrième petit livre promotionnel, publié à compte d'auteur, *À la Recherche du Shoe (Soulier) Perdu.* Toujours très pratique, Warhol y rassembla les projets refusés par I. Miller et ce titre franglais, en clin d'œil à Marcel Proust, avait été trouvé par l'un de ses amis, le poète Ralph Pomeroy, qui rédigea également toutes les légendes, émaillées de références à Shakespeare – «Être chaussé ou ne pas être chaussé» – ou à Gertrude Stein – «L'Autobiographie d'Alice B. Godasse». Les légendes étaient rédigées de la main de Julia, dont l'écriture était devenue indissociable des illustrations de son fils. C'est alors que les responsables de Serendipity 3, qui avait ouvert ses portes dans l'Upper East Side en 1954, lui proposèrent d'exposer les dessins du livre, encadrés à leurs frais, sur les murs de l'établissement. Les prix variaient entre 25 et 50 dollars, et les œuvres furent toutes vendues, chaque partie empocha la moitié des gains. «Serendipity était à la fois un salon de thé, une galerie d'art et une sorte de boutique d'antiquités, on pouvait y acheter tous les éléments du décor, même les nappes sur les tables», se souvenait Dorian Leigh. «C'était un lieu d'un charme unique à New York et les mannequins aimaient s'y poser entre deux séances photos. On y mangeait des gâteaux délicieux et les meilleures glaces de la ville. Pour ma part, j'adorais y observer les gens les plus amusants et les plus créatifs de Manhattan. Et l'on y

1. Propos de Stuart Preston recueillis par l'auteur.

trouvait toujours de jolis cadeaux : les dessins exposés, des objets de l'époque victorienne ou Art nouveau, comme ces lampes de chez Tiffany's, dont les abat-jour ressemblaient à de petits vitraux multicolores. L'endroit portait bien son nom[1]. » Le mot « Serendipity », forgé en 1754 par l'écrivain anglais Horace Walpole, désigne le don de faire des découvertes heureuses grâce à un hasard allié.

Andy devint ami avec l'un des trois propriétaires, Stephen Bruce, dont il fit une trentaine de portraits, tous dans des positions différentes. Il les lui offrit car Bruce, très généreux, ne le faisait pas payer. Sur l'un d'eux, une encre sur papier, le beau Stephen, de profil, avait sur le doigt un oiseau qui tenait dans son bec un cœur minuscule, comme s'il s'apprêtait à le déposer sur les lèvres du jeune homme, qui fut l'un des premiers à défendre le travail de Warhol avec un tel enthousiasme. Stephen Bruce avait le physique dont rêvait tant Andy, l'un de ces visages aux traits si réguliers qu'ils charment autant l'esprit que les sens.

Serendipity 3 devint son quartier général. Il y conviait ses amis à des « goûters coloriage » au cours desquels ils devaient mettre en couleurs les dessins destinés à ses petits livres, selon ses indications, avant de pouvoir déguster les spécialités maison. Il avait le génie pour faire travailler gratuitement son entourage en échange d'une pâtisserie et d'un cappuccino, et il n'avait même pas à régler l'addition puisque Bruce les accueillait gratuitement. Andy était l'illustrateur à la mode et sa bande attirait tous les regards. Il s'agissait d'une petite cour, d'une coterie exclusivement masculine dont les membres travaillaient dans des magazines, dans des théâtres, à la télévision ou dans des agences de publicité, des *Mad Men* gays. Ces réunions

1. Propos de Dorian Leigh recueillis par l'auteur.

pouvaient parfois se dérouler chez les Warhol et Julia nourrissait et appréciait ces jeunes amis d'Andy. Mais elle n'avait aucune idée de leur orientation sexuelle, et cette découverte aurait bouleversé la catholique pratiquante qu'elle était. Andy, qui était toujours pour elle un garçon à marier en quête d'une fiancée, invita même à la maison sa nouvelle idole, l'élégant et charismatique Lisanby, qui s'entendit parfaitement avec elle.

Charles était au cœur de toutes ses pensées, il incarnait à ses yeux l'archétype de l'homme idéal, l'homme providentiel. Leur rencontre ne pouvait être que prédestinée. N'était-elle pas une déclinaison du prince et de la bergère ? Du berger, en l'occurrence. Deux êtres de conditions différentes que l'amour rapprochait, comme dans l'un de ces films hollywoodiens qu'il adorait dans sa jeunesse. Andy, qui se trouvait si ordinaire, était ébloui à la seule idée de passer autant de temps en sa compagnie. Mais si Charles déclara toujours qu'Andy avait été l'être le plus original qu'il ait jamais vu, et qu'il était séduit et stimulé par la manière unique dont il abordait toute situation, il n'était nullement amoureux de lui et ne pouvait offrir que son amitié. Il faisait tout pour lui faire plaisir et c'est ainsi qu'il le présenta à Cecil Beaton, dont Warhol rêvait de faire la connaissance car il faisait partie pour lui d'une troïka magique, dont les deux autres membres étaient Jean Cocteau et Truman Capote. Le face-à-face tant attendu fut poli mais guère plus car Beaton, obsédé par les gens d'esprit et par la beauté physique, n'accorda que peu d'attention à ce garçon timide et disgracieux. Ils se rapprochèrent au fil du temps et Warhol, qui fut photographié par Cecil, apparaît dans son journal à diverses reprises.

Andy et Charles allaient à des expositions et au théâtre, ils évoquaient leur travail et leurs espoirs, ils dessinaient ensemble et collaborèrent au livre *25 chats prénommés Sam et un, Blue Pussy*, mais cela ne suffisait pas à Warhol, qui refusait de perdre espoir. Il fit de la gymnastique oculaire pour essayer de ne plus porter de lunettes, sans succès. Son apparence le perturbait tant qu'il subit également une coûteuse opération esthétique pour modifier son nez rouge et protubérant, qui fut raboté, mais le résultat fut presque pire et les cicatrices étaient très visibles. Enfin, il apporta le plus grand soin à sa garde-robe en achetant des chemises Brooks Brothers et des costumes sur mesure, certaines photos de l'époque le montrent élégant et tiré à quatre épingles. Lisanby était touché par ce garçon à perruque, si complexé, mais les efforts déployés ne modifièrent en rien ses sentiments. Andy continua à lui faire la cour de diverses manières et c'est ainsi que Charles eut un jour la surprise de découvrir, dans le *New York Times*, un dessin de son soupirant, pour les chaussures I. Miller, constellé de petits *cl*, ses initiales.

« Andy était trop bizarre, trop déroutant pour la plupart des gens, et pas seulement physiquement », analysait Stuart Preston. « Il fallait beaucoup de force de caractère, de singularité pour l'apprécier vraiment et seul un homme avec un regard très inédit, très anticonformiste, très différent, et très peu attaché aux apparences, aurait pu tomber amoureux de ce *Rara Avis*, de cet oiseau rare et étrange[1]. » Ce rejet ne pouvait qu'avoir des répercussions sur le sentiment qu'il avait de sa propre valeur, très lézardé, et alimenter son pessimisme foncier. Mais Andy avait exprimé ses désirs, il était parti à la conquête de l'être aimé, sans attitude de repli sur soi, sans craindre le ridicule, sans attendre passivement que la vie décidât pour lui, sans

1. Propos de Stuart Preston recueillis par l'auteur.

se contenter de rêver son amour et sans être prisonnier de ses échecs antérieurs en ce domaine. Le cas de Charles Lisanby était, malheureusement, loin d'être isolé et l'on pense à Julie de Lespinasse écrivant ces mots : « De tous les instants de ma vie, mon ami, je vous aime, je souffre et je vous attends[1]... »

Si l'harmonie intérieure lui faisait défaut, sa vie professionnelle était plus intense que jamais et, en 1956, sa réputation d'illustrateur lui valut d'être interviewé par le magazine *Mademoiselle.* À ce stade, ses assistants lui étaient devenus indispensables tant la charge de travail était grande. Mais Andy les pressait comme des citrons et exigeait une disponibilité totale, même pour l'accompagner à des soirées, il ne supportait pas le moindre écart, pas la moindre baisse de régime et le premier d'entre eux, Vito Giallo, laissa vite la place à Nathan Gluck, qui resta pendant presque dix ans à ses côtés. Warhol ne pouvait se contenter de collaborer avec I. Miller, avec des magazines et des agences de publicité, il avait toujours le désir d'être pris pour un véritable artiste, dont le travail serait présenté dans des galeries réputées pour la rigueur de leurs choix. En 1956, il fit appel à son ami Pearlstein, qui exposait à la Tanager Gallery, un lieu prisé des intellectuels et des critiques d'art car l'on y découvrait les œuvres de jeunes artistes novateurs et audacieux. Il lui demanda d'intervenir en sa faveur, afin d'y exposer un nu masculin, mais Philip refusa car il savait que le caractère ouvertement homosexuel du dessin serait mal perçu et rejeté. Andy ne le lui pardonna jamais et cela signa la fin de leur amitié.

C'est alors qu'il eut l'idée de s'adresser à David Mann, le propriétaire de la Bodley Gallery, voisine de son quartier

1. Lettre au comte de Guibert, 18 mai 1774.

général, Serendipity 3. Mann fut conquis par ses portraits, parmi lesquels plusieurs de Lisanby, et par ses nus masculins – des nus bien élevés – et il proposa de les exposer, du 14 février au 3 mars 1956. Le fidèle Charles aida à l'accrochage et il y eut foule le soir du vernissage même s'il n'y eut que deux ou trois ventes. Les prix oscillaient entre 50 et 60 dollars, autant dire une bouchée de pain, mais cela n'encouragea pas pour autant des collectionneurs potentiels car ces Adonis accompagnés de guirlandes de cœurs et de lèvres qui flottaient, comme dans certaines toiles surréalistes, n'étaient pas assez sérieux : trop caricatures de Cocteau, trop maniérés, d'une sensibilité trop « camp », comme disent les Américains pour désigner le goût des « folles ». Tout comme Stephen Bruce, David Mann fut l'un des tout premiers à défendre le travail de Warhol. Et c'est grâce à lui que, peu après, il put exposer l'une de ses œuvres pour la première fois de sa vie dans un musée, le Museum of Modern Art de New York, le plus important du pays. Du 25 avril au 5 août 1956, le public découvrit l'une de ses chaussures dans le cadre de l'exposition *Dessins Récents U.S.A.* et Andy réalisait ce rêve grâce au soutien et à l'intervention de Mann. Cette nouvelle étape fut un baume pour son ego, blessé par la réaction de Pearlstein et par tous ceux qui ne voyaient qu'en lui un illustrateur de mode et un imitateur de Cocteau. Mais lorsque Andy proposa d'offrir ce dessin au musée, ravi à l'idée de rejoindre leurs collections permanentes, il reçut une lettre l'informant que l'établissement ne pouvait l'acceptait car… il manquait de place.

L'on se demande quelle fut la réaction de Lisanby qui retrouva des portraits de lui accrochés au beau milieu de ces nus, d'autant plus que le vernissage à la Bodley Gallery se déroula un 14 février, jour de la Saint-Valentin, et qu'il apparaissait sur l'affiche de l'exposition. « Charles était tellement convenable, tellement "comme il faut"», se souvenait son amie Dorian Leigh. «Il était le "bon genre" même, comme disent les Français[1].» Mais cela ne l'empêcha pas de proposer à Andy de l'accompagner dans un voyage au cours duquel il comptait étudier l'art asiatique, voyage qui devint très vite un périple en avion à travers le monde.

Les deux amis partirent du 16 juin au 12 août 1956 et ils s'arrêtèrent au Japon, en Indonésie, aux Philippines, en Thaïlande, au Cambodge, en Inde, en Égypte, en Italie et aux Pays-Bas. Leur duo ? D'un côté l'élégant et patricien Lisanby, flegmatique et pondéré, conventionnel et homme de cœur. De l'autre Andy, plébéien et pataud mais débrouillard et plein de fantaisie. Autant dire une version gay de Phileas Fogg et de Passepartout, le gentleman et son valet de chambre, héros du *Tour du monde en quatre-vingts jours* de Jules Verne. Après une première étape à San Francisco, les problèmes commencèrent lorsqu'ils partagèrent une chambre à Honolulu. Un soir, Charles ramena à l'hôtel un garçon rencontré sur la plage et Andy, miné par la jalousie, ne cacha pas sa colère. Il pensait que ce périple pourrait les rapprocher, que Lisanby deviendrait enfin son amant, mais rien ne se passait comme prévu. Il était furieux au point d'envisager de regagner New York, mais Charles parvint à le calmer et tout rentra dans l'ordre.

Andy-Passepartout était le plus fort et le plus curieux des deux, rien ne lui faisait peur : un tremblement de terre, un précipice à franchir sur un pont minuscule, goûter à des nourritures étranges et non identifiables… Et tout l'inspirait, à commencer par l'usage de la feuille d'or sur le mobilier en Thaïlande qui devait lui inspirer une nouvelle série de dessins. À l'inverse, Charles-Phileas était bien moins résis-

---

1. Propos de Dorian Leigh recueillis par l'auteur.

tant et plus facilement terrifié à l'idée de prendre des risques. À Calcutta, il tomba gravement malade, victime d'une intoxication alimentaire, et comme la perspective de mourir en Inde l'angoissait, ils reprirent l'avion pour Rome, qui lui semblait une terre plus tranquillisante. Mais lorsqu'ils firent escale au Caire, les passagers se retrouvèrent dans un aéroport envahi par les chars et par des soldats armés. La nationalisation du canal de Suez par l'Égypte, en juillet 1956, allait provoquer une campagne militaire d'une ampleur internationale, dès octobre, et les deux amis se retrouvaient en plein chaos. Ils crurent bien ne pas pouvoir récupérer leurs passeports mais, après avoir été entassés dans un baraquement, en attendant la suite des événements, ils purent repartir pour Rome où Charles, sur les conseils d'un médecin italien, dut rester alité quinze jours durant.

Andy se transforma alors en garde-malade zélé, nuit et jour, mais sa présence permanente finit par ébranler les nerfs de Lisanby, qui se sentait épié du matin au soir, même lorsqu'il dormait. Était-il paranoïaque ? Chacun savait qu'Andy était voyeur et cette pensée ne devait pas être réconfortante pour Charles, alors très affaibli. Dès qu'il fut remis, ils repartirent pour Florence et pour Amsterdam avant de regagner New York. À leur arrivée, Andy disparut sans un adieu, laissant son compagnon de voyage sans voix. Il avait été déçu de ne pas arriver à ses fins et Lisanby ne présentait plus d'intérêt à ses yeux, ce comportement deviendrait récurrent. Comme Andy ne lui téléphonait pas, Charles se décida à l'appeler et ils se revirent, comme si de rien n'était, mais le fil d'Ariane qui les unissait était rompu et leur complicité n'aurait plus jamais la même force. D'autant plus que Charles allait très vite être remplacé par une nouvelle idole.

IX

« Souviens-toi de te méfier »

Après deux mois d'absence, Andy retrouva avec bonheur New York, la ville qui l'avait mis au monde, intellectuellement et artistiquement, le seul endroit où il désirerait vivre et travailler. Il s'attela à la tâche car il lui fallait honorer les commandes en cours et préparer deux expositions, pour le mois de décembre. La première, qui eut lieu chez Serendipity 3, s'intitulait « Au fond de mon jardin », il s'agissait d'une série de fées qui organisaient des festivités auxquelles des angelots étaient conviés – Warhol en fit son nouveau petit livre promotionnel. Loin d'être destinés à des albums pour enfants, comme on aurait pu le croire, ces personnages polissons à peau rose bonbon évoluaient dans une atmosphère un brin grivoise : le mot anglais qui désignait le « fond » du jardin, « bottom », voulait aussi dire « fesses » et le mot « fée », « fairy », était un terme codé pour désigner les homosexuels efféminés. Warhol s'inspira de recueils découverts à Amsterdam avec Charles : les « fées-fleurs » de Cicely Mary Barker mais aussi les « fleurs animées » du caricaturiste Grandville, dont les personnages humains à tête d'animal sont des chefs-d'œuvre d'inventivité.

Sa deuxième exposition, qui se tînt à la Bodley Gallery du 3 au 22 décembre, présentait un ensemble de souliers dorés qui portaient des noms de célébrités : Zsa Zsa Gabor, James Dean, Elvis Presley ou Truman Capote, qui eut droit à une excentrique « chaussure végétale ». Le magazine *Life* consacra deux pages, dans son numéro du 21 janvier 1957, à ces dessins inspirés par son séjour en Thaïlande. Mais tout comme *Life*, qui le présentait comme un concepteur publicitaire s'amusant à dessiner des chaussures qui rappelaient des boîtes de chocolats, personne dans le monde de l'art ne le prit au sérieux, une fois de plus. « À ce stade de sa carrière, il était prisonnier d'un personnage d'illustrateur plein de fantaisie mais très secondaire, incapable de rivaliser avec les artistes de sa génération », se souvenait Stuart Preston. « Et les rumeurs qui circulaient sur son compte n'en faisaient pas exactement le nouveau Nicolas de Staël : ses illustrations de mode, sa fascination pour les gens célèbres à qui il envoyait lettres et dessins, son fétichisme affiché… On racontait partout qu'il avait acheté une paire de chaussures ayant appartenu à Clark Gable, avec tout ce que cela supposait de sous-entendus obscènes. Alors ces petites fées, ces putti et ces souliers "lingot d'or" ! À l'époque, les milieux de l'art parlaient beaucoup de Jasper Johns et de Robert Rauschenberg. En 1954, Johns venait de peindre son premier *Drapeau*, qui avait une telle force, comme sa première *Cible*, en 1955[1]. » Par comparaison, les œuvres d'Andy avaient le goût de la barbe à papa, elles étaient pleines de charme et d'esprit, mais incapables de séduire les grands critiques et les galeries sérieuses. Elles s'adressaient à un public d'esthètes, les mêmes qui adoraient les romans de Ronald Firbank, pour lesquels Andy avait dessiné des couvertures. Et il était trop connoté, sexuellement. Ainsi, en janvier 1957, l'article

1. Propos de Stuart Preston recueillis par l'auteur.

de *Life* présentait en exclusivité à ses lecteurs un dessin de chaussure qui n'était pas à la Bodley : il était dédié à Christine Jorgensen, un ancien G.I. devenu le premier transsexuel célèbre. Aujourd'hui, tout le monde s'extasierait sur le naturel d'Andy, qui affichait ses soutiens, mais à l'époque, c'était très mal vu, surtout dans le monde de l'art. Les peintres devaient être virils et avoir de nombreuses maîtresses et Johns et Rauschenberg, qui étaient homosexuels et vivaient ensemble, étaient masculins, discrets et l'on ignorait tout de leur vie privée. Andy cumulait les handicaps. Autant dire une porcelaine qui battait des mains, pour reprendre l'expression de Paul Éluard.

Mais refusant de se laisser décourager, Warhol fit, dans la même veine, une nouvelle série de dessins destinés à son nouveau cadeau promotionnel, publié à compte d'auteur en 1957. Le titre, *Un livre en or*, donnait le ton puisque la plupart des pages étaient dorées, comme un écho sans fin aux dorures thaïlandaises. Andy y proposait des portraits d'enfants et d'éphèbes, mais aussi des fleurs et des fruits. Il s'était inspiré de photographies prises par sa nouvelle flamme, Edward Wallowitch, qui avait succédé à Lisanby dans le rôle de favori, mais certains modèles avaient posé pour lui, à commencer par Charles, encore présent dans ce nouveau projet – il y tient une rose à feuilles dorées dans la bouche. En les regardant, l'on sent à quel point Warhol était obsédé par la beauté masculine, il ne se lassait pas de la décliner et n'aimait s'entourer que de jeunes mâles séduisants, qu'il s'agît de Stephen Bruce, de Charles Lisanby ou de son ami Ted Carey, qu'il rencontra à la même époque et dont les traits ciselés incarnaient son idéal. La maquette était très sophistiquée, bien plus que pour les précédents volumes, puisque les dessins apparaissaient sous des feuilles de papier de soie jaune, rose et vert. « De tous les projets promotionnels d'Andy Warhol, *A Gold Book* est celui qui se rapproche le plus d'une ambition artistique », écrit Nina Schleif[1]. Il présenta ses dessins du *Livre en or* dans une exposition à la Bodley Gallery, qui se tint du 2 au 24 décembre 1957.

Andy était tombé amoureux du photographe Edward Wallowitch, rencontré en 1956. Originaire de Philadelphie, où il était né en 1932, Ed avait été remarqué très jeune puisque deux de ses photos avaient été exposées au Museum of Modern Art de New York en 1950 et 1951. Il devint célèbre pour ses portraits d'enfants et d'adolescents pauvres des quartiers défavorisés, un photographe des rues au regard poétique et bienveillant. Lorsqu'il fit la connaissance de Warhol, Ed vivait avec son frère musicien, John, dans un appartement de Greenwich Village, où se retrouvaient de nombreux artistes. Andy assistait à leurs soirées au cours desquelles leurs amis chantaient et l'on se prend à rêver en imaginant Eartha Kitt, accompagnée par John au piano, interpréter sous leur toit *Let's do it*, *Je cherche un homme* ou *Bal, Petit Bal*. Ed était aussi séduisant que talentueux et Andy aurait dit, en parlant de lui : « Mon premier petit ami. » Ils devinrent amants mais leur relation était avant tout une véritable complicité, à la fois humaine et artistique. Ils dînaient ensemble, allaient voir des films et des pièces, et ils firent plusieurs séjours à Philadelphie, où Ed lui fit découvrir ses endroits préférés.

Warhol aimait passer du temps chez les Wallowitch, car il appréciait beaucoup John et leur sœur Anna Mae, mais il les recevait aussi avec plaisir dans son nouvel appartement de Lexington Avenue où il accueillait ses proches

1. Nina Schleif, *Andy Warhol Seven Illustrated Books* 1952-1959, Taschen, 2017, p. 49. La version française du texte est contenue dans le livre.

et donnait des fêtes. Il décora les lieux avec des œuvres d'art que ses émoluments lui permettaient d'acheter, puisqu'il passait pour être l'illustrateur le mieux rémunéré de Manhattan. Le champagne coulait à flots et ses invités pouvaient admirer des tableaux et dessins de Magritte et du peintre russe Pavel Tchelitchev, de Toulouse-Lautrec et de Picasso, de Miro, de Matta ou de Braque. Dans sa chambre, trônait un lit à baldaquins orné d'angelots, comme si les cupidons coquins d'*Au fond de mon jardin* s'étaient envolés de ses dessins pour se poser dans ce nouveau décor. En 1957, il gagnait si bien sa vie que son comptable lui conseilla de créer les Entreprises Andy Warhol et de placer son argent en Bourse, ce qu'il fit avec flair et vigilance. « Il disait toujours qu'il n'avait jamais un centime, qu'il ne pouvait payer personne et faisait tout pour que les gens travaillent gratuitement pour lui, qu'il s'agisse des "goûters coloriage" ou, plus tard, des films », précisait Ultra Violet. « Et même si l'on tient compte des difficultés matérielles endurées par leur famille à Pittsburgh, il est difficile de faire preuve d'indulgence à son égard[1]. »

Seule toute la journée, Julia buvait souvent plus que de raison, elle s'occupait tant bien que mal et dessinait beaucoup, au point de remporter en 1958 un prix, décerné par l'Institut des arts graphiques, pour sa calligraphie, qui ornait la pochette d'un album de jazz, *The Story of Moondog*. Andy mettait toujours en valeur le talent de sa mère auprès de ses employeurs, qui faisaient appel aux services de la vieille dame. En 1957, elle réalisa un petit livre publié à compte d'auteur qui s'intitulait *Chats sacrés*. Il était dédié à « Ma petite Hester, partie pour le Paradis

1. Propos d'Ultra Violet recueillis par l'auteur.

des minets» et explorait la vie de la défunte chatte dans un monde meilleur. La mort d'Hester traumatisa Andy, qui l'adorait. Elle fut l'être vivant qu'il aima le plus, après sa mère. Il affirmait n'avoir plus jamais autant souffert après un décès et, désormais, il allait s'efforcer d'empêcher, par tous les moyens possibles et imaginables, la réalité de l'affecter. «Souviens-toi de te méfier…» Mérimée avait fait sa devise de cet aphorisme d'Epicharme et Warhol aurait pu l'adopter à son tour. Mais comment devenir insensible à la déception ? Comment ne plus être harcelé par le réel ? Malgré tous ses efforts, il n'y parviendrait jamais complètement. C'est alors qu'il se mit à porter des lunettes noires aux verres correcteurs, ce qui rendait son regard impénétrable et maintenait une certaine distance avec le monde extérieur. Se protéger d'éventuelles souffrances passait aussi par ce bouclier visuel. Tout ce qui pouvait le perturber était aussitôt tenu à distance. Ainsi, lorsque Ed, de nature dépressive, se mit à boire, Warhol espaça immédiatement les rendez-vous. «Andy était un vampire», conclut Ultra Violet. «Il absorbait toute votre énergie, prenait toutes vos idées, se servait de quelqu'un tant que cette personne pouvait lui être utile et l'inspirait, puis il la laissait tomber au moindre problème. Rien ne devait freiner son ascension et sa carrière[1].»

Andy travaillait plus que jamais. En plus de ses nombreux dessins, il avait accepté d'aménager des vitrines de luxueux magasins comme I. Miller, Bonwit Teller – pour qui il imagina des chats en train de jouer aux cartes – ou Tiffany et, entre 1957 et 1960, il illustra aussi six volumes de la série «Le meilleur de la littérature enfantine». Warhol récupéra l'une de ses installations, conçues pour Tiffany,

1. Propos d'Ultra Violet recueillis par l'auteur.

et la recomposa chez lui : elle avait pour thème un goûter d'enfants, lors d'une fête d'anniversaire, et mettait en valeur des bouteilles de Coca-Cola, taguées de peinture dorée. Ces mêmes bouteilles qui contribueraient à son succès. Il trouvait encore le temps de s'impliquer dans des projets annexes, et c'est ainsi qu'en 1959 il conçut un décor entièrement argenté, cinq ans avant sa célèbre Factory, pour une adaptation d'*Orphée* de Cocteau, montée par des étudiants en art dramatique. En cette même année 1959, il publia son dernier petit livre promotionnel à compte d'auteur, *Framboises sauvages*. Il s'agissait d'un livre de cuisine humoristique, imaginé avec son amie la décoratrice Suzie Frankfurt, seule femme à avoir collaboré avec lui à l'un de ces petits volumes, à l'exception de Julia, qui fut chargée, comme toujours, de la calligraphie. Le titre était un clin d'œil au film d'Ingmar Bergman, *Les Fraises sauvages*, et les deux compères s'amusèrent à concocter des recettes excentriques comme « Les boules de chocolat à la Chambord », qui devaient être seulement servies à des invités maigres. Ils tentèrent de vendre leur livre chez Bloomingdale's, le grand magasin élégant de Lexington Avenue, mais cela ne fut pas un succès. Lorsqu'ils sortaient le soir, ils emportaient plusieurs exemplaires avec eux, dans l'espoir de pouvoir liquider leur stock. Une fois de plus, les originaux furent exposés à la Bodley Gallery, en décembre 1959. Mais Andy comprit qu'il arrivait à la fin d'un cycle : son travail d'illustrateur, les « goûters-coloriages » chez Serendipity 3, les décors de vitrine et les petits livres promotionnels ne l'aideraient jamais à devenir le peintre qu'il rêvait d'être. Il lui fallait d'urgence donner un nouvel essor à sa vie.

X

« Ma voix Bouvier »

En 1960, Warhol put s'offrir comptant, pour la somme de soixante mille dollars, une maison de quatre étages, au 1342 Lexington Avenue. En 1949, il était arrivé à New York en bus et avait commencé à vivre dans des sous-locations infestées de cafards et de souris et, dix ans plus tard, il était devenu l'illustrateur le plus recherché de sa génération et l'heureux propriétaire d'une demeure dessinée par Hardenbergh, l'architecte de l'hôtel Plaza. Il y emménagea, avec Julia et les deux seuls chats qui leur restaient, en août 1960. La nouvelle décennie, dont il deviendrait l'une des figures les plus emblématiques, lui offrait un lieu, et plus encore un écrin, où il pourrait s'inventer un avenir artistique digne de ses ambitions.

Ce changement d'adresse et de standing ne rendit pas les Warhol, mère et fils, plus heureux pour autant. Andy travaillait comme une brute à des taches alimentaires insatisfaisantes, loin de ses rêves d'expositions dans des galeries d'avant-garde, et sa vie privée battait de l'aile : il ne voyait plus Ed, était toujours attiré par Charles et, en décembre 1960, il fut hospitalisé pour une infection anale, une maladie vénérienne douloureuse nécessitant une intervention chirurgicale. Quant à Julia, qui avait pris ses quartiers au rez-de-chaussée de la nouvelle demeure, près de la cuisine, cette aisance matérielle, pourtant si appréciable après un passé aussi miséreux, ne la comblait nullement. Elle s'enfonçait dans la solitude et l'alcoolisme, et souffrait de ne pas voir plus souvent sa famille. Ses seules sorties se résumaient à des courses alimentaires et à la messe, et elle ne voyait jamais personne ou presque. Andy lui en voulait de venir discuter lorsqu'il travaillait avec son assistant, Nathan Gluck, car chaque minute comptait et il devait mettre les bouchées doubles pour maintenir leur niveau de vie. Et il se mettait à hurler lorsque sa mère lui reprochait de ne pas envoyer assez d'argent à ses frères et à leurs nombreux parents, moins fortunés que lui. Elle l'accusait également d'avoir honte d'elle, de ne jamais l'emmener nulle part, de la cacher dans un entresol – comme souvent, à New York, le premier niveau était en contrebas de la rue. Elle se sentait désavouée, reniée et lui, agressé. Il régnait souvent un climat de guerre civile au 1342 Lexington Avenue, où les éclats de voix étaient fréquents. En 1958, ils avaient posé chez eux pour Duane Michals, un photographe promis à un grand avenir, et Andy, rieur, semblait heureux aux côtés de celle qui était sa principale alliée depuis l'enfance, mais deux ans plus tard, leur belle alliance avait volé en éclats.

Julia était si déprimée, si fragilisée par des doses de whisky sans cesse plus importantes, qu'elle en vint même à ne plus pouvoir assurer la calligraphie sur les dessins de son fils et Nathan apprit alors à imiter sa célèbre écriture. Très découragée, elle finit par repartir un temps à Pittsburgh et la maison devint alors d'une saleté spectaculaire car, en son absence, Andy n'aurait jamais pensé à s'occuper des tâches ménagères ou à rémunérer quelqu'un pour les faire à sa place. Et les chats s'en donnaient à cœur joie, d'un étage à l'autre, sans jamais être réprimandés.

Il souffrit alors de dépression nerveuse et devait fournir un effort surhumain pour se concentrer et travailler, au point de consulter un psychiatre, qui ne put l'aider. Il supplia alors Julia de revenir et elle accepta. Cette atmosphère plombée et triste contrastait avec le décor imaginé par Warhol pour sa demeure, un décor de fête foraine, comme dans une aquarelle de Cecil Beaton : on y retrouvait des sculptures dorées de centaures qui provenaient d'un manège du début du siècle, un Polichinelle en bois de la fin du XIXe siècle ou encore une étonnante machine « à parfumer les mouchoirs ». L'on pouvait également y découvrir un portrait grandeur nature d'Andy et de son ami Ted Carey commandé en 1960 au peintre Fairfield Porter, qui devait lui rappeler sans cesse à quel point il trouvait son physique disgracieux.

Andy était surtout hanté par le succès des peintres de son âge, comme Jasper Johns qui était devenu célèbre dès sa première exposition chez Leo Castelli, en janvier 1958, grâce à ses toiles représentant des cibles et des drapeaux américains, au parfum d'antipatriotisme. Le Museum of Modern Art, qui avait refusé l'un des dessins d'Andy sous prétexte qu'il manquait de place, avait immédiatement acheté plusieurs œuvres de Johns, du jamais vu pour un débutant qui faisait, il est vrai, l'admiration des critiques les plus féroces. Robert Rauschenberg, Roy Lichtenstein ou Claes Oldenburg étaient aussi en train d'acquérir une notoriété qui lui faisait défaut et Andy était dévoré par la jalousie et le dépit. Son obsession était d'être choisi et exposé par Castelli, qui venait d'ouvrir sa propre galerie à New York en 1957 et mettait sa flamme et ses réseaux au service des artistes qui retenaient son attention. Né en 1907, il travaillait dans le monde de l'art depuis les années 30, d'abord à Paris puis aux États-Unis et avait été, entre autres, le courtier de Kandinsky de 1948 à 1953. « Leo Castelli, dans ses activités d'amateur éclairé en apprentissage permanent, de collectionneur, de courtier, de commissaire indépendant, s'affaire à tous les postes, accumule les expériences, fait le pendule entre *uptown* et *downtown*, New York et East Hampton, les États-Unis et l'Europe, entre galeries, musées, ateliers et cafés, connectant, reliant, câblant[1] », écrit Annie Cohen-Solal. Il était pour Warhol l'homme à convaincre, le seul capable de le rendre un jour célèbre. Encore fallait-il lui proposer des œuvres dignes de son flair légendaire.

Grâce à Tina S. Fredericks, qui fut une fois encore sa marraine-fée, Andy rencontra le compagnon de la jeune femme, Émile de Antonio, qui servait d'agent à ses amis peintres tout en venant de créer, en 1959, sa maison de production afin de distribuer *Pull My Daisy*, film écrit par Jack Kerouac. Antonio présenta Andy au duo Johns-Rauschenberg, dont il était proche. Les deux artistes, forts de leur prestige récent, dédaignèrent Warhol, qui était à leurs yeux un illustrateur de mode trop efféminé pour être fréquentable. Ils vivaient ensemble, mais personne n'aurait pu soupçonner leur homosexualité, si affichée chez Andy. Ce dernier rêvait de devenir leur ami, il admirait leur travail au point d'avoir acheté un dessin de Johns, qui représentait une ampoule, mais ils le tinrent à distance, même lors des vernissages Castelli auxquels Warhol accourait, ce qui ajouta une nouvelle blessure d'amour-propre à une liste déjà longue. « C'était un monde d'apparence, en privé vous pouviez faire tout ce que vous vouliez, mais en public, dans le New York de 1960, un peintre sérieux était viril et plutôt austère. Les expressionnistes abstraits, qui allaient être

1. Annie Cohen-Solal, *Leo Castelli et les siens*, Gallimard, 2009, p. 232.

balayés par le pop art naissant, étaient encore la référence : ils étaient ennemis de toute frivolité et peignaient avec leur sang, si je puis dire. Par comparaison, le pauvre Andy avait tout d'une folle avec ses gestes maniérés et son travail de dessinateur pour *Vogue* et *Harper's Bazaar*», résumait Stuart Preston. «Et si au moins il avait eu à montrer des œuvres innovantes, pleines d'audace… Mais sa dernière exposition en date regroupait les illustrations d'un livre de cuisine excentrique, *Les Framboises sauvages*. Et puis il y avait cette histoire du fétichisme des pieds, c'était devenu un snobisme, des personnalités comme la cantatrice Leontyne Price ou Cecil Beaton eurent leurs pieds dessinés par Warhol ! Comment voulez-vous que Johns et Rauschenberg, qui étaient vraiment des cérébraux, aient eu envie de dialoguer avec lui[1] ?»

Dans son atelier du 1342 Lexington Avenue, Andy se mit alors à explorer de nouvelles pistes : il décida de peindre des séries, en noir et blanc, reproduisant des personnages de bandes dessinées, comme Popeye ou Superman, et des publicités découpées dans des magazines, qu'il agrandissait à l'aide d'un projecteur avant de les reproduire sur papier ou sur toile, ne gardant que les éléments les plus saillants. Warhol avait compris que ces images d'une grande banalité, liées au quotidien le moins prestigieux, acquerraient une force singulière lorsqu'elles seraient isolées, tirées de leur contexte et reproduites à l'échelle d'un tableau. Et Andy ne manquait pas d'ironie et d'autodérision puisqu'il avait notamment choisi des publicités vantant les mérites des perruques, de la musculation et d'une opération chirurgicale du nez – des thèmes qui le touchaient intimement – qu'il reproduisit sur des toiles de

1. Propos de Stuart Preston recueillis par l'auteur.

deux mètres cinquante de large. À l'automne 1960, peu après son emménagement, il peignit une bouteille de Coca-Cola géante, de presque deux mètres de haut, et Émile de Antonio, qui le soutenait beaucoup, fut très impressionné par ses nouvelles toiles, tout comme le fut également Ivan Karp, l'assistant de Castelli, que Warhol avait invité à venir le voir dans son atelier. Il fallait l'œil d'un Antonio ou d'un Karp pour déceler le potentiel étonnant de ces produits de consommation courante, revus et corrigés par Andy. Bien d'autres en 1960-1961 les trouvèrent vulgaires, ridicules et embarrassants.

Cette visite se déroula au moment même où Andy, qui avait compris le pouvoir de l'image, se créait un nouveau personnage, destiné à attirer l'attention de quiconque faisait sa connaissance : l'artiste maniéré à la pâleur fantomatique, comme rehaussé par ses vêtements noirs, coiffé d'une perruque, le regard protégé par des verres fumés et s'exprimant avec une voix de petite fille. Son élocution, son débit lent et murmuré, légèrement essoufflé, rappelait celui de Jacqueline Kennedy, que l'on voyait et entendait à la télévision lorsqu'elle soutenait son mari, alors en pleine campagne présidentielle – il remporta l'élection le 8 novembre, en ce même automne 1960. « Des années plus tard, lorsque nous sommes devenus amis, Andy m'a confié en riant que c'était un choix tout à fait conscient de sa part », se souvenait Lee Radziwill, sœur de Jacqueline Kennedy. « Il disait que la voix de ma sœur, qui était aussi la mienne à l'époque, était à ses yeux parfaite, celle dont il rêvait. Je me souviens de sa formule : "C'est en voyant Jackie à la télévision que j'ai décidé d'adopter ma voix Bouvier[1] !" » Il va sans dire que cet homme de 32 ans qui

1. Propos de Lee Radziwill recueillis par l'auteur.

parlait comme la nouvelle première dame des États-Unis passait pour étrangement singulier, même pour un Ivan Karp, pourtant habitué aux excentricités des artistes. En contrôlant son image, Andy venait de prendre le pouvoir et il ne le lâcherait jamais plus. Il avait échoué à se construire une allure «normale» – sports, opération du nez, costumes sur mesure et chemises Brooks Brothers –, mais il allait réussir en dramatisant son apparence, en accentuant à l'extrême sa bizarrerie naturelle.

Karp, lui aussi frappé par ses bouteilles de Coca-Cola, l'encouragea à peindre d'une manière méticuleuse et clinique, peu convaincu par les œuvres qui présentaient des traînées de peinture et des éclaboussures, qui rappelaient trop la manière des expressionnistes abstraits. Il déclara qu'il allait en parler à Castelli et le présenter à des collectionneurs qui pourraient être intéressés par son travail, et Andy fut si touché qu'il lui offrit l'une de ses toiles représentant des personnages de bandes dessinées, en l'occurrence un épisode d'*Arthur et Zoé,* du dessinateur Ernie Bushmiller, dans lequel la jeune héroïne de 8 ans grelottait de froid. Depuis ses dessins d'œufs de Pâques et ses petits livres illustrés, il avait toujours su maîtriser «l'art de se concilier les bonnes grâces de ceux qui dispensent l'avancement» (Tolstoï). Karp tint sa promesse, il revint avec des acheteurs possibles, tous déroutés par les lubies d'Andy : en plus de sa «voix Bouvier», il pouvait les accueillir le visage dissimulé par un masque de carnaval frangé de plumes, qui servait autant à se créer un genre qu'à dissimuler une poussée d'acné, et empêcher toute conversation en mettant de la musique rock ou de l'opéra à plein volume. À chaque nouvel achat, Andy insistait pour que Karp prélevât une commission de 18 à 20 %, même s'il ne s'agissait que d'une vente de quelques centaines de dollars car le prix de ses premières toiles était très bas.

C'est aussi grâce à Ivan Karp qu'Andy fit la connaissance d'un homme qui deviendrait l'un de ses grands amis et alliés, Henry Geldzahler, jeune assistant conservateur du Metropolitan Museum. Tout comme Karp, il fut aussitôt convaincu par son talent et se mit à faire circuler son nom un peu partout dans le monde de l'art. À l'automne 1960, les peintres américains qui allaient constituer le noyau dur du mouvement pop art commencèrent à être exposés dans diverses galeries, Leo Castelli en tête, mais ses deux nouveaux soutiens, aussi actifs fussent-ils, ne parvinrent pas à le faire représenter aux côtés de Jasper Johns, de Rauschenberg, d'Oldenburg ou de Lichtenstein, pour ne citer qu'eux. Un Lichtenstein l'avait devancé en reproduisant des bandes dessinées, d'une manière bien plus exacte et soignée, et personne, pas même le fidèle David Mann, ne voulut des nouvelles œuvres de Warhol. En janvier 1961, Karp finit par convaincre Castelli de venir en personne rencontrer Warhol dans son atelier, mais la visite le convainquit qu'il ne pouvait pas représenter Lichtenstein et Warhol en même temps car leurs travaux présentaient trop de similitudes. Verdict confirmé peu après lorsque Andy vint le voir à la galerie : il aimait son travail mais avait déjà choisi Roy Lichtenstein. En partant, Warhol lui affirma qu'il serait exposé un jour chez lui et qu'ils se reverraient. Castelli lui acheta quand même deux petits tableaux de boîtes de soupe Campbell's pour la modique somme de cent dollars. Warhol avait commencé à les reproduire (acrylique et mine de plomb sur toile) à la fin de l'année 1961 et elles allaient finir par changer son destin, mais il allait devoir patienter encore quelques mois. L'idée de peindre des boîtes de soupe lui vint grâce à Muriel

Latow, une amie galeriste. Pour la remercier de sa suggestion, Andy lui fit un chèque de cinquante dollars, en date du 23 novembre 1961. Un chèque à encadrer.

Très découragé par les réactions des galeristes de Manhattan, il décida, en avril 1961, d'exposer ses Superman et Popeye, mais aussi sa toile vantant les mérites d'une opération chirurgicale du nez, dans les vitrines de l'un des grands magasins de luxe pour lesquels il avait joué les étalagistes. « Ses premières véritables peintures pop servirent à décorer des vitrines de Bonwit Teller et cette tare neutralisa le pouvoir explosif qu'elles auraient pu avoir », écrit Klaus Honnef[1]. Pour Marella Agnelli, qui posséda plusieurs œuvres de Warhol, ce choix était infructueux. « Un artiste doit-il chercher à être exposé à tout prix, dans n'importe quel lieu ? Je me souviens de l'exemple de Pavlos Dionyssopoulos, un sculpteur grec que mon mari et moi admirions beaucoup. J'avais fait découvrir son travail à Hubert de Givenchy, qui a proposé de l'exposer dans les vitrines de sa maison de couture parisienne, avenue George-V. Il s'agissait d'arbres en Plexiglas, des pièces magnifiques, très spectaculaires. Eh bien, cela ne fit aucun bien à sa carrière et à sa réputation, cette visibilité n'impressionna pas le monde de l'art, pour qui c'était un lieu inapproprié, trop frivole, comme les vitrines de Bonwit Teller pour Andy. Dans les deux cas, les mêmes œuvres exposées chez Castelli auraient été accueillies triomphalement. C'était injuste et absurde, mais vrai. Les toiles d'Andy servaient d'arrière-fond pour des robes et c'était un faux pas pour les intellectuels new-yorkais[2]. » Mais cela lui semblait encore préférable à une complète invi-

1. Klaus Honnef, *Andy Warhol*, Taschen, 2015, p. 38.
2. Propos de Marella Agnelli recueillis par l'auteur.

sibilité. En 1961, seul Allan Stone accepta de lui prendre en dépôt quelques toiles, qu'il entreposa au fin fond de sa galerie afin de les montrer à des initiés, sans aucun résultat probant.

À cette époque de sa vie, Andy était rongé par l'inquiétude car la peinture ne lui permettait pas de vivre et il devait toujours continuer à livrer des dessins à des magazines. Et, bien que démotivé, il le faisait avec un professionnalisme impeccable, provoquant le respect de ses employeurs comme Henry Wolf, directeur artistique d'*Harper's Bazaar*, pour qui Andy continuerait à travailler jusqu'en 1964. « Pour Henry, collaborer avec Warhol était un délice car, pour chaque illustration, il proposait plusieurs versions et acceptait la moindre modification demandée, la plus petite suggestion, contrairement à certains de ses confrères, très susceptibles », se souvient Macha Méril, qui était la compagne de Wolf et étudiait à l'Actors Studio, tout en étant l'assistante du photographe Richard Avedon. « Henry me disait aussi que jamais, pas une seule seconde, il aurait pu imaginer que ce garçon timide et réservé deviendrait l'un des peintres les plus célèbres du XXe siècle, aussi célèbre que Picasso[1]. » Ses revenus commencèrent à baisser lorsque I. Miller mit fin à son contrat en 1960, après cinq années de collaboration, car la marque préférait désormais des photos à des dessins. Andy était terriblement angoissé car l'époque changeait et le métier d'illustrateur commençait à tomber en désuétude. Qu'allait-il lui arriver si sa carrière de peintre stagnait indéfiniment, s'il n'obtenait jamais aucune reconnaissance ? Ces pensées le hantaient et il en devint gravement insomniaque, au point de téléphoner pendant

---

1. Propos de Macha Méril recueillis par l'auteur.

des heures, la nuit, à Henry Geldzahler, qui faisait preuve à son égard d'une patience exemplaire, tentant de le rassurer par tous les moyens. Et le fidèle Geldzahler avait raison : 1962 allait s'avérer être une année déterminante dans la chronologie warholienne.

XI

« Marilyn Monroe devint sa Joconde »

Warhol était l'homme d'un serment fait à lui-même : acquérir, à tout prix, une stature artistique de premier plan à New York. Mais, tel l'âne d'or du roman d'Apulée, qui doit manger des roses pour mettre fin à ses malheurs, il traversait épreuves et humiliations sans voir arriver la fin du tunnel. Possédant de nombreux talents de survie, hérités de son enfance *pittsburghienne*, il résistait et refusait de déposer les armes, de s'avouer vaincu, d'étouffer son ambition, de renoncer à ses rêves. Après les boîtes de soupe, il se mit, dès janvier 1962, à peindre des timbres, certains à la main et d'autres reproduits à l'aide de pochoirs ou de tampons que Nathan Gluck et lui-même gravaient dans des gommes. Tout comme Jasper Johns, qui créait des drapeaux ou des ampoules, Warhol devenait le portraitiste des objets du quotidien. En février 1962, l'exposition Roy Lichenstein chez Castelli l'affecta profondément car son rival fut admiré de tous, critiques et public, et les collectionneurs furent prêts à débourser des sommes importantes pour acquérir ses œuvres représentant des scènes de bandes dessinées, un thème cher à Andy. Il dut renoncer immédiatement à présenter les siennes, la source d'inspiration était trop proche et le support de comparaison aurait joué en sa défaveur. Il lui fallait impérativement explorer d'autres pistes, dans la lignée de ses bouteilles de Coca-Cola et de ses boîtes de soupe. Il décida alors de représenter des pochettes d'allumettes et des billets de banque. Il exposa ces derniers à la galerie de Ralph Bellamy, en juin 1962, au sein d'une exposition rassemblant le travail de plusieurs artistes, et ses billets-tableaux en choquèrent plus d'un, Warhol était bien parti. Une fois encore, la galeriste Muriel Latow aurait été à l'origine de cette nouvelle série. «Tu aimes l'argent ? Peins de l'argent ! », lui aurait-elle dit. Selon d'autres sources, Eleanor Ward lui aurait promis une exposition personnelle dans sa propre galerie s'il lui reproduisait son billet fétiche de deux dollars. Tant de rumeurs et d'histoires circulent sur Andy, appelons cela les Fioretti warholiens.

Soudain, les roses salvatrices d'Apulée furent incarnées en la personne d'Irving Blum, qui lui proposa d'exposer ses boîtes de soupe Campbell dans sa galerie de Los Angeles, la Ferus Gallery à West Hollywood, du 9 juillet au 4 août 1962. L.A. n'avait pas le prestige intellectuel et artistique de Manhattan, mais il s'agissait de sa première exposition pop en solo et l'étape était aussi cruciale que symbolique. Blum, qui fit la connaissance d'Andy grâce à Henry Geldzahler, était venu à New York pour y rencontrer des artistes qu'il pourrait faire découvrir à des collectionneurs californiens. Il mesura immédiatement à quel point ses boîtes de soupe étaient provocantes et subversives : un produit de grande consommation sur le point de devenir une icône de l'art contemporain. Il proposa à Andy d'exposer ses trente-deux toiles de soupe Campbell, l'une pour chaque arôme existant (tomate, haricot noir, bouillon de poulet, bœuf et carottes…), et toutes de même format (40 x 50 cm) : autant dire une représentation à la fois incongrue et poétique du consumérisme américain, dont la déclinaison donnait à l'ensemble une force incantatoire. « Avant Warhol, aucun artiste n'a jamais songé à peindre un "portrait de face" d'une boîte de soupe, pour aller jusqu'à en faire le sujet exclusif d'une œuvre d'art », écrit le critique David Bourdon[1]. « D'un seul coup, Andy renouvelait radicalement l'idée de "nature morte", genre sacré dans l'histoire de la peinture, il balayait plusieurs siècles d'histoire de l'art », analysait Stuart Preston, qui fut l'un des premiers à le soutenir, dans les pages du *New York Times*[2]. « Inutile de dire que les purs et durs se déchaînèrent contre lui, ce n'était à leurs yeux qu'une provocation d'un illustrateur publicitaire qui voulait faire parler de lui, leurs commentaires étaient haineux et abjects. Ils l'accusaient de vulgarité et passaient complètement à côté de son originalité. J'ai été frappé par ces boîtes de soupe et par les variantes qu'il introduisait, je pense particulièrement à celles dont les étiquettes étaient déchirées et à celles qui étaient abîmées, c'était poignant, comme si elles étaient rejetées dans un monde qui glorifiait l'uniformisation. Et elles étaient toutes peintes à la main, c'était avant qu'il ne se tournât vers la sérigraphie. »

Blum lui proposa de mettre en vente chaque toile à cent dollars, ils auraient chacun la moitié de la somme. Autant dire qu'Andy travaillait pour le prestige, afin d'établir sa réputation. Et son nom commençait à circuler, au point d'être interviewé pour un article consacré au pop art naissant, qui parut dans le magazine *Time* en mai 1962. L'expression « pop art », ou « art populaire », avait été utilisée pour la première fois en Grande-Bretagne en 1957, mais c'est sous sa déclinaison américaine qu'elle connut un

1. David Bourdon : *Andy Warhol*, Plon, 1990, p. 88.
2. Propos de Stuart Preston recueillis par l'auteur.

immense retentissement. Elle désignait un groupe d'artistes qui détournait des images et des objets de la culture populaire. Très étrangement, alors qu'il était le seul mentionné à n'être représenté par aucune galerie new-yorkaise, car Bellamy n'avait fait qu'exposer ses billets de banque au sein d'une exposition collective, il était aussi le seul dont la photo apparut dans ce numéro de *Time*, aux côtés de l'une de ses boîtes de soupe, qui mesurait presque deux mètres de haut.

L'accueil réservé à cette première exposition pop de Warhol fut mitigée : incompréhension, sarcasmes mais aussi enthousiasme d'une poignée d'amateurs éclairés, comme l'acteur Dennis Hopper qui acheta une toile. Blum en vendit seulement six, mais il préféra les racheter toutes avec l'idée de revendre la série entière car, fragmentée, elle lui paraissait perdre de sa force. Andy fut galvanisé par cette visibilité et, du mois d'août 1962 à la fin de cette même année, il exécuta à peu près deux mille tableaux. « Il se mesurait à Picasso et à sa légendaire productivité », écrit Klaus Honnef[1].

Andy, qui avait eu recours à la technique de la sérigraphie en avril 1962 pour ses billets de banque, finirait par l'adopter dès l'été. Elle permettait la répétition et la démultiplication d'une même image et reposait sur une méthode précise et rigoureuse. Il commençait par choisir un dessin ou une photographie et, une fois agrandis au format voulu, un laboratoire les transférait sur un écran de soie poreux, qu'il fallait tendre sur un châssis. Il obstruait certaines parties avec de la colle ou du vernis, avant d'appliquer l'encre ou la peinture, à l'aide d'une raclette, qui traversait le tissu aux endroits voulus et se déposait sur

1. Klaus Honnef, *Andy Warhol, op. cit.*, p. 58.

le support choisi, toile ou vélin, dont il pouvait peindre les fonds au préalable. Cette étape permettait le dessin du motif et l'opération était répétée autant de fois que nécessaire. Andy et ses divers assistants en vinrent à pouvoir réaliser l'opération en quatre minutes. Ils travaillaient à la chaîne : un travail standardisé, mécanisé, dépersonnalisé qui allait à l'encontre de la précieuse unicité de l'œuvre d'art. Notons que Warhol et ses collaborateurs respiraient un air hautement toxique puisqu'il leur fallait nettoyer leur matériel au Varnolène, un puissant solvant à l'odeur terriblement entêtante.

L'automne 1962 vit le couronnement de tous ses efforts. Fin octobre, Andy participa à une exposition collective dédiée au pop art à la galerie Sidney Janis de Manhattan. Il y présenta trois tableaux, parmi lesquels les *200 Soupes Campbell*, et son travail retint l'attention de tous, il devenait enfin l'un des peintres de son époque. Et une semaine plus tard, il avait droit à sa première exposition pop personnelle à New York : le vernissage se déroula le 6 novembre à la Stable Gallery. Warhol avait rencontré sa propriétaire, Eleanor Ward, grâce à Émile de Antonio, au cours de l'été 1962 et, comme elle fut séduite par l'homme et l'œuvre, elle lui proposa de remplacer au pied levé le peintre Alex Katz, obligé d'annuler une exposition prévue pour le mois de novembre. Il va sans dire qu'Andy n'hésita pas une seconde, c'était la chance de sa vie, l'instant qu'il guettait depuis des années. « L'après-guerre vit arriver des femmes galeristes qui possédaient de grandes compétences et une rare intelligence du métier. Il y avait Erica Brausen à Londres, qui nous fit découvrir le travail de Francis Bacon. À Paris, Denise René, qui organisa la première exposition Vasarely à la Libération, et Ileana Sonnabend, l'ex-épouse de Castelli. Et une Eleanor Ward à New York. Elles aimaient les controverses, défendre des artistes qui ne faisaient pas l'unanimité. C'était des personnages : Brausen avait été espionne, tout comme sa compagne Toto Koopman, et Ward était une vraie Diva, glamour et excessive, comme sortie d'un film. Elle avait travaillé pour Christian Dior et en avait gardé un chic agressif», témoignait Stuart Preston. «Leurs expositions, leurs vernissages étaient des événements et elles étaient parvenues à s'imposer dans un monde jusque-là très masculin[1].»

Eleanor Ward avait soutenu, dès leurs débuts, les peintres Cy Twombly ou Robert Rauschenberg, mais de tous ses protégés, Joseph Cornell était celui dont la sensibilité se rapprochait le plus de celle d'Andy. Il vivait lui aussi avec sa mère, avait été lui aussi illustrateur pour des magazines tels que *Bazaar*, et il vénérait lui aussi les actrices hollywoodiennes, comme Hedy Lamarr ou Lauren Bacall. Il leur consacrait de poétiques photomontages ou des petites boîtes vitrées contenant des assemblages de portraits et d'objets, tels de minuscules décors surréalistes. Ward les aimait tant qu'elle n'hésita pas à faire repeindre sa galerie en noir afin de mieux les mettre en valeur. En cette année 1962, Andy ne venait-il pas de faire des dessins, à la mine de plomb, d'Hedy Lamarr ou de Joan Crawford ? Mais, surtout, il venait de réaliser le portrait de l'actrice la plus populaire du XXe siècle, décédée au mois d'août, au moment même où s'achevait son exposition à la Ferus Gallery. Marilyn Monroe devint sa Joconde, le visage le plus célèbre immortalisé par Warhol, reproduit à l'infini sur des affiches, des cartes postales, des assiettes et des mugs, des tee-shirts et des baskets, des sacs et même des poussettes de bébés. Aucun tableau n'a jamais été autant

1. Propos de Stuart Preston recueillis par l'auteur.

pillé, décliné, sous toutes les formes envisageables, puisqu'il existerait même des préservatifs Marilyn par Warhol. « Lorsqu'elle est morte, le monde entier a été assommé », se souvenait le metteur en scène Andreas Voutsinas, ami et professeur d'art dramatique de Monroe à l'Actors Studio. « Les portraits que Warhol a faits d'elle ont été à la fois un accompagnement et un soutien pour tous ceux qui l'adoraient, mais aussi un commentaire sur son décès et sur les excès qui avaient mené à sa perte, et ce par l'usage des teintes si criardes, qui vous sautaient aux yeux. Va-t-on m'accuser de grandiloquence si je dis que cela m'a aidé à faire mon deuil ? Et je suis certain que ce sentiment était partagé par bien des gens. Au fil du temps, j'ai toujours associé mes souvenirs intimes de Marilyn à son visage peint par Warhol[1]. »

Ce dernier avait croisé l'actrice, lorsqu'elle vivait à New York, et elle incarnait tout ce qui le fascinait depuis l'enfance : la beauté, le talent, la célébrité, une vie tumultueuse, de nombreux amants et une fin tragique. S'agissait-il d'un suicide ou d'un assassinat ? La presse n'en finirait plus de lui consacrer couvertures et articles, disséquant le moindre détail, la transformant en victime des temps modernes. Quelques jours seulement après sa disparition, Andy acheta l'une de ses photos et décida de s'en servir pour une série de portraits. Il imprima son visage des centaines de fois, en noir et blanc mais aussi en couleurs, choisissant des couleurs tapageuses et acides, comme pour mieux souligner le contraste entre la vulnérabilité de la femme et la violence de sa fin prématurée, à l'âge de 36 ans. Il y eut même une Marilyn dorée. « La “Golden Marilyn” est ma

1. Propos d'Andreas Voutsinas recueillis par l'auteur.

préférée », reconnaissait Stuart Preston[1]. « Elle m'impressionne beaucoup, elle appartient à une autre catégorie, il en avait fait une icône byzantine. Dans cette version, Marilyn est devenue sainte et martyre, canonisée par Andy. »

Eleanor Ward n'avait que l'embarras du choix, tant Warhol avait multiplié les pistes en quelques mois. Le jour du vernissage, le public découvrit ses Marilyn, ses soupes Campbell et ses bouteilles de Coca-Cola, mais également un portrait d'Elvis Presley sur fond rouge ou encore une toile intitulée *129 Morts*, tirée d'une photo prise lors d'un accident d'avion en France. Tous les intimes de Warhol assistèrent au vernissage, de Julia à Charles Lisanby en passant par le trio des parrains : Émile de Antonio, Ivan Karp et Henry Geldzahler, trois hommes qui avaient tant fait pour l'aider à établir sa réputation. Le succès fut tel que Leo Castelli, également présent, comprit qu'il s'était lourdement trompé sur son compte, d'autant plus que Ward vendit toutes les œuvres exposées. La seule *Marilyn dorée* partit pour huit cents dollars, somme non négligeable, même si l'on pouvait encore acheter l'une de ses boîtes de soupe pour seulement deux cents dollars. « J'étais à New York à ce moment-là et je n'ai jamais oublié cette exposition. La disposition même des tableaux, en série, avait quelque chose d'hypnotique et je n'avais pas ressenti autant de fascination depuis que mon mari avait acheté une toile de Bacon », se souvenait Marella Agnelli. « Dès que nous arrivions à New York, Gianni et moi allions à la découverte des artistes, dans les galeries mais aussi dans leurs ateliers, et Leo Castelli, qui était notre ami, a été un guide précieux dans ce domaine. Le travail d'Andy était original car il était à la fois joyeux et inquiétant, c'est une

1. Propos de Stuart Preston recueillis par l'auteur.

alliance rare. Notre premier Warhol fut une bouteille de Coca-Cola, encore peinte à la main et non sérigraphiée, et ces toiles, tout comme les soupes Campbell, ont fait couler beaucoup d'encre. Nous l'avons vu régulièrement au fil du temps, il a fait notre portrait des années plus tard et nous avons encore acheté une œuvre peu avant sa mort, mais jamais il n'a donné, devant nous, le moindre avis sur son travail[1].» Pour certains, il s'agissait d'une critique de la société de consommation, pour d'autres, à l'inverse, il en faisait l'apologie. Andy ne commenta jamais ses œuvres, il laissait les autres s'en charger et cela ajoutait à leur mystère et alimentait les polémiques qu'elles suscitaient.

Ce premier succès new-yorkais n'était cependant pas sans nuages car si Andy était déjà critiqué lorsqu'il peignait ses boîtes de soupe à la main, les attaques redoublèrent de violence lorsqu'il décida d'adopter la technique de la sérigraphie. «L'art ne pouvait exister par un procédé mécanique, c'était une hérésie, et ses détracteurs le ridiculisaient en affirmant qu'il ne serait jamais une menace pour ce qu'ils pensaient être "l'art sérieux". Ce en quoi ils avaient bien tort, ne comprenant pas qu'il venait de commencer à dynamiter les frontières en ce domaine», résumait Stuart Preston[2]. Et ces alignements de séries à thèmes plongeaient au cœur des obsessions et des névroses de ses contemporains avec une force aussi dérangeante qu'inoubliable. Le public consommait des soupes et du Coca-Cola, comme des stars de cinéma, devenues des produits de consommation comme les autres. Et l'on devait cette nouvelle perspective, ce nouveau regard à Warhol, devenu soudain incontournable. Au point de terminer l'année 1962 en

1. Propos de Marella Agnelli recueillis par l'auteur.
2. Propos de Stuart Preston recueillis par l'auteur.

beauté puisqu'il fut l'un des invités d'un « Symposium sur le pop art », organisé en décembre par le Museum of Modern Art. Andy avait bien conscience que ses nouvelles toiles suscitaient autant de dégoût que de fascination. Mais pouvait-il imaginer que son cher Lisanby rejoindrait le camp des ennemis ? Il refusa l'un des portraits de Marilyn qu'il lui offrit sous prétexte que cette camelote trahissait son véritable talent et qu'il s'était égaré sur une voie de garage. Ce nouveau rejet fut fatal à leur relation.

XII

« Soudain le pop art était partout »

Le travail de Warhol prouve à quel point l'art est sans cesse transformé par des conditions historiques changeantes. Entre 1960 et 1973, la croissance que connurent les États-Unis, première puissance économique mondiale, permit une amélioration spectaculaire du niveau de vie des classes moyennes, qui devinrent le groupe social majoritaire. Consommer devint le mot d'ordre et cet impératif ne concernait plus seulement les besoins incontournables – logement, alimentation, vêtements –, mais aussi des produits longtemps réservés à une élite : automobiles, télévisions, appareils électroménagers, sans oublier le budget loisirs. Le superflu prit le pas sur le nécessaire, et les médias influencèrent de manière profonde la psyché américaine en valorisant à l'infini le besoin de possession, le désir d'avoir toujours plus que son voisin, et Andy, ancien illustrateur publicitaire, le mesurait mieux que personne. Acheter devint un but en soi, une finalité, et cette tendance ne fit que s'accentuer au fil du temps. Les agences de publicité se donnèrent pour tâche de créer sans cesse de nouveaux besoins et Andy devint le peintre de cette ère clinquante, dont le gâchis constituait la rançon du progrès. Aujourd'hui les critiques pleuvent sur cette décennie marquée par l'irresponsabilité individuelle et sociale en Amérique – gâchis des ressources et défiguration des paysages arrivent en tête de liste des reproches –, mais à l'époque le capitalisme libéral était synonyme d'une manne accessible au plus grand nombre.

Cependant, Warhol n'était pas seulement le peintre des boîtes de soupe, des bouteilles de Coca-Cola, des billets de banque et des stars de cinéma – Elizabeth Taylor devait vite rejoindre Marilyn Monroe et Elvis Presley. Dès le début des années 60, il commença également à dévoiler les coulisses de cet optimisme de façade. Henry Geldzahler lui conseilla d'explorer la face la plus sombre de la société américaine et c'est ainsi qu'il peignit la toile *129 Morts*. Si ses contemporains partaient en vacances en avion aux Caraïbes ou à Hawaï, ce même moyen de transport pouvait être aussi un cercueil collectif en cas d'accident. Au printemps 1963, une nouvelle sérigraphie représentait un chien policier s'attaquant à un Noir en Alabama et cette toile de cinq mètres de haut frappa les esprits. « Ce tableau saisissant faisait référence à des événements tragiques », se souvenait Stuart Preston. « C'était l'époque de la lutte pour les droits civiques et nous connaissions tous le contexte. Cela avait commencé lorsque Rosa Parks et la petite Claudette Colvin, une adolescente, avaient refusé de céder leur place à des Blancs dans le bus, au péril de leur vie. Je me souviens de ces autobus, avec leurs sections pour les Blancs, à l'avant, et pour les Noirs, à l'arrière. Cela allait si loin qu'un Noir, après avoir acheté un billet au chauffeur, ne pouvait pas traverser la section blanche pour aller s'asseoir à sa place. Il devait ressortir du véhicule et remonter par la porte arrière. Blancs et Noirs ne se mélangeaient pas car cela aurait provoqué un drame. Lorsque Simone de Beauvoir, en voyage aux États-Unis, refusa de changer de place, sous prétexte qu'elle était française et qu'elle trouvait la ségrégation raciale révoltante, cela a créé un véritable incident diplomatique. Dès 1955, des Noirs ont commencé à manifester pour protester contre ces injustices et la police ripostait en les matraquant et en lâchant ses chiens sur eux. Voilà à quoi faisait allusion le tableau d'Andy[1]. »

En cette même année 1963, il peignit également des toiles décrivant des accidents de voiture mortels – elles présentaient des cadavres qui ressemblaient à des pantins disloqués dans des véhicules en flammes – et des intoxications alimentaires, par des boîtes de thon empoisonnées qui avaient tué plusieurs personnes. Il s'agissait toujours de photos sérigraphiées : elles avaient fait la une des journaux et chacune présentait le versant endeuillé d'un aspect de la société de consommation. Enfin, son exploration de la face sombre de l'Amérique trouva son apogée dans ses chaises électriques. « Ce sont peut-être les œuvres d'Andy que je préfère », poursuivait Stuart Preston. « Il évoque la peine de mort, ce qu'il y avait de plus indéfendable et de plus sinistre dans la société américaine, et pourtant ses chaises électriques, tout en créant un sentiment de malaise profond, sont aussi belles et épurées que des fauteuils de Mallet-Stevens ! La série "Lavande" est particulièrement sublime et cette grâce morbide ajoutait à leur magie. Le phénomène de répétition, jusqu'à vingt fois d'affilée, était incroyablement oppressant, qu'il s'agisse des chaises électriques comme des accidents de voiture, et plus tard des suicides et de la bombe atomique. Pour ses ennemis, ces séries étaient intolérables, du pur voyeurisme malsain. Aujourd'hui, elles comptent toutes parmi les meilleures œuvres d'art des années 60[2]. » Eleanor Ward appartenait à

1. Propos de Stuart Preston recueillis par l'auteur.
2. *Idem.*

la catégorie de ceux qui les désapprouvaient et elle refusa de les exposer, même si elle en prit quelques-unes en dépôt et les vendit.

Fidèle à sa ligne de conduite, Warhol ne jouait en rien les artistes engagés, plus on lui disait qu'il s'agissait d'une peinture militante, plus il affirmait sa complète neutralité, sans convaincre ceux qui refusaient de l'être. Il peignait mais ne faisait pas le moindre commentaire officiel. Son personnage était immuable : perruque et lunettes fumées, garde-robe noire et une cour qui l'accompagnait partout, dans ses moindres déplacements. Alors que son entourage avait été essentiellement masculin tout au long des années 50, Andy s'affichait désormais volontiers avec de jeunes artistes, ravissantes et originales, comme Marisol Escobar, qui venait de commencer son groupe de sculptures *Femmes et Chiens*, ou la peintre Ruth Klingman, qui avait été la maîtresse de Jackson Pollock et de Willem de Kooning. Cette garde prétorienne en minijupes semblait protéger le jeune peintre homosexuel et fragile des agressions du monde extérieur – l'image était judicieuse, Andy l'avait compris. Il en était à ce point conscient qu'après s'être trouvé trop gros, sur une photo publiée dans la presse, il commença à prendre de l'Obetrol, un coupe-faim à base d'amphétamines, qui l'empêchait de manger et lui donnait une énergie extraordinaire. Au point d'être obligé de prendre des calmants et des somnifères pour pouvoir dormir, ce qui le fragilisait, physiquement et émotionnellement.

Warhol et sa bande allaient partout, voyaient et absorbaient tout, passant d'une galerie à un théâtre, d'une salle de projection à une soirée mondaine. Le plus souvent, Andy était silencieux, comme absent, mais parfois, une remarque sibylline, prononcée de sa « voix Bouvier », tombait de ses lèvres. «Je pense que tout le monde devrait être une machine», déclara-t-il au magazine *Art News* en novembre 1963[1]. Faisait-il allusion à un refus de ressentir des émotions ? S'agissait-il d'un clin d'œil à la sérigraphie ? Chacun s'interrogeait, mais il n'en disait pas plus. Il faudra attendre 1970 pour l'entendre développer ce point de vue, dans les pages de *Vogue* : «La vie fait si mal. Si on pouvait devenir plus mécanique, on serait moins blessé – si on pouvait être programmé pour faire son travail avec bonheur et efficacité[2].»

Andy peignait tellement qu'il manquait de place et se mit en quête, en cette même année 1963, d'un nouvel atelier, plus spacieux. C'est alors qu'il loua à la ville un étage d'une ancienne caserne désaffectée, non loin de chez lui, dans la 87e rue Est. «J'ai rencontré Andy au tout début des années 60 et notre complicité fut immédiate», se souvenait John Richardson. « Cette ancienne caserne était un lieu très warholien : pas de chauffage, pas d'électricité, aucune isolation, ce qui était terrible lorsqu'il pleuvait et, à partir d'une certaine heure, il n'y voyait plus pour travailler et devait rapporter les toiles chez lui. Il y est resté moins d'un an, mais je lui ai rendu visite plusieurs fois dans cet endroit et, un jour, en début de soirée, alors que la nuit était déjà tombée, il avait allumé des bougies un peu partout pour me montrer ses nouvelles toiles. J'ai gardé en mémoire ces morts violentes, ses Liz Taylor, un Elvis qui tenait un pistolet à la main, ce manifestant noir attaqué par un chien policier… Cet atelier éclairé à la bougie et ces tableaux qui firent date dans l'histoire de l'art, c'était une alliance irrésistible. Certains artistes parlent, expliquent, donnent mille

1. *Andy Warhol, Entretiens, op. cit.*, p. 41.
2. *Idem*, p. 195.

détails de peur de ne pas être compris, mais Andy était calme, discret, souvent silencieux. Une fois, alors que je lui racontais à quel point ses tableaux étaient commentés, à quel point on soulignait leur pessimisme et leur noirceur, il m'a répondu, en souriant : "Laissons-les dire...[1]"»

Warhol peignait du matin au soir : un homme ou une femme qui se suicidaient en se jetant du haut d'un immeuble – le premier saisi dans sa chute, la seconde fracassée sur le capot d'une voiture –, un portrait de Robert Rauschenberg, avec qui il s'était lié, ou sa propre version de *La Joconde*. Cette dernière était exposée aux États-Unis grâce à Jacqueline Kennedy, qui avait obtenu une autorisation de sortie du Louvre auprès d'André Malraux, et les Américains faisaient la queue pendant des heures pour l'admirer. Andy la déclina en dizaines d'exemplaires, comme si son mystérieux sourire ricochait telle une pierre sur l'eau. La charge de travail était devenue si importante qu'il dut engager un assistant, tout en gardant Nathan qui s'occupait toujours de le seconder pour ses contrats d'illustrateur. Andy porta son choix sur Gerard Malanga, qu'il avait rencontré en 1962 et qui prit ses fonctions à ses côtés le 11 juin 1963. Âgé de 20 ans, ce fils d'immigrés italiens du Bronx était beau, futé et aussi cinéphile que son employeur. Ce dernier lui faisait confiance car il maîtrisait la technique de la sérigraphie pour avoir travaillé dans un atelier confectionnant foulards et cravates. Et Andy appréciait sa séduction physique, sa bisexualité décomplexée et son énergie contagieuse, il aimait l'avoir à ses côtés en toutes circonstances, dans les soirées comme à table avec Julia, qui l'adopta aussitôt. Mais rien n'était simple pour autant, car Andy avait commencé à mettre au

1. Propos de John Richardson recueillis par l'auteur.

point un petit jeu psychologiquement cruel : créer conflits et jalousies entre les divers membres de son entourage des deux sexes, Marisol contre Ruth et Nathan contre Gerard. Et ce goût du « diviser pour mieux régner » allait provoquer des ravages au fil des ans.

Soudain, le pop art était partout. À la télévision – le public avait découvert Andy, en décembre 1962, dans le documentaire *Peintres américains contemporains*, diffusé sur la chaîne CBS –, dans les journaux et dans les musées. En mars 1963, le Solomon R. Guggenheim de New York présenta le travail de six peintres pop, parmi lesquels Warhol, ses portraits de Marilyn et d'Elvis s'y mêlaient à ses accidents de voiture. Du 18 avril au 2 juin 1963, il fit partie de l'exposition « Image populaire » à la Gallery of Modern Art de Washington, et en mai, Ileana Sonnabend présenta à Paris ses boîtes de soupe et ses bouteilles de Coca-Cola dans une exposition intitulée « Pop art américain ». Enfin, en septembre et octobre, la galerie Ferus de Los Angeles lui consacra une nouvelle exposition. Irving Blum était venu lui rendre visite dans son nouvel atelier et, bien que fasciné par ses toiles décrivant des morts violentes, il préféra présenter des portraits de Liz Taylor et d'Elvis Presley à ses collectionneurs californiens, qui, pourtant, les boudèrent.

Andy fourmillait d'idées et le magazine *Harper's Bazaar* lui donna carte blanche pour un article intitulé « Nouveaux visages, nouvelles forces, nouveaux noms dans le monde des arts », qui fut publié en juin 1963. Il eut l'idée d'emmener les personnalités retenues, parmi lesquelles son ami Geldzahler, dans des photomatons et de prendre des dizaines de photos d'identité, mettant en scène un maximum de poses différentes. Puis il les utilisa, en séries, en guise d'illustrations. Ce reportage donna l'idée à Robert Scull, propriétaire d'une flottille de taxis rebaptisés «Les Anges de Scull», grâce auxquels il avait fait fortune, de commander le portrait de son épouse, Ethel, à Warhol, afin de le lui offrir pour son quarante-deuxième anniversaire. Elle accepta de le suivre dans un photomaton de Time Square, et Andy la chatouilla et fit le pitre pour l'amuser afin d'obtenir une palette d'expressions différentes. Il prit trois cents clichés en noir et blanc, en mouvement ou statiques, sur lesquels elle éclatait de rire, s'interrogeait, jouait avec ses cheveux, dissimulait son regard derrière des lunettes de soleil... Andy en sélectionna dix-sept, mais intitula le tableau *Ethel Scull 36 fois* car certains étaient présents à plusieurs reprises, dans des couleurs et des formats différents, répartis sur quatre rangées de neuf colonnes. «C'était le premier portrait de commande d'Andy et ce fut un coup de maître, analysait John Richardson. Il s'agit pour moi de son meilleur, de loin, le plus imaginatif, le plus singulier. À l'époque, les Scull avaient beaucoup d'argent mais ils faisaient très "nouveaux riches", on les accusait de collectionner des œuvres d'art pour leur valeur spéculative, le milieu n'était pas tendre avec eux. Et voilà qu'Ethel inspirait à Andy cette sublime succession de sérigraphies, montées ensemble. Elle a l'air d'une héroïne d'Hitchcock, Eva Marie-Saint dans *La Mort aux trousses* : belle, mystérieuse, amusante et amusée, tout en nuances. En un seul tableau, Andy leur rachetait une conduite, on oubliait leur arrogance et les moqueries dont ils faisaient l'objet. Scull avait ainsi engagé une Vanderbilt pour apprendre les bonnes manières à ses centaines de chauffeurs de taxi et les méchantes langues en faisaient des gorges chaudes. Mais grâce à cette œuvre d'Andy, ils sont entrés dans la légende[1].»

1. Propos de John Richardson recueillis par l'auteur.

Passionné par toutes les disciplines artistiques, Warhol tourna son premier film en juin 1963, avec une Bolex 16 mm, prêtée par une amie. Il avait Jean Cocteau pour héros, l'homme-orchestre par définition, qui allait mourir en cette même année 1963, et qui avait été à la fois écrivain, illustrateur et réalisateur. Andy avait été influencé par ses dessins, il allait maintenant explorer un autre domaine de prédilection de son idole, le cinéma – il serait le seul peintre pop à franchir le pas. Il eut alors l'idée de filmer John Giorno en train de dormir. Andy avait fait la connaissance de cet agent de changes et aspirant poète à la Stable Gallery, lors de sa première exposition pop, et les deux hommes furent amants avant de devenir amis. « On peut lire, ici et là, qu'ils eurent une liaison, mais ce n'est pas le terme exact. À l'époque, tout le monde couchait avec tout le monde dans ce milieu… comment dire… fellation ne veut pas dire liaison !, résumait John Richardson. Giorno, qui était le type même de l'homme viril, laissait Andy lui rendre de tels hommages, cela ne voulait rien dire, profondément. Mais l'on racontait qu'il refusait de devenir l'amant d'Andy et que cela était une torture pour ce dernier, qui était amoureux de Giorno. On disait aussi que Malanga avait couché avec Andy. Rien de très original pour la bohème new-yorkaise de l'époque[1] ! »

Toujours est-il que Warhol était captivé par John au point de consacrer un film de cinq heures et vingt et une minutes à ce gorille en train de dormir. Le tournage, qui se déroula chez Giorno, jouait sur deux degrés de fascination : le voyeuriste Andy se délectait en regardant un homme nu et velu dans son sommeil, et l'insomniaque Warhol lui enviait cette capacité à s'endormir immé-

1. Propos de John Richardson recueillis par l'auteur.

diatement pour ne pas se réveiller avant longtemps. Le réalisateur novice nous offrait-il sa version de l'histoire d'Endymion, qui inspira peintres et sculpteurs ? Séléné, la déesse de la Lune, découvre ce bel endormi, elle l'admire et lui dépose un baiser sur les lèvres, mais Endymion ne se réveille pas pour autant.

Le film s'intitulait simplement *Sleep* (*Sommeil*). « L'avez-vous vu ? Moi, oui ! C'est mortellement ennuyeux, parfaitement inregardable. Il ne se passait rien, ce n'était même plus du minimalisme et Giorno ne m'intéressait pas assez pour subir une telle torture », témoignait Ultra Violet[1]. « Mais cela passionnait Andy. » Ce dernier, qui avait le culte de la personnalité, trouvait qu'il y avait là un sujet parfait. « J'aimerais le refaire avec quelqu'un comme Brigitte Bardot, et laisser la caméra contempler son sommeil pendant huit heures[2] », devait-il déclarer à un journaliste en 1965. Ce premier film prouve à quel point Warhol était novateur et il eut des émules, au fil des décennies. En 2013, au Museum of Modern Art de New York, une performance de Tilda Swinton, intitulée *The Maybe*, fit grand bruit. L'actrice dormait dans une boîte en verre, devant les visiteurs. Un cartouche précisait : « Artiste vivante, verre, acier, matelas, oreiller, drap, eau et lunettes. » Faire du sommeil une installation montrée dans les musées devait tout à Andy.

Warhol avait rencontré le cinéaste underground Jack Curtis au cours de l'été 1963, et son style kitsch mais aussi pionnier et précurseur l'impressionna beaucoup. Il avait d'ailleurs étrenné sa caméra en tournant un « repor-

---

1. Propos d'Ultra Violet recueillis par l'auteur.
2. Magazine *TapeRecording*, septembre-octobre 1965. Voir *Andy Warhol : Entretiens*, *op. cit.*, p. 88.

tage » de trois minutes sur le nouveau film (inachevé) de Curtis, *Normal Love,* dans lequel Warhol dansait le « french cancan », vêtu d'une robe et coiffé d'un turban. La « manière Curtis » devait profondément influencer le travail d'Andy, ainsi que le prouvait son film suivant. En septembre 1963, alors qu'il se trouvait à Los Angeles pour sa nouvelle exposition à la galerie Ferus, il eut l'idée de tourner une parodie de Tarzan avec, dans le rôle-titre, un avorton facétieux du nom de Taylor Mead. Andy l'avait rencontré alors qu'il déclamait des vers dans un bar new-yorkais et ils s'étaient immédiatement liés. Mead était un croisement de clown triste et de moulin à paroles, un Buster Keaton sous amphétamines. Il avait le corps et la blancheur d'une endive et s'amusa à mimer le célèbre homme-singe à travers toute la ville. Le film s'intitulait *Tarzan and Jane Regained… Sort of* et Warhol demanda à diverses personnalités d'y faire une apparition, comme le peintre Claes Oldenburg ou l'acteur Dennis Hopper, qui avait donné une fête chez lui pour célébrer la venue de Warhol en Californie et venait de lui acheter l'une de ses *Joconde.*

De retour à New York, Andy se remit à peindre tout en consacrant une série de petits films de trois minutes, intitulée *Kiss,* à des baisers hétérosexuels et homosexuels, en gros plan. Mais à la fin de l'année 1963, il dut quitter la caserne désaffectée et se trouver au plus vite un nouvel atelier. Ce dernier allait devenir aussi célèbre, pour les années 60, que l'avait été la Table ronde de l'hôtel Algonquin dans le New York des années 20. Et tout comme sa glorieuse aînée, il aurait pu aussi être surnommé « Le Cercle vicieux ».

XIII

« La Factory argentée »

Le 28 janvier 1964, Warhol ouvrit les portes de son nouvel atelier, au quatrième étage d'un immeuble situé au n° 231 de la 47e rue Est, loué pour deux cents dollars par mois. L'on y accédait par un monte-charge, et les visiteurs étaient immédiatement saisis et aveuglés par le décor, qui leur donnait l'impression d'entrer dans un miroir. Tout y était argenté : le monte-charge grillagé, le rare mobilier, les murs, les portes, les fenêtres, le téléphone, les classeurs d'archives, les canalisations et jusqu'à la cuvette des toilettes. L'idée vint à Andy après une soirée passée chez son ami Billy Linich, un éclairagiste de théâtre qu'il avait rencontré alors qu'il arrondissait ses fins de mois en travaillant comme cuisinier et serveur au Serendipity 3. Ils furent brièvement amants avant de devenir amis, pendant des années, et Billy fut l'un des deux piliers du nouvel atelier, avec Gerard Malanga. Warhol avait été frappé par la décoration entièrement argentée de l'appartement de Linich et il lui demanda de s'en inspirer pour ce nouveau lieu dont la théâtralité devait faire date. Andy se souvenait-il aussi du décor qu'il avait conçu pour l'*Orphée* de Cocteau, cinq ans plus tôt ? Quoi qu'il en fût, il mesura immédiatement l'extraordinaire impact visuel qu'un tel choix offrait. Un écrin dans lequel Warhol put ciseler son personnage de dandy pop.

« Billy a utilisé des centaines de rouleau de papier aluminium et de la peinture qu'il appliquait au pistolet, cette peinture qu'on utilisait pour les ponts en métal, mais aussi de la peinture argentée en bombe. Cette dernière s'émiettait très vite, il fallait sans cesse en remettre de nouvelles couches et l'air n'était jamais renouvelé, nous vivions à la lumière électrique, tout était artificiel. Et ces bombes de peinture contenaient des produits chimiques, tout comme les détergents pour nettoyer le matériel sérigraphique. L'air que nous respirions était empoisonné !, racontait Ultra Violet. Je brillais lorsque je partais, j'avais des résidus de peinture sur les cheveux, la peau, les vêtements. Vous imaginez nos poumons… Je suis aujourd'hui certaine que cette atmosphère viciée a contribué à la folie qui régnait en ces lieux[1]. » On doit également à Billy Linich le nom du nouvel atelier, « la Factory » (l'Usine) : la raison en était très simple, il s'agissait d'une ancienne manufacture. « Billy était un homme à la fois adorable et vraiment bizarre, et Andy fit de lui le photographe attitré de la "Factory argentée" en lui offrant son premier appareil. C'était un véritable excentrique, il a vécu pendant des années dans un coin de l'atelier, discret et invisible. Il était aussi l'astrologue de la bande à Warhol, il déchiffrait nos cartes du ciel comme personne, poursuivait Ultra Violet. Pour moi, Billy était comme le portier d'un grand hôtel, l'homme qui a toutes les clefs et à qui l'on peut tout demander[2]. » Linich et ses deux chats, Lacy et Ruby, devinrent les véritables maîtres des lieux et lorsque la Factory fermait ses portes et que Warhol rentrait chez lui, Billy y recevait ses propres amis, une faune plus inquiétante encore que celle qui apparaissait et disparaissait

1. Propos d'Ultra Violet recueillis par l'auteur.
2. *Idem.*

dans la journée. Pour ses acolytes, la drogue était le seul gouvernail.

Andy se remit à travailler immédiatement et son nouveau projet devait susciter bien des controverses : il eut l'idée de réaliser de faux cartons d'emballage de Ketchup, de tampons à récurer ou de corn-flakes. Le fidèle Malanga en confia la fabrication à un charpentier. Il leur livra plusieurs centaines de boîtes en bois vierge qui furent sérigraphiées en imitant les étiquettes d'origine. L'idée était de les vendre en installation, empilées en rangées parfaites, comme dans les rayons d'une grande surface. Il avait proposé des toiles représentant des soupes Campbell et des bouteilles de Coca-Cola, et voici qu'il continuait son exploration du consumérisme américain en présentant ces « sculptures », nouvelles déclinaisons des codes publicitaires qu'il ne cessait de revisiter. Elles furent exposées à la Dwan Gallery de Los Angeles, du 2 au 29 février, et furent copieusement moquées. « Autant acheter les originaux pour une bouchée de pain, ils ne sont ni plus beaux ni plus laids et beaucoup moins chers », lançaient ses détracteurs. Pour Andy, Malanga et Linich, peindre les six côtés et en sérigraphier quatre représenta une tâche titanesque.

Dès le mois de février, il se mit également à réaliser ses premières séries consacrées à Jacqueline Kennedy, veuve depuis l'assassinat du président trois mois plus tôt, à Dallas. Tout comme Marilyn Monroe, elle était devenue le symbole de la tragédie à l'américaine. Supermarchés et morgues étaient indissociables, les deux faces d'une même médaille dont il était devenu le portraitiste zélé. L'essayiste Olivia Laing insista à raison sur le fait que ces visages de Monroe ou de Jacqueline Kennedy, peints par Warhol, se rappellaient à vous de manière profonde, même lorsque vous ne les aviez plus sous les yeux. Comme si, malgré la technique déshumanisée de la sérigraphie, il avait capté leur essence, leur vulnérabilité, et qu'elles refusaient de vous laisser les oublier[1].

En janvier 1964, Andy gravit une nouvelle marche lorsque Ileana Sonnabend lui offrit sa première exposition personnelle à Paris. Bien avant son ex-mari, Leo Castelli, elle fut conquise par la singularité de son regard et touchée par sa solitude, même s'il était toujours très entouré. « Il m'avait confié qu'il n'avait pas d'amis. Je l'appelais souvent et on allait se promener dans une galerie marchande sur Forty-Second Street qui était pleine de personnages loufoques ; il y avait ce gentleman en costume très élégant qui faisait danser des puces[2]. » Elle choisit une sélection de toiles illustrant désastres et morts violentes, et le public parisien fut immédiatement impressionné et convaincu. « Cette première exposition Warhol à Paris a été un choc, se souvenait Hélène Rochas. Je n'ai jamais oublié ces tableaux représentant des suicides, des accidents de la route meurtriers, des chaises électriques ou des empoisonnements alimentaires. On n'avait jamais vu cela en France et le trouble ressenti était décuplé par les alignements de sérigraphies, qui vous donnaient l'impression de vous noyer au milieu de ces tragédies. J'ai eu immédiatement envie de rencontrer cet artiste. Comment aurais-je pu imaginer qu'il allait devenir mon ami ? Qu'il peindrait mon portrait ? Qu'il m'offrirait l'une de ses *Marilyn* ? Que je le recevrais chez moi et que nous partirions ensemble en vacances ? Qu'il me suggérerait d'acheter un appartement à New York et que je suivrais son conseil ? Je suis

1. Olivia Laing : *The Lonely City, op. cit.*, p. 51.
2. Annie Cohen-Solal, Paul Goldberger et Robert Gottlieb : *New York 1945-1965*, Hazan, 2014, p. 118.

retournée à la galerie plusieurs fois, même si je n'ai pas eu le courage d'acquérir une œuvre, c'était trop violent pour moi, j'ai manqué de force de caractère, je ne me voyais pas en accrocher une sur un mur, chez moi. Il ne fallait pas être une mauviette pour oser vivre avec ces toiles. Mais j'y ai emmené tous mes amis et j'ai toujours le catalogue[1]. » Dont les textes étaient rédigés, en français, par le peintre et écrivain Jean-Jacques Lebel, le critique d'art Alain Jouffroy et John Ashbery, le poète préféré d'Andy.

En ce début de l'année 1964, ce dernier déployait une énergie considérable. Il travaillait dans la journée, sortait tous les soirs jusqu'à l'aube, passant des cafés de Greenwich Village aux salons de Park Avenue, rentrait chez lui et bavardait au téléphone avec le pauvre Geldzahler, qu'il réveillait en plein sommeil, avant de prendre un somnifère et de dormir quelques heures, puis il reprenait le chemin de la Factory. Lorsqu'il ne peignait pas, il se consacrait à sa véritable passion, le cinéma. Après avoir filmé le sommeil de John Giorno, une série de baisers et une parodie de Tarzan, Andy n'avait cessé de faire tourner sa caméra en 1963, une Bolex flambant neuve qu'il venait de s'offrir : il y avait eu Billy Linich en train de couper des cheveux en trois épisodes – *Haircut* n° 1, 2 & 3 –, Henry Geldzahler dans sa salle de bains, son ami le danseur Freddie Herko sur des rollers skates… À l'apparente banalité de ses tableaux, consacrés à des produits alimentaires, répondaient les sujets de ses films. En 1964, dès son arrivée dans le nouvel atelier, il poursuivit la série des *Screen Tests* ou *Bouts d'essais*, commencée peu avant son installation à la Factory. Il s'agissait de courts portraits en noir et blanc d'une femme ou d'un homme,

1. Propos d'Hélène Rochas recueillis par l'auteur.

qui devait rester immobile face à l'objectif pendant trois minutes. Il en réalisa au moins cinq cents au fil du temps et de nombreuses personnalités artistiques des années 60 posèrent pour lui et expérimentèrent ce nouveau genre de portrait filmé : le compositeur John Cale, la danseuse et chorégraphe Lucinda Childs, Marisa Berenson – qui était alors un mannequin célèbre et n'avait pas encore débuté sa carrière d'actrice –, Niki de Saint-Phalle, Bob Dylan, Denis Hopper, Lou Reed, Susan Sontag… Tous passèrent par la Factory argentée, où un espace était réservé à cette activité. Ces *Screen Tests* trouvèrent leur variation dans les séries *Les 13 Plus Beaux Garçons* et *Les 13 Plus Belles Femmes*, qui s'inspiraient des 13 fugitifs les plus recherchés par la police new-yorkaise. Warhol, qui collectionnait les bizarreries en tous genres, avait été fasciné par ce fascicule, publié en 1962, au point de s'en inspirer pour ses films et pour un panneau, de la taille d'une fresque murale, qu'il présenta à la Foire internationale de New York en avril 1964. L'œuvre dérangea les autorités, car les 13 délinquants en question étaient pour la plupart italiens et elles ne voulaient pas offenser la communauté italienne, si puissante dans la ville. Andy trouva la solution : il la recouvrit de peinture argentée, sa nouvelle teinte favorite, ce qui permit de fondre noms et visages dans une brume scintillante et de ménager les susceptibilités.

En février, il tourna *Eat,* qui mettait en scène l'artiste Robert Indiana en train de manger, pendant trente minutes, un champignon. Ce dernier finissait par réapparaître, comme par magie, dès la dernière bouchée, par un phénomène d'images inversées au montage. Puis il y eut *Blow job,* un plan fixe du visage d'un Adonis filmé pendant qu'on lui faisait, hors champ, une fellation. En juillet 1964, il posa sa caméra dans les bureaux du groupe de presse

Time-Life, au quarante et unième étage d'un immeuble, et il y filma l'Empire State Building, de 18 heures à 1 heure du matin, puis il intitula le résultat *Empire*. Le même mois, il réalisa aussi *Batman Dracula*, parodie des films d'épouvante dans laquelle les quatre piliers d'un lit à baldaquin étaient des garçons bien vivants, vêtus de cuir noir, comme un clin d'œil sadomasochiste aux torchères animées de *La Belle et la Bête* de Jean Cocteau.

Le décor de la Factory n'avait rien de figé, il évoluait selon les toquades de Warhol qui y ajouta des sucres d'orge en plastique d'un mètre cinquante, un mannequin de vitrine désarticulé et un grand canapé tapissé de velours rouge, trouvé par Linich sur le trottoir. Ce nouveau meuble lui inspira *Couch*, tourné lui aussi en juillet 1964. Une vingtaine de personnes, parmi lesquelles Jack Kerouac et le mannequin Ivy Nicholson mais aussi des proches comme Malanga et Billy, proposaient une série de poses sexuelles diverses et variées. Ces films, qui nécessitaient des budgets dérisoires, permettaient à Warhol d'explorer des thèmes qui lui tenaient à cœur, comme la sexualité. Ce qui pouvait faire scandale en 1964 ferait sourire aujourd'hui, mais en cette première partie des années 60, alors que la libération sexuelle des années 68 était encore bien loin, ses films avaient une valeur provocatrice incontestable. Et il s'inscrivait dans un groupe de réalisateurs dit « underground », dont le cinéma expérimental s'était totalement libéré des formes dramatiques et visuelles du vieil Hollywood. Les *Flaming Creatures* de son ami Jack Smith, le *Scorpio Rising* de Kenneth Anger, *Lovemaking* de Stan Brakhage ou *Portrait of Jason* de Shirley Clarke appartenaient à la même mouvance. Autant dire une contestation new-yorkaise des modèles qui régissaient la production cinématographique traditionnelle. Le simple fait de donner la vedette à un lit, comme il l'avait fait dans *Batman Dracula*, était un acte insolent, alors que les films destinés au public dit grand avaient mis en scène, pendant des décennies, des couples mariés qui disposaient de lits jumeaux dans leur chambre à coucher.

Le 7 décembre, il reçut le prix des Cinéastes indépendants pour *Sleep*, *Haircut*, *Eat*, *Kiss* et *Empire*. Cette récompense fit grincer les dents de réalisateurs dont le travail était infiniment plus élaboré que celui du lauréat, qui n'était à leurs yeux qu'un amateur dont la technique était inexistante. Son cinéma leur paraissait paresseux et sans message, en rien révolutionnaire et profondément singulier, comme l'affirmaient ses fervents admirateurs, à commencer par le critique et réalisateur Jonas Mekas, figure légendaire de l'underground new-yorkais. Quant aux projections en public, les spectateurs présents finissaient par partir, s'endormir ou hurler des insultes en exigeant le remboursement de leurs billets. « Les gens en parlaient beaucoup, même s'ils ne les avaient pas vus, résumait John Richardson. Il faut bien reconnaître qu'Andy avait un génie rare pour faire parler de lui en entretenant les rumeurs autour de son nom[1]. » Lorsque quatre de ses films – *Sleep*, *Kiss*, *Haircut* et *Eat* – furent projetés au Lincoln Center, Andy commanda une musique d'accompagnement au compositeur La Monte Young. Résultat ? Une seule note, le *si*, reproduite à l'infini en frottant l'archet d'un violon sur le bord d'un pot en laiton.

« Entre 1961 et 1966, j'avais un petit appartement à New York, dans la 42e rue, et je suis souvent allé à la Factory, dès son ouverture, se souvenait le photographe Jeanloup Sieff. La plupart des mannequins qui posaient pour moi

1. Propos de John Richardson recueillis par l'auteur.

s'y rendaient, et Warhol appréciait la séduction de ces filles que l'on retrouvait dans les pages des magazines, cela contribua aussi à la notoriété de l'endroit, vous alliez y croiser les êtres les plus sublimes, physiquement, des deux sexes. C'est tout de suite devenu un lieu de ralliement pour les gens beaux mais aussi très excentriques, sans oublier les intellectuels, les homosexuels et les drogués. J'avais photographié la magnifique Ivy Nicholson, qui devint l'un des membres de la bande d'Andy, et tous ces gens faisaient leur possible pour attirer son attention. Il peignait, avec ses assistants, et tournait des films, les nouveaux arrivants étaient invités à passer devant sa caméra. "Veux-tu être dans une scène ?", demandait-il de sa voix de petite fille. Beaucoup en rêvaient, apparaître dans un film de Warhol était soudain devenu un gage de crédibilité artistique. La Factory était un lieu unique, très étrange, où tout semblait permis, et l'on ne faisait aucune différence entre le jour et la nuit, à cause de la lumière électrique. Il y avait de la musique, à la fois du rock et de l'opéra, les gens dansaient, mais Andy était imperturbable, comme sur une autre planète, très concentré sur son travail. Que voyait-il vraiment derrière ses lunettes de soleil ? Je l'ai vu peindre des explosions atomiques, très calme et concentré au milieu d'une foule bruyante, où se mêlaient anonymes et célébrités[1]. »

Warhol était avant tout un peintre, et c'est bien cette activité qui le faisait vivre. Du 21 avril au 9 mai 1964, il exposa ses « sculptures » d'emballages à la Stable Gallery, qu'il transforma en épicerie pour l'occasion. Les ventes furent catastrophiques, et Eleanor Ward, qui n'aimait pas ce projet et l'avait accepté à contrecœur, le fit savoir

1. Propos de Jeanloup Sieff recueillis par l'auteur.

à Andy. Elle était d'autant plus contrariée qu'un illustrateur publicitaire, du nom de James Harvey, se manifesta en disant qu'il était le concepteur des emballages Brillo, l'une des marques retenues par Warhol. Ce dernier savait qu'une polémique ferait parler de lui et il ne fit rien pour calmer le jeu, laissant à sa galeriste le soin de s'en charger. « Ces piles de boîtes, parfaitement alignées, étaient une version pop des *ready-mades* de Marcel Duchamp, un homme que Warhol admirait beaucoup. Mais si l'idée d'un objet banal, comme un emballage, devenu une œuvre d'art était un concept intéressant, la réalité était plus difficile pour une marchande comme Ward. Les vendre à l'unité n'avait guère de sens et en acheter des rayonnages entiers prenait une place folle et coûtait cher pour un résultat peu satisfaisant. Quel collectionneur avait envie de les avoir chez lui ? C'était un rôle ingrat pour Eleanor Ward », notait sa consœur, la galeriste Denise René[1].

Dès le mois de juin, Andy se mit à peindre une série qui deviendrait aussi célèbre que ses *Marilyn*. Il avait découpé une photo de fleur d'hibiscus dans le magazine *Modern Photography* et déclina ces corolles dans des couleurs fluo et acides, des fleurs psychédéliques, bien loin de ses œuvres consacrées à la mort. Ces *Flowers* furent présentées chez Leo Castelli du 21 novembre au 17 décembre 1964 car Andy avait enfin réalisé son rêve, rejoindre la galerie la plus prestigieuse de New York. En apprenant la nouvelle, Eleanor Ward ne cacha pas sa fureur face à tant d'ingratitude : elle avait consacré à Warhol deux expositions, elle avait mis son argent et son réseau à sa disposition, et voilà qu'il la quittait sans un regard. Il n'avait même pas eu le courage de le lui annoncer en personne et avait fait taper

1. Propos de Denise René recueillis par l'auteur.

une lettre impersonnelle par Billy. Elle était d'autant plus blessée que Castelli vendit très bien les toiles de fleurs, il est vrai plus faciles à placer qu'une scène de suicide ou des empilements de fausses boîtes de corn-flakes. Andy lui intenta un procès car il affirmait qu'elle lui devait encore de l'argent sur des œuvres déjà vendues et ils en vinrent à se quereller pour un portrait de *Mona Lisa*. Ward jurait qu'il le lui avait offert, Andy prétendait le contraire. Au tribunal, le juge leur en donna la moitié à chacun.

XIV

«Il a proposé Poly Esther et j'ai choisi Ultra Violet»

L'arrivée d'Ultra Violet dans la vie d'Andy varie selon les sources : automne 1963, printemps 1964 ou début de l'année 1965, elle avait alors entre 27 et 29 ans. Warhol lui a-t-il été présenté à l'hôtel San Regis par Salvador Dalí ? Était-elle arrivée seule à la Factory, en tailleur Chanel rose, afin d'acheter l'une de ses toiles, une *Flower*, pas encore sèche ? Quoi qu'il en fût, Andy fut frappé par sa beauté, qui lui rappelait Vivien Leigh, et amusé par son désir décomplexé d'attirer l'attention à tout prix. Elle était française, fantasque, cultivée, et trouva immédiatement sa place dans son entourage. «Dès notre rencontre, j'ai passé des heures à la Factory, j'ai commencé à accompagner Andy à des soirées, j'ai tourné dans quelques-uns de ses films et, surtout, j'ai beaucoup observé, beaucoup écouté», se souvenait-elle plus de trente ans après[1].

Née Isabelle Collin-Dufresne en septembre 1935, à Grenoble, elle appartenait à une famille de la grande bourgeoisie de province, qui possédait un château dans l'Isère et une villa au bord de la Méditerranée. Son grand-père conduisait une Hispano-Suiza et son oncle, René Capitant, avait été ministre de l'Éducation nationale et garde

1. Propos d'Ultra Violet recueillis par l'auteur.

des Sceaux du général de Gaulle. Les parents d'Isabelle se débarrassèrent d'elle en l'envoyant dans un couvent dès l'âge de 7 ans. Elle en conçut un profond sentiment d'abandon et un rejet viscéral de tous les carcans. Isabelle multiplia les provocations et les fugues, au point d'être d'exorcisée par un prêtre et de consulter un psychiatre qui la plaça aussitôt en maison de correction, dont elle garda un souvenir particulièrement douloureux. Ce ne fut qu'en 1953, en rejoignant sa sœur à New York, qu'elle se sentit revivre. Elle travailla au bureau du conseiller culturel français et passait ses soirées au théâtre et dans des galeries. L'art et l'amour étaient les maîtres mots de sa vie, elle découvrait le travail des peintres et des sculpteurs avec passion tout en passant d'un amant à l'autre. Le fait d'avoir reçu un petit héritage lui permit de naviguer sereinement, sans trop de tracas financiers.

En 1960, elle fit la connaissance de Salvador Dalí et ils devinrent inséparables. Elle posa nue pour lui dès le premier jour et Dalí, qui la surnomma « Isabelle la Catholique », l'emmenait partout, même si cela ne plaisait guère à son épouse Gala, la muse-dragon. Les regards meurtriers de cette dernière ne découragèrent nullement Isabelle, qui s'installa dans une chambre de bonne de l'hôtel St Regis, où le couple passait une partie de l'année, afin de ne pas en perdre une miette. Et le maître déploya ses sortilèges pour séduire sa protégée. Il lui fit manger des fourmis « embaumées » dans du chocolat, ils promenèrent ensemble l'ocelot du peintre au bout d'une laisse dans Central Park et, au restaurant, il payait l'addition en signant la nappe.

Isabelle prétendit toujours que Dalí lui avait présenté Warhol en 1963. Ils prenaient le thé tous les deux au St Regis lorsque Andy s'était approché de leur table pour saluer son glorieux aîné. « Je connaissais très bien son travail, j'avais vu sa première exposition pop à la Stable Gallery et j'avais entendu toutes les histoires qui circulaient sur sa bizarrerie, précisait-elle. Andy m'intriguait beaucoup et c'est ainsi que cela a commencé entre nous. Il m'a fait mille compliments sur mon physique et m'a dit que nous allions tourner des films ensemble, mais j'ai très vite compris qu'il faisait de même avec tout le monde, sans exception. C'était l'une de ses forces : vous flatter d'un air ingénu, vous donner l'impression que vous étiez unique et obtenir ainsi tout ce qu'il voulait des uns et des autres. C'est Andy qui m'a conseillé de changer de prénom, on ne devenait pas une star en s'appelant Isabelle. Il a proposé Poly Esther, mais cela ne me plaisait pas et, après en avoir discuté avec Dalí, j'ai choisi Ultra Violet. J'ai alors commencé à ne porter que du violet, au point de faire teindre toutes mes perruques de cette couleur. Andy est venu avec moi chez un fripier, afin de me constituer une nouvelle garde-robe violette. Pour me maquiller, j'utilisais de la betterave crue car la teinte était incomparable et aucun cosmétique ne pouvait rivaliser. Après utilisation, je la servais en salade, ce qui amusait beaucoup Andy. Dès lors, j'étais prête pour prendre ma place à ses côtés à la Factory. Il attirait tous les marginaux, s'imprégnait de leur originalité, mettait en scène leurs délires, entretenait des guerres d'ego et il fit de la Factory un point de mire pour le monde entier, l'un des lieux, sinon le lieu le plus représentatif du tourbillon qui souffla sur les années 60. Grâce à lui, je me sentais belle et iconoclaste, la muse d'un artiste de ma génération, alors que Dalí aurait pu être mon père. Mais tout son entourage avait les mêmes sentiments que moi, Andy le savait et il en jouait. Nous aurions fait n'importe quoi pour retenir son attention[1]. »

---

1. Propos d'Ultra Violet recueillis par l'auteur.

À ce titre, elle fut une sorte d'espionne culturelle et de radar mondain pour lui. La jeune Française sortait chaque soir, elle allait à des vernissages, voir les nouvelles pièces, assister aux soirées les plus exclusives mais aussi aux happenings les plus délirants et, le lendemain, elle se présentait au rapport et lui racontait tout, y compris les derniers potins sexuels. Et les autres agissaient de même, chacun de leur côté, Andy était l'homme le mieux informé de New York. La Factory fut aussi un service de renseignements d'une efficacité redoutable.

Ultra Violet ne fut ni la première ni la dernière à rejoindre la constellation warholienne, et de nouveaux bourgeons apparaissaient sans cesse sur les branches de la Factory. Gerard Malanga et Billy Linich furent suivis de l'acteur gay « Ondine » (né Robert Olivo), surnommé aussi « La Duchesse » – il prétendait avoir rencontré Andy dans une orgie –, de Jane Holzer – une mondaine blonde et ravissante rebaptisée « Baby Jane » car elle était une Bardot à l'eau de rose –, de Brigid Berlin – une héritière obèse qui n'hésitait pas à se faire des injections d'amphétamines à travers ses vêtements en public – et d'une cohorte de personnages excentriques et marginaux qui donnèrent à la Factory une réputation d'endroit d'avant-garde et mal famé. Ce label irrésistible attira les personnalités du monde des arts et du cinéma, les collectionneurs fortunés, de simples étudiants et des prostitués des deux sexes en recherche de clients. Il y avait foule du matin au soir. Et n'oublions pas les travestis, qui firent leur apparition en la personne de Mario Montez. Ce dernier eut le rôle principal de *Harlot*, tourné par Andy en décembre 1964 avec sa nouvelle caméra Auricon, son premier film sonorisé. Né René Rivera, ce Portoricain catholique, qui travaillait à la poste dans la journée, avait choisi son pseudonyme en hommage à l'actrice Maria Montez, reine du Technicolor et épouse de Jean-Pierre Aumont, morte tragiquement à 39 ans en se noyant dans son bain. Un film comme *Harlot*, terme qui désignait une prostituée, semblerait bien inoffensif aujourd'hui mais, en 1964, voir à l'écran un travesti en train de manger des bananes de manière suggestive était bien plus sulfureux. Après avoir dramatisé la souffrance dans ses toiles consacrées aux morts violentes et aux catastrophes, mais aussi dans ses portraits d'une Jacqueline Kennedy veuve, il s'attaquait aux tabous sexuels et malmenait l'hypocrisie puritaine de la société américaine en offrant un premier rôle à un homosexuel travesti, même s'il ne s'agissait que de cinéma underground dont l'impact restait très limité.

Andy vivait en groupe, se déplaçait en groupe, travaillait en groupe. Dirigés par Malanga, ses assistants l'aidaient à sérigraphier à la chaîne et cela en choquait plus d'un. «J'avoue que lorsque je suis arrivée, cela me perturbait car j'avais encore la vision sacrée de l'artiste qui peignait seul dans son atelier avant d'offrir au public une œuvre unique au monde, confessait Ultra Violet. Et j'étais loin d'être un cas isolé, ce comportement faisait l'objet de nombreuses critiques, certaines très virulentes[1].» Mais c'était oublier un peu vite que ce phénomène avait toujours existé et que, dès la Renaissance, les peintres avaient fait appel à de nombreux collaborateurs. «La "Factory" n'était pas une usine ni une entreprise industrielle bien que le terme "Factory" veuille le suggérer par provocation et ironie, écrit Klaus Honnef. Elle était plutôt comparable à l'atelier d'artistes comme Verrochio, Leonard de Vinci, Lucas Cranach, Titien, Rubens ou Rembrandt. Rien ne passait le

1. Propos d'Ultra Violet recueillis par l'auteur.

seuil de l'atelier qui n'ait été agréé par le maître et pourvu du sceau de son approbation[1].» Et Andy apprit à tout vérifier, à ses propres dépens. En effet, Patricia Caulfied, qui avait pris et publié la photo d'une fleur d'hibiscus qui avait servi d'inspiration à sa nouvelle série, la reconnut, même recadrée et coloriée, et exigea une réparation financière. Andy s'exécuta, mais il se promit de ne plus retomber dans un tel piège et se mit à prendre lui-même des photos, dans l'idée qu'elles pourraient lui servir pour de futurs tableaux.

Tout à la fois chantier d'expérimentation et cour de récréation, la Factory offrait un spectacle extravagant, et ses membres confondaient volontiers agitation et énergie. Il y eut ainsi, en 1964, l'épisode des «Marilyn revolverisées». Une certaine Dorothy Podber, amie de Billy Linich, tira avec un petit pistolet sur quatre portraits de Monroe, posés les uns sur les autres. Une balle traversa le front de l'actrice sur les quatre toiles, dont la cote grimpa aussitôt en flèche et Warhol les présentait comme «des tableaux morts». Pour Podber, il s'agissait d'une «performance artistique», mais ce geste en annonçait un bien plus grave. En 1968, une autre déséquilibrée tirerait sur Warhol, qui faillit y perdre la vie. «Andy poussait les gens à être exhibitionnistes, il y avait une surenchère permanente pour se faire remarquer et cela n'était pas sans dérives, d'autant plus que ces gens prenaient toutes les drogues possibles et imaginables, surtout des hallucinogènes», témoignait Ultra Violet[2]. En octobre 1964, il y eut aussi le suicide du danseur Freddie Herko, qui avait tourné dans des films d'Andy. On disait qu'il avait mis fin à ses jours après avoir invité ses proches à "une performance" : il s'était jeté nu, d'une fenêtre, sur

1. Klaus Honnef : *Andy Warhol, op. cit.*, p. 72.
2. Propos d'Ultra Violet recueillis par l'auteur.

la musique de *La Messe du Couronnement* de Mozart. Il n'avait que 29 ans et était complètement délabré par l'abus d'amphétamines et de LSD. En apprenant la nouvelle, Andy ne fit qu'un seul commentaire, il regretta de ne pas avoir été présent avec sa caméra afin de pouvoir filmer la scène, et ces propos, qui circulèrent beaucoup, alimentèrent sa réputation de cynique. Dans son nouveau personnage d'artiste détaché et froidement efficace, Warhol était devenu un homme d'ordre dans un monde de désordre. À la Factory, la mort commençait à sortir des tableaux et à contaminer l'assistance. Au lieu d'assister aux obsèques d'Herko et de faire déposer un bouquet sur sa tombe, il lui dédia l'une de ses fleurs blanches exposées chez Castelli. Un adieu pop par excellence.

Comme il l'avait fait avec Marisol et Ruth mais aussi avec Nathan et Malanga, Andy entretenait maintenant une rivalité entre Billy et Gerard, ses deux Atlantes, qui soutenaient l'édifice. En plus d'être le décorateur et l'astrologue attitré de l'atelier, le premier photographiait et filmait tout ce qui s'y passait, il était à Warhol ce qu'Eckermann avait été à Goethe. Quant au second, qui sérigraphiait plus de toiles que quiconque, au point que l'on racontait qu'il circulait plus de tableaux réalisés par lui que par Warhol, il sillonnait également Manhattan pour y découvrir de nouveaux visages, de nouveaux talents, et s'ingéniait à les ramener à la Factory. On racontait qu'il écrivait des poèmes aux plus jolies mannequins, que ses vers servaient d'hameçon et qu'ainsi elles ne résistaient pas à l'appel de l'atelier argenté et de ses possibilités de bouts d'essais. « Gerard ÉTAIT la Factory[1] », écrit Nat Finkels-

1. Nat Finkelstein : *Andy Warhol, The Factory Years 1964-1967*, St. Martin's Press, 1989, p. 8.

tein, qui photographia aussi beaucoup l'endroit et sa faune. «J'ai assisté à la naissance d'un monstre : une Veuve noire saupoudrée d'argent[1] », note-il aussi à propos d'Andy qu'il compare à une araignée dévorant ses victimes, les vidant de toute substance avant de s'en débarrasser.

«J'ai souvent repensé à cette époque de notre vie, se rappelait Ultra Violet. Pourquoi des adultes plutôt intelligents en vinrent à devenir les esclaves du roi Andy ? Pourquoi vouloir absolument son approbation ? Se vengeait-il, plus ou moins inconsciemment, d'une enfance et d'une jeunesse tristes et humiliantes ? Avoir tant de pouvoir sur les autres devait être très grisant pour un homme longtemps considéré comme sans charisme et invisible. Nous étions tous et toutes fous de lui, vouloir être à ses côtés était une véritable obsession, et pourtant il était une sorte de bourreau. Il suscitait autant de fascination que de haine si, soudain, il vous préférait quelqu'un d'autre. C'était particulièrement dangereux avec les moins adultes d'entre nous, des jeunes gens fragiles, facilement manipulables et donc très vulnérables. Ils se disaient amoureux d'Andy, qui passait son temps à souffler le chaud et le froid. Certaines filles, comme Ivy Nicholson, l'une des grandes beautés de sa génération, voulaient absolument l'épouser. "Je serai bientôt Mme Andy Warhol", répétait-elle avec un air d'extase[2].» Autant dire qu'ils souffraient tous du syndrome de Stockholm.

Le comportement d'Andy trouvait écho dans son apparence physique : perruque argentée, lunettes de soleil, pâleur cadavérique rehaussée par du maquillage, vêtements exclusivement noirs et minceur entretenue grâce

1. *Ibid.*, p. 2.
2. Propos d'Ultra Violet recueillis par l'auteur.

à des coupes-faim à base d'amphétamines. Au silence, succédait un aphorisme prononcé de sa « voix Bouvier » et destiné à souligner son artificialité, soigneusement mise en scène : « Je vois tout de cette façon, la surface des choses, une sorte de braille mental, je passe les mains sur la surface des choses[1]. » En coulisses, Warhol était un autre homme, loin de l'image officielle. Il tombait toujours aussi souvent amoureux et, en octobre 1964, il s'éprit de Philip Fagan, un garçon hétérosexuel de 26 ans à la beauté très virile, qui devint l'un des assistants « sérigrapheurs » de la Factory. Andy l'invita à vivre sous son toit, on les vit partout ensemble, il le filma pendant quatre-vingt-seize jours d'affilée, comme s'il voulait capter le passage du temps sur ce visage superbe. Une sorte de journal intime amoureux et cinématographique. Fagan était fin, discret, silencieux, et personne ne peut dire s'il devint l'amant d'Andy. En mars 1964, leur relation était déjà terminée et Fagan disparut de sa vie. Il se suicida peu après et rejoignit la longue liste des êtres qui mirent fin à leurs jours dans l'entourage de Warhol.

---

1. Magazine *The East Village Other*, 1er novembre 1966. Voir *Andy Warhol : Entretiens, op. cit.*, p. 101.

XV

«Pauvre Petite Fille riche»

En janvier 1965, Edie Sedgwick entra dans la vie d'Andy et elle devint rapidement sa muse majuscule. Leur complicité, aussi intense que brève, s'acheva dans le dégoût et l'amertume, mais les fleurs précédèrent le fiel et tout commença comme dans un conte de fées pop. Ils firent connaissance à une soirée donnée par le publicitaire et futur producteur Lester Persky, que Warhol comparerait à «un petit Hitler grassouillet[1]» dans son journal. «Ce jour-là, j'accompagnais Andy, se souvenait Ultra Violet. Et je n'oublierai jamais l'arrivée d'Edie, c'était comme si une petite sœur américaine d'Audrey Hepburn était entrée dans la pièce. Même gracieuse silhouette de ballerine, même minceur extrême et mêmes grands yeux de faon. Elle était un croisement d'Audrey et d'Ariel, l'esprit de l'air, dans *La Tempête* de Shakespeare. Edie semblait immatérielle, et si légère qu'une bourrasque de vent aurait pu la faire décoller[2].» Elle incarnait tout ce qui fascinait Andy : la beauté et le style, des origines prestigieuses, le goût des aventures artistiques, un potentiel cinématographique. Il ne la quittait pas des yeux et, comme toujours, elle fut invitée

1. *The Andy Warhol Diaries, op. cit.*, p. 522.
2. Propos d'Ultra Violet recueillis par l'auteur.

à venir tourner des films à la Factory. De son côté, elle fut attirée par lui, car il était l'un des peintres les plus en vue de son époque et un cinéaste d'avant-garde. Edie aspirait à se faire un nom dans le monde des arts et Andy pouvait être son mentor en ce domaine, elle le comprit immédiatement. Tous deux succombèrent à l'aura de l'autre.

Officiellement, miss Sedgwick cumulait toutes les séductions et, à presque 22 ans, elle semblait descendre de l'Olympe. La jeune femme était née le 20 avril 1943, à Santa Barbara, dans un célèbre clan de la haute société WASP. Sa famille voyageait en *sleeping* privé, ils passaient leur vie à monter à cheval et à jouer au tennis, disposaient de plusieurs propriétés et d'une armée de domestiques et tous, sans exception, étaient d'une grande séduction physique. Le soir, la mère d'Edie lisait à voix haute à ses enfants des pages de Macaulay ou de Tourgueniev. Elle avait appelé sa jument « Lady Murasaki », en hommage à l'auteure d'un roman japonais du XIe siècle, *Le Dit du Genji*, et avait suspendu dans sa salle à manger, en guise de rideaux, de précieuses tentures de Mariano Fortuny, le créateur célébré par Proust dans *À la recherche du temps perdu*. Leur maison, sur une propriété de trois mille hectares en Californie, abritait une collection de tableaux italiens et flamands des XVe et XVIe siècles. Mais la vérité, soigneusement cachée, était on ne peut plus lugubre. Edie avait pour père un Apollon sadique, exhibitionniste, raciste et férocement compétitif, qui n'hésitait pas à humilier cruellement sa progéniture si elle osait le décevoir. La folie et l'inceste planaient sur eux, et Edie dut subir les avances de cet ogre qui les terrorisait tous. Son frère « Minty », qui était alcoolique à l'âge de 15 ans tant la tension ravageait la famille de l'intérieur, allait passer son temps dans des hôpitaux psychiatriques. Il se suicida à 25 ans en se pendant avec sa cravate dans la salle de bains d'une clinique pour malades mentaux. En apprenant qu'il était homosexuel, son père l'avait banni et il mit fin à ses jours peu après. « Minty » était son favori et Edie ne s'en remit jamais vraiment. Au même moment, un autre frère Sedgwick, Bobby, était lui aussi hospitalisé et sous calmants. Aussi beau qu'intelligent, mais lui aussi profondément névrosé, il avait été emmené à l'asile en camisole de force.

Dès l'adolescence, Edie devint gravement anorexique et passait son temps à se faire vomir pour rester mince. Lorsqu'elle découvrit son père en train de faire l'amour avec une femme de chambre, il la frappa et la gava de tranquillisants, avec l'aide d'un médecin, afin de l'empêcher de parler. Cet épisode et ses conséquences tragiques bouleversèrent profondément sa psyché. En pension, elle fut tour à tour vénérée et détestée car elle passait d'une humeur à l'autre en une seconde, tour à tour exquise et odieuse, joyeuse et amère, souvent très désorientée, tout en s'amusant à entretenir les rivalités autour de sa personne – une caractéristique qu'elle partageait avec Andy.

Lorsque son père découvrit qu'elle souffrait d'anorexie, il la fit tout simplement disparaître du paysage, car le moindre comportement dit « anormal » lui faisait horreur et aurait pu entacher leur réputation. Elle fut hospitalisée dans deux établissements pour y subir des traitements psychiatriques et se retrouva enceinte d'un autre patient. À l'anorexie et à une profonde instabilité mentale, s'ajouta un avortement. Depuis toujours, ses deux seules passions étaient les animaux, qu'elle préférait aux humains, et l'art. C'est pourquoi, à l'automne 1963, elle décida de suivre des cours de sculpture à l'université de Cambridge, dans le Massachusetts. Il va sans dire qu'elle n'avait rien d'une étudiante quelconque : Edie se rendait sur le campus au volant de sa Mercedes gris perle, toujours tirée à quatre épingles dans des tenues griffées. Elle fit tourner des têtes, suivait une analyse et s'affichait avec les élèves homosexuels, des dandys assortis à ses idées de raffinement et d'anticonformisme. Edie était incontestablement douée mais trop velléitaire et instable, incapable de se concentrer et s'ennuyant très rapidement. Elle rêvait de conquérir New York et, en 1964, à l'âge de 21 ans, elle put passer à l'acte lorsqu'elle toucha un héritage laissé par sa grand-mère, qui aurait dû la mettre à l'abri pour longtemps.

Edie s'installa très vite à Manhattan où elle fut accueillie par sa deuxième grand-mère, choyée par les domestiques de la vieille dame et aussitôt invitée à toutes les manifestations mondaines, où elle fit sensation tant sa seule présence était décorative. À l'automne 1964, elle emménagea dans son propre appartement, ce qui lui permit de recevoir ses dealers à domicile car elle fuyait une réalité trop douloureuse dans la drogue, au point de conduire sa Mercedes sous acide. Engager un chauffeur lui sembla être la solution idéale, mais il était encore plus égaré qu'elle et, lorsqu'il percuta un taxi, elle décida d'avoir recours à un service de limousines. En janvier 1965, au moment même où elle faisait la connaissance d'Andy, son frère Bobby, qu'elle aimait presque autant que « Minty », se tua à moto et la théorie du suicide était alors sur toutes les lèvres. Il n'y eut pas d'enterrement, ses parents n'assistèrent pas à la cérémonie religieuse et il fut incinéré dans l'anonymat. À ce stade de sa vie, elle était à la fois une naufragée et une survivante, et la Factory argentée lui apparut comme la solution idéale pour juguler ses tourments existentiels.

En ce même mois de janvier 1965, Andy n'était qu'énergie et inventivité. Il peignait, réalisait des films – *Drink* présentait Émile de Antonio en train de boire du whisky – et préparait de nouvelles expositions, ce qui n'était pas sans surprises cocasses. Quand une galerie de Toronto s'apprêta à accueillir ses « boîtes », les douaniers canadiens refusèrent de les considérer comme des sculptures, il s'agissait à leurs yeux de marchandises réelles et ils exigèrent une somme de quatre mille dollars en guise de taxes à l'importation, alors que les œuvres d'art en étaient exemptes. C'est au beau milieu de ce tourbillon qu'Edie arriva à la Factory. Elle électrisa l'atelier lorsqu'elle fit son apparition, accompagnée d'un certain Chuck Wein, qui était à la fois son chevalier servant et son imprésario. Mais aussi un Jiminy Cricket un brin pervers, qui lui soufflait des idées porteuses de conflits et avait compris qu'elle pourrait être une poule aux œufs d'or. Sa beauté si contemporaine et sa personnalité fantasque commençaient à attirer les magazines, qui lui consacrèrent toute une série d'articles au fil des mois, et Wein voulait être celui qui signerait ses contrats.

Edie Sedgwick apparut dans des films d'Andy. *Horse* était la réponse warholienne et kitsch aux traditionnels westerns, le recadrage était autant technique qu'émotionnel. L'action se résumait à une partie de strip-poker entre plusieurs cow-boys, parmi lesquels un shérif et son prisonnier. Ce dernier trichait et était copieusement rossé par les autres. Warhol avait loué un cheval pour la journée, afin de faire couleur locale, et l'animal dut emprunter le monte-charge argenté pour rejoindre le studio, en l'occurrence un coin de la Factory. Edie y faisait une brève apparition, tout comme dans *Vinyl*. Il s'agissait, six ans avant Stanley Kubrick, de la première adaptation du roman d'Anthony Burgess, *L'Orange mécanique*, dont Andy venait d'acquérir les droits pour la somme de trois mille dollars. Gerard Malanga y jouait le héros, un délinquant sadique et destructeur vêtu de cuir noir. La distribution était exclusivement masculine, à l'exception d'une nouvelle apparition muette d'Edie. Mais tout comme dans *Horse*, elle était si photogénique qu'Andy demanda à son scénariste, Ronald Tavel, de lui concocter un rôle sur mesure. Ce nouveau projet, centré sur sa seule lumière, s'intitulait *Poor Little Rich Girl*. Il s'agissait d'une référence à un film de Shirley Temple, l'actrice favorite d'Andy, et d'un clin d'œil au fait qu'Edie était elle-même une « Pauvre Petite Fille riche ». Le film, tourné dans l'appartement de la jeune femme, détaillait une journée de l'héroïne. Elle y évoquait son passé et ses rêves avec Chuck Wein – qui lui posait des questions perturbantes afin de la déstabiliser –, se maquillait, fumait de la marijuana, essayait des vêtements… Certes, elle est ravissante, mais ce portrait filmé soulignait la vacuité d'une existence vouée à la parade et les blessures d'une jeune femme perdue, sans repères, ensevelie sous ses névroses. Edie devait improviser ses répliques au fur et à mesure, et cet exercice redoutable ne lui était pas favorable. Et l'image était souvent floue, mais Warhol revendiquait les imperfections techniques comme faisant partie intégrante de ses films.

Edie et Andy devinrent très vite inséparables. Ils s'habillaient de la même manière, en noir ou en marinière, et elle fit couper ses cheveux et les teignit en argent, afin de ressembler à Warhol. « *Esquire* m'a demandé dans un questionnaire quel acteur je souhaiterais voir jouer mon rôle, et j'ai répondu Edie Sedgwick », déclara-t-il à un journaliste[1]. Et ce constat n'avait rien d'une boutade. « Si Andy avait pu être femme, il aurait voulu être Edie : voilà pourquoi il s'identifiait à elle », résumait Truman Capote[2]. Pour

1. *The East Village Other*, 1er novembre 1966. Voir *Andy Warhol : Entretiens, op. cit.*, p. 104.
2. Jean Stein : *Edie*, Denoël, 1984, p. 111.

Warhol, traumatisé par la pauvreté et la laideur physique, la vie d'Edie, même avec son cortège de tragédies, était enviable et fascinante : elle était belle, riche, recherchée, photographiée, imitée, et chaque homme avait envie d'être son amant. Andy avait toujours été attiré par les héritières et les jeunes filles privilégiées – Marisol, Marisa Berenson, Jane Holzer, Brigid Berlin, Ultra Violet ou Benedetta Barzini. Leurs existences, aussi malheureuses fussent-elles, le captivaient, mais Edie était comme une synthèse fulgurante de toutes celles qui l'avaient précédé dans la vie du peintre-réalisateur.

Leur couple sortait tous les soirs, on les voyait partout ensemble, même à la télévision lorsqu'ils participèrent au talk-show de Merv Griffin, le 6 octobre 1965. En l'espace de quelques mois, ils devinrent si célèbres que le peintre Roy Lichtenstein et son épouse arrivèrent à une soirée déguisés en Andy et Edie. Cette dernière signait « Andy Warhol » lorsqu'on lui demandait un autographe, le peintre et son égérie s'amusaient à jouer aux jumeaux androgynes, minces et diaphanes, et ils étaient toujours penchés l'un vers l'autre, en train de se parler à voix basse, comme s'ils se murmuraient des secrets destinés à eux seuls. Ils ne tenaient jamais en place et, à peine arrivés quelque part, ils repartaient très vite voir si l'herbe était plus verte ailleurs. Les photographes les mitraillaient, ils formaient le duo le plus en vue de Manhattan. Edie brillait de mille feux, à l'image de la poudre d'or véritable qu'elle utilisait pour maquiller ses pommettes. Chacune de leur apparition était commentée. Ainsi, en avril 1965, ils assistèrent, au Metropolitan Museum, au vernissage de l'exposition « Trois siècles de peinture américaine », et posèrent aux côtés de la première dame, Claudia Johnson. Ils allaient souvent dîner au restaurant, avant ou après une soirée, et Warhol amenait toute sa bande, mais c'est Edie qui payait l'addition et son héritage commença très vite à fondre comme neige au soleil.

La Factory argentée abritait une coterie ricaneuse et dissipée, qui était loin de constituer un cénacle d'admirateurs mutuels, mais Edie, du moins les premiers temps, semblait faire l'unanimité ou presque. « Elle était irrésistible et tellement émouvante, les homosexuels et les femmes voulaient lui ressembler, racontait Ultra Violet. Je n'ai jamais été jalouse d'elle, même si Andy la privilégiait. En 1965, il m'a fait tourner dans *The Life of Juanita Castro*, un délire sur Fidel et sa famille, dans lequel certains hommes, à commencer par Fidel, étaient interprétés par des actrices. Mon rôle était dérisoire et je voyais bien qu'il mettait l'accent sur Edie, qui avait droit aux meilleurs projets. Mais je n'en adorais pas moins pour autant cette femme-enfant unique en son genre. Agaçait-elle certains ? Je pense que Baby Jane Holzer, qui avait été le premier sex-symbol blond d'Andy, ne l'appréciait pas beaucoup, mais il n'y eut pas de conflits ouverts et Jane s'éloigna simplement de la Factory où, de toute façon, il y avait trop de drogués à son goût. De mon côté, j'allais souvent chez Edie, nous avions une vraie complicité et c'est la femme la plus séduisante que j'aie rencontrée, après Brigitte Bardot. Je la revois assise sur un rhinocéros en cuir, en train de me montrer ses dessins d'animaux, si beaux et si délicats qu'ils étaient à encadrer. Elle comprenait leur fragilité, il y avait de l'autoportrait dans ce bestiaire. Pour moi, elle était une hermine plus qu'un humain. Et il fallait la voir jouer avec son rat Hunca Munca[1] ! »

1. Propos d'Ultra Violet recueillis par l'auteur.

En cette même année 1965, la morbidité d'Andy franchit un nouveau cap lorsqu'il tourna *Suicide*, son premier film en couleurs. Il avait regretté à voix haute de ne pas avoir pu immortaliser en direct la mort de Freddie Herko et demandait à tous ceux qui, de près ou de loin, parlaient de mettre fin à leurs jours de le prévenir en temps et en heure, afin qu'il pût venir avec sa caméra. C'est alors qu'il rencontra un jeune désaxé qui s'était taillé les veines à plus de vingt reprises. Warhol vit en lui le sujet idéal et il filma ses cicatrices en gros plan tout en l'interrogeant sur ses diverses tentatives. Mais lorsque son nouveau cobaye, dans un sursaut de lucidité, menaça de lui faire un procès s'il diffusait *Suicide*, Andy y renonça à regret. Il disait encourager toutes les expérimentations, mais jusqu'où était-il prêt à aller ? Il est vrai qu'à la Factory la compassion ne fut jamais une vertu cardinale. Saucie Sedgwick, la sœur d'Edie, avait compris qu'en choisissant Andy pour mentor et compagnon de jeu elle voulait mener une existence qui était aux antipodes de celle de leur famille. « Or, bizarrement, sa "nouvelle vie" allait reproduire en miroir bien des traits de celle qu'elle menait jusqu'alors entre nos parents. Sa vie allait tourner autour d'un homme fort, d'un homme dangereux, dominant son entourage, imposant tout un style de vie[1]. »

Pour l'instant, sa griserie était profonde et rien n'aurait pu l'assombrir. Et lorsque, en avril 1965, Lester Persky donna à la Factory une fête en l'honneur des Cinquante Personnes les Plus Belles, Edie vola la vedette au danseur étoile Rudolf Noureev, au célèbre auteur dramatique Tennessee Williams et même à Judy Garland en personne, qui avait surgi du monte-charge argenté portée par cinq *boys*.

1. Jean Stein : *Edie, op. cit.*, p. 152.

XVI

«Autant opposer une lionne teutonne à un colibri californien»

Fin avril 1965, Andy emmena Edie avec lui à Paris pour son premier séjour en France et chacun d'eux disposait d'un aide de camp, en l'occurrence deux anges-voyous, Gerard Malanga et Chuck Wein. L'humeur était à la fête puisqu'ils se rendaient au nouveau vernissage parisien de Warhol, à la galerie Sonnabend, quai des Grands-Augustins. Ce fut un succès éclatant, à la fois financier et médiatique. «Le contraste avec sa première exposition était saisissant, se souvenait Hélène Rochas. Loin des suicides et des chaises électriques, il n'y avait que des tableaux de fleurs, Ileana avait transformé les lieux en jardin pop. C'est alors que j'ai rencontré Andy, mais je dois bien reconnaître qu'il était plutôt distant, silencieux, un peu mécanique, avec un sourire figé. Nous ne sommes devenus amis que plus tard, car il est souvent revenu. En mai 1965, nous étions surtout fascinés par son égérie, Edie. À Paris, aucune femme ne lui ressemblait. Je me souviens d'elle, lors de ce séjour, arrivant chez Castel en collants et tee-shirt noirs, avec des escarpins et un vison blanc, tenant des lapins en laisse, pour une séance photos. Ils se mettaient en scène, bien sûr, mais Edie rendait toutes les Parisiennes "da-dames", même celles habillées en Courrèges, qui était alors le comble de l'avant-garde en matière vestimentaire. Elle me faisait penser à une version glamour et new-yorkaise de Jean Seberg dans *À bout de souffle* de Godard. Les cheveux très courts et la liberté de mouvements, avec en plus une façon unique de s'habiller. Et les Parisiens ont tout de suite adoré Andy, ils l'ont immédiatement adopté et leurs sentiments à son égard n'ont jamais changé. Ileana m'avait alors dit qu'il était bien plus apprécié ici qu'aux États-Unis[1].»

Le Paris d'Andy n'avait rien à voir avec la France de 1965. Il s'agissait du Paris *arty* et mondain, du Paris des galeries et des night-clubs, comme le New Jimmy's de Régine et Castel, où des scènes de *Quoi de neuf, Pussycat?* venaient d'être tournées. Un film, écrit par Woody Allen, dont les personnages – beaux, loufoques et sexuellement déchaînés – offraient plus d'un écho de l'entourage warholien. Le 13 mai, Le *New York Times* publia un article dans lequel Andy annonçait son intention d'abandonner sa carrière de peintre pour se consacrer au cinéma, déclaration faite le soir du vernissage. Ces propos, très commentés, provoquèrent une envolée de sa cote dans le monde de l'art, ses toiles allaient prendre de la valeur en devenant plus rares. Mais ces mots ne correspondaient à rien de très sérieux car il ne renoncerait pas à la peinture, qui seule pouvait financer ses films.

Le quatuor quitta la France pour Londres, où ils posèrent pour David Bailey, avant de se rendre à Madrid et Tanger. Ils s'y s'accordèrent une semaine de vacances et descendirent à l'hôtel El Minzah, profitant des plaisirs offerts par la ville, comme avant eux Paul Bowles, Truman Capote, Tennessee Williams ou William Burroughs – qui y écrivit *Le Festin nu* (1959) –, tous attirés par la tolérance

1. Propos d'Hélène Rochas recueillis par l'auteur.

sexuelle et la libre circulation des drogues. Les excentriques divers et variés convergeaient vers Tanger, comme cet Espagnol qui arrivait chaque année au printemps au El Minzah avec ses « deux garçons », des singes habillés sur mesure par des tailleurs, dont on changeait les vêtements midi et soir. La nuit, ils dormaient côte à côte dans un petit lit, à côté de leur maître. Andy croisa-t-il ce trio improbable ? Profita-t-il vraiment de ce séjour ? Il était hypocondriaque, obsédé par les microbes et ne voyageait jamais sans une trousse pleine de médicaments, ce qui ne faisait pas de lui un candidat idéal pour le Tanger de 1965.

Dès leur retour à New York, Edie affirma sa position de muse auprès de lui. Elle stimulait sa créativité, tout à la fois double fantasmé et actrice principale de ses films. Ils semblaient si complices, si fusionnels, plongés dans une ébullition permanente, chaque jour apportant sa moisson d'idées et de projets. Andy lui donnait l'illusion d'être intimement impliquée dans le processus créatif, même s'il était seul à prendre les décisions. Ils tournèrent alors *Kitchen*, la réponse warholienne au « réalisme d'évier de cuisine » des « Jeunes Hommes en colère » britanniques. Chuck Wein, la mauvaise conscience d'Edie, avait décidé de se débarrasser de Ronald Tavel, le scénariste officiel d'Andy, afin de le remplacer, et le tournage fut particulièrement pénible. Wein fragilisa Edie en dénigrant le script, il l'encourageait à improviser sans tenir compte des quelques pages de texte, et il l'incitait à mélanger alcool et drogues, ce qui eut des effets dramatiques sur sa concentration. Le résultat à l'écran était pénible à regarder car sa beauté et son charme ne compensaient pas l'indigence de sa performance. Les films suivants, comme *Beauté n° 1* et *Beauté n° 2*, ne contribuèrent pas à affirmer sa crédibilité. Plus ou moins vêtue, Edie se retrouvait dans des scènes de la vie quotidienne, comme sur un lit avec un amant, sans rien de bien probant à proposer. «À mon avis, les films de Warhol sont des documents historiques [...] restituant à merveille l'ennui des villes [...] en Amérique entre la fin des années 50 et le début des années 60», affirmait l'écrivain Norman Mailer, avant d'ajouter que *Kitchen* «montre cela bien mieux qu'aucune autre œuvre contemporaine[1]».

Déstabilisée par le climat ambiant, Edie commença à jouer les divas, au point de déchirer un texte donné par Ronald Tavel, dans un accès de rage. Il quitta le tournage et ils ne se revirent jamais. Au fond, cette tension arrangeait Warhol, qui préférait l'improvisation aux dialogues et encourageait ses interprètes à laisser libre cours à leur spontanéité. L'idée de faire d'Edie Sedgwick une star de cinéma était vouée à l'échec dès le départ, car sa seule valeur décorative ne pouvait soutenir un film entier. Et la vacuité des situations et des conversations ne parviendrait jamais à en faire une Marilyn underground – elle fut comparée à Monroe par les critiques présents lors d'une projection à la Film-Makers Cooperative, la cinémathèque d'avant-garde créée par Jonas Mekas. Et la mauvaise qualité de l'image et du son ne faisait que souligner l'amateurisme de l'ensemble. Mais Edie était si noyée dans son narcissisme et dans les drogues qu'elle n'en était pas consciente. C'est ainsi qu'on la vit danser, lors d'une soirée donnée en août 1965, devant un mur sur lequel était projeté *Beauté n° 2*. L'exercice ne semblait pas l'embarrasser le moins du monde. *Kitchen* et *Beauté n° 2* reçurent pourtant des critiques élogieuses de la presse spécialisée, et chaque séance affichait complet car il était de bon ton de les voir pour les New-Yorkais snobs et épris de nouveauté,

1. Jean Stein : *Edie, op. cit.*, p. 139.

mais qui, secrètement, bâillaient d'ennui. En juillet 1965, la marque Norelco prêta à Andy, personnalité très en vue, une caméra vidéo afin qu'il pût en faire la promotion. Il l'étrenna en filmant Billy en train de couper les cheveux d'Edie sur l'escalier de secours de la Factory. C'est sur l'un de ces escaliers, que les New-Yorkais utilisent en cas d'incendie, qu'Audrey Hepburn chantait *Moon River* en s'accompagnant à la guitare dans *Diamants sur canapé*. Ce qui prouve bien que la banalité d'un lieu n'empêche nullement la magie.

En ce même mois de juillet 1965, le *Vogue* britannique consacra un article à Warhol qui offrait de lui le meilleur instantané de l'époque. Polly Devlin, une jeune journaliste irlandaise de 20 ans, l'avait interviewé lors de son passage à Londres, et elle se pencha sur lui tel un entomologiste sur un coléoptère. Elle le décrivait comme « un adolescent de 35 ans avec un visage de spectre » qui portait « une cravate énorme, aux couleurs affreuses, un cadeau du beau-frère de Castro, Pablo ». Puis elle l'interrogeait sur divers sujets et ses réponses constituaient un florilège warholien de premier ordre. L'inspiration ? « J'imagine qu'avoir une idée relève totalement de la magie. Je demande toujours aux autres et ils me donnent leur avis [...]. Puis je pense à ce qu'ils m'ont dit et je charge quelqu'un de mettre en pratique leurs suggestions à ma place. Je choisis des gens que je sais capables et ils s'en acquittent parfaitement. Cela leur donne quelque chose à faire. Et c'est plus simple quand les autres s'en occupent pour moi. Il y a toujours beaucoup de monde dans mon atelier et peu importe qui travaille à ma place. » L'accueil réservé par les Parisiens ? « C'est génial. Ils sont détachés. Ils rient de vous. Je pensais qu'ils ne savaient peut-être rien, mais maintenant je sais qu'ils savent tout. » Edie Sedgwick ? « Elle tourne un film avec nous, un vrai film, un long-métrage, et je voudrais le présenter au Festival de Cannes. C'est un très beau film. L'image est floue pendant la moitié du temps et Edie ne fait rien du tout à l'écran.» Son travail de cinéaste ? «Je mets la caméra en marche et le film se tourne tout seul.» Un exemple de collaboration artistique ? «Tennessee Williams a écrit un scénario pour nous. Il se résume à un titre : *F. & S.*» (En 1965, *Vogue* ne pouvait écrire *Fuck & Suck* dans ses pages.) La mode ? «Les vêtements de Courrèges sont tellement beaux. Tout le monde devrait s'habiller de la même manière. Et porter de l'argenté.» L'art ? «L'art tel que nous le connaissions est mort. Des carrés sur les murs. Des installations sur les sols. Le vide. Des pièces vides[1].» En 2020, Polly Devlin, devenue essayiste et romancière, se souvenait de cette rencontre comme si elle s'était déroulée hier : «Je pense que Warhol était l'un des vrais génies du XXe siècle, il était un visionnaire, comme l'avaient été James Joyce pour la littérature, ou la chimiste Rosalind Franklin, pionnière de la biologie moléculaire[2].»

À l'automne 1965, Edie et Andy formaient encore le duo le plus photographié de Manhattan – ils apparaissaient et disparaissaient, entrant et sortant de la limousine d'Edie. En septembre, elle arriva à son bras, au Lincoln Center, à la première du film *La Planète des vampires* de Mario Bava, réalisateur du cultissime *Danger : Diabolik* (1968), dans une longue cape gansée de plumes d'autruches, «telle une version *camp* de Madame Dracula» nota le magazine *Life*[3]. Les journalistes lui demandaient sans cesse de poser pour des photos de mode et son style était admiré des

1. *Vogue* britannique, juillet 1965, p. 74. Traduction de l'auteur.
2. Propos de Polly Devlin recueillis par l'auteur.
3. Dans le numéro du 26 novembre 1965.

deux côtés de l'Atlantique, à tel point qu'elle fut élue « Fille de l'année 1965 » par les magazines. Le 29 octobre, elle assista à une fête donnée et filmée par Warhol dans une station de métro abandonnée, sous l'hôtel Waldorf-Astoria. La marque Norelco, qui lui prêtait leur nouvelle caméra-vidéo, le lui avait demandé afin d'en faire la promotion, et chacun voulut y participer. « Ce fut un événement, un happening sous-terrain, se rappelait Ultra Violet. Les femmes du monde du genre des "Cygnes" de Truman Capote y côtoyaient des motards en cuir noir, cela sentait le Chanel 5 et la marijuana. L'éclairage était sombre, mais suffisant pour voir courir les rats et favoriser les rencontres d'une nuit. Et il y avait de la musique, les gens dansaient. Andy avait pensé à des surprises pour ses invités, comme une scène de duel. Edie était sublime ce soir-là, avec ses cheveux argentés qui scintillaient et sa grâce d'ange tombé du ciel dans les égouts new-yorkais[1]. »

Mais, derrière l'image officielle, ses relations avec Andy se lézardaient. Edie était courtisée et recherchée de tous, et elle avait commencé à fréquenter d'autres cercles, comme celui du chanteur Bob Dylan. L'imprésario de ce dernier aurait prétendu qu'il pouvait l'aider à devenir une véritable actrice en tournant dans de vrais films, et Dylan, qui n'appréciait pas Warhol, lui aurait conseillé de quitter la Factory. Quant à Andy, il en voulait à mort au chanteur qui était reparti avec un portrait d'Elvis, en guise de paiement, après avoir été filmé pour un « Screen Test » de trois minutes, comme bien d'autres personnalités de l'époque, toutes bénévoles. Il s'était servi et avait quitté les lieux, comme si de rien n'était, la toile sous le bras. Et pour montrer à quel point il méprisait Andy, il avait troqué

1. Propos d'Ultra Violet recueillis par l'auteur.

la toile contre un simple canapé, peu après. Et que dire de Chuck Wein qui lui répétait qu'Andy exploitait son charisme sans la rémunérer ?

Edie, dont l'héritage avait été presque complètement englouti en limousines avec chauffeurs, dîners avec Andy et sa coterie, vêtements griffés et drogues diverses et variées, commença à se plaindre à voix haute et à reprocher à Warhol de ne pas la payer pour les films qu'ils tournaient ensemble. Elle était de plus en plus nerveuse, prisonnière des injections concoctées par un médecin escroc, Charles Roberts, qui avait pour patients tous les gens riches et célèbres des États-Unis. Il avait été rebaptisé « Docteur Fell Good » et préconisait l'usage du LSD. en toutes circonstances, même pour les accouchements. Roberts préparait des cocktails de substances qu'il gardait secrets, et il les injectait aux Happy Few, qui avaient l'impression d'être dotés d'une énergie et d'une libido extraordinaires, avant de retomber dans l'angoisse et l'épuisement. Il va sans dire que ces mixtures coûtaient leur pesant d'or. Le praticien était aussi défoncé que ses clients et l'on sait aujourd'hui qu'il mélangeait amphétamines, cocaïne et héroïne dans ses piqûres « miracles ». Ces dernières donnaient à Edie la force de danser des nuits entières et d'oublier ses tourments, mais plus elle devenait dépendante, plus leur efficacité était limitée. Au point de devoir en prendre plusieurs fois par jour. Elle était nerveuse, irritable, elle affabulait et, à la Factory, son charme n'agissait plus, car le sentiment de paranoïa qui grandissait en elle finissait par empoisonner ses relations avec Andy et son entourage, lassés par ses éclats.

Elle l'agressait de plus en plus, lui reprochait l'amateurisme de ses tournages et sa pingrerie alors qu'il dépensait son argent pour des films qui ne rapportaient pas encore un sou. Bien qu'ayant certifié le contraire, il continuait à peindre des nouvelles séries de soupes Campbell, de Liz Taylor ou de chaises électriques pour assurer le quotidien et payer la pellicule et le matériel nécessaire. Elle affirmait être devenue un objet de risée dans tout New York tant il la ridiculisait à l'écran, et lorsqu'il proposa d'organiser une rétrospective Edie Sedgwick à la cinémathèque de Jonas Mekas, qui lui laissait carte blanche, elle refusa son offre. Pour la punir, il ne lui offrit aucun rôle dans son nouveau film, tourné en septembre 1965, et elle le lui reprocha. *My Hustler* était le portrait d'un gigolo partagé entre divers clients des deux sexes et le rôle-titre avait été confié à un beau-blond-drogué-à-cervelle-microscopique qu'Andy avait remarqué dans un night-club. Warhol n'avait aucun respect pour lui, au point de ne pas lui adresser la parole et de demander à Malanga de lui transmettre ses réponses, mais il avait compris qu'il ferait merveille à l'écran et il eut raison. *My Hustler* fut le premier de tous ses films à rapporter un peu d'argent en salles, ce qui ne pouvait qu'agacer et fragiliser Edie et donner raison à Andy : il pouvait se passer d'elle si son attitude ne changeait pas. « Le cas d'Edie était complexe car elle aspirait au respect et aurait voulu être prise pour une actrice sérieuse mais ne faisait rien pour cela, analysait Ultra Violet. Un jour, nous sommes allées voir toutes les deux *L'Année dernière à Marienbad* et elle a été complètement fascinée par Delphine Seyrig, par son jeu et sa voix. "Voilà ce que je voudrais faire !", m'avait-elle dit en sortant, éblouie. Je lui avais expliqué que Seyrig était une actrice très sérieuse, très professionnelle, qui avait étudié à l'Actor's Studio et lisait beaucoup, alors qu'Edie n'ouvrait jamais un livre. Et lorsqu'on lui conseillait de prendre des cours de théâtre, elle refusait en disant que son naturel était toute sa force.

Et elle recommençait à passer ses journées à se maquiller, à choisir des vêtements, à sortir et à se droguer[1].»

La punition sembla porter ses fruits et elle se calma momentanément puisque Andy lui proposa de l'accompagner à Philadelphie en octobre 1965, avec Gerard Malanga et Chuck Wein, comme lorsqu'ils s'étaient rendus tous les quatre à Paris. L'Institute of Contemporary Art organisait une première rétrospective Warhol et les invitations avaient été imprimées au recto de véritables étiquettes de soupes Campbell, cela s'annonçait comme l'un des événements de l'automne. Mais personne n'aurait pu prévoir les milliers d'admirateurs hystériques et, lorsque des projecteurs de télévision tombèrent sur des tableaux, la veille du vernissage, le directeur préféra les mettre à l'abri et ils furent presque tous décrochés. En conséquence de quoi, le lendemain, jour de l'inauguration officielle, une marée humaine se pressa dans des salles presque vides au sol argenté, en hommage à la Factory. Quand Andy et Edie firent leur apparition, la bousculade fut telle qu'on dut les mettre à l'abri sur un escalier car ils risquaient de finir piétinés. Les gens présents hurlaient leurs prénoms et voulaient tous approcher et toucher ce duo devenu légendaire en l'espace de seulement quelques mois. Au pied des marches, des vigiles durent faire usage de leur matraque pour repousser les adorateurs, qui commencèrent à manifester frustration et fureur. Beaucoup avaient à la main de véritables boîtes de soupes Campbell qu'ils voulaient faire signer à l'artiste. Andy et Edie en dédicacèrent un certain nombre, mais la pression était telle que le directeur du musée organisa leur fuite en faisant casser un plafond, à l'étage.

1. Propos d'Ultra Violet recueillis par l'auteur.

De retour à New York, la trêve fut de courte durée, même s'ils tournèrent en décembre *Lupe*, dans lequel Edie incarnait l'actrice mexicaine Lupe Velez, dont le suicide virait à la farce. Un projet macabre et sans intérêt, qui ne fit rien pour les rapprocher. Edie lui demanda de ne plus jamais projeter les films dans lesquels elle apparaissait, sous prétexte qu'ils dégradaient son image de marque. Elle lui préférait désormais Dylan, à qui elle aurait inspiré la chanson *Just Like a Woman*. Edie prétendait partout que le chanteur était fou d'elle et qu'ils allaient travailler ensemble. Ayant appris par son avocat que Dylan s'était marié en secret, Andy, qui savait qu'elle était tombée amoureuse du chanteur, jeta la nouvelle au visage d'Edie, tant son comportement l'irritait. La jeune femme, qui l'ignorait, ne voulut pas le croire, tremblant de tous ses membres, la voix blanche et le visage défait. Ils avaient formé l'un des couples les plus emblématiques des années 60 mais, en décembre 1965, leur amitié n'était plus qu'une relation criblée de trous.

Le 13 janvier 1966, on la vit encore aux côtés d'Andy, lors d'une soirée mémorable. Quelques jours plus tôt, en décembre, au Café Bizarre, dans Greenwich Village, il avait assisté à un concert d'un groupe appelé le Velvet Underground, groupe fondé par un certain Lou Reed. La musique Rock était alors au cœur des préoccupations de Warhol, à qui l'on proposait d'animer un night-club. Et même si ce projet ne vit pas le jour, il fut captivé par l'agressivité et la hargne de Reed et de ses musiciens, au point de proposer de s'occuper d'eux lorsqu'ils furent renvoyés du Café Bizarre peu après. L'idée était de les lancer en leur imposant une chanteuse belle et charismatique car leur allure laissait à désirer et Andy mesurait toujours l'importance de l'image. Il pensa alors à une nouvelle venue à la Factory, Nico. Elle était un célèbre mannequin allemand, avait fait ses débuts au cinéma dans *La Dolce Vita* de Fellini et aspirait à être chanteuse. « Nico était un choix idéal pour Andy, se souvenait Jeanloup Sieff. Sa beauté vous sautait au visage, mais c'était bien plus que cela. Il y avait en elle un mystère, une profonde blessure, lié au viol subi à l'adolescence par un soldat américain, à Berlin. Cela avait brisé un ressort intérieur, je m'en apercevais en la photographiant et en discutant avec elle, nous nous sommes beaucoup vus. Et elle s'exprimait avec une lenteur étrange et d'une voix plus grave encore que celle de Dietrich, c'était hypnotisant. Cela lui donnait une intensité particulière qui venait aussi du fait qu'elle n'entendait rien d'une oreille, elle vous écoutait très attentivement, ses yeux bleus grands ouverts et fixés sur son interlocuteur. Nico était aussi un peu folle et cela a valeur de compliment dans ma bouche. Il y avait en elle le romantisme des ténèbres, dans la grande tradition germanique. Et le futur allait montrer jusqu'où elle pouvait aller dans ce domaine. Andy a voulu immédiatement faire de cette sphinge la star de ses films et du Velvet[1]. » Les membres du groupe ne furent pas convaincus par Nico, mais ils acceptèrent néanmoins les suggestions de leur nouvel imprésario.

Andy les lança officiellement le 13 janvier 1966. Ce jour-là, il était l'invité d'honneur du banquet annuel de la Société psychiatrique de New York, qui lui laissa carte blanche. La soirée se déroula à l'hôtel Delmonico et Andy avait pensé au moindre détail : projections de ses films pendant le cocktail et concert du Velvet Underground lors du dîner. Il faut imaginer ces psychiatres en smoking, accompagnés de leurs épouses en robes longues,

1. Propos de Jeanloup Sieff recueillis par l'auteur.

confrontés à la faune warholienne... D'autant plus que le fidèle Jonas Mekas et la cinéaste Barbara Rubin passaient entre les tables et, micro en main, caméras braquées sur les visages des convives assis, ils leur posaient des questions sexuelles particulièrement embarrassantes. Soutenus par Gerard et Billy, Andy était aux manettes et il avait décidé d'arroser les arroseurs. Les psychiatres l'avaient aussi invité pour étudier le cas Warhol, comme on observerait un animal dans un zoo, et Andy avait décidé de leur en donner pour leur argent. Le pire advint lorsque le concert commença : la musique stridente, la voix désaccordée de Nico, les danses lascives de Gerard et d'Edie furent la goutte d'eau qui fit déborder le vase. Beaucoup quittèrent la salle et l'un des médecins lança, furieux : « C'est du Dada décadent[1] ! » À ce stade, Edie avait compris que tous les regards étaient désormais braqués sur sa rivale allemande. Ce soir-là, elle essaya aussi de s'imposer en chantant, mais son filet de voix fut noyé par la musique tonitruante, contrairement à celle de Nico. Autant opposer une lionne teutonne à un colibri californien. La vengeance d'Andy était consommée. Il l'avait remplacée par une femme plus belle, plus intense, et qui avait aussi le mérite de la nouveauté. Warhol s'était senti trahi par l'attitude d'Edie, ses griefs, sa violence à son égard, sa préférence pour Dylan. Tel un amoureux dépité, il avait appliqué la loi du talion. En l'espace d'une seule soirée, Edie réalisa que la nouvelle « Superstar » de la Factory se prénommait Nico.

Elle apparut encore aux côtés d'Andy lors d'une série de concerts du Velvet Underground, en février 1966, à la cinémathèque de Jonas Mekas et on les retrouve photographiés ensemble dans le *Sunday Times* du 13 février

1. *New York Times,* 14 janvier 1966.

mais, quelques semaines plus tard, une violente dispute les opposa et mit fin à leur amitié. Un soir, dans un restaurant, Edie refusa de payer l'addition pour toute la bande de Warhol, comme toujours. Elle l'accusa une fois de plus de ne jamais la rémunérer pour leurs films et, comme toujours, Andy lui rétorqua que son cinéma ne rapportait pas encore d'argent et qu'il lui fallait être patiente. Elle lui en voulait également de ne pas la faire travailler au sein du Velvet Underground, comme Nico. Andy demeura inflexible et elle quitta la table. Sa carrière de « Superstar » warholienne prit fin ce jour-là. « Andy, qui n'avait jamais été autant fasciné par quelqu'un que par Edie, fut particulièrement triste lorsqu'il apprit qu'elle le traitait partout de "pédé sadique", se souvenait Ultra Violet. Je pense qu'il éprouvait pour elle une sorte d'amour, lui qui avait tant de mal à ressentir et à exprimer des émotions. C'était une tragédie : Edie était détruite par la drogue et par ses démons, liés à son passé, et elle se sentait à la fois manipulée et ridiculisée par lui et elle ne voyait plus où leur collaboration pouvait la mener. De son côté, Andy trouvait qu'elle faisait preuve d'ingratitude à son égard. Je crois qu'il a ressenti un profond sentiment d'injustice, il ne comprenait pas à quel point elle était abîmée. Il faut bien reconnaître qu'elle était très influençable et se laissait berner par les promesses des uns et des autres. Elle ne savait pas toujours choisir les membres de son entourage, qui lui donnaient souvent des conseils désastreux. Et elle était incapable de s'investir dans un travail, la drogue avait détruit sa concentration, tout en la rendant ingérable et peu fiable. Je crois n'avoir jamais vu un destin aussi triste que celui d'Edie Sedgwick[1]. »

1. Propos d'Ultra Violet recueillis par l'auteur.

XVII

« Superstars »

« Le mot "Superstar" a été inventé par Jack Smith, précisait John Giorno, et Andy se l'est approprié[1]. » La paternité du terme varie selon les sources, mais le réalisateur expérimental Jack Smith, dont les films *Flaming Creatures* (1963) et *Normal Love* (1963) avaient tant influencé Warhol, et qui avait également joué dans son *Batman Dracula*, semblait bien être celui qui y pensa le premier. Même s'il s'était contenté de reprendre une expression populaire qui désignait une étoile : chanteur d'opéra, sportif célèbre ou actrice. Seule certitude, Warhol se trompait lorsqu'il affirmait, dans *Ma philosophie de A à B et vice versa*[2] (A pour Andy et B pour son amie Brigid Berlin), que c'était Ingrid von Scheven qui l'avait inventé car il existait avant l'arrivée de la jeune femme au sein de leur groupe. À la Factory argentée, l'appellation « Superstars » désignait un groupe d'actrices et d'acteurs ayant tous le sentiment de participer à une nouvelle aventure esthétique qui pulvérisait les valeurs cinématographiques traditionnelles, comme les

1. Museum of Modern Art : *Andy Warhol A Retrospective*, Kynaston Mac Shine, 1989, p. 436. Traduction de l'auteur.
2. Andy Warhol : *Ma philosophie de A à B et vice versa*, Flammarion, 1977, p. 23.

tableaux de Warhol l'avaient fait pour l'histoire de la peinture. «Avec Andy, nous avions l'impression de créer une nouvelle culture et de faire partie d'une Histoire en train de s'écrire, il y aurait un avant et un après», résumait Ultra Violet[1].

La Factory était un atelier de peintre et un studio de cinéma, mais aussi et surtout un spectacle permanent, un «happening» quotidien auquel chacun pouvait apporter sa contribution et où tout pouvait arriver. La décoration argentée, si théâtrale, incitait à l'excès et à la démesure, et les «Superstars» ne manquaient pas de se surpasser. Warhol misait sur l'ébullition excentrique de son entourage pour lui attirer de la publicité et lui donner des idées de films. Pour ces créatures survoltées et narcissiques, l'idée était de se créer un personnage à coups de bizarreries et de provocations, avec le risque constant de verser dans un tapage vidé de tout sens. Il leur fallait copier et parodier les étoiles hollywoodiennes des années 20 à 40, sur un mode amplement caricatural. Être aussi extravagants et glamours que l'avaient été Joan Crawford, Marlène Dietrich ou Lana Turner pour les femmes, mais aussi Rudolph Valentino ou Douglas Fairbanks pour les hommes. Les grands studios et le star-system déclinaient et ils allaient prendre le relais, encouragés et filmés par Andy. Les Superstars dépendaient de lui pour la survie de leur ego idéalisé, il s'agissait véritablement d'une dépendance, comme la cocaïne pour d'autres, et il en était bien conscient. Warhol les persuadait qu'ils étaient magiquement cinématographiques et qu'il leur suffisait d'apparaître devant sa caméra pour devenir inoubliables.

1. Propos d'Ultra Violet recueillis par l'auteur.

La première étape essentielle était le choix d'un pseudonyme qui frapperait l'imagination du public. Dans le Paris de l'après-guerre, les mannequins laissaient derrière elles un quotidien banal pour devenir Capucine (Germaine Lefèbvre), Praline (Janine Marsay) ou Lucky (Lucie Daouphars), afin de faire rêver le monde entier en présentant les collections de Christian Dior, de Pierre Balmain ou d'Hubert de Givenchy. Les Superstars suivaient la même stratégie et leurs choix parlaient d'eux-mêmes : Ondine pour Bob Olivio, Ultra Violet pour Isabelle Collin-Dufresne, Mario Montez pour René Rivera, International Velvet pour Susan Bottomly, Candy Darling pour Jimmy Slattery, Viva pour Susan Hoffmann ou encore Paul America pour Paul Johnson, qui avait interprété le rôle-titre dans *My Hustler*. Mais aussi Francis Francine pour Frank di Giovanni et Holly Woodlawn pour Haroldo Santiago Franceschi Rodriguez Danhakl. Quant à Ingrid von Scheven, elle devint tout simplement Ingrid Superstar. Et cette liste est loin d'être exhaustive car il y en eut plusieurs dizaines, de stature plus ou moins importante. Edie Sedgwick et Nico comptèrent au nombre des rares exceptions puisqu'elles ne changèrent pas d'identité, même si la nouvelle recrue l'avait déjà fait à l'époque où elle travaillait comme mannequin en Europe – son véritable nom était Christa Päffgen. Toutes deux jouissaient déjà d'une certaine réputation lorsqu'elles intégrèrent les rangs de la Factory et il était inutile de brouiller les pistes. Autant faire fructifier leur notoriété naissante.

La deuxième étape ? Se faire remarquer d'Andy et du monde par tous les moyens possibles et imaginables, choquer le bourgeois et atomiser la bienséance qui régnait encore en Amérique. Le moyen le plus rapide d'accéder à la célébrité leur semblait être le scandale et l'excentricité, ils se comportaient comme des étoiles avant même d'avoir accédé à ce statut. Et cela passait naturellement par leur apparence et par le choix d'une garde-robe. « N'oublions pas que la plupart des Américains des villes portaient un costume et une cravate, et leurs épouses des robes sages ou des jupes et des twin-sets, c'était un monde d'uniformité, rappelait Ultra Violet. Et voilà que nous imposions nos accoutrements ! Je me souviens d'Eric Emerson, qui parodiait les cow-boys des films hollywoodiens. Il est arrivé un jour avec son Stetson, son bandana autour du cou, sa veste et ses cuissardes en cuir, mais sans pantalons, le sexe et les testicules recouverts de peinture dorée. Il avait été danseur de ballet et son corps était magnifique. C'était un phantasme qui sortait du monte-charge argenté, une version *camp* de John Wayne, ou plus encore d'Alan Ladd. Aujourd'hui, on a tout vu, mais dans les années 60, cela faisait vraiment sensation. Pour les femmes, le premier exemple qui me vient à l'esprit est International Velvet. Après Nico et Ivy Nicholson, elle était la plus belle de nous toutes, bien plus encore qu'Edie. La voir se maquiller était une performance, au sens artistique du terme. Les gens la regardaient tandis qu'elle procédait avec une lenteur et un calme qui hypnotisaient. C'était comme un maquillage du théâtre Kabuki, aussi élaboré. Andy la comparait à une statue en train de se peindre le visage[1]. » International Velvet fut à Warhol ce que Lee Miller avait été pour Jean Cocteau dans *Le Sang d'un poète*, une statue animée.

Après s'être couché à l'aube et avoir dormi quelques heures, Andy se levait, prenait un petit-déjeuner qui se résumait à un jus de pamplemousse et à une pilule amaigrissante, et allait travailler à la Factory. Il pouvait peindre, aidé de ses assistants, ou tourner un film, entouré de son

1. Propos d'Ultra Violet recueillis par l'auteur

équipe. Il fuyait les acteurs professionnels car, à ses yeux, ils dépendaient trop d'un metteur en scène et d'un scénariste. Son genre préféré était l'improvisation et il aimait faire appel aux personnages les plus spectaculaires de son entourage, leur demandant de créer leurs dialogues, au gré de leur imagination, après avoir proposé aux élus du jour un cadre, une histoire générale, quelques pages de texte, avec l'espoir qu'ils s'en serviraient pour créer de palpitantes divagations. Il s'agissait d'un « happening » filmé et à ce petit jeu, qui consistait à parodier les anciennes gloires d'Hollywood en y introduisant les sous-entendus et l'insolence qui n'apparaissaient jamais dans les films d'antan, les travestis de la Factory avaient toujours une longueur d'avance. Véritables trompe-l'œil vivants, ils apportaient un humour transgressif, un art du détournement et une folie plus ou moins douce qui attiraient beaucoup Warhol. Leurs maquillages outranciers répondaient à leur ironie, souvent féroce, et rien ne pouvait les inhiber.

Le film qu'il réalisa en février 1966, sur une musique composée spécialement par le Velvet Underground, devenu le groupe maison, était à ce titre très représentatif de ces collaborations mêlées. Il s'intitulait *Hedy* et faisait référence à un épisode de la vie de l'actrice Hedy Lamarr, qui venait d'être arrêtée, en janvier, pour vol à l'étalage. Miss Lamarr, qu'Andy admirait beaucoup et dont il avait fait le portrait, était un personnage particulièrement complexe dans la Voie lactée hollywoodienne. Surnommée « La plus belle femme du monde », ce qui n'avait rien d'une facilité journalistique car son visage ne connut jamais de concurrent sur grand écran, elle était surtout très intelligente, à défaut d'être une actrice de premier ordre, même si elle tirait son épingle du jeu dans les films noirs. Ses centres d'intérêt étaient bien éloignés de ceux de ses consœurs : elle devint une joueuse de poker de niveau international et inventa, avec le compositeur George Antheil, un système de transmission applicable aux torpilles radioguidées, dans le but d'aider l'armée américaine pendant la Seconde Guerre mondiale. Système utilisé aujourd'hui pour positionner les satellites, pour la téléphonie mobile, le Wi-Fi et le Bluetooth. Hedy incarnait tout ce qui fascinait Andy : la beauté à un degré ultime, une célébrité internationale, une cascade de maris (six) et d'amants, des caprices de stars... Elle avait exigé qu'un tapis rouge fût déroulé de sa limousine à sa loge de maquillage, aux studios MGM, et, nostalgique de la pluie qui tombait en Autriche, son pays natal, elle avait demandé l'installation d'une «machine à faire la pluie» dans son jardin de Los Angeles. Mais Miss Lamarr représentait aussi la tombée dans l'oubli, les ravages de la chirurgie esthétique, l'infamie liée à la kleptomanie. Andy confia le rôle de l'ancienne gloire déchue à Mario Montez et ils explorèrent les différentes facettes de son existence dans cette satire filmée. Déguisée en Hedy, Mario y subissait un lifting et se réveillait en chantant *I Feel Pretty,* en se regardant longuement dans un miroir, avant d'aller chaparder dans un magasin. Pris sur le fait, il tuait la vendeuse et le directeur de l'établissement en leur faisant boire de la ciguë, mais n'échappait pas à une policière coriace qui l'arrêtait. Une fois au tribunal, ses différents maris témoignaient contre elle et elle était condamnée à mort, forcée d'ingurgiter à son tour de la ciguë. Ce film délirant offrait à Montez un rôle à la hauteur de sa fantaisie.

À cette date, les actrices, en Europe comme aux États-Unis, ne voulaient plus de ces rôles de vamps à faux cils, dont la féminité leur semblait trop exacerbée et bien peu naturelle. Mais les travestis se projetaient dans ces icônes du temps passé, sophistiquées à l'extrême, ils connaissaient leur filmographie et leurs existences par cœur, et voulaient leur ressembler, en plus exagéré, en plus clinquant. « Les travestis sont les archives ambulantes de la féminité idéale de star de cinéma », résumait Warhol dans *Ma philosophie de A à B et vice versa*[1]. Même si, à l'écran, Mario Montez, n'en était qu'une caricature désopilante. Son jeu outré, ses mimiques dignes d'une diva du muet, sa masculinité grossièrement dissimulée et ses tenues bon marché faisaient plus rire que rêver. Son pseudonyme, en hommage à l'actrice Maria Montez, découverte morte dans sa baignoire à 39 ans, portait en lui l'admiration inconditionnelle que les travestis vouaient aux stars de jadis. Susan Sontag évoque ce goût si prononcé, si propre à la sensibilité « Camp » de ce qu'elle appelle « l'exagération des caractéristiques sexuelles et des tics de jeu : la féminité flamboyante et trop appuyée de Jane Mansfield, Gina Lollobrigida, Jane Russell [et] l'allure toute de style et d'affectation de Bette Davis, Barbara Stanwyck, Tallulah Bankhead[2] ».

Dans les films qu'il tourna avec Warhol, Mario Montez, toujours grinçant et provocateur, proposa une version burlesque, et non pas une imitation, des stars qu'il incarnait. C'était un simulacre de féminité, accentué par son accent portoricain, qu'il s'agît de Jean Harlow jouant avec des bananes dans *Harlot* (1964), d'une parodie de Gina Lollobrigida passant des auditions pour le rôle d'Esmeralda dans *Screen Test N° 2* (1965) ou d'une Lana Turner sous les feux de la rampe après l'assassinat de son amant par sa fille, avec un couteau, dans *More Milk, Yvette*. Tourné

1. Andy Warhol : *Ma philosophie de A à B et vice versa, op. cit.*, p. 52.
2. Susan Sontag : *Against Interpretation and Other Essays,* Delta Book, 1978, p. 279. Traduction de l'auteur. Il s'agit de son essai intitulé *Notes on Camp.*

en novembre 1965, il sortit en salle en février 1966, avec une musique signée du Velvet Underground.

Derrière sa caméra, Warhol explorait des territoires ignorés du cinéma traditionnel, lequel n'y voyait qu'impudeur et mauvais goût. Ces films lui permettaient d'exprimer sa fascination pour l'exhibitionnisme, sous toutes ses déclinaisons. L'intrigue était souvent famélique et la fin n'apportait aucune solution, mais il guettait, fasciné, les moments de liberté et d'imagination débridée que pouvaient lui offrir ses interprètes, stimulés par ses encouragements et par l'usage des drogues. « Ces films, jugés comme décadents et contraires aux bonnes mœurs, ont contribué à établir le mythe warholien, analysait Stuart Preston. Il y avait des descentes de police, on pouvait le lire dans la presse, même si ces policiers repartaient bredouilles car la Factory n'était pas une scène d'orgie, ainsi qu'ils le pensaient. C'était avant tout un lieu de travail : des milliers de toiles et des centaines de films en sortirent, sans oublier que l'atelier devint aussi la salle de répétition du Velvet Underground. Mais les médias et le public restaient persuadés qu'il n'y avait pas de frontière entre les sujets de ses films et la réalité quotidienne. Andy entretenait soigneusement cette confusion. Ce mauvais genre chic fascinait les amateurs d'art, qui achetaient ses œuvres et le faisaient vivre. Ils aimaient accrocher des Warhol dans leurs différentes maisons, cela leur donnait le délicieux frisson de la transgression[1]. »

1. Propos de Stuart Preston recueillis par l'auteur.

XVIII

« Les surréalistes auraient rêvé d'inventer une telle atmosphère »
(Salvador Dalí)

En œuvrant à promouvoir un groupe de rock, Warhol était au cœur des effervescences de son temps. La jeunesse, qui rejetait les raideurs puritaines et hiérarchiques des générations précédentes, pensait que la musique pouvait changer le monde et il voulait faire partie de cette cavalerie. En Angleterre, les Beatles et les Rolling Stones provoquaient des émeutes, et une chanson aussi ouvertement sexuelle que *Satisfaction* (1965), interprétée par Mick Jagger, ne pouvait que donner raison à Andy, qui explorait des thèmes similaires dans ses films. Tout comme lui, ces musiciens venaient de milieux populaires et ouvriers, et tout comme lui, ils transformèrent le regard de leurs contemporains. Les concerts se déroulaient devant des milliers d'adorateurs et l'invasion britannique gagna le monde entier. En observateur avisé, Warhol mesurait à quel point leur pouvoir de fascination, mais aussi leur succès financier étaient spectaculaires. Aux États-Unis, chaque petite agglomération avait ses musiciens en herbe, qui achetaient des disques, mais rêvaient aussi de monter leur propre groupe. Pour ce jeune public, les 33 tours étaient à la fois un Graal et un tapis volant, pour lesquels ils étaient prêts à dépenser sans compter. « Acheter est bien plus américain que penser », affirmait Warhol. La Velvetmania pouvait-elle succéder à la Beatlemania ?

S'occuper du Velvet Underground n'était pas tâche facile pour Andy, car le groupe était composé de personnalités intenses et indomptables : le guitariste Sterling Morrison, le multi-instrumentiste John Cale, la percussionniste Maureen Tucker et surtout Lou Reed, qui était à la fois guitariste et auteur-compositeur-interprète. Comment rendre commerciales, sans les offenser, leurs chansons, agressives et décadentes, qui lui plurent dès le premier soir, au Café Bizarre ? Reed, qui avait subi des électrochocs dès l'âge de 17 ans, mêlait l'alcool au valium et à la méthédrine et il n'était pas à prendre avec des pincettes, rétif à toute autorité.

Tout à la fois producteur et directeur artistique, contre 25 % des futures recettes, Warhol parvint à leur suggérer un certain nombre de choix, avec doigté et diplomatie. Le Velvet ne voulait pas de Nico, mais Andy parvint à imposer sa déesse nordique dont la voix d'outre-tombe s'accordait si parfaitement à leur univers oppressant, tout en lui apportant une touche de poésie. Et sa beauté spectaculaire pouvait attirer le public et les journalistes, car les quatre autres membres, si ouvertement maussades, avaient plutôt tendance à vider les salles. Andy proposa également à Reed d'écrire une chanson consacrée à Edie Sedgwick. « Pourquoi ? », lui demanda-t-il. « Mais Lou, ne penses-tu pas qu'elle est une femme fatale ? », répondit Andy. Reed écrivit alors *Femme fatale*, l'une des meilleures chansons du groupe, qui fut créée par Nico, ce qui ne manquait pas d'une certaine ironie puisqu'elle avait remplacé Edie à la Factory. En entendant certaines paroles, comme « Elle va briser ton cœur en deux », l'on ne peut s'empêcher de penser au duo Edie-Andy, qui avait fasciné le monde avant de sombrer corps et biens.

Warhol leur ouvrit les portes de la Factory, et il les filma en répétition, tout en organisant leurs concerts. En février 1966, ils se produisirent pendant une semaine à la cinémathèque de Jonas Mekas pendant qu'Andy projetait *More Milk, Yvette*, ainsi que des *Screen Tests* d'Edie, de Malanga, de Nico ou de Dalí, pour ne citer qu'eux. Sa situation financière commençait à l'angoisser car ses films coûtaient plus qu'ils ne rapportaient et, le 10 février 1966, il fit passer dans le *Village Voice* une petite annonce à l'humour très warholien : il proposait d'associer son nom, contre rétribution, à des vêtements, des cigarettes, du matériel d'enregistrement, des disques de rock, de la nourriture et même des fouets. Prêt à tout pour gagner de l'argent, il passait du tournage d'un spot publicitaire pour un laxatif à une campagne pour une marque de lingerie. En 1967, il y eut même un parfum Warhol, «You're In», vendu dans un flacon argenté.

Mais il n'en continua pas moins à mettre toute son énergie au service du Velvet, imaginant pour eux un spectacle qui englobait leur musique, des projections de ses films et des scènes dansées – la «danse du fouet» de Malanga est restée dans la mémoire de ceux qui y assistèrent. Gerard était l'incarnation même de l'ange-démon du sadomasochisme, si intimement lié à l'imagerie du Velvet. Andy avait compris que la mode devait être associée à leur démarche et c'est ainsi qu'en mars 1966 le groupe joua à la boutique new-yorkaise Paraphernalia, tandis que des mannequins dansaient en présentant les vêtements de la styliste maison, Betsey Johnson, qui habillait aussi bien Twiggy, Julie Christie ou Edie Sedgwick, qu'elle considérait comme sa muse et sa meilleure ambassadrice.

Du 2 au 27 avril 1966, Warhol présenta sa deuxième exposition à la galerie Castelli et le public eut la surprise de découvrir, sur les murs, un papier peint représentant des vaches, dans des tons de rose et de jaune, ainsi que des coussins argentés, en plastique métallisé et gonflés à l'hélium, qui flottaient dans l'air – ce nouveau matériau argenté avait été créé par l'armée afin d'envelopper et de protéger les sandwiches des soldats. Ce furent les seules œuvres montrées. En ce printemps 1966, Andy se disait vidé de toute inspiration et il affirmait n'avoir rien d'autre à proposer. Ces nuages scintillants fascinèrent le public et intriguèrent les journalistes. « Personne n'avait jamais vu cela, c'était tellement original, inattendu, une brillante idée d'Andy, se souvenait le photographe Jeanloup Sieff. Ils volaient librement, d'une pièce à l'autre, ondoyant en douceur, se déplaçant dès que quelqu'un bougeait. Le moindre de nos gestes modifiait leur trajectoire. Et tout le monde voulait les toucher, cela évoluait sans cesse. J'ai appris qu'ils se vidaient et qu'il fallait les regonfler à l'hélium. C'était comme une rêverie psychédélique, j'ai vu des centaines d'expositions dans ma vie, mais celle-là reste une expérience visuelle et tactile unique. J'y suis allé avec Nico et je nous vois encore jouer avec ces merveilleux nuages warholiens. Ce fut l'un des "happenings" des années 60, à n'en pas douter[1]. » Ce fut aussi un choix radical et risqué, financièrement, pour Castelli, et il fallut attendre onze ans avant de le voir organiser une nouvelle exposition Warhol. Car ces vaches, vendues en rouleaux de papier peint, et ces nuages ne rapportèrent rien ou presque, ni à l'artiste ni à son marchand, bien moins que leur coût de fabrication. Les seconds, vendus seulement à cinquante dollars pièce, n'attirèrent pas les collectionneurs, découragés à l'idée de devoir les regonfler régulièrement, même si Castelli proposa de leur offrir des recharges d'hélium. Mais

1. Propos de Jeanloup Sieff recueillis par l'auteur.

ils captivèrent tant le chorégraphe Merce Cunningham qu'il en utilisera plusieurs pour le décor de son ballet *Rain Forest.*

À cette date, Andy était à la fois peintre et plasticien, cinéaste et manager du Velvet Underground, son énergie semblait intarissable. Il s'occupait alors de la première tournée du groupe, qui avait débuté le 9 mars dans le Michigan. Nico conduisait leur bus et la troupe comprenait les musiciens, mais aussi des danseurs comme Malanga, pilier du monde warholien, ou Ingrid Superstar. « C'était une fille adorable mais sans aucune allure, une employée de bureau qui écrivait des poèmes. Et l'on disait que pour punir Edie, dont les caprices commençaient à les fatiguer, Andy et ses mauvais garçons avaient recruté cette inconnue, plutôt quelconque physiquement, dans un bar. Ils l'avaient rebaptisée Ingrid Superstar, en disant qu'elle était une version laide d'Edie et que cela allait énerver cette dernière. C'était une vengeance très "Factory" ! Et Andy l'a fait tourner dans plusieurs films, comme *Since* (1966), qui évoquait l'assassinat de Kennedy. Elle y jouait un double rôle, celui de Jacqueline, mais aussi Lady Bird Johnson. C'était assez comique, une Jackie burlesque. Ce qui avait commencé comme une blague fonctionna, elle a très vite trouvé ses repères à la Factory. Et elle devint l'une des danseuses de Gerard lors des concerts du Velvet », expliquait Ultra Violet[1].

Warhol produisit également le premier album du groupe, intitulé *The Velvet Underground & Nico.* Enregistré du 16 au 23 avril 1966, en présence de Warhol, le 33 tours ne sortit que le 12 mars 1967, après une série de spectacles à New York et à travers le pays. Le groupe acceptait mal la présence de Nico, mais Andy insista et elle enregistra trois

1. Propos d'Ultra Violet recueillis par l'auteur.

des plus beaux titres du disque : *Femme fatale* – portrait poignant et grinçant d'Edie Sedgwick –, *I'll Be Your Mirror* – une déclaration d'amour à un narcissique – et *All Tomorrow's Parties*, la chanson préférée d'Andy, qui évoquait la vie survoltée de la Factory. Elle faisait également partie des chœurs sur *Sunday Morning*. Lou Reed se chargea des chansons les plus noires et les plus cruelles comme *Héroïne*, qui décrivait de façon clinique les effets de cette drogue, ou *I'm Waiting for the Man*, consacrée à un junkie et à son dealer. Quant à la pochette, elle fut l'œuvre du seul Warhol. Il sérigraphia une photo de banane à laquelle on ajouta un autocollant avec la mention : « Pelez lentement et voyez » : l'on découvrait alors une banane rose, comme si un phallus apparaissait sous l'épluchure. Andy dut déployer des trésors de diplomatie au cours des journées d'enregistrement, car Lou Reed lui en voulait d'avoir imposé Nico et la tension était palpable.

En ce même mois d'avril 1966, après avoir connu deux noms successifs, le spectacle multimédia concocté par Andy s'intitula définitivement « The Exploding Plastic Inevitable ». Il associait une performance du Velvet et de Nico, des projections de films de Warhol, des danses « sadiques » – Malanga et sa troupe, fouets en main – et des effets de lumière qui recréaient les sensations éprouvées par les consommateurs de LSD. Andy avait imaginé ce spectacle comme une expérience artistique que vivaient, en direct, les artistes et le public. À New York, il fut inauguré le 1er avril à l'Open Stage, situé dans le Dom – le « Polski Dom Narodowy » ou foyer national polonais. Reconverti pour le mois en salle de concert et discothèque, l'endroit fit salle comble à chaque fois, jusqu'à fin avril. « Préférant le spectacle à la danse, je m'amusais à jouer les éclairagistes avec Andy et sa troupe, se souvenait Ultra Violet. Le Dom est alors devenu l'épicentre de New York. Les gens les plus beaux, les plus fous, les plus talentueux se retrouvaient là. J'avais sous les yeux Andy Warhol, Lou Reed et le Velvet Underground, Nico... Tous devenus légendaires. Un soir, Dalí est venu avec moi et il m'a dit que les surréalistes auraient rêvé d'inventer une telle atmosphère, qu'Andy était plus surréaliste que le groupe réuni[1].» Les émotions ressenties étaient comme décuplées, intensifiées, et cela venait aussi de leurs expériences sur le son, ils furent parmi les premiers à faire du feed-back, jouant sur leur propre musique déjà enregistrée. Et Warhol imagina des effets visuels spectaculaires, des superpositions d'images inattendues, grâce à des diapositives. Il pouvait projeter sur le Velvet et sur la foule plusieurs films à la fois, il les transformait en utilisant des filtres de couleurs et des lumières stroboscopiques, personne n'avait jamais vu cela. Vêtu de noir, avec une croix phosphorescente autour du cou, Andy veillait au moindre détail, sur scène et dans la grande salle, pleine à craquer. L'argent rentrait enfin dans les caisses, la première semaine rapporta à elle seule dix-huit mille dollars. Puis le Velvet Underground se produisit à Los Angeles, où ils firent tache en pleine période «Flower Power», à San Francisco et à Chicago, du 21 au 26 juin. À l'inverse de la Californie, le succès fut au rendez-vous et on leur proposa d'y jouer jusqu'au 3 juillet. L'Exploding Plastic Inevitable ainsi que les vaches et les nuages argentés exposés chez Castelli donnaient le sentiment que le sac à malices de Warhol recelait d'inépuisables trouvailles.

Tout au long de l'été 1966, Andy tourna son film qui reste à ce jour le plus célèbre, mais *Chelsea Girls* devait autant à Warhol qu'à son nouvel associé, Paul Morrissey. «Il venait d'une famille catholique irlandaise, était poli-

1. Propos d'Ultra Violet recueillis par l'auteur.

tiquement de droite, méprisait le monde de l'art, trop superficiel à ses yeux, détestait les drogués et tout ce qui lui paraissait, de près ou de loin, pervers… En un mot, Paul était ce que les Français appellent "un réac"!, expliquait Ultra Violet. Mais il était très intelligent, solide, absolument pas influençable, un vrai roc dans la folie ambiante de la Factory. Et il adorait le cinéma, il voulait tourner des films, et Andy, qui était tellement futé, avait compris tout de suite à quel point il pourrait lui être utile. Et Paul était le seul à pouvoir vraiment lui tenir tête. Il lui a apporté une rigueur dans le travail sur l'image et le son, qui étaient souvent très mauvais. Et aussi sur les mouvements de caméra, sur le montage. Son cinéma est devenu moins amateur, plus soigné. Il a changé à jamais le cours de la carrière cinématographique d'Andy. Non seulement pour une certaine cohérence des tournages, mais aussi pour les questions de distribution en salles, par exemple. Ce côté purement commercial échappait à Andy[1]. »

Gerard Malanga l'avait présenté à Warhol au moment du tournage de *My Hustler*, il pensait à juste titre que Morrissey pourrait se rendre utile grâce à ses connaissances techniques en la matière, et il s'imposa très vite aux côtés d'Andy. À la Factory, dont la mentalité tribale exacerbée favorisait la jalousie et le rejet des nouveaux élus, il fut loin de faire l'unanimité. « Disons que tout le monde le détestait !, résumait Ultra Violet. Ils le prenaient pour un prétentieux qui jugeait les autres et qui les condamnait au nom d'une moralité qu'eux-mêmes combattaient. Tous redoutaient son humour cinglant, qui n'épargnait personne et visait souvent très juste, il voyait le ridicule de la situation, ce qui ne faisait que décupler l'animosité qu'il

1. Propos d'Ultra Violet recueillis par l'auteur.

inspirait, et Andy en jouait. Dès qu'il y avait un problème, une tension, il disait de sa petite voix mourante : "Allez demander à Paul, c'est lui qui veut que...", "Ce n'est pas moi, c'est Paul qui..." Aujourd'hui, on comprend que Paul avait raison, il voyait tous ces drogués se détruire sous ses yeux, il refusait cet amalgame facile entre talent et drogues[1]. »

Leur premier grand projet ensemble fut *Chelsea Girls*. Le titre faisait référence à un hôtel célèbre pour accueillir excentriques et marginaux, et divers membres de la Factory y séjournèrent au fil des ans. Construit en 1883 au cœur du quartier des théâtres de Manhattan, au n° 222 West de la 23e rue, le Chelsea avait vu défiler Sarah Bernhardt, Tennessee Williams ou Jack Kerouac qui y écrivit *Sur la route*. Dans les années 60, il devint le refuge de l'underground new-yorkais. Warhol pensa qu'il offrait un décor idéal et ils y filmèrent des scènes dans plusieurs chambres, d'autres furent tournées à la Factory argentée et dans divers lieux. Le film, à la fois en noir et blanc et en couleurs, n'avait aucune histoire, aucune intrigue, il se contentait de capter la bizarrerie de son entourage, dont les membres étaient tous plus ou moins sous l'emprise de la drogue, et les seringues de speed avaient leur importance à l'écran. Le sentiment d'étrangeté était accentué par le double écran, qui permettait de passer deux moments différents en même temps, faisant fi de toute cohérence, et cela rendait le spectateur aussi voyeur que schizophrène, pendant trois heures et quart. Warhol avait eu l'idée de cet écran divisé et elle fut très vite reprise par Hollywood, ainsi que l'illustre, par exemple, *L'Affaire Thomas Crown*. Il affirmait que l'on pouvait mélanger l'ordre des bobines,

1. Propos d'Ultra Violet recueillis par l'auteur.

que cela n'avait aucune importance narrative et pouvait, bien au contraire, créer des rencontres inattendues entre personnages.

La caméra naviguait entre morbide et comique, pathétique et cruauté, elle s'attardait sur les beaux visages de Nico et d'International Velvet, et offrait une visite guidée des spécimens les plus pittoresques de la Factory : Ondine en pleine crise d'hystérie, Brigid Berlin, Gerard Malanga, Ingrid Superstar, le travesti Mario Montez ou encore Eric Emerson, le « danseur cow-boy » qui faisait un strip-tease. Cette scène fut très commentée car si l'on avait filmé bien des femmes dans le même exercice, Warhol était le premier à le faire avec un homme. Ils oscillaient tous entre fiction et réalité, perdus dans leurs songes narcissiques et leur consommation de substances illicites, comme coupés du monde et des réalités de l'Amérique contemporaine, même si le personnage d'Hanoï Hannah, interprété par l'actrice Mary Woronov, rappelait qu'à l'extérieur la guerre du Vietnam était au cœur de l'actualité. Les propos tenus, entre confessions douces-amères et insultes d'une vulgarité et d'une violence saisissantes, donnaient l'impression que le duo Warhol-Morrissey offrait un journal de bord filmé. « *Chelsea Girls* traçait surtout le portrait affligeant de ce que l'univers de Warhol était devenu pendant cet été 1966 », écrit Victor Bockris[1]. Ils avaient proclamé la fin des normes et des modèles traditionnels, rejeté tabous sexuels et glorifié la drogue, mais donnaient surtout l'impression de vivre dans l'antichambre de l'Enfer.

---

1. Victor Bockris : *Andy Warhol, op. cit.*, p. 198.

XIX

« Entre Dracula et Cendrillon »

À l'été 1966, Warhol et son entourage semblaient descendus d'un tableau de James Ensor, *L'Intrigue* (1890) : des revenants, des personnages perdus derrière des masques inquiétants, des squelettes en devenir. Andy, au centre de la toile, était le chef de la bande, l'homme au haut-de-forme, et sa cour macabre l'accompagnait dans une version new-yorkaise du « Bal du Rat mort ». Chaque soir, ils se retrouvaient dans leur nouveau quartier général, le restaurant Max's Kansas City, et le carnaval funèbre, commencé plus tôt dans la journée, à la Factory argentée, s'y poursuivait jusque tard dans la nuit. Après une journée de travail, Andy réfléchissait à de nouvelles pistes, il y avait toujours chez lui la quête inquiète du déclencheur, et il se laissait distraire par les membres de sa coterie, prêts à tout pour retenir son attention, pour obtenir un premier rôle dans son prochain film. Il se laissait séduire, encourageait l'outrance et l'exhibitionnisme, soufflait le chaud et le froid, à la fois timoré et tyrannique, entretenait les rivalités, donnant l'impression de traiter les sentiments des autres avec une grande insouciance. Mais il avait ses défenseurs. « Rien ne m'agace plus que cette image d'un Andy bourreau, soulignait John Richardson. Ces gens étaient des adultes, personne ne les forçait à venir à la Factory, ils voulaient profiter de la notoriété d'Andy, obtenir quelque chose de lui. Alors, quand j'entends certaines personnes dire, les larmes aux yeux, qu'il a détruit "la pauvre Edie Sedgwick" ou les pauvres X ou Y, je m'insurge ! Ils étaient tous narcissiques, ne pensaient qu'à devenir célèbres grâce à lui, et personne ne les obligeait à se droguer. Andy a eu des amis fidèles qui n'ont pas choisi cet enfer, et j'en faisais partie[1]. »

Warhol observait ses comparses drogués s'agiter sous ses yeux, mais lui-même faisait très attention à sa propre consommation car quelqu'un avait mis du LSD dans sa nourriture, pendant le tournage de *My Hustler*. Depuis, il se nourrissait volontiers de barres de céréales hermétiquement protégées, qu'il était le seul à ouvrir. En apparence très détaché, il dissimulait son regard derrière des lunettes noires, même dans l'obscurité. Il était indiscutablement le catalyseur du groupe, sa seule présence avait le don de motiver ses troupes, il les poussait à avoir des idées originales, dont il pourrait profiter par la suite. Mais ses émotions refroidissaient à la vitesse de l'éclair, après une pointe furtive d'enthousiasme, la disgrâce tombait. Les dénouements étaient rarement euphoriques. Les membres de la Factory l'avaient rebaptisé Drella : d'un côté Dracula, de l'autre une Cendrillon (Cinderella) à la « voix Bouvier ». Le surnom lui allait comme un gant.

Warhol donnait l'impression qu'il faisait son miel du chaos, il était un Peter Pan mâtiné de Capitaine Crochet, un enfant dans un magasin de jouets, qui passait d'une poupée à un joli petit soldat, car les garçons se succédaient à ses côtés. « La vie amoureuse d'Andy était un sujet de plaisanterie entre nous, se souvenait Ultra Violet. Offi-

1. Propos de John Richardson recueillis par l'auteur.

ciellement, il ne supportait pas d'être touché, c'était une phobie. Parfois, pour nous amuser, nous faisions semblant de lui prendre la main ou de vouloir le serrer dans nos bras, et il poussait alors un petit cri d'horreur, un couinement de souris. Il se rétractait complètement, comme une baudruche qui se dégonfle. Je me souviens qu'à l'époque je me précipitais pour être à ses côtés dès qu'il y avait des photographes à des soirées, c'était aussi le but du jeu, mais lorsque je me collais contre lui, je sentais sa répulsion, le dégoût que cela lui inspirait, et cela valait autant pour les filles que pour les garçons. Et pourtant, il y eut des petits amis officiels, comme le charmant Danny Williams, un éclairagiste qui travaillait sur ses films. Il est mort noyé, complètement drogué et l'on disait qu'il s'était suicidé car Andy ne voulait plus de lui. Il faut dire qu'un soir, au restaurant, Danny, furieux pour une raison ou pour une autre, a arraché la perruque d'Andy devant tout le monde et chacun a pu voir sa calvitie. Andy l'avait remise en place calmement, comme si de rien n'était, mais il ne le lui a jamais pardonné. Il y eut aussi Richard Rheem, un Californien de bonne famille, qui tourna dans quelques films. Ils vécurent ensemble un temps, puis il disparut, comme les autres. Le plus déroutant de tous fut pour moi Rod la Rod, un plouc débarqué d'Alabama, le parfait "red neck". Tout le monde le trouvait stupide, personne ne l'aimait. Et alors que l'on ne pouvait toucher Andy, ils passaient leur vie à se boxer l'un l'autre, comme deux écoliers, comme des hommes qui jouent la virilité bon enfant, c'est si fréquent en Amérique. C'était sans violence, devant nous, et ce comportement semblait enchanter Andy, comme s'il le rattachait à une certaine idée de la masculinité, lui qui l'était si peu. Tout cela paraissait très inoffensif, même si l'on disait qu'en privé ils se livraient tous deux à des pratiques sadomasochistes. Qui sait ? Toujours est-il que je lui décerne la palme d'or de la bêtise, c'était l'homme des cavernes de la Factory[1]. » Un Rod La Rod semblait être plus une enclume qu'un point d'appui, mais les alcôves ont leurs secrets impénétrables. Et comme le disait amoureusement Mme de Staël de John Rocca, son mari secret : « La parole n'est pas son langage. » Andy aurait pu faire le même constat à propos de La Rod.

La tournée du Velvet Underground continuait – Massachusetts, Midwest, côte Est, Canada – mais, en coulisses, la situation s'était terriblement dégradée. Tout d'abord, le duo Warhol-Morrissey avait été contacté par un imprésario, qui leur proposa de s'occuper, à leur place, de la location du Dom et des engagements du Velvet. Pour Andy, le plus difficile avait été fait : donner une image au groupe, créer le concept « Exploding Plastic Inevitable », et superviser leur premier album au point de dessiner lui-même la pochette. Les tâches pratiques et administratives, bien ennuyeuses à leurs yeux, pouvaient être déléguées, cela leur permettrait de se concentrer sur leurs films. Morrissey était d'accord et ils tombèrent dans le piège, sans mesurer la portée de leur choix. En effet, l'imprésario s'était, dans leur dos, associé avec l'agent de Bob Dylan, l'ennemi de Warhol, et ils louèrent pour eux le Dom, le transformant en club de rock. Andy avait fait de ce lieu l'endroit le plus couru de la ville et voilà que d'autres prenaient sa place et en profitaient, sans vergogne. Ils se trouvaient donc sans salle de concert à New York, une salle qu'ils avaient repeinte à leurs frais et dont ils ne retrouveraient jamais la réplique. Et un froid polaire régnait entre Andy et Lou Reed, qui avait détesté leurs déplacements à Los Angeles et San Francisco,

1. Propos d'Ultra Violet recueillis par l'auteur.

au point de menacer de rompre leur contrat et de penser à chercher un nouveau manager.

À la Factory, l'atmosphère était parfois irrespirable : Gerard Malanga voyait d'un mauvais œil l'ascendant sans cesse croissant de Paul Morrissey, le Velvet ne voulait plus de Nico, Ingrid Superstar jalousait International Velvet, la nouvelle favorite du maître des lieux, et la drogue commençait à disséminer les rangs warholiens. Andy était l'œil d'un cyclone qu'il avait créé mais qui lui échappait et la tempête faisait souvent rage. Il avait le don de provoquer des engouements proches de l'hystérie, comme ce fut le cas pour Ivy Nicholson, qu'il fit tourner dans *Soap Opera* (1964), *Batman Dracula* (1964) ou *Since* (1966). «Je la connaissais très bien, nous avions été toutes les deux mannequins au même moment, posant pour les mêmes photographes, et à ce moment-là, les cover-girls formaient une franc-maçonnerie internationale, nous étions les filles de *Vogue* et de *Harper's Bazaar*, et Ivy avait été une déesse en ce domaine, racontait Dorian Leigh. Je la voyais souvent à New York, elle voulait devenir actrice après avoir fait quelques apparitions dans des films en Italie et en France. Ivy avait toujours été très libre, très peu conventionnelle, mais elle semblait aveuglée par Warhol et je voyais à quel point son obsession pour lui la détruisait. Je l'ai vu avec elle et j'ai tout de suite mesuré à quel point cette atmosphère était toxique pour Ivy, il la trouvait trop envahissante et lui préférait des muses plus jeunes, comme Nico, qui était d'une beauté renversante. On voyait bien que Warhol, de sa petite voix de castrat, les montait les uns contre les autres, il divisait pour mieux régner. Ivy me disait qu'il allait l'épouser et qu'elle devait divorcer pour être prête à accepter sa demande, qu'il était amoureux d'elle mais ne voulait pas le montrer en public, pour ne pas rendre les autres jaloux, elle pleurait, n'arrivait plus à vivre normalement. Et ils ont fini par la chasser de la Factory car elle ne parvenait plus à se contrôler. C'était un gâchis effroyable, elle était trop fragile pour ce monde-là[1]. »

Le plus troublant est que Warhol ne cherchait nullement à dissimuler ce que les autres lui reprochaient. Ainsi, après quelques mois d'absence et d'éloignement, Edie Sedgwick revenait de temps à autre à la Factory. Ruinée et squelettique, rejetée par l'entourage de Dylan, elle demandait à Andy de l'argent et de la drogue, et il lui donnait ce qu'il pouvait. C'est alors qu'il eut l'idée de la faire tourner, en novembre 1966, dans *The Andy Warhol Story*, sous prétexte de lui tendre la main et de l'aider à rebondir. Il avait confié son rôle à l'acteur et poète René Ricard, qui invitait, dans son appartement, une amie, interprétée par Edie, à passer la soirée en sa compagnie. Lors de cette conversation filmée, on comprenait à quel point le double d'Andy manipulait les autres, s'en servait avant de les jeter. Et Edie lui disait alors qu'il avait détruit sa vie par la drogue et par de fausses promesses de gloire. Le vrai Warhol, derrière la caméra, savait parfaitement ce qu'il faisait et l'exercice laisse songeur. Il est certain qu'à cette époque de sa vie Andy n'était pas un bon camarade de cordée. Le film ne fut projeté qu'à la Factory, et ceux qui y assistèrent furent tellement bouleversés par la déchéance de la jeune femme à l'écran qu'ils demandèrent à Warhol de mettre fin à la séance.

En septembre 1966, *Chelsea Girls* fut présenté à la cinémathèque de Jonas Mekas et, contre toute attente, la critique et le public furent au rendez-vous. « Pour la première fois, un film underground parvenait à attirer des

1. Propos de Dorian Leigh recueillis par l'auteur.

foules, toutes les projections affichaient complet, soulignait Ultra Violet. Et ce n'était vraiment pas grand public ! Des drogués, un travesti, des gays et des lesbiennes, un langage violent et souvent ordurier… Certaines scènes décrivaient réellement le quotidien de la Factory, comme lorsque Brigid Berlin se faisait une injection à travers son pantalon, j'ai vu cela bien des fois[1]. » Fait nouveau pour Warhol, de véritables cinémas new-yorkais se succédèrent pour le projeter, pendant des mois – citons seulement le Rendezvous, le Regency ou le York –, et, en Europe, Berlin fut la première ville à le présenter, avant même Londres. Aux États-Unis, il était demandé partout, de Los Angeles à Washington, en passant par Dallas. Certains journalistes grinçaient des dents et trouvaient ce film répugnant, avilissant, mais d'autres y virent un nouveau jalon dans l'histoire du cinéma-vérité. Au Max's Kansas City, Andy fut pris à partie par un homme, qui lui renversa sa bière sur la tête, mais il laissait faire car la polémique et les éclats servaient sa cause, et il n'avait jamais gagné autant d'argent. Depuis qu'Edie ne payait plus pour leur bande, il devait régler les additions au restaurant – parfois pour une vingtaine de personnes –, mais le propriétaire du Max's Kansas City avait accepté de recevoir une toile, de temps à autre, en échange de tous ces repas de groupe. Mais il devait aussi payer le loyer de la Factory, s'occuper de sa mère, acheter le matériel de peinture et les bobines de film… Sans compter qu'il avait financé le premier album du Velvet, qui n'était pas encore sorti. Les recettes engendrées par *Chelsea Girls* étaient donc les bienvenues. Même s'il n'en toucha que la moitié car son contrat avec les distributeurs

1. Propos d'Ultra Violet recueillis par l'auteur.

avait été signé à la hâte et, tout comme pour le Dom, il s'était laissé manipuler par des piranhas.

À cette date, la Factory était devenue le point de passage obligé pour toute personnalité étrangère à New York, et Andy jouait le jeu lorsque la couverture médiatique en valait la peine. Ainsi, le 5 octobre 1966, le chanteur Antoine, connu pour son titre *Les Élucubrations* et pour son insolence, fut son invité d'honneur. Une affiche fut collée dans New York pour annoncer l'arrivée de celui que les journalistes appelaient «le Bob Dylan français» :

Andy Warhol et ses girls conduiront un bus, pour un voyage
Underground avec Antoine, le mercredi 5 octobre.
Rejoignez-les à n'importe quel arrêt.
Antoine sera le premier à porter les satins
et velours métallisés, à rivets, de Betsey Johnson.

«Les impresarii de Paris adoraient faire photographier leurs poulains à Londres, Rome ou New York, prétendant qu'ils y avaient reçu un accueil triomphal. Des agents de presse recevaient l'artiste et convoquaient les correspondants locaux des magazines français. C'est dans cet état d'esprit qu'avait été organisée pour moi une journée new-yorkaise, qui débuta à l'aéroport», se souvient Antoine aujourd'hui. Il y fut accueilli par Andy, «un type à la peau marquée et aux bizarres cheveux gris clair», et par Nico, qui parlait couramment français. «Ils me conduisirent à un autobus parisien qui avait été loué pour la circonstance et décoré de grappes de ballons bleus, blancs et rouges; en leur compagnie, nous avons parcouru les quartiers les plus branchés de New York, assistant au défilé de mode d'une jeune créatrice dans le vent, tentant de visiter une exposition d'art érotique (mais la foule y était si dense que l'organisateur, voyant arriver notre groupe, a préféré nous en interdire l'accès), applaudissant dans une boîte du Greenwich Village les Byrds et les Fugs, un groupe dans la lignée des Mothers of Invention de Frank Zappa.» Il y eut aussi un arrêt à la Factory argentée. «Andy a passé une demi-heure à me filmer en train de manger des bananes en compagnie de Nico, devant un mur orné du célèbre dessin d'une banane qui devait figurer sur la pochette de l'album mythique du Velvet Underground.» Warhol le filma en couleurs avec Nico et International Velvet, et en noir et blanc pour un *Screen Test*. «Émoustillé par ma réputation de provocation, qui était arrivée jusque-là, l'agent artistique imaginait que j'allais déclencher je ne sais quel scandale qui assurerait ma popularité aux États-Unis, comme le jour où Dalí se fit connaître de toute l'Amérique en brisant la vitrine du grand magasin Macy's[1]...» Mais rien de tel n'arriva et Antoine s'éclipsa discrètement à bord d'une voiture comme sortie du film *Austin Powers*. L'opération – qui mêlait musique, cinéma, peinture et mode – portait incontestablement le sceau warholien.

En ce même mois d'octobre 1966, Andy présenta ses vaches rose fluo sur fond jaune et ses nuages d'argent à l'Institute of Contemporary Art de Boston, et le Velvet Underground se produisit dans une salle du musée le 29 octobre. Au cours de cette même exposition, il dévoila des séries d'autoportraits qui le représentaient l'air lointain, deux doigts devant la bouche, dans des combinaisons saisissantes de couleurs primaires et secondaires. Cette mosaïque de visages bleus ou verts, dont une partie était dans l'ombre, montrait à quel point lui-même se voyait comme un être insaisissable et impossible à figer dans une

1. Propos d'Antoine Muraccioli recueillis par l'auteur.

seule case : il était à la fois le peintre pop le plus célèbre de sa génération, un cinéaste underground qui gagnait les faveurs du public, le manager d'un groupe de rock et une personnalité recherchée des élites, capable de passer en un instant des marginaux aux mondains, ainsi que le prouverait, quelques jours plus tard, sa présence au célèbre bal « Noir et Blanc » de Truman Capote. Il fut le seul à braver les ordres de l'écrivain et à arriver sans masque, autre paradoxe warholien : méconnaissable dans ses autoportraits aux ruissellements de teintes psychédéliques, il refusait de paraître masqué au beau milieu d'une foule qui l'était.

En coulisses, Andy tenait aussi un autre rôle : fils de Julia Warhola. Il la voyait peu et la vieille dame s'en plaignait, mais il prenait soin d'elle et sa mère ne manquait, matériellement, de rien, même si sa solitude lui pesait. « La théorie officielle, c'est qu'il la cachait car il avait honte d'elle, mais j'ai une approche complètement différente : je crois qu'il voulait la protéger de la décadence et des turpitudes de la Factory, la faire vivre dans une bulle de calme, sans que rien ne puisse la bouleverser ou la choquer. Elle voyait son fils comme un ange, qui l'accompagnait à la messe, et ne pouvait imaginer quelle était la nature réelle de son entourage », analysait Ultra Violet[1]. En cette fin d'année 1966, et comme pour se faire pardonner ses absences répétées, Andy proposa à sa mère de tenir le rôle principal dans l'un de ses films. Il s'était inspiré de la véritable histoire de la mère de l'acteur George Hamilton, aujourd'hui plus célèbre pour son bronzage inamovible et ses multiples liaisons féminines que pour sa filmographie. Elle était une belle du Sud dont le charme et la séduction avaient aimanté les hommes, une mère qui avait accumulé les mariages

1. Propos d'Ultra Violet recueillis par l'auteur.

et tenté, en vain, de percer à Hollywood, n'obtenant que quelques apparitions ici et là. Andy proposa à Julia un double rôle : celui d'une Mme Hamilton revue et corrigée, puisqu'il lui prêtait quinze maris qu'elle préférait assassiner plutôt que de divorcer, et celui de sa propre mère, Mme Warhola, elle passait de l'un à l'autre. Andy étant Andy, il demanda à son petit ami du moment, Richard Rheem, d'interpréter le dernier mari en date de la vamp vieillissante et meurtrière.

Julia n'avait pas le physique de l'emploi, et moins encore la psychologie requise pour l'endosser, mais elle accepta de relever le défi avec humour. «Andy m'a dit qu'ils avaient besoin de tenues élégantes pour ce film, mais qu'elle ne savait pas s'habiller et j'ai proposé de les aider, poursuit Ultra Violet. Je suis donc passée les prendre en taxi et nous sommes allés faire les boutiques. Je me souviens qu'elle tenait son fils par un bout de sa veste en cuir, comme les enfants qui ont peur de se perdre dans un magasin. J'ai sélectionné trois robes et elle a enfilé la première à l'envers… Mais cela n'avait rien de comique ou de ridicule, elle était tellement ingénue, dénuée de tout artifice. Une femme si douce, si attachante, sa mélancolie me touchait beaucoup. Et Andy lui disait qu'elle allait porter, dans leur film, une perruque platine, qu'elle serait très belle, c'était une scène familiale incroyable, je n'en croyais ni mes yeux ni mes oreilles. Elle le regardait, émerveillée, et m'a dit : "Vous savez, mon fils est célèbre dans le monde entier !" J'ai offert à Julia un flacon de Chanel N° 5 en lui citant un aphorisme de Coco : "Une femme inodore n'a pas d'avenir !" Nous avons tous ri, c'est le moment le plus doux que j'aie vécu avec lui[1].» L'idée de faire jouer à sa mère un tel personnage

1. Propos d'Ultra Violet recueillis par l'auteur.

était typique des obsessions d'Andy, il était fasciné par ces rôles de beautés et de croqueuses de mâles déchues, comme Norma Desmond dans *Boulevard du crépuscule* (1950) ou Blanche DuBois dans *Un tramway nommé Désir* (1951), qui offraient aux actrices et à leurs admirateurs des performances inoubliables. Le film, tourné chez eux, s'intitulait simplement *Madame Warhol.* Un cadeau de Noël dont l'estampille était immédiatement identifiable.

XX

«Andy était une drogue délicieusement irrésistible»

1967 fut une année de transition dans la vie de Warhol : rupture avec le Velvet Underground, rencontre avec de nouvelles superstars – comme Viva ou Joe Dallesandro –, apparition de Fred Hughes, qui devint son homme d'affaires et lui permit d'accéder à des sphères jusqu'alors inaccessibles, obligation de quitter la Factory argentée et de trouver un autre atelier... Il y eut aussi «le scandale du sosie» et la publication de son premier livre. «Il faut laisser le passé dans l'oubli et l'avenir à la providence», écrivait Bossuet, et Andy aurait pu faire sien ce constat. Il vivait dans l'instant et ne négligeait aucune piste : peinture, cinéma, musique, mode. N'avait-il pas eu l'idée, en mars 1966, de sérigraphier, en public, le mot «fragile» sur une robe en papier blanc portée par Nico ? Il s'agissait d'un nouveau concept, le «Peignez votre robe vous-même», et le vêtement était vendu avec une boîte d'aquarelles et un pinceau. Andy avait signé sa création «Dalí».

En février 1967, il exposa ses *Treize Hommes les plus recherchés* à la galerie Sonnabend à Paris. Il s'agissait de versions plus petites des portraits présentés à la Foire internationale de New York en 1964. «J'y suis allé avec Jean Genet, se souvenait Edmonde Charles-Roux. "Vous devez voir ces toiles, c'est comme une illustration de mes textes", m'avait-il dit avec un enthousiasme assez rare chez lui. Ces fugitifs dégageaient une force étrange et Jean, qui avait écrit ses premiers romans en prison, était très troublé par ces visages, il s'agissait d'un trouble érotique. J'avais pensé, en découvrant ces alignements de tableaux, à son livre *Le Miracle de la rose*, sur ses années de détention. Ces hommes étaient comme des personnages de Jean : certains beaux, certains laids, mais d'une laideur inquiétante. Et je me suis toujours demandé si Ileana avait raconté à Warhol à quel point Genet avait aimé cette exposition[1]. »

Le succès financier de *Chelsea Girls* lui permit de se consacrer au cinéma l'esprit plus dégagé et, dans la foulée, il avait créé une société : l'Andy Warhol Films, Inc. On reconnaissait dans ce choix l'influence grandissante de Paul Morrissey, qui essayait de rendre viable et crédible cette branche des activités warholiennes. La question du financement, de la diffusion et des pourcentages perçus était particulièrement cruciale, et leur idée était de s'associer avec de grands producteurs hollywoodiens, mais ces derniers se montrèrent réticents, malgré leurs nombreuses tentatives. Néanmoins, en ce début d'année 1967, c'est bien le Velvet Underground qui arrivait en tête des priorités d'Andy. À New York, le groupe, privé du Dom, se produisit du 2 au 14 janvier dans un night-club, The Scene, et leur premier album sortit enfin, en mars. Le délai entre l'enregistrement, en avril 1966, et sa mise en vente, le 12 mars 1967, s'explique par le fait que la pochette créée par Andy avait été, techniquement, très difficile à réaliser. Il avait fallu imaginer une machine qui pouvait permettre aux futurs acheteurs de peler la banane et de dévoiler son secret. Le lancement fut un cauchemar car les journaux refusèrent

1. Propos d'Edmonde Charles-Roux recueillis par l'auteur.

de publier des publicités, et les radios ne voulurent pas le diffuser, sous prétexte que certaines chansons étaient trop violentes et glorifiaient la drogue et le sadomasochisme. Le pire advint lorsque Eric Emerson, le « danseur cow-boy » de la Factory, les attaqua car on avait publié, sans son autorisation, une photo de lui sur la pochette arrière. L'album fut retiré des bacs pendant presque deux mois, le temps d'effacer son visage, avant d'être remis en circulation, mais il était alors trop tard pour fédérer un public. Quant à Lou Reed, ulcéré par l'accueil réservé par New York à cet album si important pour lui, il refusa de se produire dans cette ville pendant des années. Au mois de mars, ils jouèrent encore au Gymnasium et à l'École de design de Rhode Island, mais on les vit pour la dernière fois avec l'Exploding Plastic Inevitable en mai 1967, au night-club The Scene.

La rupture fut consommée lorsqu'un soir, à Boston, Reed interdit l'accès de la scène à Nico. Cette dernière attirait trop l'attention de la presse à son goût et, dépité et jaloux, il décida de mettre brutalement fin à leur collaboration, sans autre explication, refusant d'être le simple faire-valoir d'une chanteuse imposée contre son gré. Et quelques jours plus tard, il renvoya Warhol. Ce dernier ne protesta pas, la situation était tellement envenimée qu'une solution était sans espoir, mais il espérait encore pouvoir toucher les 25 % prévus par son contrat sur la musique du Velvet composée et jouée pendant qu'il était leur manager. Il n'empocha qu'une somme dérisoire, alors qu'il avait beaucoup investi, financièrement, dans cette aventure, car les ventes furent décevantes, même si elles augmentèrent au fil des ans et des décennies. En mai 2012, le magazine *Rolling Stone* donna sa liste des « 500 meilleurs albums de tous les temps » et *The Velvet Undergound & Nico* arrivait à la treizième place avec la mention : « L'album le plus prophétique jamais enregistré[1]. » L'adjectif était bien choisi puisqu'il influença profondément des artistes aussi différents que David Bowie ou Iggy Pop, pour ne citer qu'eux. Warhol ne s'était pas trompé, mais il n'avait pu désarçonner l'adversité. « J'ai acheté ce disque car c'était le premier 33 tours de mon amie Nico, se rappelait le photographe Jeanloup Sieff. Je l'ai prêté et on ne me l'a jamais rendu, mais des années plus tard, j'ai appris que des admirateurs étaient prêts à débourser, en ventes aux enchères, des sommes sidérantes pour obtenir l'original, surtout si les propriétaires avaient gardé l'autocollant sur la banane. À l'époque, j'avais vu passer un joli dessin de Matisse pour le même prix[2]. »

« En 1967, j'avais l'impression de vivre avec Andy, confiait Ultra Violet. Je le voyais à la Factory dans la journée, nous sortions le soir et il m'a fait tourner dans son film *I, a Man*. Et je l'ai accompagné, à sa demande, à Los Angeles en avril, pour la sortie californienne de *Chelsea Girl*, et au Festival de Cannes, au mois de mai. Nous étions ensemble du matin au soir, nous dormions dans les mêmes hôtels et j'ai pu l'observer de très près. Andy déroutait constamment les autres car il passait sans cesse de l'ironie à l'innocence et de la sophistication aux réactions de ce que les Français appellent "un plouc". Il avait aussi l'art de poser des questions inattendues, improbables et cela participait beaucoup à son charme. "Ultra, est-ce que tu crois que le Pape sait ce qu'est un clitoris ?" "Ultra, connais-tu la fleur préférée d'Hitler ?" "Ultra, si tu devais tuer ton père ou ta mère, qui choisirais-tu en premier ?" J'avais compris peu à peu que jouer les idiots l'amusait beaucoup. Ses

1. Magazine *Rolling Stone*, 31 mai 2012.
2. Propos de Jeanloup Sieff recueillis par l'auteur.

questions lui permettaient de mettre les autres en valeur, de les séduire en leur offrant l'impression que leurs avis étaient importants pour lui, et d'apprendre mille et une choses au passage. Cela vous donnait le sentiment qu'il pouvait compter sur vous, que vous aviez un rôle à jouer dans sa vie, une place à part. Mais il agissait de même avec tout le monde, absolument tout le monde. Et chacun se battait pour être aux côtés du grand homme, du génie pop. C'était comme une drogue délicieusement irrésistible, nous savions tous que les favoris allaient et venaient, que rien ne durerait, que le danger n'épargnait personne, même les êtres qu'il avait pu adorer, comme Edie. Mais je dois bien avouer, et je mesure à quel point c'était illusoire, que je jubilais quand un journaliste me présentait en disant : "Ultra Violet, l'amie française et la superstar d'Andy Warhol." Il nous magnétisait tous[1]. »

Le vingtième Festival de Cannes se tint du 27 avril au 12 mai 1967 et Warhol s'y rendit en compagnie de Paul Morrissey, de Nico, de Malanga, de Rod la Rod, d'International Velvet et d'Ultra Violet, qui leur servit aussi d'interprète car elle était la seule à parler français. Il avait été invité à présenter *Chelsea Girls* dans le cadre de la Semaine de la critique mais, au dernier moment, le responsable de la sélection décida de ne pas projeter le film par peur du scandale, tant les rumeurs les plus sulfureuses circulaient sur son compte. « C'était comme si Andy était devenu la réincarnation du marquis de Sade, témoignait Ultra Violet. Pour la première fois, un film invité passait à la trappe, c'était tellement injuste, indigne de ce festival qui prétendait montrer le travail des cinéastes les plus audacieux. Nous avons fait signer des pétitions, mais cela n'a servi

1. Propos d'Ultra Violet recueillis par l'auteur.

à rien. Nous étions tous découragés, surtout Andy car ce voyage représentait une somme importante pour lui, il a payé le séjour de toute notre bande, c'était un cadeau. Il voulait rencontrer des distributeurs étrangers, les convaincre de diffuser et de défendre ses films, mais rien ne s'est passé comme il l'espérait. Il s'est consolé en faisant la connaissance de Gunter Sachs et de son épouse, Brigitte Bardot, qu'il admirait tant et qui avait créé une véritable émeute en arrivant cette année-là au palais des festivals pour la remise des prix. Nous sommes allés de Cannes à Saint-Tropez, et Gunther a donné une fête en notre honneur, ce fut une soirée merveilleuse, avec un orchestre de guitaristes gitans. Andy était sur un petit nuage, il regardait Bardot danser, pieds nus, et il m'a dit, d'une voix douce : "Elle mérite à elle seule tous nos problèmes." Nous avons dîné en sa compagnie, elle a été tellement exquise, accessible, pleine de charme et d'esprit, le contraire d'une Diva. Andy avait rencontré tant de gens célèbres, mais je ne l'avais jamais vu aussi émerveillé et il a été heureux de la revoir à Paris, peu après. "Si seulement nous pouvions tourner avec elle", a-t-il dit plusieurs fois. "Juste la filmer dans les rues en train de danser[1]..."» Gunther Sachs n'oublia pas cette rencontre et, en 1974, il commanda à Warhol un portrait psychédélique de l'actrice, le meilleur jamais réalisé de Brigitte Bardot, à qui Warhol ne cesserait de rendre hommage, dès que l'occasion se présenterait.

Puis ils séjournèrent quelques jours à Paris, où *Chelsea Girls* fut présenté à la Cinémathèque française, au Palais de Chaillot. « Ce fut une projection agitée, j'avais pensé à la première du *Sacre du printemps*, en 1913, au Théâtre des Champs-Élysées, témoignait Jeanloup Sieff. Certains

1. Propos d'Ultra Violet recueillis par l'auteur.

hurlaient, lançaient des insultes, quittaient la salle, d'autres applaudissaient à tout rompre[1].» L'audace de la musique de Stravinski et la déconstruction de la chorégraphie de Nijinski avaient provoqué un choc, tout comme le double écran de Warhol, la dureté de son univers et l'image d'une qualité très variable et assez mauvaise dans l'ensemble, comme s'il cherchait à provoquer le public en affichant une nonchalance technique désobligeante pour ceux qui avaient payé leur billet. « *Chelsea Girls* donnait aussi l'impression qu'il filmait ces gens dans leur chambre d'hôtel, à leur insu, comme s'il avait placé sa caméra derrière un miroir sans tain, comme si nous étions tous des voyeurs, et le malaise était palpable chez les spectateurs, poursuit Sieff. J'ai souri, profondément soulagé, lorsque l'on voyait à l'écran le petit Christian, le fils de Nico, qui s'amusait comme un fou, en toute innocence. Il avait 4 ans, c'était un enfant magnifique, très solaire, et Warhol avait filmé sa pureté dans toute cette noirceur[2].»

Après Paris, ils s'envolèrent pour Rome et Londres. Andy y rencontra Paul McCartney, qui comptait au nombre de ses admirateurs, et il espéra qu'ils pourraient collaborer mais, une fois de plus, cela ne déboucha sur rien de concret. D'une manière générale, ce long voyage en Europe ne fut pas à la hauteur de ses espoirs et lui coûta bien plus qu'il ne rapporta. Mais il se remit aussitôt au travail, peu habitué à laisser le désarroi et la déception prendre le dessus. De retour à New York, le duo Warhol-Morrissey décida de ressortir en salles *My Hustler* puis ils tournèrent, en juillet, *I, a Man*. Il s'agissait du portrait d'un jeune libertin manipulateur qui, en l'espace d'une seule

1. Propos de Jeanloup Sieff recueillis par l'auteur.
2. *Idem*.

journée, parvenait à voir huit femmes différentes. « *I, a Man* est vraiment mauvais, rien ne fonctionne, c'est un Warhol très médiocre, constatait Ultra Violet, qui jouait dans le film. Il n'a aujourd'hui d'intérêt que sur le plan biographique puisque Andy avait donné un petit rôle à Valérie Solanas, qui allait essayer de le tuer moins d'un an plus tard. C'était une féministe lesbienne de la mouvance la plus dure, elle avait fondé l'Association pour la castration des hommes. Elle était fascinée par Andy, une de plus. Valérie disait partout qu'il s'intéressait à ses écrits, qu'il allait porter à l'écran l'un de ses scénarios, elle rôdait toujours autour de lui, tout en critiquant son entourage masculin. Ils la voyaient comme une sorte de clown, bruyant mais inoffensif, ce en quoi ils avaient bien tort. J'ai beaucoup discuté avec Valérie, sur le tournage et en dehors, je l'appréciais, elle était gentille, drôle et intelligente, très protectrice à mon égard, tentant de m'ouvrir les yeux. Elle me disait : "Tu n'en as pas marre de te maquiller pour plaire à ces sales types, tu devrais être plus indépendante et ne plus être une poupée." Elle avait raison, Andy jouait à la poupée avec nous, nous étions ses poupées vivantes et grandeur nature, des poupées délurées, excentriques, qu'il sortait dans les fêtes et à qui il proposait de faire des films, la phrase magique. Bien sûr, personne ne nous obligeait à le suivre et j'étais une victime totalement consentante, il aurait tout obtenu de moi à cette époque. Mais Valérie, qui a été tant diabolisée par la suite, avait raison[1]. » En la faisant travailler, en lui accordant un peu de son temps, Warhol avait introduit la louve dans la bergerie.

D'une manière générale, l'année 1967 fut consacrée au cinéma. En janvier, Andy et Morrissey avaient tourné

1. Propos d'Ultra Violet recueillis par l'auteur.

L'Imitation de Jésus-Christ, en clin d'œil au livre éponyme. Il racontait l'histoire d'une famille dysfonctionnelle dont le fils passait l'essentiel de son temps dans sa chambre pendant que la bonne, jouée par Nico, lui brossait les cheveux et lui faisait la lecture à voix haute. Il y avait eu également *Donyale Luna*, dans lequel le célèbre mannequin noir interprétait Blanche-Neige ou encore, au mois d'octobre, *The Nude Restaurant*. Tourné au Chapelier fou, un restaurant new-yorkais, il montrait des gens nus en train d'évoquer leur enfance catholique ou la guerre du Vietnam. Sans oublier *Les Amours d'Ondine*, consacré à un homosexuel qui essayait de devenir hétérosexuel, ainsi que *Bike Boy*, portrait tragi-comique d'un motard sans moto, en prise avec le sexe opposé. «Andy tournait beaucoup, il espérait pouvoir renouer avec le succès de *Chelsea Girls*, qu'il est allé présenter au Presidio de San Francisco, fin août. Et, une fois encore, j'étais du voyage, avec Paul Morrissey, Ondine ou Billy Name, Nico nous attendait sur place. Andy l'appréciait beaucoup, j'ai vu à quel point il la soutenait alors qu'elle sortait son premier album solo, *Chelsea Girl*, en cette même année 1967. En matière de publicité, il a fait tout son possible pour attirer l'attention sur ce disque. On a si souvent accusé Andy de tous les maux mais il pouvait être parfois solidaire et généreux, précisait Ultra Violet. En coulisses, les tensions montaient et il y avait un conflit ouvert entre Andy et Malanga, qui ne faisait pas partie de notre groupe, à San Francisco. Gerard avait été tellement indispensable, tellement précieux, mais il estimait qu'il n'était pas assez payé et il souhaitait voler de ses propres ailes, publier ses poèmes et tourner ses propres films. Il est alors parti pour l'Italie[1].» Pour survivre, il se mit

1. Propos d'Ultra Violet recueillis par l'auteur.

à peindre de faux Warhol, des portraits de Che Guevara. Andy intervint pour lui éviter la prison, en affirmant que ces tableaux étaient des vrais, mais que Malanga n'était pas autorisé à les vendre

Toujours prêt à renflouer les caisses de la Factory, Andy accepta, à l'automne, de faire des apparitions dans des universités américaines. Les étudiants voyaient en lui une figure majeure de l'époque, un dynamiteur de certitudes, un artiste qui avait bousculé stéréotypes et hiérarchies. Andy était pour eux le portraitiste des boîtes de soupe et des suicides, le créateur de happenings inoubliables, le manager du Velvet Underground et le réalisateur de *Chelsea Girls*, que beaucoup avaient vu et qui continuait à faire scandale. Cela avait été encore le cas à Boston, en mai, lorsqu'une équipe de la police des mœurs avait fait une descente dans un cinéma et mit fin aux projections, après avoir imposé une très lourde amende au propriétaire de l'établissement. Ces jeunes désiraient respirer le parfum de la Factory argentée et voir le *maestro* en chair et en os. Andy n'était pas le candidat idéal pour cet exercice, car prendre la parole en public le pétrifiait, mais chaque intervention était bien rémunérée alors il accepta la formule : projection d'un film et questions-réponses. Mais lorsque le moment arrivait, il se transformait en minéral, et Morrissey parlait alors pour lui, secondé par la volubile Viva, nouvelle égérie maison. Les étudiants étaient furieux, ils apostrophaient directement Andy, qui restait muet et impassible. Ces déplacements le fatiguaient beaucoup, physiquement et moralement, et il finit par engager un acteur pour prendre sa place. Coiffé d'une perruque argentée et le regard dissimulé par des lunettes noires, Allen Midgette, qui ne ressemblait même pas à Warhol, le remplaça pour des apparitions sur des campus dans l'Utah et en Oregon.

Il s'en tira parfaitement, parvenant à amuser l'auditoire, le tour était joué. Jusqu'à ce que la supercherie éclatât au grand jour dans la presse, lorsque quelqu'un compara des photos du véritable Andy et de son sosie. Les réactions des bernés furent très claires : ou bien Warhol revenait en personne honorer ses engagements ou il devrait rembourser les sommes perçues, et un procès n'était pas à exclure s'il refusait. Il opta pour la première solution. Warhol ne tenait pas à rendre l'argent reçu alors que Paul America l'assignait en justice pour être rémunéré, rétroactivement, pour son rôle dans *My Hustler.* Les étudiants le virent, Andy fit son numéro de génie autiste et les deux parties y trouvèrent leur compte.

Les 15 et 16 décembre 1967, Warhol projeta son film **** (*Quatre étoiles*) au New Cinema Playhouse de New York. Il durait vingt-cinq heures et ne fut présenté qu'une seule fois en public dans ce format. « Il n'y avait aucune intrigue, c'était une succession de tranches de vies, en couleurs, qui permettait de voir les Superstars en action, se souvenait Ultra Violet. Le tournage a duré un an (août 1966-septembre 1967), ma scène remontait à novembre 1966, je jouais une hippie, qui apparaissait nue. Il y avait tout le monde, la bande de la Factory au complet, c'était une incroyable galerie de personnages. Il s'intitulait *Quatre Étoiles* car c'était une référence ironique aux étoiles utilisées par les critiques pour classer les films, quatre étant synonymes d'excellence. Et Andy ne les obtenait jamais, naturellement ! C'était une folie, le contraire d'un projet commercial, ce n'était pas montrable en salles. D'autant plus qu'Andy avait eu l'idée de tester une nouvelle technique. Dans *Chelsea Girls*, l'écran était divisé en deux et deux bobines défilaient côte à côte, mais dans *Quatre Étoiles*, il avait poussé l'expérimentation encore plus loin en superposant deux bobines à la fois, ce qui créait pour le spectateur deux niveaux d'images et de sons simultanés. J'aimais beaucoup le résultat, j'étais heureuse d'y avoir participé, c'était le comble de l'originalité sixties. C'est le film d'Andy qui exprime pour moi le mieux ce que fut notre groupe : excentrique, vaniteux, parfois très attachant, toujours curieux de toute nouvelle expérimentation, explosif mais aussi rêveur, et je dirais même poétique, à notre façon provocante, grinçante. Un groupe qui flirtait aussi avec le malheur, le danger. Beaucoup sont morts dans des circonstances tragiques[1]. » Warhol assista à l'intégralité de la projection, s'amusant à retrouver son entourage dans divers lieux et différentes situations, souvent incongrues, comme s'il feuilletait l'album de photos de la Factory, l'on y retrouvait aussi Edie Sedgwick.

En ce même mois de décembre, il sortit *Andy Warhol's Index Book,* son premier livre publié par une véritable maison d'édition, ce qui n'avait pas été le cas des petits volumes professionnels, tout au long des années 50. Il s'agissait bien d'un OLNI, un Objet Littéraire Non Identifié. La couverture noir et argent abritait des photos, des lithographies, un ballon, des interviews de Warhol et de ses superstars, un dodécaèdre aplati, un flexidisque du Velvet Underground en carton plastifié et des pop-up, parmi lesquels une boîte de soupe à la tomate et ses échantillons déshydratés. Sur la quatrième, Andy avait choisi une photo de son « sosie », l'acteur Allen Midgette, qui l'avait remplacé pour plusieurs apparitions dans des universités. Cet album contenait à lui seul toutes les expérimentations de la Factory argentée, qui s'apprêtait à fermer ses portes, ainsi que Warhol l'apprit au même moment, car l'immeuble allait être détruit.

1. Propos d'Ultra Violet recueillis par l'auteur.

XXI

«Dès lors, son corps ne cessera de le faire souffrir»

En janvier 1968, Warhol organisait son déménagement dans un nouvel atelier, un loft trouvé par Paul Morrissey, au sixième étage d'un immeuble du 33 Union Square. Quitter sa bulle d'argent, qui avait suscité une curiosité internationale, c'était dire adieu à la période la plus féconde de sa vie. Certaines des images culturelles les plus saisissantes des années 60 virent le jour dans ce lieu de création pluridisciplinaire, qui devint aussi célèbre que celui qui l'avait créé. En ces murs naquit la légende warholienne, qui fascinait autant qu'elle repoussait. De ce chaudron surgirent une atmosphère estampillée, un poinçon que l'on retrouva dans des tableaux, des films, un disque, des photos, un livre et même des robes de papier sérigraphiées à la main. Indissociables de cet écrin scintillant, les diverses activités de Warhol ont indiscutablement bénéficié de la publicité tapageuse qui entourait son atelier, sans lequel elles n'auraient peut-être pas eu un tel impact sur ses contemporains.

À la Factory argentée se joua une aventure esthétique et sociale dans laquelle un sorcier polymorphe à perruque platine travailla en compagnie d'animaux étranges et inquiétants, qui avaient fait de leurs excès et de leur déchéance un spectacle pittoresque et très commenté.

L'inspiration et l'ostentation y avaient été les seules règles en vigueur. Dans ses toiles, Warhol avait exprimé de façon violente l'envers de la société de consommation américaine et les secrets cachés de ce faux pays de Cocagne, peignant tout ce qui, autrefois, était jugé mineur et indigne d'être remarqué par le monde artistique : nourriture, faits divers, idoles sacrifiées du star-system. En tant que cinéaste, il avait jeté un regard froid et voyeur sur la banalité du quotidien et sur la sexualité. Et son rôle de manager et de directeur artistique du Velvet Underground lui avait permis de mettre en lumière le monde de la drogue, ainsi que l'exprimait le spectacle qu'il avait conçu pour eux, l'Exploding Plastic Inevitable. Dans tous ces domaines, les propositions warholiennes avaient été crues, acides, agressives, mais elles fascinèrent durablement. «Vingt ou trente ans plus tard, des gens me disaient d'un air émerveillé : "Vous avez connu la Factory argentée ? Quelle chance, racontez-nous, cela devait être incroyable, toute cette créativité", se rappelait John Richardson. Ils avaient complètement idéalisé ce lieu et en parlaient comme d'autres de la Florence de la Renaissance. Mais il est vrai qu'à sa manière Andy avait été à l'origine d'une étrange Renaissance dans tous les arts[1].» Une Renaissance, souvent à la lisière de la folie, et son cortège de tragédies, de désolation affective, de psychodrames et de suicides. Les exhibitionnistes qui constituaient l'essentiel de l'entourage de Warhol avaient confondu énergie et hystérie, drogue et talent, ils n'avaient pas été portés par une véritable vision artistique, par une discipline d'airain, contrairement à Andy qui les manipulait comme des marionnettes et filmait leurs angoisses, leurs éruptions de colère et leur vacuité.

---

1. Propos de John Richardson recueillis par l'auteur.

Fin janvier 1968, Warhol et son équipe partirent pour l'Arizona où ils tournèrent une parodie de western intitulée *Lonesome Cowboys*. Ils s'installèrent dans un ranch, sous la surveillance étroite du FBI qui les soupçonnait de pornographie et d'usages de stupéfiants, et le film fut bouclé entre trois ou cinq jours, les sources varient. Comme toujours, il n'y avait pas de scénario, seulement une histoire générale, variation Far West de *Roméo et Juliette*, permettant aux superstars du moment d'exprimer leurs humeurs du jour. Dans le rôle très revu et corrigé de Juliette, Viva y interprétait Romana d'Alvarez, la réponse warholienne à la Joan Crawford de *Johnny Guitar*, et elle improvisait à qui mieux mieux face à des cow-boys musclés et à un shérif aux ongles vernis, joué par le travesti Francis Francine. Quant à son Roméo, il était gay, autre poinçon warholien. En coulisses, la ravissante Viva multipliait les caprices, et les garçons commençaient à la comparer à Edie Sedgwick. Elle prenait les autres de haut, jurait comme un charretier et sa susceptibilité était profonde. Le tournage fut aussi tendu car l'équipe était en butte à des insultes homophobes de la part des locaux. Il est vrai qu'ils s'ingéniaient à les provoquer. Les acteurs étaient logés et nourris, et rémunérés dix dollars par jour, autant dire qu'ils tournaient pour la gloire.

Coiffé d'un grand Stetson, Andy filmait, mais Paul Morrissey était présent à tous les échelons. La nudité et les injures avaient perdu de leur virulence en 1968 et le film n'était pas aussi provocant et perturbant que l'avaient été *My Hustler* ou *Chelsea Girls* deux ou trois ans plus tôt. Mais Morrissey avait compris que, pour intégrer un circuit plus commercial et toucher un public plus large, il fallait doser les audaces afin de titiller sans repousser. Mais cette farce avait ses admirateurs. « J'ai trouvé *Lonesome Cowboys* d'Andy Warhol extrêmement fascinant. La spontanéité des dialogues et la beauté visuelle sont suffisantes pour empêcher l'ennui, écrivait Cecil Beaton dans son journal. Warhol a vraiment contribué à l'histoire du cinéma et il me semble que ce film est le plus digeste de tous ceux qu'il a tournés à ce jour[1]. »

Le nouvel atelier garda le nom de Factory, mais l'atmosphère y était bien différente. Warhol souhaitait donner un caractère plus professionnel, plus crédible à ses différentes activités, et décourager les marginaux qui venaient traîner dans son sillage. Un nouveau seuil d'alerte avait été franchi en novembre 1967, lorsqu'un ami d'Ondine était arrivé avec un pistolet et avait menacé Andy et son entourage, en leur ordonnant de s'aligner car il avait décidé de jouer à la roulette russe. Il avait posé son arme sur la tempe de Paul Morrissey, avait appuyé sur la gâchette, mais le coup n'était pas parti. Puis il avait tiré sur le plafond, où la balle se logea sous les yeux de l'assemblée, tétanisée et terrifiée. L'homme avait alors obligé Warhol à s'agenouiller, clamant qu'il le prenait en otage, et Andy avait été sauvé par Taylor Mead, qui avait eu le courage et la présence d'esprit de sauter sur le tireur. Ce dernier s'était enfui sans demander son reste. Warhol était de plus en plus fréquemment agressé par des fous ou des drogués, il avait encouragé l'exhibitionnisme et les coups d'éclat, mais il était grand temps de rebrousser chemin, avant qu'il ne fût trop tard. Pour un Lou Reed ou une Nico, dont le talent ne cesserait de s'épanouir, on ne comptait plus les épaves et les cerveaux dérangés qui étaient aimantés par Andy.

---

1. Cecil Beaton : *Portraits & Profiles*, Frances Lincoln Limited, 2014, p. 280-281. Traduction de l'auteur.

Des bureaux, avec un téléphone et une machine à écrire, furent installés dès l'entrée, face aux ascenseurs, et les visiteurs étaient accueillis par une réceptionniste-secrétaire, comme dans n'importe quelle entreprise. Plus de décoration argentée mais des murs blancs, sur lesquels on pouvait admirer des portraits de stars des années 30, comme Shirley Temple, l'actrice préférée d'Andy. Et l'équipe disposait désormais d'une salle de projection pour visionner les rushes et leurs films. Cette nouvelle orientation « business » devait beaucoup à celui qui devint très vite le bras droit de Warhol, Frederick « Fred » Hughes. Né en 1943, ce jeune Texan était remarquablement intelligent, cultivé, fin stratège, mais aussi éperdu de snobisme et mégalomane, s'inventant des origines aristocratiques et une parenté avec Howard Hughes, le milliardaire excentrique. Fils d'un vendeur de mobilier, il s'était complètement réinventé : un dandy bisexuel, habillé en costumes sur mesure, qui ne recherchait que les belles femmes, les antiquités et les tableaux. Il était physiquement très séduisant, avait beaucoup d'humour, et plus encore de l'esprit, et il avait fait la conquête, alors qu'il faisait des études d'histoire de l'art, de Jean et Dominique de Ménil, couple franco-américain de collectionneurs et de philanthropes. Établis à Houston, ils s'étaient consacrés à la peinture contemporaine, guidés par un prêtre dominicain, le père Marie-Alain Couturier, et rejoindre leur cercle, fermé et élitiste, à un si jeune âge en disait long sur les prédispositions du nouvel élu.

Warhol avait fait la connaissance de Hugues quelques mois plus tôt, en juin 1967, chez l'architecte Philip Johnson, dans sa célèbre « maison de verre » du Connecticut, lors d'une représentation d'un ballet de Merce Cunningham, pour une œuvre de bienfaisance soutenue par les Ménil. Henry Geldzahler les présenta l'un à l'autre et leur entente fut immédiate. Fred s'imposa très vite comme la locomotive de Warhol, l'homme qui tirait tous les wagons, amenait projets et clients, défaisait les nœuds et aplanissait les obstacles. « Fred était à Andy ce que Pierre Bergé fut à Yves Saint Laurent, mais sans la relation amoureuse », résumait Hélène Rochas, qui fut une amie des quatre hommes. « Dans les deux cas, Fred et Pierre ont permis à ces deux artistes de se consacrer exclusivement à l'aspect créatif de leur métier et de gagner beaucoup d'argent, appelons un chat un chat. Ils ont développé leurs activités à un très haut degré international. Yves et Andy ne seraient jamais devenus ce qu'ils ont été sans eux. Combien de talents de premier ordre ne s'imposent jamais, ne gagnent pas un sou, meurent dans la pauvreté… La liste de noms est longue. Pour ma part, j'étais complètement sous le charme de Fred : il était rapide comme l'éclair, du vif-argent, jamais assoupi ou banal. Et toujours très élégant, d'une courtoisie qui s'était perdue à l'époque. Il donnait l'impression que rien ne pouvait lui résister et cette rencontre a changé la vie d'Andy à jamais. Il a eu raison de lui confier la direction de ses affaires, les résultats ont été rapidement spectaculaires[1]. »

Grâce à Hughes, qui était leur protégé, les Ménil jouèrent très vite un rôle capital dans la vie de Warhol. C'est à bord de leur avion privé qu'il s'était rendu peu après au Canada, pour présenter ses nouveaux autoportraits, dans le cadre d'une exposition internationale à Montréal. Par l'intermédiaire de Fred, les Ménil lui achetèrent des tableaux, parmi lesquels des œuvres de jeunesse invendues, comme des publicités encore peintes à la main ou des toiles

1. Propos d'Hélène Rochas recueillis par l'auteur.

appartenant à la série des morts violentes et des désastres. Ils lui commandèrent également un film qui représentait un coucher de soleil, dans l'esprit de ses premiers essais, comme lorsqu'il avait posé sa caméra devant l'Empire State Building pendant des heures. Le projet n'aboutit pas sous cette forme et devint **** (*Quatre étoiles*), financé par la générosité du couple. La vie et la carrière d'Andy prenait un nouvel essor. «Fred avait compris que l'atmosphère de l'ancienne Factory, avec tous ces cinglés, repoussait les acheteurs et les collectionneurs potentiels, une fois passé le frisson de l'interdit, résumait Sao Schlumberger. Nous en avons parlé plusieurs fois, c'était une démarche très consciente de sa part, il voulait protéger Andy, le conduire vers un autre monde, et lui donner une sécurité matérielle qu'il n'avait pas. Et cela n'était pas seulement des choix d'homme d'affaires, car Fred admirait profondément le talent d'Andy, il aurait fait n'importe quoi pour lui, même si, au fil du temps, leur relation a connu des hauts et beaucoup de bas, il faut bien le reconnaître. Ce qui me semble parfaitement normal avec d'aussi fortes personnalités[1].»

Une fois de retour à New York, après le tournage de *Lonesome Cowboys*, Andy fut fêté en Angleterre et en Suède, en février et mars 1968. À Londres, sa première exposition dans cette ville, à la Rowan Gallery, proposa la série des *Hommes les plus recherchés* et des estampes de Marilyn, dans des déclinaisons de noir et de gris, que s'arrachèrent les amateurs. À Stockholm, le Moderna Museet organisa la première rétrospective européenne consacrée à son œuvre – elle fut ensuite présentée à Amsterdam, Berlin et Oslo. Andy travailla en étroite collaboration avec le conservateur, et le public fut au rendez-vous, faisant la queue sous la

1. Propos de Sao Schlumberger recueillis par l'auteur.

neige avant de pouvoir entrer. La façade de l'établissement avait été recouverte de son papier peint «Vaches», tendu sur des échafaudages-écrans, et à l'intérieur les visiteurs purent admirer ses Marilyn, une montagne de boîtes Brillo, ses fleurs psychédéliques ou ses chaises électriques. Toutes ces sérigraphies n'étaient pas les originales, elles avaient été refaites pour l'occasion car demander des prêts aux collectionneurs aurait été trop coûteux. Les plus patients d'entre eux assistèrent à des projections de ses films : *Sleep*, *Eat* ou *Chelsea Girls*. Et c'est dans le catalogue qu'apparut pour la première fois l'aphorisme warholien le plus célèbre : «À l'avenir, chacun aura son quart d'heure de célébrité mondiale.»

En mai, Warhol, Morrissey et la pétulante Viva profitèrent d'une série de conférences pour tourner un «film de surf» en Californie. Ils voulaient réaliser une parodie de ces comédies de plage qui mettaient en scène des adolescentes amoureuses de beaux surfers et connurent une grande popularité auprès du public dès la fin des années 50, mais il n'en sortit rien. Il semblerait que le résultat fût encore moins inspiré que d'habitude. Intitulé *San Diego Surf*, il ne fut jamais projeté du vivant de Warhol.

Les mesures prises par la nouvelle Factory pour tenir à distance les déséquilibrés les plus agressifs ne portèrent pas leurs fruits et le pire advint le 3 juin 1968. Ce jour-là, Valérie Solanas, la créatrice de l'Association pour la castration des hommes, se présenta à la Factory et demanda à parler à Andy. En apprenant qu'il n'était pas là, elle décida d'attendre en bas et de guetter son arrivée. Il fit son apparition à 16 h 15 et Solanas s'engouffra dans l'ascenseur avec lui. Warhol la félicita car, fait exceptionnel, son visage était maquillé. Elle portait un sac en papier kraft, mais personne n'y prêta attention. Une fois arrivés dans les bureaux, il se mit à parler au téléphone. Valérie sortit un pistolet du sac et tira à trois reprises sur lui. Les deux premières balles ne l'atteignirent pas, mais la troisième perfora tous ses organes vitaux sauf le cœur : poumons, foie, estomac, vésicule biliaire et œsophage. Andy s'effondra et Solanas tira alors sur le critique d'art Mario Amaya, le blessant à son tour, mais plus légèrement. Lorsqu'elle visa la tête de Fred Hugues, l'arme, posée sur son front, s'enraya, et il parvint à la convaincre de partir, sous prétexte que la police allait arriver d'un instant à l'autre. Warhol perdait beaucoup de sang et souffrait le martyre. Hughes tenta de lui porter secours en pratiquant la respiration artificielle, mais la douleur était si atroce qu'il le supplia d'arrêter. La panique la plus complète régnait à la Factory et, lorsqu'une ambulance arriva, vingt minutes plus tard, les brancardiers décidèrent de descendre la civière par les escaliers et Andy finit par perdre connaissance. Une fois à l'hôpital Columbus, il fut déclaré cliniquement mort à 16h51, mais un médecin, le docteur Rossi, ne s'avoua pas vaincu et décida de lui ouvrir la poitrine afin de pratiquer un massage cardiaque. À ce moment-là, toutes les radios avaient annoncé la nouvelle et ses proches arrivaient sur place les uns après les autres. « Il y avait des policiers et des journalistes partout, se souvenait Ultra Violet. De Leo Castelli à Ivy Nicholson, qui perdait ses nerfs et jurait de mettre fin à ses jours si son "futur mari" (*dixit*) mourait. Personne ne manquait à l'appel, à commencer par l'adorable Julia. C'est Gerard Malanga qui avait eu la gentillesse d'aller la chercher et elle était complètement perdue, abasourdie. Je me suis assise à côté d'elle et je lui tenais la main tandis qu'elle pleurait, afin de la rassurer, mais une infirmière a fini par lui donner un calmant. Et je me demandais, en silence, comment nous avions pu en arriver là… Il y avait eu tant d'espoirs et de frustrations mêlés, cette folie de vouloir devenir célèbre à tout prix. Valérie a d'ailleurs déclaré qu'elle avait tenté de tuer Andy pour faire parler d'elle et pour que l'on monte enfin sa pièce de théâtre, refusée partout. Andy oscillait entre la vie et la mort, mais il avait contribué à créer ce climat délétère. Il avait joué avec les sentiments des autres, nous promettant le succès, des rôles incroyables, des échanges artistiques que personne n'oublierait. Or, rien ne venait. Il prenait plus qu'il ne donnait et les haines se sont accumulées, cela a atteint un paroxysme avec le geste de Valérie. Et pourtant, les superstars présentes à l'hôpital donnaient des interviews et se précipitaient devant les caméras, à commencer par moi. C'était un cercle vicieux[1]. »

Warhol fut opéré pendant plus de cinq heures et il était encore au bloc lorsque Valérie Solanas se rendit d'elle-même à un commissariat. Elle reconnut la tentative de meurtre et déclara qu'Andy avait trop d'emprise sur sa vie, elle se sentait sous contrôle et voulait y mettre fin. Entre-temps, Paul et John Warhola étaient arrivés de Pittsburgh pour rejoindre leur mère et se trouver auprès de leur frère, au cas où il décéderait. Mais Andy survécut, même si son pronostic vital restait engagé. Le lendemain, il faisait la une de tous les journaux, mais l'assassinat de Robert Kennedy trois jours plus tard, le 6 juin, prit aussitôt le relais. Andy resta huit semaines à l'hôpital, il récupéra lentement, mais ses douleurs étaient cinglantes et son torse, couturé de part et d'autre. Warhol ne serait plus jamais le même homme. Dès lors, un sentiment d'anxiété et de peur diffuse ne le quittera plus, son corps

1. Propos d'Ultra Violet recueillis par l'auteur.

ne cessera de le faire souffrir et l'on pense à ces vers de Clément Marot :

Plus ne suis ce que j'ai été
Et plus ne saurais jamais l'être :
Mon beau printemps et mon été
Ont fait le saut par la fenêtre.

XXII

« Un baume pour l'ego tuméfié d'Andy »

Le 28 juillet 1968, Warhol fut autorisé à rentrer chez lui, après cinquante-cinq jours d'hospitalisation, mais son corps était en piteux état. En plus des douleurs, les muscles de son estomac avaient été déchirés et il n'avait plus de ceinture abdominale, ce qui posait de sérieux problèmes de digestion. Dès qu'il avalait un aliment, son ventre, que plus rien ne retenait, gonflait de manière spectaculaire, ce qui l'obligea à porter à jamais des corsets chirurgicaux. Mais, comme toujours avec Andy, le moindre événement devenait une histoire warholienne : c'est ainsi que Brigid Berlin fut chargée de les teindre et de les rendre aussi ravissants que possible, et elle s'attela à la tâche avec le plus grand sérieux. « Grâce à elle, ils sont vraiment beaux. Les couleurs sont si glamours[1] », écrivait-il dans son journal le 18 décembre 1981, treize ans après la tentative d'assassinat. Il fut très entouré, particulièrement par son neveu Paul, venu le chercher à l'hôpital pour le ramener à la maison. Et une infirmière fut engagée pour changer les pansements et s'assurer que les drains ne s'infectaient pas.

Julia était désormais trop faible pour s'occuper seule de son fils, elle était devenue une petite vieille dame à la santé

1. *The Andy Warhol Diaries*, *op. cit.*, p. 421. Traduction de l'auteur.

fragile, dont l'esprit déraillait parfois, et c'est ainsi que Jed Johnson entra dans leur vie. Andy et Morrissey avaient fait sa connaissance, quelques mois plus tôt, lorsque ce jeune homme, fraîchement débarqué de Californie avec son frère jumeau, était venu leur porter un télégramme à la nouvelle Factory. Ils avaient eu immédiatement confiance en lui et l'avaient engagé comme factotum, pour faire le ménage et veiller à la bonne marche des bureaux. Très vite conquis par sa gentillesse et ses compétences, Morrissey en avait fait son assistant pour leur nouveau film, *Flesh*, tourné en juillet tandis que Warhol était encore hospitalisé. Lorsque Andy regagna son domicile, Jed emménagea peu après pour veiller sur lui et sur la bonne marche de la maison car la mère et le fils ne pouvaient plus s'en sortir seuls. « Comment ne pas adorer ce garçon ?, s'interrogeait Ultra Violet. Il était magnifique, vraiment très séduisant, et d'une gentillesse inouïe, toujours discret, serviable, imperturbable, sans les humeurs en dents de scie des autres membres de la bande. Jed me faisait penser à Pygar, le bel ange aveugle dans *Barbarella*. Dès lors, ils ont vécu ensemble pendant de longues années, et l'on disait "le compagnon d'Andy" pour parler de lui. Étaient-ils amants ? Tout le monde en doutait mais peu importe, ils étaient des compagnons et c'est bien plus important. Et Jed est devenu rapidement indispensable, au point de s'occuper personnellement, en plus de tout le reste, du montage des films[1]. » Thèse corroborée par John Richardson. « Andy avait toujours été complexé par son physique, mais il avait quand même eu des relations sexuelles, ici et là, avec une succession d'hommes. Après l'épisode Solanas, son corps était celui d'un mutilé, avec des cicatrices atroces sur tout le torse, et le port obliga-

1. Propos d'Ultra Violet recueillis par l'auteur.

toire de ce corset. Je pense qu'il ne s'est jamais rien passé avec Jed, mais c'était bien plus profond, bien plus important qu'un rapport entre deux amants. Il pouvait avoir une confiance totale en Jed qui veillait sur la mère et le fils, s'occupait de l'intendance de la maison, organisait l'emploi du temps d'Andy que l'on ne pouvait plus laisser seul tant il avait peur. Tout le terrorisait, même le bruit d'une portière de voiture que l'on refermait bruyamment. Solanas avait gagné, elle avait détruit la confiance qu'il pouvait avoir en lui. Dès qu'Andy arrivait quelque part, il commençait à regarder partout, au cas où un fou ou une folle serait prêt à s'en prendre à lui. Jed l'apaisait, le calmait, le rassurait. C'était un être absolument merveilleux et très bienfaisant pour Andy[1]. »

Incapable de rester inactif, ce dernier se fit apporter toutes les séquences de *Lonesome Cowboys* afin de travailler sur le format, qu'il parvint à réduire à deux heures. Il accepta également une commande de portraits, une série de visages de l'épouse de Nelson Rockfeller. Les frais d'hôpitaux avaient dépassé les dix mille dollars et Andy s'inquiétait pour ses finances et se sentait obligé de mettre les bouchées doubles. Mais Fred Hughes le rassura, sa trésorerie était bien portante et « l'affaire Solanas » avait été bénéfique aux ventes de tableaux : une œuvre achetée deux mille dollars avant la tentative de meurtre partait désormais pour quinze mille et parfois bien plus dans le cas de séries plus rares. Les collectionneurs se devaient d'acquérir au plus vite une ou plusieurs toiles de Warhol, l'aura de tragédie était excellente pour les affaires et beaucoup se demandaient s'il serait jamais en état de se remettre à

1. Propos de John Richardson recueillis par l'auteur.

peindre. Un Warhol pouvait devenir une denrée rare et les spéculateurs se précipitaient.

Le 6 août, Andy fêta ses 40 ans dans son lit, entouré de Julia et de Jed, *nanny* au physique de surfer californien. Il préparait tous leurs repas, emmenait également Mme Warhola chez le médecin et prenait soin des deux derniers chats de la maisonnée, eux aussi âgés. L'époque d'Hester et des divers Sam, qui inspiraient des dessins au duo mère-fils, était bien révolue. Un mois plus tard, le 5 septembre, ayant regagné quelques forces, il sortit pour la première fois et assista avec Ultra Violet et Viva à une soirée de fin de tournage. John Schlesinger venait de terminer *Macadam Cowboy*, portrait d'un jeune prostitué des rues au cœur naïf, qui allait faire grand bruit et lui rapporter trois Oscars : meilleur film, meilleur réalisateur et meilleur scénario adapté. « C'est l'un des chefs-d'œuvre de l'histoire du cinéma, s'enthousiasmait Ultra Violet, qui figurait au générique. Tout y est génial : la direction d'acteurs, Jon Voight et Dustin Hoffman dans les rôles principaux, le scénario sans concessions, la musique de John Barry, la chanson *Everybody's Talkin'*… C'est un classique. Il fut tourné à New York, et Schlesinger a proposé à des membres de la Factory d'y apparaître lors d'une scène de soirée. L'on m'y voyait, ainsi que Viva ou Paul Morrissey. En fait, *Macadam Cowboy* prouve à quel point Andy était novateur car le thème du prostitué mâle était le sien par définition, il avait évoqué le sujet dès 1965 dans *My Hustler* et ne cesserait de le décliner avec sa nouvelle recrue, Joe Dallesandro. Mais il n'eut jamais le succès ni le prestige de Schlesinger car, contrairement à Andy, son cinéma était d'un professionnalisme de premier ordre : scénario, image, tout était d'une rigueur absolue, millimétrée, et ce film très osé pour l'époque a été vu et admiré dans le monde entier, dès sa sortie en 1969. Cela a été une torture pour Andy, il trouvait cela profondément injuste, à une époque de sa vie où il était si vulnérable. Il l'a vécu comme une trahison. *Flesh* fut sa réponse à *Macadam Cowboy*, mais le résultat n'avait rien de comparable[1]. »

Puis Warhol assista à un dîner dans un restaurant, avec Morrissey et une journaliste du *Village Voice*, à qui il confia ne pas en vouloir à Valerie Solanas car son geste était celui de quelqu'un qui n'avait plus toute sa raison. À ses yeux, elle n'était pas responsable de cette tragédie. Enfin, le 19 septembre, il donna une fête à la nouvelle Factory, la première organisée en ces murs. Warhol convia deux cents personnes pour célébrer l'enregistrement du deuxième album de Nico, *The Marble Index*, qui ne sortirait qu'en 1969. Elle avait composé la musique et écrit les paroles de toutes les chansons, et il était fier de sa protégée. « J'ai assisté à cette soirée si étrange, commentait Ultra Violet. Andy était vivant, il avait survécu au pire et chacun s'en réjouissait, tout le monde voulait lui parler, l'approcher. Mais nous faisions preuve d'une joie forcée, qui contrastait avec ses traits tirés, son teint cireux. Il avait l'air de souffrir beaucoup mais faisait *bella figura* et ne se plaignait pas, souriant, même si l'on sentait à quel point tout cela l'épuisait. Mais il tenait à être là pour Nico, à attirer l'attention sur son travail. J'avais l'impression que son opération et ces longues semaines d'hospitalisation l'avaient transformé : il disait ne pas en vouloir à Valérie Solanas et prenait sur lui, alors qu'il devait être aussi épuisé que déprimé, pour soutenir officiellement Nico. Nous savions qu'il avait peur de tout mais, en même temps, cette épreuve avait fait naître en lui une bienveillance et une indulgence qui n'étaient pas

1. Propos d'Ultra Violet recueillis par l'auteur.

les caractéristiques de l'homme qu'il avait été à la Factory argentée[1].»

Bien que filmé par le seul Paul Morrissey pendant l'hospitalisation d'Andy, qui supervisait le tournage de son lit de douleur, *Flesh* était une production Warhol dont le nom, bien plus prescripteur, apparaissait en premier et en gros caractères. Sorti en salles le 26 septembre 1968, il dressait le portrait d'un jeune prostitué new-yorkais qui vendait ses charmes pour subvenir aux besoins de son bébé et de son épouse lesbienne. Le film remporta immédiatement du succès et même si cela n'était pas comparable au triomphe planétaire de *Macadam Cowboy*, ce fut un baume pour l'ego tuméfié d'Andy. Le rôle principal était interprété par Joe Dallesandro, qui reste à ce jour la superstar warholienne la plus populaire. Né en 1948, il avait eu une jeunesse chaotique et un passé de délinquant avant de gagner sa vie en faisant des photos de nu. Warhol et Morrissey, qui l'avaient croisé dans la rue, avaient été frappé par sa beauté et par son naturel, si ouvertement et naturellement sexuel, qui attirait autant les femmes que les hommes. Ils lui avaient proposé de travailler avec eux et il était apparu dans *Quatre Étoile* ou *Lonesome Cowboys*. Pour la première fois, Dallesandro était la vedette et il paraissait tellement à l'aise devant la caméra que même ses scènes de nudité et de sexe coulaient de source, sans la moindre vulgarité, ce qui était un tour de force vu le sujet et les thèmes abordés. Et les séquences qui le montraient avec son enfant apportaient une touche de douceur bienvenue dans cet univers sordide. Dallesandro, qui s'était marié en 1967, allait être père en décembre 1968 et il était le contraire d'une superstar survoltée : silencieux, sans flam-

1. Propos d'Ultra Violet recueillis par l'auteur.

boyance, peu intéressé par les arts mais incroyablement photogénique, il devint le héros des films les plus célèbres de Warhol.

Ce dernier, bien que souffrant encore beaucoup, tourna un nouveau film lui-même dès octobre 1968. À cette époque de sa vie, alors que son corps mutilé malmenait sa libido, il était plus que jamais obsédé par la sexualité, dans toutes ses ramifications. *Blue Movie*, tourné dans l'appartement de David Bourdon, l'un de ses futurs biographes, dévoilait l'intimité d'un couple interprété par Viva et Louis Waldon. Ils faisaient l'amour et parlaient de tout ce qui leur passait par la tête, cuisine ou guerre du Vietnam. Ce qui aurait pu passer pour cru et provocant deux ou trois ans plus tôt ne fonctionnait plus, et la radiographie de ce couple n'avait pas non plus la force d'un *Qui a peur de Virginia Woolf ?* Viva et Louis Waldon n'étaient pas Marthe et George, les personnages d'Edward Albee. *Blue Movie*, dont on dit qu'il lança la vogue du « porno chic », avait un titre qui jouait sur deux niveaux : un *blue movie* est le nom de code pour un film érotique mais, suite à une erreur technique, la pellicule était devenue légèrement bleutée, ce qui conférait à l'ensemble, une tonalité particulière. C'était le premier *Blue Movie* vraiment bleu. Et Andy resta persuadé que ce film inspira à Bertolucci son *Dernier Tango à Paris*. Mais le support de comparaison jouait en la défaveur de ce Warhol parfaitement oubliable.

Tout comme le fut son roman *A*, publié en novembre 1968. Le titre était une référence au mot amphétamines, dont Ondine faisait un usage immodéré. Basé sur des conversations enregistrées entre Andy et sa superstar shootée, entre 1965 et 1967, ce livre, qui décrivait vingt-quatre heures de la vie d'Ondine, était un roman à clef. Chaque personnage abritait une personnalité réelle :

«Taxi» (Edie Sedgwick), «La Duchesse» (Brigid Berlin) ou Lucky L (Paul America), tandis qu'Andy avait accepté d'apparaître sous son surnom de «Drella». Les vingt-quatre cassettes furent déchiffrées et Warhol ne voulut aucun travail éditorial, tout devait être livré tel quel, fautes de frappe comprises, comme s'il s'agissait d'un moment de pure vérité non trafiquée. Le résultat ne fut pas à la hauteur du concept, l'ennui gagne rapidement le lecteur, même s'il est doté d'une dose massive de bonne volonté. Et l'accueil ne fut guère clément, pour ne pas dire très négatif, mais Warhol avait réponse à tout. «Certains ont écrit des articles plutôt assassins. Ça vous inspire quelque chose?», lui demanda un journaliste quelques mois plus tard. «Nous pensons qu'ils ont raison», répondit-il, imperturbable[1].

Mais l'essentiel était ailleurs, Andy s'était remis au travail, décidé à retrouver son rythme intense habituel et sa place au premier rang. C'est ainsi que le 10 novembre 1968 il apparut en couverture du *New York Times Magazine*, photographié avec Ultra Violet et Viva. L'article qui lui était consacré, et dans lequel on appelait Paul Morrissey «le Premier ministre de Warhol», devait prouver à tous qu'il était bien vivant, ayant survécu au pire des traumatismes. «Il y avait un tel contraste entre l'image officielle et les coulisses, se souvenait Ultra Violet. Je connaissais Andy depuis de longues années, je l'avais observé attentivement, j'avais tourné pour lui, nous avions passé tant de soirées ensemble, nous avions voyagé, aux États-Unis ou en Europe, et je voyais bien que l'inquiétude était devenue le fond de sa personnalité. La tentative de meurtre a été une étape déterminante dans sa vie, et ces projets, ce tourbillon

1. *The Gunnery News*, 6 décembre 1969. Andy Warhol : *Entretiens, op. cit.*, p. 185.

d'énergie ne me leurraient pas. J'avais affaire à quelqu'un qui n'était plus qu'à moitié vivant, une part de lui est morte lors de cette tragédie. En décembre 1968, à la veille de Noël, le téléphone a sonné à la Factory et Paul Morrissey a répondu. C'était Valérie Solanas ! Elle avait été relâchée de l'hôpital psychiatrique et demandait de l'argent à Andy, pour ses frais d'avocat, et elle exigeait aussi des invitations dans des talk-shows à la télévision, pour pouvoir donner sa propre version des événements… Fort heureusement, elle a été de nouveau enfermée, peu après. Mais, une fois encore, Andy avait été terrassé par l'angoisse à la seule idée d'être de nouveau la victime de Valérie[1]. »

---

1. Propos d'Ultra Violet recueillis par l'auteur.

XXIII

«Un des artistes majeurs du XXe siècle»

«Puis-je vous présenter Sony, ma femme?» Dès 1965, Warhol avait commencé à circuler partout, de jour comme de nuit, avec un magnétophone – il y eut plusieurs marques avant qu'il ne choisît Sony. Andy avait décidé d'enregistrer toutes les conversations, sous prétexte qu'elles pourraient lui servir d'inspiration pour une pièce de théâtre, un film ou un livre, persuadé que les propos les plus anodins pouvaient se révéler précieux. Il affirmait être marié à Sony et dès qu'il rencontrait quelqu'un, il lui annonçait d'emblée, en désignant l'appareil : «Voici mon épouse.» Et lorsqu'il disait «nous», il fallait comprendre Andy et Sony. Warhol gardait toutes les cassettes et, à sa mort, on en retrouva presque quatre mille dans ses archives. Il promenait Sony dans un grand sac en plastique qui contenait également ses antidouleur, ses produits de maquillage et son appareil Polaroid, avec lequel il photographiait tous les visages qui retenaient son attention. Ses excentricités alimentaient la chronique et sa légende. Ne racontait-on pas aussi que, lorsqu'il voyageait, une valise entière était consacrée à sa collection de perruques, ou qu'il ne mangeait que des aliments blancs? Que ses plaies, mal cicatrisées, suintaient encore et que l'on apercevait soudain des traces humides à travers ses chemises, mais qu'Andy faisait comme si de rien n'était et ne se plaignait jamais, désarmant ses interlocuteurs, hypnotisés par ce spectacle. Ces rumeurs lui conféraient un charme étrange, comme rehaussé par son art des silences, avec de temps à autre un mot d'esprit sibyllin.

Son personnage était une œuvre, le fruit d'un façonnement continu et, en 1969, deux des plus grands photographes, Richard Avedon et Cecil Beaton, vinrent immortaliser le phénomène dans sa tanière. Pour le premier, l'homme aux cheveux argentés et à la pâleur de spectre accepta de montrer son torse couvert de cicatrices et de livrer ses mutilations au public. Ces portraits dégageaient une force émotionnelle profonde, dramatique. Warhol avait signé son propre châtiment en ouvrant les portes de la Factory à Valérie Solanas et ces clichés en étaient la preuve indiscutable et saisissante. Ils représentaient l'autorité malmenée, le roi découronné. Pour Beaton, il posa avec quelques-unes de ses superstars : Ultra Violet, le travesti Candy Darling ou Brigid Berlin, obèse et les seins nus. Autant dire une cour des miracles new-yorkaise. « Le monde hanté présidé par Andy Warhol, un zombie, plus mort que vif depuis qu'on lui a tiré dessus, est profondément étrange et indescriptible », résumait Beaton dans son journal, en mai 1969[1], presque un an après la tentative de meurtre. Et il n'en finissait plus de souffrir puisque, en mars 1969, il avait dû subir une nouvelle intervention chirurgicale destinée à le soulager et à l'aider à mieux respirer. Andy disait alors qu'il avait plus de coutures qu'une robe de Dior.

Si tout était chez lui, désormais, tamisé par la prudence, sa curiosité et sa fantaisie naturelles ne lui faisaient jamais

1. Cecil Beaton : *Portraits & Profiles, op. cit.* Traduction de l'auteur.

défaut et elles s'exprimaient librement dans ses nouveaux projets. En cette même année 1969, il pouvait passer du tournage d'une publicité d'une minute pour la chaîne de restaurants Schrafft's, il s'agissait de promouvoir une glace baptisée l'« Underground Sundae », à la création du service « Louer-une-Superstar ». Warhol proposait à des inconnus de passer une soirée ou une semaine avec les membres de son entourage, de donner une fête en leur honneur, de les exhiber en public, de les prendre en photo, de les enregistrer, d'enrober leur existence banale d'un glaçage d'excentricité. Les prix ? Joe Dallesandro était disponible pour 4 500 dollars la semaine. Ce fut un échec complet et seul Eric Emerson, le danseur cow-boy, fut « loué », une seule fois. Au printemps 1969, Il eut également l'idée de faire construire à la Factory une « machine à neige », « une machine à vent » et une « machine à pluie ». La première, en verre, contenait de fines particules de plastique blanc qui devenaient flocons grâce à des ventilateurs. La deuxième n'était qu'une soufflerie dans une caisse en bois et la troisième se résumait à un tuyau percé de trous minuscules dont l'eau était recueillie dans un bassin. « Ces œuvres ne présentent pas un très grand intérêt artistique, mais elles traduisent une volonté constante de sortir des sentiers battus », résumait David Bourdon[1].

Mais son projet le plus important fut bien le lancement de son magazine *Interview*, qui s'orthographia dans un premier temps *Inter/View*. Il s'agissait d'un mensuel entièrement dédié à l'actualité du cinéma, comme tous ceux qui le faisaient rêver lorsqu'il était enfant et adolescent à Pittsburgh. Andy y pensait depuis longtemps, mais il se montra prudent pour le financement car il avait été abusé

1. David Bourdon : *Andy Warhol, op. cit.*, p. 300

à plusieurs reprises dans le passé, par des distributeurs de films sans scrupule ou par l'imprésario qui s'était associé dans son dos avec l'agent de Bob Dylan pour reprendre le Dom. Mieux valait ne pas brûler les étapes et rester indépendant en partant sur un budget plus que raisonnable, afin de progresser lentement mais sûrement, et d'engranger seul les bénéfices si cela devenait un succès. Le premier numéro fut publié en novembre 1969 et Viva apparut nue en couverture – une photo du film d'Agnès Varda, *Lions Love*. Il s'agissait, selon l'expression de la réalisatrice, d'un « documenteur », mélange de fiction et de documentaire. Varda avait contacté personnellement Warhol, qui l'avait mise en contact avec Viva à qui elle avait confié le rôle féminin principal. Une scène reproduisait à l'identique la réalité : Viva y apprenait par téléphone que l'on venait de tirer sur Andy. Ce dernier fit preuve d'élégance en lui offrant la première couverture de sa revue car leurs relations s'étaient alors terriblement dégradées : Viva menaçait de l'attaquer s'il ne lui donnait pas plus d'argent et ils trouvèrent un compromis financier, mais elle sortit alors de sa vie et cette couverture était comme un cadeau d'adieu. Viva, qui avait une langue acérée, n'avait pas ménagé ses critiques et ses insultes, et Andy préféra la tenir à distance, comme il l'avait fait avec Edie Sedgwick et Ivy Nicholson.

En mai 1969, le magazine *Esquire* consacra un article et sa une à la mort de l'avant-garde artistique aux États-Unis et Warhol apparaissait en couverture en train de se noyer dans une boîte de soupe Campbell, mais Andy avait alors bien d'autres priorités en tête : obtenir un soutien de la Columbia à Hollywood. Il se rendit à Los Angeles, fin mai, avec sa cour, parmi lesquels Morrissey et Jed Johnson, sa garde rapprochée, mais il n'en sortit rien car les hommes d'affaires qui dirigeaient les studios ne pouvaient pas financer des projets sans un scénario précis. Ce qui n'empêcha pas Morrissey de tourner *Trash*, au mois d'octobre. Cette nouvelle production Warhol était un projet taillé sur mesure pour mettre en valeur Joe Dallesandro, visage de séraphin sur corps de culturiste. Il y jouait une fois encore un jeune prostitué, mais cette fois-ci drogué, et sa petite amie était interprétée par le travesti portoricain Holly Woodlawn. Les ingrédients ne variaient guère : nudité frontale, scène de sexe, improvisation des acteurs, mais Morrissey comptait dénoncer les ravages de la drogue, qu'il condamnait depuis toujours. Sans perdre de vue son optique commerciale, il fallait choquer sans aller trop loin, sans outrager les censeurs et risquer de ne pas être diffusé en salles. Il y parvint, de justesse. Jed Johnson l'assistait à toutes les étapes, les acteurs étaient nourris et rémunérés vingt-cinq dollars par jour, et l'ensemble portait incontestablement la griffe Warhol, qui avait participé au montage avec ses deux compères. Et c'est ainsi que le film fut vendu et présenté dans les médias. La première eut lieu à New York au mois d'octobre, mais Holly Woodlawn, que tout le monde trouvait formidable, au point que le légendaire cinéaste George Cukor déclara que le travesti méritait l'Oscar du meilleur rôle féminin, ne put y assister. Il avait été arrêté et mis en prison pour faux en écriture et usurpation d'identité, après s'être fait passer pour l'épouse d'un ambassadeur des Nations unies et avoir empoché des milliers de dollars. Très étrangement, Warhol refusa de demander sa mise en liberté sous caution, il se disait choqué par son attitude. Derrière l'image du Satan à perruque argentée, un paysan ruthène conservateur et puritain.

À ce stade, une question lancinante se posait à eux : où trouver de l'argent pour financer ses films et *Interview*, qui ne devait pas être rentable avant longtemps ? L'idée vint de Fred Hughes : faire des portraits de tous les gens riches et célèbres des deux côtés de l'Atlantique, à commencer par l'Europe en général et Paris en particulier. La peinture serait son salut, Fred fut le premier à le comprendre et le succès remporté par la grande rétrospective Warhol, qui commença en cette même année 1970, lui donna raison. Elle débuta à Pasadena, puis s'envola pour Chicago, Paris et Londres avant de s'achever à New York au printemps 1971. Warhol fut impliqué dans la sélection et il mit de côté ses œuvres de jeunesse pour privilégier les étoiles : boîtes de soupe Campbell, morts violentes et catastrophes, piles de boîtes Brillos et fleurs psychédéliques, son merveilleux portrait d'Ethel Scull... « Cette rétrospective a prouvé à quel point Andy était talentueux et visionnaire, l'un des génies de son temps, soulignait Ultra Violet. Il faisait toujours le malin, refusant de parler ou de commenter son travail, affirmant qu'il était plus un cinéaste qu'un peintre. À tel point que si quelqu'un lui demandait : "Qu'avez-vous peint dernièrement ?", il répondait : "Mes ongles !" Mais cette rétrospective montrait qu'il fallait compter avec le peintre Warhol. Je me souviens qu'à New York il y avait des files interminables et les visiteurs s'exclamaient à voix haute. Alors qu'une nouvelle décennie commençait, ils voyaient défiler les années 60 sous leurs yeux[1]. » Le lendemain de l'inauguration à Pasadena, à laquelle Warhol assista, le galeriste zurichois Bruno Bischofberger acheta une boîte de soupe pour soixante mille dollars, le prix le plus élevé jamais atteint en salle des ventes pour une œuvre d'un artiste américain vivant. « Ce qui fait qu'Andy Warhol est un des artistes majeurs du XXe siècle, c'est son style,

1. Propos d'Ultra Violet recueillis par l'auteur.

c'est son savoir-faire artistique ; une image de Warhol a une puissance formelle et chromatique que des dizaines d'émules sont incapables de reproduire », analyse Didier Ottinger, historien de l'art et directeur adjoint du Centre Pompidou à Paris[1]. Fred Hughes avait raison, il fallait miser sur la peinture de son ami et associé.

« Lorsque Andy Warhol débarque à Paris en octobre 1970, il est accueilli comme une superstar. Chacune de ses visites suscite un engouement frénétique, et tout ce qu'il fait à Paris devient un événement, écrit Alicia Drake. Il existe une fascination mutuelle entre Warhol et les Parisiens : tandis que ceux-ci s'émerveillent de son exotisme énigmatique, il s'extasie devant leur ambiguïté, leur style de vie "Ancien Régime" et leur propension aux intrigues sans scrupule[2]. » Délaissant le milieu des peintres et du cinéma, Andy se tourna vers les sphères de la mode. Il tissa immédiatement des liens suivis avec les plus grands noms, d'Yves Saint Laurent à Karl Lagerfeld, qui vivaient dans des lieux somptueux et avaient des mœurs qui le divertissaient beaucoup. Hélène Rochas, PDG des parfums qui portaient son nom, vivait avec Kim d'Estainville qui devint aussi l'amant de Pierre Bergé tandis qu'Yves Saint Laurent et Karl Lagerfeld se partageaient les faveurs de Jacques de Bascher de Beaumarchais, un dandygigolo que les méchantes langues avaient rebaptisé « Jacques de Pas Cher de Bon Marché ». Quant au si convenable Hubert de Givenchy, il collectionnait discrètement les amants noirs, mais c'était un secret de Polichinelle dans Paris. Un petit monde chic et décadent qui amusait beaucoup Andy. « C'était comme s'il s'était soudain retrouvé

1. Didier Ottinger, *France Culture*, 27 février 2020.
2. Alicia Drake : *Beautiful People*, Denoël-Folio, 2010, p. 164.

dans le film *Si Versailles m'était conté* de Guitry », résumait son amie Clara Saint[1], qui s'occupait des relations publiques de la maison Saint Laurent et jouait volontiers les interprètes lorsque Warhol était interviewé par des journalistes français. Dès cette date, il séjourna dans la capitale française jusqu'à dix fois par an.

À l'automne 1970, Andy et Morrissey tournèrent à Paris *L'Amour*, l'histoire de deux croqueuses de diamants, la réponse warholienne aux *Hommes préfèrent les blondes*. Mais les interprètes, Donna Jordan et Jane Forth, des mannequins ravissants et inexpérimentés, n'étaient pas Marylin Monroe et Jane Russell. Ajoutons à leur décharge qu'elles devaient improviser la plupart du temps et que c'était une tâche redoutable et impitoyable. Et l'histoire avait tout d'une farce indigeste. Aujourd'hui, le film est recherché pour une raison principale : tourné dans l'appartement de Karl Lagerfeld, il offrait à ce dernier une singulière scène de baiser hétérosexuel, pour le moins inattendue. Andy et Karl, qui devinrent amis, avaient plus d'un point commun : ils vécurent tous deux avec leur mère pendant des années, mais refusèrent d'assister à leurs obsèques. Ils ne cachaient pas leur dégoût pour les contacts physiques, furent des hommes-orchestres et des identités remarquables, immédiatement reconnaissables. Perruque argentée et lunettes noires pour l'un, catogan poudré et éventail pour l'autre. Et tous deux adorèrent les chats. Pour Andy, le tournage fut lié à un mauvais souvenir, ainsi qu'il le notait dans son journal treize ans plus tard[2]. En son absence, il avait confié sa mère à l'une de ses nièces, Eva, mais la jeune fille lui téléphona pour lui annoncer qu'elle ne pouvait plus s'oc-

1. Propos de Clara Saint recueillis par l'auteur.
2. Voir le 11 mai 1983 dans *The Andy Warhol Diaries*.

cuper de sa grand-mère, qu'elle devait partir et vivre sa vie. Andy dut s'envoler aussitôt pour les États-Unis et trouver une solution pour Julia. Mais il revint très vite à Paris, qui devint rapidement la ville qu'il préféra au monde après New York.

« Nous avons immédiatement adopté Andy et Fred, se souvenait Pierre Bergé. Nous nous sommes vus si souvent au fil des années, dans la journée chacun travaillait, mais nous nous retrouvions tous les soirs pour dîner, une atmosphère franco-américaine très joyeuse, très amusante. C'était un homme à la fois attachant et indéchiffrable, j'avais de l'affection et de l'admiration pour lui, il a toujours été adorable, mais quelque chose me mettait mal à l'aise chez lui, et entre nous, Yves (Saint Laurent) et moi l'appelions Andy Variole. C'était sot, pourtant cela traduisait une réalité, comme une gêne face à une maladie. Mais il nous apportait sa fantaisie, son talent, une originalité qui n'existait pas à Paris. Dans notre groupe, il était particulièrement fasciné par Hélène qu'il trouvait si belle, douce, mystérieuse, très élégante. "C'est votre Joconde, la Joconde française !", m'a-t-il dit un jour[1]. » Hélène Rochas était l'une des fleurs rares de Paris. Derrière son masque d'urbanité, se cachaient la force de caractère de celle qui devint à 28 ans, en 1955, PDG des parfums qui portaient son nom, mais aussi une gentillesse, une loyauté et une générosité profondes, véritables, fort rares dans le milieu qu'elle fréquentait.

« J'ai admiré Andy dès sa première exposition à Paris et notre amitié est née très naturellement, au cours de ces soirées avec Pierre et Yves. Au-delà des bavardages divertissants, il y avait un lien beaucoup plus profond entre

---

1. Propos de Pierre Bergé recueillis par l'auteur.

nous : notre passion pour l'Art déco. À la fin des années 60, au début des années 70, cela n'intéressait plus personne ou presque. Nous étions un groupe minuscule de collectionneurs. À Paris, Yves et Pierre, Karl et Andrée Putman, Kim (d'Estainville) et moi. À New York, Andy et Fred. Et à Londres, Michael et Tina Chow. Nous achetions des pièces magnifiques pour rien et notre groupe a relancé la mode pour ce style, peu à peu. Andy aimait venir chez moi, découvrir mes nouvelles trouvailles – un paravent en laque de Dunand à motifs de cygne ou des lampes cobra d'Edgar Brandt. Il est devenu un véritable collectionneur, c'était un obsessionnel et il avait les connaissances d'un conservateur de musée, il lisait tous les livres, les catalogues. C'est ainsi que j'ai eu l'idée de lui faire une surprise… J'avais pour amie Valentine Tessier, qui avait été une merveilleuse madame Bovary sous la direction de Jean Renoir. Elle avait participé à la traversée inaugurale du paquebot *Normandie* et Andy adorait ce bateau, il le fascinait tant qu'il avait acheté un bureau qui avait fait partie de l'une de ses suites. Il se trouve que Valentine avait gardé de nombreux souvenirs du *Normandie*, qu'elle aimait autant que lui. Elle parlait l'anglais avec l'accent de Maurice Chevalier mais cela a enchanté Andy et Fred, et Kim, qui était bilingue, traduisait s'ils ne comprenaient pas. Valentine est arrivée avec ses trésors, programmes et photos. Elle avait une mémoire sidérante et a tout décrit à Andy : le salon de correspondance décoré par Iacovleff, le jardin d'hiver décoré par Iribe, la salle à manger des enfants décorée par Jean de Brunhoff sur le thème de Babar, dont Andy adorait les dessins… Il était ravi en l'entendant dire que la compagnie avait prévu que les ravissants cendriers de Daum allaient être volés… Ils en avaient des centaines en réserve. "Moi aussi, je vole dans les restaurants et les hôtels !", a dit Andy, enchanté. Et comme nous le savons, c'était vrai, il était célèbre pour emporter l'argenterie du Concorde… J'avais sorti des coupes à champagne Lalique, du plus pur Art déco. Andy ne l'a jamais oublié, il m'en reparlait souvent et cela a scellé notre amitié[1]. »

---

1. Propos d'Hélène Rochas recueillis par l'auteur.

XXIV

« Comme tous ceux qui travaillaient pour lui, il tomba amoureux »

Les premiers numéros du magazine *Interview* étaient marqués au sceau d'un manque flagrant d'argent et d'un amateurisme certain : maquette approximative, qualité médiocre du papier, coquilles, critiques de films écrites par des copains contre une poignée de dollars. Sans oublier, pour les premiers numéros, des poèmes de Malanga. Peu à peu, la revue trouva ses repères grâce à un nouveau collaborateur de Warhol, Bob Colacello. Dans le livre qu'il consacra à Andy en 1990, il avoue que, comme tous ceux qui travaillaient pour lui, il tomba amoureux. Il n'y eut jamais rien de physique ou de romantique entre eux, il ne s'agissait pas de s'éprendre d'un homme, cela n'avait rien à voir. Colacello précise qu'il s'agissait de l'amour que les catholiques éprouvent pour leur Dieu et il évoque également le cas des religieuses qui épousent le Christ. La conversion prenait le pas sur la simple séduction. Mais ce sentiment puissant et profond n'empêchait nullement la frustration et l'amertume. Colacello dresse le portrait d'un croque-mitaine, d'un pilleur d'idées, mais aussi de l'homme le plus intéressant et le plus stimulant qu'il ait jamais rencontré[1].

---

1. Voir Bob Colacello : *Holy Terror,* Vintage Books, 2014, p. 70.

Si l'atmosphère à la nouvelle Factory n'avait plus rien à voir avec le bain d'acide de l'atelier argenté, les tensions n'en demeuraient pas moins palpables. En novembre 1970, Morrissey, le Grand Chambellan de Warholie, avait fini par faire partir Gerard Malanga. Et en 1971, son premier scénariste, Ronald Tavel, l'attaqua pour obtenir des droits d'auteur sur leur quinzaine de films communs, pour lesquels il n'avait jamais reçu un dollar. Warhol fut défendu par les avocats de Lee Radziwill, dont il devint très proche. « Nous nous sommes croisés souvent au fil des années, mais c'est au début des années 70 que nous sommes vraiment devenus amis. Avant la tentative de meurtre il n'était qu'une connaissance. Plus je le découvrais, plus je l'admirais et plus j'avais de l'affection pour lui, nous étions très complices et nous sortions souvent ensemble. Les gens me disaient : "Ne le trouvez-vous pas bizarre ? Il a l'air d'un monstre..." Cela m'agaçait et je leur répondais en riant que cette idée ne me venait même pas à l'esprit, c'était la stricte vérité. Comment aurais-je pu le trouver bizarre alors que mon meilleur ami était Truman Capote, que l'on appelait "L'homme à la voix de bébé phoque", tant son timbre était aigu ? Bernard Berenson a dit qu'il y avait seulement deux catégories de personnes : celles qui enrichissent la vie et celles qui l'appauvrissent... Et Andy appartenait incontestablement à la première, se souvenait Lee Radziwill. J'ai été heureuse de pouvoir lui apporter cette aide juridique, j'avais des hommes de loi très compétents[1]. » Warhol proposa à Tavel l'un de ses tableaux ou une somme de mille dollars, mais il finit par abandonner sa plainte tant la perspective d'affronter les cerbères de la

1. Propos de Lee Radziwill recueillis par l'auteur.

princesse Radziwill le décourageait, même s'il trouva le comportement d'Andy à son égard profondément injuste. Warhol était prêt à rémunérer grassement des avocats dans le seul but de remporter la manche, mais il refusait de le payer pour son travail.

Le pire advint lorsque, en cette même année 1971, deux drogués arrivèrent, armés de pistolets, à la Factory et prirent en otage l'épouse et la petite fille, alors bébé, de Joe Dallesandro. Ils voulaient de l'argent et exigeaient de voir Warhol, qui s'était réfugié, terrifié, dans la salle de montage. « Andy, nous savons que tu es là ! Nous allons tuer le marmot si Andy ne se montre pas ! » Très maître de ses nerfs, Dallesandro prit la situation en main et s'approcha calmement des deux hommes en leur affirmant qu'ils avaient téléphoné à la police et qu'ils allaient arriver d'une minute à l'autre. Les deux marginaux déguerpirent aussitôt, mais un tel épisode rappelait la violence d'une Valérie Solanas et Warhol revivait alors les pires heures de sa vie. Son entourage ne le laissait plus jamais seul et faisait tout pour le rassurer, pour stimuler sa créativité et l'année 1971 vit se multiplier les projets : commandes de portraits, voyage à Munich pour la première de *Trash*, qui connut un succès retentissant en Allemagne, séjour à Londres où la Tate Gallery organisait une rétrospective Warhol – cette même exposition, commencée à Pasadena, avait mobilisé les foules à Paris, en novembre 1970, au musée d'Art moderne, avant de se poser à Manhattan, au mois d'avril 1971. Pour cette ultime étape, il eut l'idée d'accrocher tous les tableaux sur son papier peint « Vaches » et le résultat était inoubliable. Les hommages pleuvaient et, en cette même année 1971, le photographe britannique David Bailey, pour qui il avait déjà posé, réalisa un documentaire sur Warhol.

Le 5 mai, sa première pièce, *Pork*, fut également présentée au théâtre La Mamma à New York. Elle était basée sur des conversations enregistrées grâce à « mon épouse, Sony » et il y ridiculisait les personnages de la Factory qui apparaissaient sous des pseudonymes que chacun pouvait déchiffrer, à commencer par l'héroïne, Vulva, qui devait tout ou presque à Viva. Cette manie d'enregistrer les conversations ne connaissait plus de limites. Ainsi, Brigid Berlin faisait de même avec sa mère, et ces échanges entre une fille droguée et sa génitrice, une mondaine alcoolique, étaient tellement surréalistes qu'elle les faisait écouter, par téléphone, à Andy. Ce dernier les enregistrait avec Sony à l'autre bout du combiné et ces bandes jouèrent aussi leur rôle dans l'écriture de cette pièce à l'humour potache et scatologique, et pour tout dire très indigeste. Elle ne connut pas le succès dont rêvait Andy. Une fois de plus, l'idée de départ était plus convaincante que le résultat. Mais elle inspira au jeune David Bowie sa chanson *Andy Warhol*, sur son quatrième album, *Hunky Dory*. Il s'agissait à ses yeux d'un hommage vibrant, mais lorsqu'il rencontra Warhol et la lui fit écouter, Andy la détesta tant qu'il quitta la pièce. Il est vrai que Bowie se mettait à la place d'un admirateur transi qui rêvait de kidnapper Warhol, pour l'avoir à lui tout seul, et l'accrocher au mur, comme un tableau.

En 1971, Andy conçut l'une des pochettes de disque les plus célèbres de l'histoire du rock. Il s'agissait du nouvel album des Rolling Stones, *Sticky Fingers*, et il imagina une braguette en gros plan munie d'une véritable fermeture Éclair, qui s'ouvrait sur des sous-vêtements masculins dotés d'une deuxième fermeture Éclair. Cinquante ans plus tard, les débats font rage pour savoir quelle entre-jambe fut photographiée par Warhol, et les heureux élus varient selon les sources… Cette mise en abyme warholienne n'en finit plus d'échauffer les esprits. Après la pochette du *Velvet Underground & Nico*, il prouvait que son inspiration, toujours liée à l'air du temps, ne connaissait pas de limites. Cinq cent mille exemplaires s'écoulèrent en deux semaines et certains admirateurs lui demandèrent de signer leur pochette, qui devint aussitôt un collector. Toujours près de ses sous, Andy affirma avoir été très mal payé pour ce projet, il disait que les ventes spectaculaires de l'album devaient autant à son concept qu'aux chansons, et que, la prochaine fois, il demanderait un pourcentage. Bianca, l'épouse de Mick Jagger, devint dès lors l'une de ses amies, et elle commença à réaliser des entretiens pour la revue *Interview*.

1971 vit aussi le tournage de *Women in Revolt*, une nouvelle production Warhol filmée par Morrissey, à l'exception de certaines scènes dirigées par Andy en personne – il le fit pour la dernière fois de sa carrière de cinéaste. Il s'agissait d'une satire du Mouvement de libération des femmes aux États-Unis et d'une caricature des féministes pures et dures à la Solanas. Mais Andy avait eu l'idée de confier les rôles féminins à des hommes, et le film valait surtout pour la présence de Candy Darling, le plus gracieux travesti jamais apparu en photos ou à l'écran. Né James Slattery en 1944, il avait été un petit garçon martyrisé pour son apparence efféminée avant de se transformer en copie vivante et exagérée de son actrice préférée, Kim Novak. « Candy Darling était plus belle, plus glamour, plus irrésistible que toutes les vraies femmes de l'époque, il n'y avait aucune trace de masculinité chez lui, comme souvent chez les autres travestis, témoignait Ultra Violet. Son visage, son corps, ses attaches étaient d'une telle finesse, c'était sidérant. Et sa coiffure, son maquillage, ses vêtements…

Candy avait choisi l'élégance plutôt que la caricature et les paillettes, il y avait un côté cachemire et perles chez lui. Et sa voix si douce, avec une pointe d'ironie, qui introduisait une distance, un recul dans tout ce qu'il disait. Il était attachant, très drôle, un personnage unique[1].» Son humour et son autodérision faisaient la conquête de tous ceux qui l'approchaient. N'appelait-il pas son pénis «mon défaut»? Dans *Women in Revolt*, il incarnait une riche mondaine, amoureuse de son propre frère, que des féministes voulaient gagner à leur cause. Le film fut projeté pendant plusieurs semaines à la Factory, mais Warhol ne parvenait pas à trouver un distributeur pour le sortir en salles. Faire apparaître des travestis dans un film porté par le viril Joe Dallesandro était une chose, leur confier tous les rôles principaux d'un long-métrage en était une autre. La frontière avait été franchie et les distributeurs savaient que l'Amérique, malgré toutes les avancées des dernières années, n'était pas prête pour un tel bond. Ce film irrita aussi beaucoup les ligues féministes qui leur en voulaient de les ridiculiser et d'avoir choisi des hommes pour les incarner. Mais le duo Warhol-Morrissey avait réponse à tout. «Elles veulent être des hommes, alors pourquoi ne pas les faire jouer par des hommes?» Le film ne sortirait en salles que bien plus tard, en février 1972.

Andy était toujours à l'affût de nouveaux placements, afin de faire fructifier au mieux son argent et il avait acheté, en 1970, pour soixante-cinq mille dollars, un bien immobilier dans le Lower East Side. Dans la même optique, il décida, quelques mois plus tard, de s'associer à parts égales avec Paul Morrissey pour faire l'acquisition d'une propriété dans les Hamptons, à Montauk, sur la pointe

1. Propos d'Ultra Violet recueillis par l'auteur.

de Long Island, pour deux cent vingt-cinq mille dollars. Il s'adressa à sa vieille amie Tina Fredericks, qui avait été la première à publier ses dessins à son arrivée à New York. Elle avait abandonné depuis le monde de la presse pour devenir agent immobilier et elle procura à Andy un groupe de cinq maisons, construites dans les années 30 au bord de l'eau. Warhol détestait le soleil et la mer, il ne se mettait jamais en maillot de bain et fuyait les sports nautiques, mais cela lui paraissait une bonne idée à plusieurs titres : un placement judicieux, un lieu idéal pour y monter tranquillement leurs films et une rentrée d'argent régulière en louant les lieux à de riches amis, qui lui laisseraient l'usage d'un petit cottage. Au cours de l'été 1971, sa première locataire ne fut autre que sa nouvelle amie Lee Radziwill. «J'avais le sentiment que je devais protéger Andy, j'avais en tête les photos de ses cicatrices prises par Avedon ou son portrait (1970) par Alice Neel, pour qui il avait posé torse nu. Je savais qu'il avait enduré un martyre, qu'il souffrait beaucoup et ne pouvait pas vivre sans corset, mais il ne se plaignait jamais et choisissait l'humour plutôt que le désespoir, j'admirais son courage et sa force de caractère. En louant l'une de ses cinq maisons, la plus grande, notre amitié s'est approfondie. C'était une atmosphère à la fois chaleureuse et rustique, nous mangions du poisson frais et faisions des feux sur la plage. Nous nous baignions tous sauf Andy, qui était habillé de la tête aux pieds, je ne l'ai jamais vu en maillot de bain, pas une seule fois. Et je me réjouis en pensant qu'il est enfin devenu ami avec l'un de ses héros, Truman Capote, à Montauk. J'avais invité Truman à nous rejoindre et c'est là que leur complicité est née. Et mes enfants, qui avaient 11 et 12 ans, adoraient Andy. Il passait des heures en leur compagnie, ils discutaient et riaient tous les trois. Je pouvais les lui confier et rendre visite à mon ami Peter Beard, qui était son voisin. Andy était un merveilleux baby-sitter, un Mary Poppins gay[1] ! » Et, cerise sur un gâteau au glaçage déjà parfait, Jacqueline Kennedy, sœur de Lee, se joignit également à eux à plusieurs reprises. Toujours amateur de légendes vivantes, Warhol était au Nirvana lorsqu'il était entouré de ces deux femmes à qui il avait emprunté sa « voix Bouvier ».

Lee Radziwill avait alors une liaison avec Peter Beard, qui les retrouvait le soir, au coin du feu sur la plage. Décédé en avril 2020, en pleine pandémie de coronavirus, Beard fut le dernier des baroudeurs sang bleu et il incarnait à lui seul tout ce qui fascinait Andy, tout ce qu'il aurait rêvé être : Scott Fitzgerald évoquait son arrière-grand-père, James J. Hill, l'un des plus célèbres capitaines d'industrie de la fin du XIXe siècle, dans *Gatsby le Magnifique*, et Peter était le plus bel homme de sa génération en Amérique. Photographe et écrivain, il avait connu Karen Blixen et ne courtisait que des femmes splendides, comme le mannequin Cheryl Tiegs, sa deuxième épouse. Beard était aussi l'ami de Francis Bacon, qui fit plusieurs portraits de lui, il avait bourlingué aux quatre coins du globe avant d'exposer ses journaux intimes et collages dans les musées. « En 1963, lors de la modeste projection d'un film de Genet, intitulé *Un chant d'amour*, j'ai pris Andy pour un taré. Il était vêtu de noir de la tête aux pieds. Il avait le teint très pâle et faisait un peu peur. Quoi qu'il en soit, j'ai commencé à traîner à la Factory, écrivait-il. En 1971 et 1972, on se retrouvait le jeudi soir pour dîner dans la suite de Jérôme Hill à l'Algonquin. Andy a fait une vingtaine de collages avec moi : sur la première page, il a écrit ces mots solennels – “Introduction aux choses de la vie” – et a écrasé

1. Propos de Lee Radziwill recueillis par l'auteur.

une canette sur la dernière. Il a toujours dit avoir adoré notre "période de créativité ludique"[1].» Lee Radziwill assistait aussi à ces soirées à l'Algonquin et elle en gardait un souvenir enchanté. «Jérôme Hill était le cousin germain de Peter. C'était un personnage comme il n'en existe plus : compositeur, peintre, photographe, cinéaste, collectionneur d'art. Être invité à sa table était un privilège, surtout en compagnie de deux hommes aussi talentueux et visionnaires qu'Andy et Peter. Le premier pour le monde de l'art et le second pour la préservation des espèces sauvages en Afrique, il n'a cessé de mettre le monde en garde sur leur disparition. Les échanges étaient tellement ludiques, joyeux, créatifs. Ils faisaient des collages, échangeaient des idées et je n'aurais voulu être ailleurs pour rien au monde[2].» Beard rejoignit la bande de la nouvelle Factory lorsque l'une de ses photos, un portrait de Donna Jordan et de Jane Forth, les deux héroïnes de *L'Amour*, apparut en couverture de la nouvelle maquette du magazine *Interview*.

L'année 1971 s'acheva sur une note déchirante avec l'annonce du décès d'Edie Sedgwick, le 16 novembre, à l'âge de 28 ans. «Qui sera son héritier ?», se contenta de demander Andy, alors que la jeune femme était ruinée depuis longtemps. Selon d'autres sources, il aurait déclaré, l'air dégagé : «Nous n'avons jamais été vraiment proches...» Mais certains membres de son entourage ne cachèrent pas leur détresse. «Edie était devenue une épave, elle s'endormait dans son lit avec une cigarette, mettant le feu à ses chambres, elle était la proie des dealers, elle passait d'une cure de désintoxication à un internement, d'une séance d'électrochocs à une crise de folie, et ses

1. Peter Beard : *Peter Beard,* Taschen, 2013, p. 715.
2. Propos de Lee Radziwill recueillis par l'auteur.

excès eurent raison de ce corps ravagé et anorexique, déplorait Ultra Violet. Il paraît que son sang n'irriguait plus assez son cerveau, et qu'elle tombait sans cesse, ne pouvant plus coordonner et maîtriser ses gestes. Cette nouvelle a été pour moi l'un des chocs de ma vie, je me suis sentie tellement coupable de n'avoir pas pu l'aider, j'en ai fait une grave dépression nerveuse. J'ai réalisé qu'Andy avait été aussi pour nous un poison mental et la disparition tragique d'Edie m'a fait comprendre qu'il était temps de partir et, dès cette date, j'ai déserté la Factory[1]. »

Au fil des décennies, Edie Sedgwick allait devenir une icône tragique qui inspirerait des chansons à Patti Smith ou Étienne Daho, des livres, des collections de vêtements et de bijoux, une comédie musicale et un film, *Factory Girl* (2006). Le critique Richard Dorment a cerné avec subtilité l'étrangeté de sa relation avec Andy dans son analyse de *Outer and Inner Space*, un film en 16 mm, qu'il réalisa en noir et blanc au cours de l'été 1965. « Ce jalon dans l'histoire de l'art au XXe siècle, écrit-il, est constitué d'un monologue de la plus charismatique des superstars de Warhol, Edie Sedgwick, alors âgée de 22 ans. » Le film offre deux Edie aux spectateurs puisque, en arrière-plan, un écran propose une autre interview de la même Sedgwick, de profil, ce qui crée une atmosphère étrangement schizophrénique, au point qu'on la sent troublée et menacée par son double et par le son de sa propre voix, qui couvre ses propos, lorsque Warhol monte le volume, comme pour la déstabiliser et filmer son sentiment de malaise, comme s'il essayait de la noyer dans son propre reflet. « Et pourtant la beauté incandescente d'Edie et sa personnalité émouvante nous fascinent pendant les trente-trois minutes que dure le

1. Propos d'Ultra Violet recueillis par l'auteur.

film », poursuit Dorment, qui souligne son autodérision et sa vulnérabilité. « Ce que fait là Warhol se rapproche beaucoup de la démarche de Picasso, qui proposait des images de femmes à deux têtes, l'une de face et l'autre de profil. Les deux artistes nous suggèrent que la personnalité du modèle est divisée en un moi social (*outer*) et un moi privé (*inner*)[1]. »

---

1. Richard Dorment : *Exhibitionist,* Wilmington Square Books, 2016, p. 356-357. Traduction de l'auteur.

XXV
« À Paris »

Julia Warhola mourut à son tour le 22 novembre 1972, à l'âge de 81 ans. Sa santé s'était dégradée au fil du temps, accentuée par une grande fragilité psychique. Matériellement, la vieille dame ne manquait de rien, mais elle souffrait de plus en plus de voir si rarement son fils. Andy jonglait avec ses différentes activités, avec les tournages en extérieur, les voyages à l'étranger et même si Jed Johnson veillait sur elle avec un dévouement exemplaire, elle se sentait plus seule et perdue que jamais, d'autant plus que Jed devait souvent accompagner Warhol dans ses déplacements. Elle commença à devenir paranoïaque, à imaginer que des cambrioleurs allaient s'introduire dans la maison la nuit ou que l'angélique Jed voulait l'empoisonner, à refuser de prendre ses nombreux médicaments, à sortir sans pouvoir retrouver son chemin, à tel point que la police dut intervenir pour lui porter secours. Mais Warhol n'envisagea pas d'engager une gouvernante-infirmière, ce qui aurait résolu bien des problèmes car Julia vivait depuis des décennies avec une poche de colostomie. Elle devait suivre un rituel hygiénique irréprochable, ce qui devenait de plus en plus difficile, d'autant plus qu'elle avait été victime d'une attaque en 1970. En 1971, son état avait tellement empiré que son fils, de plus en plus absent, pensa que la meilleure solution serait de la renvoyer à Pittsburgh. Ses frères acceptèrent et Paul la prit chez lui avant de la placer dans une maison de retraite médicalisée, quand il ne put plus faire face. Andy téléphonait chaque jour pour prendre de ses nouvelles, et il paya tous les frais, mais il ne vint pas lui rendre visite une seule fois. Et lorsqu'elle mourut d'une nouvelle attaque, il refusa d'assister à ses obsèques, ne se sentant pas la force d'affronter une telle épreuve. Son dernier biographe en date, Blake Gopnik, nous apprend qu'il supplia son frère John de ne pas ébruiter la nouvelle[1].

Comme toujours, il noyait ses problèmes personnels en se réfugiant dans le travail et les voyages. À ce moment-là, il séjournait à Paris le plus souvent possible, d'abord à l'hôtel Crillon, avant de prendre un appartement rue du Cherche-Midi. La chasse à l'Art déco y avait commencé en 1970, et il avait alors fait passer ses achats de mobilier et d'objets pour des décors destinés à son film *L'Amour*, ce qui était bien plus avantageux fiscalement. Autant joindre l'utile à l'agréable… Fred Hughes, dont le carnet d'adresses contenait les coordonnées des divinités les plus inaccessibles de la capitale française, sut faire jouer ses relations pour lui procurer des commandes de portraits et l'introduire dans les milieux les plus fermés. C'est ainsi qu'ils devinrent les commensaux des Rothschild. Dans cette tribu dorée sur tranches, Eric, qui passait pour être le plus bel homme de sa génération, posa pour lui nu, et de face, ce qui est unique dans le cas d'un portrait warholien de *Beautiful People*, dont seuls les visages étaient retenus et mis en valeur. Quant à Marie-Hélène de Rothschild, elle les invita à sa table, à l'Hôtel Lambert dans l'île Saint-Louis, et au bal qu'elle donna dans leur propriété de Ferrières,

1. Voir Blake Gopnik : *Warhol*, HarperCollins, 2020, p. 741.

le 2 décembre 1971, pour le centième anniversaire de la naissance de Proust. Andy y croisa la vieille aristocratie, le monde de la haute couture et de la finance, ainsi que de glorieux étrangers comme Elizabeth Taylor, à qui il avait consacré une série d'anthologies des années plus tôt.

« Entre deux danses, j'ai remarqué dans un coin, un homme étrange et solitaire. Il s'agissait d'une fête sublime, tout le monde s'amusait, et le voir ainsi m'a serré le cœur. "Êtes-vous seul par goût ou parce que vous ne connaissez personne ?", lui ai-je demandé en m'approchant. "Si vous le souhaitez, je vous tiendrai volontiers compagnie." Nous avons commencé à bavarder et, au moment de partir, il m'a dit qu'il était Andy Warhol, je ne l'avais pas reconnu. Dès lors, je l'ai vu souvent car, à l'époque, j'allais à New York tous les quinze jours. Il m'invitait à goûter à la Factory – des pâtisseries pour moi, un poulet entier pour lui. Il le dévorait comme l'aurait fait un homme des cavernes, mais se mettait un peu à l'écart, et de dos, pour ne pas me heurter !, se rappelait Marie-Eugénie de Pourtalès. J'avais alors une boutique de bijoux d'artistes à Paris et je présentais des œuvres de Max Ernst, de Louise Nevelson ou d'Arnaldo Pomodoro, pour ne citer qu'eux. Ils soutenaient tous ma démarche. J'ai proposé à Andy de collaborer, et il a immédiatement accepté. Comme je possédais l'une de ses toiles, des *Flowers* blanches et noires dont il avait également peint le cadre, il a pensé à un collier "Fleurs" qui s'allumait et s'éteignait, comme une guirlande autour du cou. Il m'a tout de suite donné un dessin, mais la réalisation technique a été trop difficile, personne n'a pu y inclure des petites piles invisibles pour l'alimentation électrique. À mon grand regret, cette piste a été abandonnée[1]. »

1. Propos de Marie-Eugénie de Pourtalès recueillis par l'auteur.

À Paris, Andy revit son complice de jeunesse, l'écrivain Philippe Jullian, dont il avait fait la connaissance à New York dans les années 50, où Jullian séjournait régulièrement. Féru de bizarrerie, le romancier et biographe français, qui dessinait merveilleusement et illustra *La Recherche* de Proust, avait été touché par la personnalité excentrique d'Andy, à qui il parlait dans un anglais parfait. Les deux hommes étaient devenus proches et Philippe lui avait écrit de France. Ils avaient de nombreuses affinités, à commencer par leur goût des brocantes, tous deux étaient des collectionneurs compulsifs. « À l'époque où il peignait des chaussures, lorsqu'il n'était pas encore célèbre, Warhol en avait baptisé une *Philippe Jullian* et cela l'avait touché et amusé, explique son biographe et ami, Ghislain de Diesbach. Ils s'étaient revus régulièrement et Philippe suivait avec une admiration teintée d'ironie sa carrière triomphale, il avait vu ce descendant de pauvres émigrés d'Europe centrale devenir le peintre le plus célèbre de sa génération et construire un empire. À l'inverse, Jullian connut toute sa vie de très graves problèmes financiers et son pessimisme profond a fini par l'emporter. Il s'est suicidé en 1977[1]. »

À Paris, Warhol voyait surtout Yves Saint Laurent, Pierre Bergé et leurs amies, comme Hélène Rochas, Betty Catroux ou Paloma Picasso. « Je le considère comme un génie, mais il était l'anticharme même, aucune conversation possible, il ricanait tout le temps, prononçait ce mot affreux "gee" ("ça alors !") et mettait toujours un enregistreur devant vous, ça me faisait fuir », témoigne Betty Catroux[2], définitivement allergique à « mon épouse, Sony ». Andy connut à la fois l'appartement de la place Vauban,

1. Propos de Ghislain de Diesbach recueillis par l'auteur.
2. Propos de Betty Catroux recueillis par l'auteur

où Saint Laurent vécut jusqu'en 1972, et son domicile de la rue de Babylone, où il demeura jusqu'à sa mort. L'endroit devint rapidement un temple dédié à l'art et au mobilier des années 20 et 30, et Warhol était ébloui à chaque nouvelle visite. Méridienne de Ruhlmann, table et fauteuil « Cobra » d'Eileen Gray, tabourets de Miklos et de Legrain… « Andy venait à la maison à chacun de ses séjours, nous dînions et l'emmenions partout. Il a adoré Le Sept de Fabrice Emaer et surtout, La Grande Eugène, le cabaret de travestis dont la revue était incroyable d'inventivité, » précisait Pierre Bergé[1]. L'acteur Jérôme Nicolin, dont le pseudonyme était Belle de May, se souvenait de l'enthousiasme de Warhol. « J'incarnais toutes les femmes qui le fascinaient, comme Marlène Dietrich, et il était venu me féliciter et me poser des questions sur mes costumes et mon maquillage. "Vous êtes tellement chic !", m'avait-il dit. "Vous devriez venir ouvrir une école à New York et y donner des cours aux travestis américains, vous feriez fortune !" Et je parlerai de vous dans mon magazine[2]. » Bergé et Saint Laurent l'emmenèrent également déjeuner, le 8 avril 1972, chez Arndt von Bohlen und Halbach, l'héritier de la fortune Krupp qui inspira à Visconti le personnage de Martin von Essenbeck, interprété par Helmut Berger, dans *Les Damnés* – le cinéaste avait bousculé la chronologie puisque le film se déroule dans les années 30. « Arndt était un personnage complètement décadent, notait son ami Alexandre Mosley. Il vivait entre l'Europe et le Brésil, dans un palais copié sur Versailles. Il y circulait, couvert de bijoux, sur un palanquin porté par six

---

1. Propos de Pierre Bergé recueillis par l'auteur
2. Propos de Jérôme Nicolin recueillis par l'auteur.

éphèbes[1].» Warhol regardait et écoutait, fasciné. D'autant plus qu'il avait fait la connaissance d'Helmut Berger, le double cinématographique et tout aussi sulfureux d'Arndt, dans le salon de la place Vauban, en 1971.

Ces soirées avec Saint Laurent et Bergé donnèrent aussi naissance à des projets qui ne virent pas le jour. «Yves, très en forme, a improvisé toute une comédie musicale sur N.Y. : ça s'appellerait *Vicious*», écrivait Thadée Klossovski dans son journal, le 5 avril 1972, à propos de l'un de ces dîners. « C'était du plus haut comique et Andy a tout enregistré[2].» De retour à New York, Andy en parla à Lou Reed et lui demanda d'écrire les chansons. Il en composa trois, parmi lesquelles *Vicious,* mais il n'en sortit rien. « Nous étions prêts à participer au financement avec Andy et Yves était ravi à l'idée de dessiner les costumes mais monter un musical à Broadway demande beaucoup de sérieux et de ténacité et Andy était trop occupé pour s'en charger réellement», analysait Pierre Bergé. «Andy et Yves, qui s'amusaient comme des fous, avaient également imaginé une autre comédie musicale intitulée *The Frog.* Elle se déroulait entièrement à La Grenouille, l'un des restaurants les plus élégants de New York, et mettait en scène des milliardaires qui complotaient, dans l'esprit de Truman Capote. C'était désopilant et il y avait là une bonne idée mais, une fois encore, il aurait fallu s'y atteler très sérieusement et réunir des gens compétents pour transformer ce sujet en spectacle[3].» En 1973, Saint Laurent commanda à Warhol son portrait, en quatre exemplaires. «Yves a adoré le résultat, poursuit Bergé, mais lorsqu'il a appris qu'Andy avait fait

1. Propos d'Alexandre Mosley recueillis par l'auteur
2. Thadée Klossowski de Rola : *Vie rêvée*, Grasset, 2013, p. 43.
3. Propos de Pierre Bergé recueillis par l'auteur.

le portrait de Valentino, en 1974, il a menacé de brûler les siens ! Il était furieux et en a parlé à un journaliste américain, cela n'est pas passé inaperçu. Naturellement, il n'en a rien fait et tout est rentré dans l'ordre. Nos liens avec Andy se sont encore renforcés lorsque Marina Schiano, l'*executive vice president* de Saint Laurent aux États-Unis, a épousé Fred Hughes[1]. » Et Warhol ne manquait jamais de rendre hommage au couturier et à ses proches dans son magazine. C'est ainsi qu'en mars 1973 Loulou de la Falaise, muse et collaboratrice d'Yves, fit la une d'*Interview* en smoking, le classique maison. Et en novembre 1972, alors que Saint Laurent se posait quelques jours à New York, Andy et Bianca Jagger l'interrogèrent, et l'article parut dans le numéro de janvier 1973.

Les séjours parisiens de Warhol étaient excellents pour les affaires car, après Eric de Rothschild et Yves Saint Laurent, d'autres personnalités comme Sylvia de Waldner ou Hélène Rochas lui commandèrent à leur tour un portrait en quatre exemplaires. Tarif et processus étaient immuables : le premier exemplaire coûtait vingt-cinq mille dollars et il demandait cinq mille dollars pour chaque exemplaire supplémentaire. C'était un excellent investissement pour les commanditaires, ainsi que le prouvent les chiffres en salles des ventes. Deux des quatre portraits d'Hélène Rochas furent vendus chez Christie's le 27 septembre 2012 : le bleu foncé et le vert clair furent respectivement adjugés à deux cent cinquante-trois mille et à cent quatre-vingt-un mille dollars. Andy photographiait lui-même le modèle, de face, et il prenait plusieurs dizaines de clichés avec son appareil Polaroid. Il n'en retenait que quatre et les confiait à un sérigraphiste. Puis il ne sélec-

1. Propos de Pierre Bergé recueillis par l'auteur.

tionnait qu'une seule image, celle qui l'intéressait le plus. Il la retouchait, éliminait toutes les imperfections, afin de valoriser et de rajeunir les visages, avant de la transposer sur écran de soie et de la décliner dans les couleurs acides qui étaient son poinçon, chacun des quatre portraits ayant ses propres détails et variations chromatiques. «Warhol gomme tous les détails où la psychologie pourrait s'accrocher jusqu'à arriver à l'essence de la personne. En résulte un effet de présence identique aux portraits égyptiens du Fayoum. Ce sont des portraits de vivants pour la mort. Rien de morbide, mais une incroyable beauté, la sensation de vie qui se transmet dans le regard, souvent électrique», analyse l'historien de l'art Alain Cueff, commissaire de l'exposition «Warhol» au Grand Palais en 2009[1].

Il va sans dire que ses détracteurs méprisaient ouvertement cette démarche, à laquelle ils déniaient toute envergure artistique, ne voyant en Warhol qu'un homme d'affaires qui flattait les riches pour s'en mettre plein les poches. «Je connais toutes ces critiques, précisait Hélène Rochas, mais je ne les comprends pas. Sur ces quatre tableaux que j'adorais, je n'étais pas vraiment flattée, comme le faisait par exemple Alejo Vidal-Quadras, qui embellissait même les laiderons. J'ai l'air inquiet, je semble être sur le qui-vive, j'étais heureuse qu'il ait pu capter cela chez moi. J'ai vraiment aimé l'avoir pour ami, et le recevoir à Paris ou dans le sud de la France, au Cap-Martin. Je me souviens aussi qu'un été (août 1972), à Venise, Andy nous présenta Tennessee Williams sur la plage du Lido. Nous séjournions tous au Cipriani et Andy rapportait des doggy-bags pour nourrir son chien, mais il les oubliait sous son lit, où les femmes de ménage les retrouvaient. Andy était

1. Alain Cueff, *Beaux Arts Magazine*, mars 2009.

heureux, détendu, il croisait des personnalités qui l'avaient fait rêver quand il était jeune, comme Serge Lifar, avec qui nous avons dîné plusieurs fois. Et comme j'avais très bien connu Jean Cocteau, son idole, il me questionnait beaucoup sur lui. Tout était délicieux et stimulant avec Andy, qui nous a fait un merveilleux cadeau en nous offrant l'une de ses *Marilyn* sérigraphiée sur vélin, avec la mention : To Helen + Kim/Love + Kisses/Andy 72[1].» Warhol évoluait enfin dans le monde qui l'avait fait rêver lorsqu'il était jeune, ses amis français avaient connu Cocteau, son héros, ils étaient des arbitres du goût et il passait outre l'absence de cœur d'un milieu réputé pour sa férocité et son élitisme, qui ne lui aurait pas adressé un regard s'il n'avait pas été l'un des artistes les plus célèbres de sa génération.

Hélène Rochas se souvenait d'un Warhol dandy et élégant, habillé en Saint Laurent pour Hommes, et toujours amusant, inattendu et plein d'esprit. Certains journalistes devaient penser de même en entendant certaines de ses réponses, prononcées de sa «voix Bouvier». En cette même année 1973, l'un d'eux lui demanda s'il pratiquait un sport et il répliqua : «Non, mais j'aspire !», faisant allusion au ménage et à l'aspirateur. «J'aimerais aspirer le Vatican ! Vous pourriez m'aider à obtenir l'autorisation d'aspirer le Vatican[2] ?»

1. Propos d'Hélène Rochas recueillis par l'auteur.
2. Magazine *Scope*, 16 mars 1973. Voir *Andy Warhol : Entretiens*, *op. cit.*, p. 212.

XXVI

«Artiste, homosexuel, démocrate et catholique pratiquant»

«La vie est en soi quelque chose de si triste qu'elle n'est pas supportable sans de grands aménagements», écrivait Flaubert en 1870. Warhol, qui n'était pas le roi mais l'empereur des aménagements divers et variés, savait tenir à distance les épisodes déplaisants ou perturbants, ainsi que le prouvait son refus d'assister aux obsèques de sa mère. De même lorsque Andrea Feldman, l'une de ses actrices, qui se disait elle aussi amoureuse de lui, se suicida en se jetant par la fenêtre de son appartement, le 8 août 1972, il préféra faire comme si de rien n'était, alors que chacun se délectait en racontant que la jeune femme avait laissé un mot horrible à son propos. Selon d'autres rumeurs, elle aurait été retrouvée sur le trottoir avec la note suivante : «Bon anniversaire, Andy.» Si tel était bien le cas, la malheureuse avait raté son effet, car Warhol venait d'avoir 44 ans deux jours plus tôt, le 6 et non pas le 8 août.

Feldman se faisait appeler Andrea Warhola et, tout comme Ivy Nicholson, elle racontait partout qu'il allait bientôt l'épouser. Rongée par l'instabilité mentale depuis qu'elle avait été abandonnée enfant, par sa mère, détruite par le dépit et l'amertume, car elle ne parvenait pas à ses fins avec Warhol, elle lui lança des injures homophobes et il rompit définitivement tous liens avec elle. Feldman mit alors fin à ses jours en affirmant avoir été exploitée par Andy et les commérages allaient bon train. Mais il pensa que cette disparition tragique et très commentée dans les médias pourrait servir le lancement de leur nouveau film, *Heat*, qui sortit en salles peu après, le 6 octobre. Cette nouvelle production Warhol, entièrement tournée par Paul Morrissey, était née dans l'esprit d'Andy : une parodie de *Sunset Boulevard* (1950), une variation de la vieille actrice manipulée par un gigolo, une fois de plus interprété par Joe Dallesandro. Le sujet avait été traité à plusieurs reprises, comme ce fut également le cas dans *Le Printemps romain de Mrs Stone* (1961) par exemple, avec Vivien Leigh et Warren Beatty, mais le duo Warhol-Morrissey déplaçait les lignes en y introduisant des scènes de nu et de sexe, et une jeune cinglée, jouée par Andrea Feldman. Dominique Noguez résumait parfaitement la trajectoire cinématographique de Warhol en écrivant qu'il n'avait jamais « cessé d'être l'organisateur fasciné d'un même psychodrame : celui du refoulé d'Hollywood[1] ».

Andy passait d'un projet à l'autre et parvenait, le plus souvent, à étonner le public et les médias. Ce fut le cas, en 1972, lorsqu'il chorégraphia au Lincoln Center un défilé de son ami, le couturier Halston, dont il devait réaliser le portrait deux ans plus tard. Il eut l'idée d'une scène se déroulant dans une cuisine dernier cri : les mannequins présentaient les modèles tout en préparant le petit-déjeuner, et Diana Vreeland, l'ancienne rédactrice en chef de *Vogue*, avait salué l'initiative d'Andy en lançant à la cantonade que l'odeur du bacon frit était « le parfum le plus optimiste qui existait sur cette terre ! » En cette année

1. Dominique Noguez : *Une renaissance du cinéma*, Librairie des Méridiens Klinksieck et C., 1985, p. 289.

1972, associer son nom au peintre cinéaste était un gage de chic décadent, la mythologie warholienne tournait à plein régime alors que Lou Reed venait de sortir *Walk on the Wild Side*, l'une de ses chansons les plus célèbres, qui décrivait les mœurs agitées de quelques figures de la Factory, comme «le petit» Joe Dallesandro ou Candy Darling, qui défilait justement pour Halston dans la cuisine imaginée par Andy, au milieu des autres mannequins femmes, comme Lauren Hutton.

Warhol passait avec la même aisance de la peinture au cinéma et de la mode à la politique. Officiellement, il était apolitique et ne votait pas, mais lors de la campagne présidentielle de 1972, qui opposa le républicain Richard Nixon au démocrate et progressiste George McGovern, il prit position pour ce dernier en acceptant de concevoir des affiches de promotion très warholiennes : elles représentaient le visage de Nixon peint dans des couleurs cauchemardesques, teint vert et dents jaunes, comme s'il était moisi, en train de se décomposer sous l'effet de la pourriture, avec cette seule mention : «Votez McGovern.» Le 7 novembre, Nixon remporta l'élection et on le disait fou de colère contre Warhol, dont on murmura alors qu'il figurait en bonne place sur la liste noire du nouveau président. La vengeance ne se fit pas attendre longtemps, sous la forme de contrôles fiscaux qui avaient tout d'un raid, d'un assaut quasimilitaire. En plus d'être un artiste célèbre dans le monde entier, Warhol était également ouvertement homosexuel, démocrate et catholique pratiquant, ainsi qu'il ne manquait jamais de le rappeler devant des journalistes médusés. Andy se délectait en découvrant leur expression d'étonnement profond, lorsqu'ils apprenaient cette nouvelle. De manière générale, la presse aimait l'interviewer, avec l'espoir de saisir un «warholisme» pour leurs lecteurs. Et, la plupart du temps, ses interlocuteurs n'étaient pas déçus. Lors d'un voyage au Mexique, à la même époque, un reporter lui demanda pourquoi il s'exprimait en monosyllabes et il répondit : « Cela vous facilite la traduction[1]. » En 1975, une plume du *Chicago Sun-Times* voulut savoir si la tentative d'assassinat perpétrée par Valérie Solanas avait changé sa vie : « Oui. J'ai cessé de voir des gens imaginatifs[2]. » Et lorsqu'un petit curieux osa l'interroger sur « le » sujet tabou dans son entourage, il ne se laissa nullement démonter :

« Combien de perruques avez-vous ? »

« Trois. La dernière femme de ménage m'en a volé une[3]. »

Accompagné d'Archie, son teckel adoré, qu'il s'était offert pour Noël en 1972 et dont il disait qu'il était un chien parlant, Warhol travaillait et voyageait sans cesse. Mais certains proches mesuraient à quel point la disparition de sa mère l'avait profondément fragilisé. Selon l'un de ses neveux, George, il fut sur le point de sombrer dans la dépression car il se sentait coupable à l'idée de l'avoir renvoyée à Pittsburgh, plutôt que de la garder auprès de lui, cette pensée le torturait. « Il avait un mouchoir ayant appartenu à Julia et, sans que personne le voie, il enlevait sa perruque et se mettait le mouchoir sur la tête », témoignait-il[4]. Warhol se mit alors à réaliser des portraits de sa mère, qui lui ressemblait de manière saisissante, comme s'il s'était peint en vieille dame. Gardait-il en tête les obsessions morbides de Julia, à la fin de sa vie ? N'affirmait-elle pas

1. Cité dans Bob Colacello : *Holy Terror*, *op. cit.*, p. 159.
2. Andy Warhol : *Entretiens*, *op. cit.*, p. 227.
3. *Idem*, p. 240.
4. Victor Bockris : *Andy Warhol*, *op. cit.*, p. 273.

que des cadavres de bébés avaient été cachés dans les murs de leur maison, qu'elle pouvait sentir leur odeur ? Comme si le souvenir de sa petite fille morte la hantait toujours, après tant d'années. Andy s'apaisait-il en pensant à Julia, filmée par David Bailey dans le documentaire qu'il lui consacra ? Ne déclarait-elle pas, face à la caméra, combien elle était fière d'être sa mère, que de donner naissance à un Andy Warhol était en soi une vraie création ?

En avril 1973, il fut hospitalisé car il souffrait terriblement de calculs biliaires, et une ablation de la vésicule, chirurgie de routine, aurait été la meilleure solution, mais il avait tellement en horreur les hôpitaux qu'il refusa de l'envisager. Ces lieux étaient liés à trop de souvenirs pénibles : la mort de son père, l'opération de sa mère et son propre martyre, en juin 1968. Dès qu'il se sentit mieux, il s'envola pour Rome où Paul Morrissey devait réaliser des parodies de films d'horreur, *De la chair pour Frankenstein* et *Du sang pour Dracula* – dans les deux cas, le nom de Warhol prédominait sur l'affiche. Il s'agissait de films produits par Carlo Ponti, qui savait que certains films tournés par Morrissey avaient rapporté de l'argent. Si *L'Amour* avait sombré corps et biens, sans laisser de traces, *Heat*, qui avait coûté moins de cent mille dollars, en avait rapporté deux millions pour les seuls États-Unis. D'une manière générale, les films portés par Joe Dalessandro, qui jouait un rôle dans *Frankenstein* et *Dracula*, furent des succès financiers, et un producteur de l'envergure de Ponti se laissa prendre au jeu, dont il tirait soigneusement les ficelles. Le premier, tourné en 3-D dans les studios de Cinecitta, n'avait rien à envier en violence aux films d'un Dario Argento, quant au second, il vaut surtout pour la dernière apparition à l'écran de Vittorio de Sica dans le rôle du marquis Di Fiore, un ami du comte Dracula. Andy avait confié le rôle de la marquise, son épouse, à son amie Maxime de La Falaise-McKendry.

Fille du peintre anglais Oswald Birley, portraitiste préféré de la reine Mary, Maxime avait fait partie des services de décryptage du Royaume-Uni pendant la Seconde Guerre mondiale – il s'agissait de briser les codes secrets des pays de l'Axe –, avant de devenir mannequin mondain et styliste chez Schiaparelli, où elle était devenue la muse du jeune Hubert de Givenchy, sa première égérie avant Audrey Hepburn. Elle était fantasque, au point de teindre ses cheveux au cirage noir, belle, élégante et toujours inattendue. Lors du bal de la Lune-sur-Mer, donné par Marie-Laure de Noailles en 1951, elle était apparue déguisée en fougère et des éclats de cristal de roche avaient été fixés sur les feuilles pour imiter le ruissellement de la pluie. Pour le département « Schiaparelli Bébé », qu'elle avait créé, Maxime imagina des robes brodées de champignons vénéneux ou de serpents, ainsi qu'une camisole de force en lapin, retenue par un nœud de taffetas rose, destinée à punir les enfants qui avaient joué avec les allumettes. Divorcée d'Alain de La Falaise, beau-frère de Gloria Swanson, elle avait quitté la France pour s'installer à Manhattan et épouser John McKendry, l'un des conservateurs du Metropolitan Museum of Art. Elle devint l'une des hôtesses les plus célèbres de la ville, réunissant des convives à qui elle proposait des dîners médiévaux. On racontait qu'un soir elle réalisa trop tard que la liste des ingrédients du plat principal comportait une cuillérée à soupe de sang de lièvre, afin de lier la sauce. Où trouver une telle denrée à New York à vingt heures ? Selon la rumeur, elle se serait tout simplement entaillé la main et aurait utilisé son propre sang, transformant ses invités en cannibales. « Elle était amusante, susceptible, elle avait à la fois son franc-parler et des manières impeccables, mais sans la moindre trace de snobisme », témoignait l'architecte d'intérieur John Stefanidis, intime de Maxime et de sa fille, Loulou. « C'était une vraie bohémienne, elle faisait du roller-skate à un âge déjà avancé dans les boîtes de nuit, ce qui était un peu trop pour les dames chics de New York, mais Maxime n'en faisait aucun cas. Ses nombreux dîners, au cours desquels elle servait des plats tirés du livre de cuisine qu'elle avait consacré à la gastronomie médiévale, étaient merveilleusement mélangés. Elle y présentait à Andy de nombreux Européens fortunés, clients potentiels pour une commande de portraits[1]. » Warhol, qui savait tout ce qu'il lui devait, appréciait sa générosité et sa loyauté à son égard et il la remercia en lui confiant le rôle de la marquise Di Fiore dans *Du sang pour Dracula*.

À Rome, Andy fut fêté par les mondes mêlés du cinéma, de la mode et de l'aristocratie. Il était le génie new-yorkais en personne, le peintre cinéaste qui assortissait ses sourcils à ses perruques argentées en les teignant en blanc. Et ne promenait-il pas Archie dans les rues au bout d'une laisse Hermès ? Chacune de ses excentricités enchantait les Romains. De son côté, Andy adora la Ville éternelle, il n'en voyait que sa douceur de vivre et son élégance. Pas une fois il n'évoqua les Brigades rouges, qui sévissaient depuis 1970. « C'est étrange que cela ne l'ait pas frappé car nous étions tous dans une paranoïa permanente, particulièrement les gens de cinéma et la société privilégiée qu'il fréquentait », témoigne Macha Méril, qui s'était installée à Rome en 1969. « Nous avions peur des enlèvements et des cambriolages, destinés à renflouer les caisses du mouve-

1. Propos de John Stefanidis recueillis par l'auteur.

ment. Je me souviens d'un dîner chez les Bulgari, la famille de joailliers, où tous les meubles précieux avaient été scellés, on ne pouvait rien bouger, rien voler[1]. »

Frankenstein et *Dracula* signèrent la fin d'une époque puisqu'ils furent les derniers films tournés par Morrissey pour les productions Warhol et les derniers longs-métrages du duo dans lesquels apparut Joe Dallesandro, qui préféra rester vivre et travailler en Italie. Paul, de plus en plus dictatorial et contradictoire dans ses choix, fit vivre un enfer à Jed Johnson, chargé du montage, et, bien qu'ayant leurs moments de drôlerie second degré, ces deux films genre Grand-Guignol ne méritent guère l'intérêt du public aujourd'hui, si ce n'est à titre de curiosités. Pourtant, le seul *Frankenstein* rapporta plus de vingt millions de recettes à travers le monde, mais Carlo Ponti, rusé et âpre au gain, contestait ces sommes et leurs relations tournèrent au vinaigre. Andy, qui fit plusieurs allers-retours entre l'Amérique et l'Italie pendant les huit semaines de tournage, profita de ce séjour romain pour accepter un petit rôle dans un film qui lui permit de donner la réplique à Elizabeth Taylor. Tourné par Giuseppe Patroni Griffi – qui n'était ni Buñuel ni Losey –, *Identikit* était l'adaptation prétentieuse et confuse d'un excellent roman de Muriel Spark. Il s'agissait du portrait d'une femme aussi intelligente que folle qui finira par être assassinée, ainsi qu'elle le désirait ardemment. Dans le rôle d'un aristocrate élégant et souffrant, qui aurait bien mieux convenu à Dirk Bogarde, Andy était peu crédible et semblait fort mal à l'aise, il eut d'ailleurs le plus grand mal à dire ses répliques dans ses deux courtes scènes avec miss Taylor. Mais Elizabeth n'était guère plus convaincante et inspirée. En avril 2003,

1. Propos de Macha Méril recueillis par l'auteur.

la romancière Muriel Spark raconta, au cours d'une conférence, que « le producteur disait à l'actrice : "Elizabeth, essaie de ressembler à quelqu'un qui veut être assassiné", mais elle n'y parvenait pas. Elle ressemblait à quelqu'un qui voulait boire un verre[1] ». Warhol fut ravi de partager des moments de complicité avec ce monstre sacré qui le fascinait depuis toujours. L'actrice se confia à lui, elle lui parla à cœur ouvert, mais, fine mouche, elle s'était d'abord assurée que « mon épouse, Sony », n'était pas branchée et Warhol fut au comble de la frustration en pensant à ce qu'il aurait pu faire de ce matériau précieux. À Rome, il reçut également des journalistes de diverses nationalités, et le romancier Patrick Thévenon vint l'interviewer pour *L'Express*. Il décrit le tournage de *Frankenstein*, les sorties d'Andy à bord d'une Mercedes rouge et il l'interroge sur divers sujets. Warhol lui apprend qu'il a déjà vu trois fois le nouveau film d'Éric Rohmer, *L'Amour l'après-midi*, le dernier volet des *Six Contes moraux*. Et Andy de conclure : « C'est merveilleux : c'est tellement ennuyeux[2] ! »

---

1. Edinburgh International Book Festival, 22 avril 2003.
2. *L'Express*, 4 juin 1973.

XXVII

« Mon petit renard blanc »

En 1973, Warhol rencontra une autre légende hollywoodienne qui devint l'une de ses grandes amies, des années durant. Il fit la connaissance de Paulette Goddard à l'inauguration de l'exposition « Gold » (Or) au Metropolitan Museum, et ce métal précieux convenait parfaitement à ces deux êtres fascinés par l'argent et par la réussite, ils n'y voyaient rien de blâmable car ils avaient connu des jeunesses marquées par la pauvreté. L'or devait sceller leur complicité, stimulante mais sinueuse, émaillée de joies et de pièges. Andy, qui avait été modelé par les films et par l'adulation qu'il ressentait pour les actrices, était captivé car Paulette ressuscitait à elle seule cette ère qui avait tant contribué à la formation de sa personnalité à Pittsburgh. Elle avait interprété des héroïnes à son image dans *Les Temps modernes* (1936) de Chaplin ou *Femmes* (1939) de Cukor, gamine débrouillarde ou *chorusgirl* dure à cuire à la beauté lumineuse et à la vivacité d'esprit jamais prise en défaut. Elle avait dansé avec Fred Astaire dans *Swing Romance* (1940) et avait été une parfaite Célestine dans *Le Journal d'une femme de chambre* (1946) de Jean Renoir. Sans oublier qu'elle avait failli incarner Scarlett O'Hara, dont elle partageait la coquetterie, la détermination sans faille et le goût pour un luxe volontiers tapageur. Face à

Paulette Goddard, Andy ressemblait à Cecilia dans *La Rose pourpre du Caire* (1985) de Woody Allen : une star de cinéma y sort de l'écran pour rejoindre dans la salle une simple mortelle, avec qui il vivra mille et une aventures dans le monde réel.

Extrêmement intelligente, dotée d'un humour caustique, sans guère de scrupules dès qu'il s'agissait d'arriver à ses fins, Paulette Goddard avait eu quatre maris, parmi lesquels Charlie Chaplin et le romancier Erich Maria Remarque, et de nombreux amants. Tous fous d'elle et tous priés de la couvrir de bijoux et de tableaux de maîtres. « Je ne rends jamais rien », devait-elle déclarer lorsqu'on l'interrogeait sur ses ruptures amoureuses. À tel point qu'elle portait un collier qui fascinait Andy : composé d'une douzaine de gros diamants, de forme et de taille différentes, il rassemblait les pierres de ses différentes bagues de fiançailles, démontées pour être réunies sur ce singulier bijou. En 1973, cette aventurière Old School s'était retirée des écrans pour vivre entre l'Amérique et la Suisse. Femme d'affaires avisée, elle était devenue fort riche en gérant sa fortune elle-même. Miss Goddard émerveillait et séduisait Andy, tout en restant inaccessible, car elle brouillait les pistes et les dates, maintenant son passé dans un flou impénétrable, derrière une succession de paravents et d'écrans. Warhol avait trouvé plus fort que lui à ce jeu que lui-même pratiquait pourtant avec un art consommé.

Le duo devint inséparable, elle l'appelait « mon petit renard blanc » et il l'escortait dans les dîners et les soirées. À tel point qu'un journal, le *Daily News*, prédisait le mariage, pour l'année 1974, de ce couple pourtant improbable. Paulette et Andy s'amusaient ensemble, ils partageaient le même goût pour une époque révolue, celle de l'âge d'or des studios, et une passion commune des pierres précieuses. À

New York, l'endroit préféré de Warhol n'était-il pas le quartier des diamantaires, qu'il appelait « La Rue des rêves » ? Ses compétences en ce domaine n'avaient rien à envier aux plus grands experts et il avait appris à évaluer une gemme avec un œil infaillible. Paulette était flattée d'être vue aux côtés de l'un des artistes les plus célèbres au monde, qui en cette même année 1973 avait dépassé son propre record en salles des ventes, lorsque Sotheby's vendit, le 18 octobre, pour cent trente-cinq mille dollars l'une de ses œuvres de la première moitié des années 60. Jamais elle ne se serait affichée avec un inconnu, les règles du jeu étaient sans ambiguïté. Paulette était une légende qui en fréquentait une autre, ils se valorisaient mutuellement. « C'étaient des personnages, comme l'on disait autrefois et comme il n'en existe plus aujourd'hui, résumait John Richardson. Et leurs apparitions ne passaient pas inaperçues : elle le plus souvent en blanc, avec ses fourrures et ses cabochons, lui avec sa perruque argentée et sa veste de smoking, qu'il portait avec un jeans car le grain de poudre lui provoquait des démangeaisons. Ils attiraient les photographes comme le pollen les abeilles[1]. » Andy était célèbre pour ses excentricités qui retenaient l'attention de tous, journalistes ou simples passants dans la rue. À cette époque de sa vie, alors qu'il s'approchait doucement de la cinquantaine, ne se promenait-il pas sur la Cinquième Avenue avec un ours en peluche sous le bras, tel lord Sebastian Flyte, l'un des héros de *Retour à Brideshead* (1945) d'Evelyn Waugh ? Miss Goddard avait compris qu'elle avait affaire à un être unique en son genre, un sigisbée original, un Chevalier à la rose gay pour une Maréchale *made in Hollywood.*

1. Propos de John Richardson recueillis par l'auteur.

Au début de l'année 1974, Warhol s'offrit une nouvelle demeure, pour la somme de trois cent dix mille dollars, qu'il paya d'un seul coup, refusant l'idée d'un emprunt – à ce montant, s'ajoutèrent les soixante-dix mille dollars des travaux de rénovation. Il s'installa dans une maison de quatre étages, entre Madison et Park Avenue, au 57 East 66th Street. Ce déménagement était un adieu à Julia, à leur passé commun, un nouveau départ. Jed Johnson l'y suivit, ils avaient chacun leur chambre, cohabitant en toute indépendance. Il put faire cette acquisition car, grâce à Fred Hughes, les affaires étaient florissantes : commissions de portraits en hausse constante, valorisation de son œuvre de peintre auprès des conservateurs, des collectionneurs et des galeristes. Ces diverses stratégies portèrent leurs fruits, et les prix montaient en flèche. Ainsi, c'est par l'intermédiaire de Hughes que le marchand zurichois Bruno Bischofberger joua un rôle si important et si actif dans la carrière d'Andy, au point que bien des milliardaires suisses et allemands voulurent poser pour lui et acheter ses œuvres. Alors qu'il avait à peine plus de 25 ans, Hughes démontrait l'étendue de ses compétences et de sa valeur. Dès lors, Warhol ne cessa de voyager en sa compagnie des deux côtés de l'Atlantique, et chacune de ses apparitions en Europe fut organisée avec soin et devint un événement. Il se sentait oppressé en avion, redoutant plus que tout les accidents, c'était une obsession, mais il apprit à dominer ses frayeurs. Le philosophe et mathématicien Ludwig Wittgenstein avait créé sa propre méthode pour calmer ses peurs et se changer les idées, c'est ce qu'il appelait « les douches de l'esprit » : dans son cas, polars et westerns ; dans celui d'Andy, des biographies et mémoires de stars de cinéma. Il en oubliait les heures de vol et ses inquiétudes.

Le vendredi 22 février 1974, il franchit une nouvelle étape dans le succès remporté en Europe, lorsqu'il assista, au Palais Galliera, à Paris, au vernissage de l'exposition consacrée à ses portraits de Mao. L'idée lui en était venue au moment de la visite en Chine de Richard Nixon, en février 1972. Warhol avait alors pensé que peindre le « Grand Timonier », et voir ces tableaux sur les murs des grandes fortunes de ce monde, ne manquait pas d'ironie. Mao était pour lui une icône du XXe siècle, immédiatement identifiable, au même titre que les soupes Campbell ou Marilyn Monroe. À Galliera, il eut l'idée d'accrocher les toiles de différentes tailles, et toutes personnalisées à la main, comme taguées à l'aide de traits et de taches de couleurs, sur un papier peint Mao. « L'effet était incroyable, inoubliable, le visage se démultipliait à l'infini, se souvenait son amie Sao Schlumberger. Et c'était une démarche très warholienne, son humour et son insolence doivent se lire dans cette exposition car il ne faut pas oublier à quel point les Américains détestaient le communisme, c'était très provocateur de sa part. On dit toujours qu'il était apolitique, mais je ne l'ai jamais cru : Andy était un homme de gauche qui ne vivait qu'avec des gens très riches, il était un représentant new-yorkais de ce que les Français appellent "la gauche caviar". Le choix de Mao, tout comme le fait d'avoir soutenu McGovern par des affiches anti-Nixon, était très clair. Et un épisode, inconnu de tous, reste lié à Galliera. À la fin, lorsque les tableaux furent décrochés, il a fallu enlever le papier peint, et le bruit a couru parmi les étudiants des Beaux-Arts, tous de gauche ou d'extrême gauche. Ils ont fait la queue devant le musée pour repartir avec des bouts de ce papier peint. Ils n'auraient jamais eu les moyens de s'offrir un Warhol, mais avaient ainsi un visage de Mao peint par lui. C'est le conservateur qui m'en a fait part et j'ai immédiatement téléphoné à Andy, à New York, pour le lui raconter. Il était très heureux en imaginant ces jeunes gens aux opinions politiques affichées, dans leur chambre de bonne, avec un bout de son papier peint sous les yeux[1]. »

À Paris, les Schlumberger, qui devaient leur fortune à l'industrie pétrolifère, vivaient rue Férou, dans un bel hôtel particulier, à deux pas des jardins du Luxembourg. Le couple collectionnait les toiles de maîtres, et Sao jouait volontiers les mécènes, soutenant ainsi le metteur en scène Bob Wilson lorsqu'il monta ses spectacles *Une lettre pour la reine Victoria* (1974) ou *Einstein sur la plage* (1976). Elle devint l'une des grandes amies parisiennes de Warhol, et lui commanda son portrait en 1974. « Notre complicité fut immédiate, et je n'avais pas droit aux "Gee !" et autres "C'est génial !" qui ont frappé et agacé certains, témoignait-elle. Avec moi, il était un homme délicieux, cultivé, curieux, avec qui discuter était un réel plaisir, loin des banalités mondaines. Andy avait en lui une qualité très enfantine, il était aussi un Peter Pan qui aimait qu'on lui raconte des histoires. Je me souviens qu'il avait été fasciné en apprenant que ma famille avait possédé des pigeons voyageurs au Portugal… Il y avait aussi une autre donnée : je sentais que je devais le protéger, j'étais très maternelle à son égard. En général, j'étais toujours celle que l'on prenait en charge, que l'on gâtait, j'étais passée des mains de mon père à celles de mon mari. Mais avec Andy, c'était l'inverse. J'avais toujours envie de le rassurer, aucun autre homme n'a jamais provoqué de tels sentiments en moi. Enfin, la fantaisie nous liait. C'est ainsi qu'il m'appelait "Mrs Two", "Madame Deux" car il trouvait que j'avais tout en double :

---

1. Propos de Sao Schlumberger recueillis par l'auteur.

deux salles à manger, deux bibliothèques, deux chauffeurs, un pour le jour et un pour le soir. Je lui ai expliqué qu'en français, à l'oral, cela donnait "Madame de", comme l'héroïne de Louise de Vilmorin, morte cinq ans plus tôt. Je lui ai raconté sa vie amoureuse compliquée, ce qui l'a beaucoup amusé. "C'est merveilleusement français !" m'avait-il dit, ravi. Il aimait que je l'éclaire sur ces figures parisiennes, dont certaines posèrent pour lui. De mon côté, je lui dois tant de plaisirs et de stimulation. Il m'offrait la turbulence new-yorkaise. Je sais que j'ai eu raison d'admirer son talent et son originalité au plus haut point. Les gens me disaient que j'étais folle lorsque j'affirmais que je le préférais à Picasso, dont mon mari possédait des toiles. Il n'existait pas sur terre un deuxième Warhol, il était unique[1]. »

Trois jours après l'inauguration au musée Galliera, il assista, le lundi 25 février, entouré de tous ses complices parisiens, au vernissage de l'exposition « Andy Warhol : Portraits » chez Ileana Sonnabend. On retrouvait, sur les murs et dans la galerie, Yves Saint Laurent ou Hélène Rochas. « C'était dans ce même lieu, se rappelait cette dernière, que j'avais découvert son travail, en janvier 1964, avec ses toiles consacrées aux désastres et aux morts violences. Quel chemin parcouru depuis en seulement dix ans, presque jour pour jour ! Dans cette nouvelle exposition, ma série préférée fut ses portraits de David Hockney. Andy était très recherché dans Paris, tout le monde se disait son ami(e), chacun recherchait sa compagnie. Des années après sa mort, j'ai appris en lisant ses premières biographies qu'il avait fait de même, à la Factory argentée, il vous donnait l'impression d'être unique dans sa vie, d'y jouer un rôle capital, irremplaçable, et nous succombions tous.

1. Propos de Sao Schlumberger recueillis par l'auteur.

Mais cela ne me troublait pas, je n'étais pas jalouse, comme d'autres, je profitais de son amitié à Paris, dans le sud de la France et à New York, où j'ai fini par acheter un appartement, dans l'Olympic Towers, avec une vue incroyable sur l'Empire State Building. Andy était l'une des raisons qui m'attirèrent dans cette ville, nous nous sommes beaucoup vus à Manhattan. Mais j'ai fini par le revendre car mon voisin, l'homme d'affaires saoudien Adnan Khasoggi, avait fait construire une piscine juste au-dessus de ma chambre et cela m'angoissait car j'imaginais que le plafond allait céder et que j'allais mourir noyée ! Cette histoire ravissait Andy, à tel point qu'il m'avait offert des maillots de bain achetés dans les boutiques les plus élégantes de la ville, pour remplacer mes chemises de nuit. C'était typique de son humour[1]. »

De retour à New York, Andy signa, en mars 1974, un contrat avec l'éditeur Harcourt Brace Jovanovich, pour deux livres. L'un sortirait en 1975 sous le titre *Ma philosophie de A à B et vice versa*, et l'autre aurait dû être consacré à Paulette Goddard. Cette dernière, au cours de leurs nombreuses sorties, le régalait d'histoires sur son passé hollywoodien, sur ses amants célèbres, sur ses frasques diverses et variées. Elle était une conteuse hors pair et il vit à quel point ce matériau pourrait séduire un vaste public. Pour ces deux contrats, Warhol apportait son nom et sa caution, mais l'essentiel du travail était effectué par sa secrétaire, Pat Hackett, pour le premier et par Bob Colacello, le rédacteur en chef d'*Interview*, pour le second. Pat enregistrait ses réponses, elle déchiffrait les bandes et les ordonnait en un texte publiable, quant à Bob, il l'aidait à interroger Paulette et se chargeait de transformer le résultat

1. Propos d'Hélène Rochas recueillis par l'auteur.

en livre. Mais, dès que «mon épouse, Sony», se mettait en marche, Paulette se dérobait, usant de toutes les stratégies à sa disposition pour amoindrir ses propos, ne lui donnant que des descriptions et des détails sans intérêt, loin des passages flamboyants qu'elle lui confiait hors micro. C'était l'héroïne de *La Dame de Shanghai*, dans la scène des miroirs à la fin du film. Andy, au comble de la frustration, se noyait dans tous ses reflets, ne sachant jamais auxquels il aurait affaire, perdant peu à peu toute confiance en son interlocutrice. Le livre ne vit jamais le jour car l'éditeur refusa le manuscrit, insipide et sans commune mesure avec le résultat promis et espéré.

À New York, loin des béatitudes parisiennes, Warhol fut confronté à une triste nouvelle. En ce même mois de mars 1974, la mort prématurée de Candy Darling, à l'âge de 28 ans, le bouleversa profondément, au point de surprendre son entourage. Bob Colacello ne cacha pas sa surprise : il côtoya Warhol pendant des années et ce fut la seule fois qu'il le vit pleurer[1]. Candy fut emportée par un cancer du système lymphatique qui avait provoqué une paralysie de sa main droite et de la moitié de son visage. Elle ne se montrait plus, vivait cloîtrée dans son lit et ne communiquait que par téléphone. Andy avait toujours été sensible à sa grâce et à son charme. Il lui avait offert des rôles dans *Flesh* et *Women in Revolt*, avait volontiers posé en sa compagnie pour Avedon ou Beaton, il lui avait demandé de réaliser des entretiens pour *Interview* et avait admiré son courage pour braver l'opinion et endurer des traitements hormonaux redoutables, afin de modifier son apparence physique. Pour certains, ces injections, souvent toxiques, furent à l'origine du mal qui l'emporta. «J'ai dîné

1. Voir Bob Colacello : *Holy Terror*, *op. cit.*, p. 256.

avec Andy au moment de la mort de Candy Darling, et il était secoué, pour ne pas dire ébranlé», confirmait John Richardson, dont Warhol fit également le portrait en 1974, vêtu de cuir noir. «Pour tout dire, je ne l'avais jamais vu comme cela. Je crois qu'Andy avait une tendresse particulière pour Candy, cela n'avait rien d'érotique ou d'amoureux, c'était plutôt d'ordre familial, comme les sentiments d'un grand frère protecteur pour un cadet étrange et tragique, encore plus étrange et tragique qu'il ne l'était lui-même[1].» Candy Darling n'ayant plus d'argent pour régler sa note de téléphone, Andy s'en chargea. Il demanda également à Colacello d'enquêter pour savoir si la famille avait les moyens de payer les obsèques, il fit envoyer une somme de cinq cents dollars à la mère du défunt et des fleurs pour les funérailles, auxquelles il ne se rendit pas, cela va sans dire.

En mai 1974, Andy et sa coterie assistèrent à la première du film *Identikit* à Monte-Carlo, où la princesse Grace donna une fête en l'honneur de son amie Elizabeth Taylor. Warhol et Paulette Goddard retrouvèrent sur place ses complices parisiens, curieux de découvrir ses premiers pas à l'écran. «Nous venions en voisin car la maison où nous passions toutes nos vacances, La Dragonnière, au Cap-Martin, était à moins de dix kilomètres de la Principauté, se souvenait Hélène Rochas. J'étais heureuse de soutenir Andy, il était si excité, comme un petit garçon, et si fier d'avoir été le partenaire de Liz Taylor. Nous avons trouvé le film très hystérique, très prétentieux, et notre pauvre Andy avait l'air d'un petit fantôme qui ânonnait ses répliques avec difficulté. Les critiques furent très mauvaises[2].»

1. Propos de John Richardson recueillis par l'auteur.
2. Propos d'Hélène Rochas recueillis par l'auteur.

Et il ne trouva aucun réconfort auprès de Paulette, descendue, comme lui à l'Hôtel de Paris. Warhol et Colacello essayèrent, en vain, de l'interviewer pour leur livre, mais elle trouvait toujours un prétexte pour se dérober et, lorsqu'elle répondait enfin à leurs questions, ils n'avaient droit qu'à un flot de banalités. Une véritable tension régnait au sein du trio puisqu'elle avait exigé d'avoir son propre magnétophone, afin de garder une trace précise de tous les enregistrements. Et rien ne pouvait être publié sans son autorisation. Andy regagna New York déprimé : *Identikit* était un échec cuisant, comme son projet avec Paulette Goddard, et il devait maintenant affronter la perspective, toujours harassante, d'un nouveau déménagement.

XXVIII

« Il avait le doigt sur le pouls de l'époque »

Warhol jetait régulièrement son passé par-dessus bord, il quittait un lieu pour un autre, s'entourait de nouveaux collaborateurs et réinventait son image, rien ni personne ne devait le freiner ou l'entraver. En 1974, contrarié par une hausse de loyer, il décida d'installer ses bureaux au 860 Broadway. Cette troisième Factory, car on continua à l'appeler ainsi, était encore plus éloignée de la première que ne l'avait été la deuxième : mesures de sécurité renforcées, afin de dépister les apprentis Solanas dès leur arrivée, et décor Art déco, destiné à séduire tous ceux qui commanderaient leur portrait ou financeraient *Interview*. Sa baguette de sourcier devinait toujours ce qui réclamait un coup de sonde afin de découvrir de nouvelles sources, d'inspiration ou d'argent. L'artiste pop était aussi devenu un homme d'affaires avisé, toujours à la recherche d'autres univers à conquérir.

Warhol avait laissé Morrissey chasser Malanga, et il laissa Fred supplanter Paul. Le déménagement se déroula en septembre 1974 et les locaux, bien plus vastes encore, n'offrirent pas même un bureau à Morrissey, qui n'avait désormais plus aucun rôle à jouer au sein des entreprises Warhol : Andy en était le PDG, Hughes le président et Vincent Fremont le vice-président, le secrétaire et le trésorier. Le jeune homme travaillait pour eux depuis 1969 et, tout comme sa fidèle secrétaire Pat Hackett, il n'était que discrétion et efficacité. L'absolu contraire des divas de l'ancien entourage warholien.

Le rejet de Morrissey était lié à plusieurs raisons. Ses sarcasmes, son ton volontiers cassant et ses humeurs sur les tournages avaient fini par prélever leur tribut, particulièrement sur Pat Hackett et sur Jed Johnson, dont la patience proverbiale avait commencé à se fissurer à son contact. En tant que monteur de ses films, Jed jouait les punching-balls et Andy en avait pris note, la peur de le voir partir fut un signal d'alarme. Mais les deux films réalisés à Rome jouèrent aussi un rôle. Ainsi *De la chair pour Frankenstein*, qui n'avait coûté que trois cent mille dollars, en avait rapporté sept millions pour les seuls États-Unis. Et c'était sans compter l'Europe car il avait remporté un beau succès en Allemagne. Mais le producteur Carlo Ponti, qui avait la mainmise sur toute la chaîne de distribution, affirmait que ces chiffres étaient faux et les productions Warhol, mal défendues dans les contrats, ne touchèrent pas un sou. Quant à *Du sang pour Dracula*, il ne connut qu'une visibilité très courte en salles. Et lorsque Hughes et Fremont essayèrent de défendre leurs intérêts auprès de Ponti, ils furent confrontés à un cauchemar bureaucratique et juridique, savamment entretenu par des avocats redoutables, à la solde du producteur italien. Cela sonna le glas des relations avec Paul Morrissey, dont le départ se fit sans drames et sans éclats, d'autant plus qu'il possédait toujours la moitié de Montauk, leur retraite rustique au bord de l'océan. Il partit vivre de nouvelles aventures, de son côté, et le cinéma cessa alors d'avoir la première place dans la vie d'Andy : le dernier film des productions Warhol, *Bad*, sera tourné en 1976 par le seul Jed et sombrerait sans laisser de traces dans les mémoires. Désormais, Warhol ne dirait plus «Allez demander à Paul, c'est lui qui veut...» ou «Ce n'est pas moi, c'est Paul qui...», mais «Allez demander à Fred, c'est lui qui veut» ou «Ce n'est pas moi, c'est Fred qui...». Comme toujours chez lui, la bonne conscience était obtenue à peu de frais. Son personnage de Candide placide était à la fois une armure et un bouclier. En refusant de régler lui-même une affaire déplaisante ou un conflit, il les considérait comme nuls et non avenus, laissant à un autre le soin d'effectuer la sale besogne.

C'est dans cette nouvelle Factory qu'*Interview* prit vraiment son envol, grâce à la sagacité de Fred Hughes. Il avait compris qu'une revue de cinéma d'avant-garde n'avait aucune chance de décoller et de séduire un large public alors qu'un magazine consacré à la culture et aux arts, à la mode et aux célébrités pourrait s'imposer sur le marché américain, auprès des jeunes citadins, le public visé. Alors qu'*Interview* sombrait peu à peu et perdait plus d'argent qu'il n'en rapportait, il fit appel à de nouveaux financiers et changea l'équipe. Grâce à Bob Colacello, nommé rédacteur en chef, la ligne éditoriale trouva enfin le ton qui lui assurerait le succès. Il était vif, plein d'esprit, snob, et ses compétences firent merveille. Peu à peu, des collaborateurs de grande qualité furent sollicités : l'écrivain Fran Lebowitz, les photographes Peter Beard et Robert Mapplethorpe, les illustrateurs Joe Eula et Antonio... Si Warhol déléguait l'essentiel du travail à Colacello et à son escadron, il supervisait chaque numéro et rien n'était publié sans son approbation. Lui-même se chargeait souvent de l'interview de la personnalité choisie pour faire la une. Et il eut l'idée d'interviewer une célébrité par une autre célébrité, et de retranscrire les propos échangés sans les retoucher, pour ajouter plus de spontanéité. Andy jouait le jeu et fut questionné par son amie Lee Radziwill pour le numéro de mars 1975. Les Beautiful People étaient flattés par cet « entre-soi » et beaucoup lui commandèrent leur portrait au passage, ce qui ne gâtait rien puisque cette activité représentait désormais l'essentiel de ses revenus. Grâce à *Interview*, Warhol rencontrait des talents confirmés et en devenir, des personnalités les plus créatives de l'époque, tout en faisant découvrir à ses lecteurs américains le travail des Européens qu'il admirait. Andy ne manquait jamais de rendre hommage à ses amis français. Le numéro *Avril à Paris* (avril 1975) en est un exemple révélateur : l'illustrateur Antonio imagina pour la couverture un portrait de Brigitte Bardot, comme s'il s'agissait d'une enveloppe de lettre envoyée par Air Mail, avec deux timbres près du visage de l'actrice, qui venait de se retirer à jamais du cinéma pour vouer sa vie aux animaux. À l'intérieur, des articles consacrés à Bardot et à Dominique Sanda, Bernadette Laffont photographiée par Helmut Newton, Stéphane Audran par Karl Lagerfeld, la philosophie d'Yves Saint Laurent, « Betty Catroux préfère New York à Paris », Sao Schlumberger par François-Marie Banier et un hommage à Jean Cocteau, l'idole de toujours.

Le frisson de la nouveauté et du glamour était une marchandise et ils surent la vendre à leurs lecteurs. Plus que jamais, Andy avait le doigt sur le pouls de l'époque et, toujours conscient de la valeur publicitaire des styles de vie privilégiés, il exploita le filon. Apôtres du snobisme parisien, stars de cinéma hollywoodiennes, sportifs célèbres, couturiers et mannequins en vogue…, tous jouèrent le jeu et acceptèrent de figurer au sommaire du magazine. Warhol était très organisé puisqu'il avait à la fois des correspondants en Europe et à Los Angeles, New York étant son territoire et celui de Colacello. Le tirage, qui ne cessa de grimper tout au long des années, donnait raison, une fois de plus, à Fred Hughes. Mais leurs différentes initiatives ne remportèrent pas autant de succès, et lorsque Warhol voulut créer un département vidéo et réaliser des interviews filmées, sous le titre *Rien de sérieux*, le résultat manquait de verve et ne fut guère convaincant, ils abandonnèrent donc cette piste. Andy était allergique à toute forme d'oisiveté, il détestait les week-ends et les vacances, et chaque minute devait être rentabilisée, même ses promenades dans New York où il passait d'un antiquaire à une vente aux enchères, complétant ses collections et glanant des idées en chemin. Et le soir, il pouvait apparaître dans plusieurs dîners avant de se rendre dans un night-club, toujours accompagné de son appareil Polaroid et de « mon épouse, Sony ». Il enregistrait les conversations, photographiait les visages, recherchait l'inspiration pour de nouveaux projets, mais aussi des commanditaires pour des portraits et des annonceurs susceptibles d'acheter des pages de publicité dans *Interview*.

La nouvelle Factory, qui occupait le troisième étage de l'immeuble, était à la fois une entreprise et un atelier, un théâtre de la mondanité et un vivier de rumeurs, qui enchantaient et amusaient Andy. Il avait le goût des êtres luxueux, des signes extérieurs de richesse et, en 1975, il s'offrit une Rolls-Royce Silver-Shadow, suivie d'une deuxième, l'année suivante. Il engagea également deux sœurs philippines, Nena et Aurora, qui devinrent ses gouvernantes et ses anges gardiens, dont l'une vivait à demeure. Et à partir de 1977, il se rendit toujours à Paris à bord du Concorde, où il volait de l'argenterie lors des repas, afin de se constituer un service entier. Son image de peintre riche et célèbre, menant une vie sociale frénétique, lui porta parfois préjudice dans le monde de l'art et, de temps à autre, Warhol proposait un projet vraiment original, qui corrigeait le tir et surprenait ses détracteurs. C'est ainsi qu'en 1975 il exposa en Italie, au Palais des Diamants à Ferrare, l'une de ses séries les plus inspirées. Elle s'intitulait *Ladies & Gentlemen*, il s'agissait de portraits de travestis. Le contraste entre cette somptueuse bâtisse Renaissance et ces hommes déguisés en femmes portait le poinçon warholien. En Italie, l'exposition, qui ne présenta qu'une fraction des deux cent soixante-huit tableaux réalisés, fit des vagues car les critiques d'art communistes accusèrent Warhol de racisme puisqu'il ne montrait que des garçons noirs et d'origine hispanique qu'Andy avait photographiés en personne. « Ces reproches étaient absurdes et sans fondement mais, à leurs yeux, Andy était le peintre du consumérisme et de l'Amérique capitaliste qui broyait les opprimés, analysait John Richardson. Et Marella et Gianni Agnelli, le couple royal d'Italie, avaient posé pour lui, il fallait donc lire entre les lignes et déchiffrer les allusions de ses détracteurs. Mais une touche de scandale séduisait toujours Andy, il savait mieux que quiconque que faire parler de soi, à n'importe quel prix, était indispensable pour être visible. Dès l'époque de la Factory argentée, il avait su manipuler les médias pour parvenir à ses fins. En ce qui me concerne ces *Ladies & Gentlemen*, dont le titre est en lui-même une belle trouvaille, font partie de ses meilleures œuvres, dignes des boîtes de soupe, des désastres et des morts violentes, des Marilyn et des Mao. Ce sont des toiles particulièrement intenses et je les vois comme un signe de soutien et d'affection de la part d'Andy[1]. »

Dans la nouvelle Factory, donjon de mille mètres carrés impénétrable sans montrer patte blanche, Warhol dispo-

1. Propos de John Richardson recueillis par l'auteur.

sait d'un atelier où il peignait plusieurs heures par jour. Il n'avait jamais gagné autant d'argent de sa vie et accumulait des objets de prix – mobilier, tableaux, argenterie, bibelots. Andy collectionnait de manière compulsive, il cédait à toutes ses impulsions, à commencer par sa passion des pierres précieuses et des bijoux. Lorsque Bob Colacello lui demanda ce qu'il en faisait, il lui répondit qu'il les mettait sur ses chiens, Archie et Amos, lorsqu'ils venaient jouer avec lui sur son lit[1]. L'on racontait également qu'il portait ses parures Art déco et ses rivières de diamants sous ses col roulés, pour son seul plaisir.

Warhol était devenu un personnage légendaire de son vivant, on l'arrêtait sans cesse dans la rue pour lui demander un autographe et chacune de ses apparitions attirait les foules, comme ce fut le cas lorsqu'il fit le tour des États-Unis, en venant signer et présenter son nouveau livre, *Ma philosophie de A à B et vice versa*, dans une dizaine de grandes villes, en septembre 1975. La foule se déplaçait surtout pour le voir et recueillir sa signature. Basé sur des propos recueillis et mis en forme par Pat Hackett – elle utilisa également des conversations enregistrées par Andy avec Colacello et Brigid Berlin –, le texte offrait le portrait d'un homme désillusionné mais très drôle, d'un être obsédé par la beauté qu'il n'avait pas et qui reconnaissait sans fausse culpabilité son attrait pour l'argent. Les points de vue se succèdent, sans logique apparente, avec des digressions warholiennes : il y évoque ses débuts à New York, l'amour et le sexe – qui, selon lui, devraient être enseignés à l'école –, l'immaturité des adultes, l'art, qui est à ses yeux une valeur marchande… Il reconnaît que sa relation la plus approfondie est celle

1. Voir Bob Colacello : *Holy Terror*, *op. cit.*, p. 326.

qu'il entretient avec « mon épouse, Sony » et qu'il n'est pas préparé à affronter la mort. C'est parfois très amusant, à la fois léger et profond, donnant la fausse impression de parler pour ne rien dire, mais ces pages sont essentielles pour comprendre la psyché warholienne. Un passage est particulièrement évocateur, celui qu'il consacre à Edie Sedgwick, devenue Taxi. L'on comprend qu'elle fut la seule personne à le captiver profondément et il explique que cette fascination était une forme d'amour. Mais il brosse d'elle un portrait féroce : incapable de s'attacher, manipulatrice, égocentrique, menteuse... Autant d'adjectifs que certains appliquaient volontiers à Warhol lui-même. Peu après sa publication, il demanda à Lou Reed d'écrire une comédie musicale adaptée de *Ma philosophie de A à B et vice versa*, et celui-ci accepta. En l'espace d'une nuit, il composa toutes les chansons et les fit écouter à un Andy aussi fasciné qu'horrifié. Comme il l'avait fait avec *Femme fatale* ou *Walk on the Wild Side*, Reed avait atteint le cœur de la cible et le résultat glaça le sang du principal intéressé. Nul n'est besoin de dire que le spectacle ne vit jamais le jour. Et les ventes du livre, comme celles de tous ceux que publia Warhol, furent une fois de plus décevantes.

À ce stade, Andy entretenait le doute entre fiction et réalité. Qui se cachait réellement derrière ce personnage ? « C'était très habile de sa part de porter des perruques si manifestement laides. Avec sa pâleur fantomatique, son côté taciturne et son œil de lynx, à qui rien n'échappait, il était l'héritier de Dada et des surréalistes », résumait John Stefanidis[1], qui eut maintes occasions de l'observer de près, en Europe et à New York. Andy inspirait autant

1. Propos de John Stefanidis recueillis par l'auteur.

d'admiration que de méfiance et beaucoup s'interrogeaient sur sa sincérité et ses motivations. Quelle était alors l'unité de sa vie ? Était-il capable d'apprécier vraiment quelqu'un ? Était-il parfois gagné par les scrupules et le remords ? « Je n'ai pas les réponses à toutes ces questions, mais je crois que je le connaissais vraiment bien, notait John Richardson. Andy avait des lignes de force : le travail et sa foi, il était croyant et pratiquant et se rendait plusieurs fois par semaine à l'église, lorsqu'il était à New York. Certains ont du mal à le croire, ils pensent que c'était une pose, un sentiment superficiel, mais ils se trompent. Quant à savoir s'il pouvait encore s'attacher à quelqu'un, plusieurs noms me viennent à l'esprit pour les dix ou quinze dernières années de sa vie : Catherine Guinness, sa dernière grande amie, Jon Gould, son dernier grand amour, Jean-Michel Basquiat, son protégé préféré, et John Reinhold, son confident attitré[1]. »

1. Propos de John Richardson recueillis par l'auteur.

XXIX

« Jimmy Carter, Willy Brandt ou Golda Meir : warholisés pour la postérité »

« J'ai fait sa connaissance à l'automne 1975, raconte Catherine Guinness. Je déjeunais avec mon ami Robert Mapplethorpe, qui devait déposer l'une de ses photos à la rédaction d'*Interview*, à la Factory. Il m'a emmenée avec lui et m'a présentée Andy et Fred, qui m'a proposé de dîner avec eux. J'étais à New York pour essayer d'y chercher du travail dans le monde des médias – télévision ou presse écrite. Lorsque mes démarches ont échoué, Fred et Andy m'ont offert un poste et, après les vacances de Noël, j'ai rejoint l'équipe[1]. » Alors âgée de 23 ans, elle appartenait à la célèbre famille de brasseurs et de banquiers anglo-irlandais. Andy succomba immédiatement à l'humour caustique de la jeune femme, dont on disait qu'elle avait autant d'esprit que sa grand-tante, la romancière Nancy Mitford. Elle devint sa favorite et il adorait passer du temps en sa compagnie, à New York et en voyage. Catherine n'avait peur de rien ni de personne, son absolu contraire, et sa férocité n'était jamais assoupie. Elle pouvait rire de tout, sans le moindre tabou, et avait plus d'une flèche dans son carquois. Le peloton d'exécution n'était jamais bien loin et Warhol se délectait de ses moindres commentaires. Ses qualités s'harmonisaient

1. Propos de Catherine Guinness recueillis par l'auteur.

parfaitement avec les siennes. Ils n'étaient qu'irrévérence et formaient un duo redouté et redoutable.

À la rédaction d'*Interview*, Catherine devint l'assistante de Bob Colacello. «J'avais le plus grand respect pour lui, confie-t-elle. Il était un bourreau de travail, amusant et plein d'énergie. Nous nous entendions bien, malgré nos divergences de point de vue sur ce que nous souhaitions pour le magazine. Il tenait absolument au côté mondain alors que j'aurais préféré des sujets plus loufoques. Mais Andy et Fred avaient largement eu leur part de loufoquerie au cours de la décennie précédente et ils aspiraient à des univers plus haut de gamme. Et il faut bien reconnaître que ce sont les gens du monde qui étaient les plus susceptibles de commander leur portrait, ce qui leur assurait des rentrées d'argent substantielles[1].» Elle relisait les épreuves, divertissait les clients lors des déjeuners et accompagnait Andy lorsqu'il réalisait des entretiens, sa présence le rassurait et le stimulait et, de son côté, la jeune Anglaise aimait assister à ces conversations souvent improbables entre Warhol et des personnalités aussi charismatiques que les Rolling Stones, qui avaient loué Montauk, au cours de l'été 1975, pour y répéter avant leur nouvelle tournée. Alliant toujours l'utile à l'agréable, Andy en profita pour peindre le portrait de Mick Jagger. Autre atout dans sa manche, son amitié avec Bianca, son épouse, qui lui permit de publier dans son magazine une interview de Jack Ford, le fils du président des États-Unis. Tout était brise pollinisatrice pour Andy.

À la Factory, chacun travaillait beaucoup, c'était une entreprise regroupant plusieurs branches, il y avait obligation de résultat et, malgré des salaires peu élevés, les employés ne ménageaient pas leur peine. Quant aux

1. Propos de Catherine Guinness recueillis par l'auteur.

déjeuners, organisés dans la magnifique salle à manger Art déco, ils devaient être rentabilisés par une commande de portrait ou de nouveaux achats d'encarts publicitaires dans le magazine. Un traiteur s'occupait de la nourriture et Bob Colacello, dont les antennes étaient toujours en alerte, savait qui venait d'arriver en ville et qui devait figurer sur la liste A des invités. Andy n'était jamais à l'aise lors de ces repas, mais Fred et Bob savaient séduire, flatter, cajoler. Et l'on pouvait compter sur Catherine Guinness pour les crises d'hilarité. « C'était le lieu incontournable dès que l'on arrivait à New York, l'on était certain d'y rencontrer des gens talentueux et originaux, résumait Hélène Rochas. Mais Andy savait vous faire comprendre qu'il était le chef, en toutes circonstances. Je me souviens d'une soirée incroyable… En octobre 1976, Françoise de la Renta, l'épouse d'Oscar, lui a demandé si elle pouvait organiser un grand dîner à la Factory et il a accepté. Mais elle a été très stricte sur le plan de table et, comme en général, Andy aimait être entouré de toute sa bande, il a été furieux en apprenant que seuls Fred, Colacello et Catherine Guinness étaient invités. Sa vengeance fut très au point : il venait alors de peindre toute une série de crânes et lorsque nous sommes arrivés, avec Kim (d'Estainville) et Pierre (Bergé), la pièce, éclairée à la bougie, ressemblait à une chambre mortuaire avec ces crânes sur les murs ! Cela avait un côté "Famille Addams", j'ai trouvé cela très amusant, mais Françoise était horrifiée ! Elle a compris la leçon, et Andy n'a jamais haussé la voix une seule fois[1]. » À l'inverse, il avait organisé un dîner pour son amie Sao Schlumberger quelques mois plus tôt, en mai 1975, et, en arrivant, elle eut la délicieuse surprise de découvrir, accrochés aux murs

1. Propos d'Hélène Rochas recueillis par l'auteur.

de cette même salle à manger, des portraits de chats et de chiens, qu'il venait de terminer. « C'était un ravissement, Beatrix Potter à Manhattan !, s'exclamait-elle vingt-cinq ans plus tard. Et j'ai immédiatement acheté un chat pour ma maison du sud de la France. Ce fut l'un des plus jolis moments de ma vie, j'ai été très touchée par la gentillesse d'Andy, qui savait que j'adorais les animaux et avait mis tout en œuvre pour me manifester son amitié[1]. »

À la Factory, sérieux et pittoresque étaient indissociables, il y avait toujours des surprises, des épisodes réjouissants et inattendus. Ainsi, en mai 1976, Andy découvrit, en arrivant dans ses bureaux, que des admirateurs avaient passé des heures à dessiner son visage, sur le trottoir, avec des morceaux de ruban adhésif, et le résultat, vu des fenêtres, était particulièrement convaincant. Le New York de la seconde moitié des années 70 mariait violence des rues et fantaisie à tous les étages : télégrammes chantés par des garçons déguisés en petits grooms, « Boulangerie érotique » où l'on pouvait acheter des gâteaux en forme de seins, vitrines du couturier Halston décorées avec des carcasses de dindes au lendemain d'Halloween, en novembre 1976… Cette dernière initiative avait germé dans l'esprit d'un garçon qui amusait beaucoup Andy, Victor Hugo. Ce Vénézuélien, étalagiste et compagnon d'Halston, était connu pour son extravagance. Ainsi, en 1976, pour fêter le deux centième anniversaire de l'adoption de la Déclaration d'indépendance des États-Unis, il eut l'idée de peindre en bleu, blanc et rouge tous les rochers autour de la maison de Peter Beard à Montauk. Mais l'on se demande ce que pensa Beard lorsque le facétieux Victor trempa les pattes de plusieurs poulets dans cette même peinture rouge avant

1. Propos de Sao Schlumberger recueillis par l'auteur.

de les laisser courir librement dans son salon ? Ce climat convenait comme un gant à Andy. Ne se promenait-il pas avec des dizaines de bouts de papier dans ses poches, tous couverts de numéros de téléphone, plutôt que de les noter dans un agenda, dont la logique lui échappait ? Bouts de papier qu'il semait derrière lui comme le Petit Poucet ses cailloux. Ne refusait-il pas les cartes de crédit, leur préférant des liasses de billets, qu'il cachait même dans ses chaussures et ses chaussettes, ainsi qu'il le faisait déjà dans les années 50 ? N'avait-il pas eu l'idée de signer les six mille exemplaires de la première édition de *Ma philosophie* ? Cette tâche redoutable, qui aurait effrayé n'importe quel auteur, ne le rebutait nullement, et il fit de même pour les six mille exemplaires du deuxième tirage. Catherine Guinness n'en perdait pas une miette, la Factory et ses occupants valaient tous les spectacles, même pour une jeune femme dont la famille et l'entourage comptaient de nombreux excentriques, à commencer par sa grand-mère et ses tantes, les célèbres sœurs Mitford.

Warhol passait l'essentiel de ses après-midis dans son atelier, secondé par son assistant Ronnie Cutrone, qui l'aidait à sérigraphier et peignait tous les fonds. Il alternait nouvelles séries et portraits de commande, qu'il personnalisait, avec quelques coups de pinceaux ou avec sa main recouverte d'un gant de caoutchouc, de manière à les rendre uniques, une fois les toiles terminées. En plus des personnalités du monde des arts et de la finance, il en vint aussi à réaliser les portraits de figures politiques, « warholisées » pour la postérité : Jimmy Carter (couverture du *New York Times Magazine* et campagne présidentielle), Willy Brandt ou Golda Meir. Andy travaillait tous les jours, même le week-end, chez lui ou seul à la Factory, rien ne venait ralentir ou affaiblir son rythme très soutenu. Il semblait toujours anxieux à l'idée de manquer de quoi que ce soit, comme si la pauvreté de son enfance pouvait soudainement se rappeler à lui. Et il savait pouvoir compter sur Hughes pour gérer au mieux son entreprise et lui apporter de nouveaux contrats. « Fred avait une importance vitale dans sa vie, note Catherine Guinness. Je dirais qu'il guidait Andy, mais qu'Andy était toujours celui qui décidait. Ils s'inspiraient l'un l'autre, des idées et des projets naissaient de leurs échanges. Fred était définitivement plus que l'homme qui dirigeait ses affaires[1]. » Les inquiétudes d'Andy étaient alimentées par l'échec rencontré par certains de ses projets. Ainsi, en 1975, le spectacle musical qu'il produisit à Broadway, *L'Homme sur la Lune*, ne remporta aucun succès. Il débuta le 29 janvier et se termina cinq jours plus tard, le 1er février. La musique avait été confiée à John Philipps, du groupe The Mamas & The Papas, mais l'histoire de cet astronaute américain qui doit sauver la Terre de la destruction ne parvint à convaincre personne, ni la critique ni le public. De même comme, malgré un lancement national, les ventes de *Ma philosophie de A à B et vice versa* avaient été décevantes, il avait fini par racheter de nombreux exemplaires afin d'en faire des cadeaux à de possibles commanditaires. Il s'agissait pourtant de son livre le plus original, le plus réussi et le plus personnel. Mais la désillusion qui en émanait, son cynisme rieur et assumé déroutèrent trop ses contemporains. Son angoisse financière était telle qu'il acceptait de poser pour des publicités, comme il le fit pour les produits de la marque Pioneer, photographié avec son chien Archie.

Le matin, Warhol commençait la journée en dictant son journal au téléphone à Pat Hackett, en qui il avait, à raison,

---

1. Propos de Catherine Guinness recueillis par l'auteur.

une confiance aveugle. Il arrivait à la Factory à l'heure du déjeuner ou en début d'après-midi si rien n'était prévu ce jour-là. Il ouvrait son courrier, consultait la liste des engagements du jour, puis il peignait jusqu'au soir ou allait interviewer une personnalité pour le magazine, avant d'assister à un ou plusieurs dîners, dans l'espoir de repartir avec une nouvelle commande de portrait. Ses détracteurs lui reprochaient de ne s'embarrasser d'aucun scrupule, de courtiser des représentants d'États totalitaires, comme l'Iran du dernier Shah, Mohammad Reza Pahlavi, ou les Philippines des Marcos, dans le seul espoir d'engranger de l'argent grâce à des tableaux. Warhol dînait alors très régulièrement à l'ambassade d'Iran à New York, qu'il appelait « Le Caviar Club », avec ses amies Paulette Goddard ou Lee Radziwill. « Rien ne m'agace plus que ces critiques, la presse de gauche en voulait à Andy de peindre les Happy Few de ce monde, à les en croire il s'agissait d'une maladie honteuse, déplorait cette dernière. Le gouvernement du Shah était loin d'être le pire, sa politique avait fait beaucoup pour améliorer le niveau de vie de ses concitoyens en général et des femmes en particulier, et le règne de Khomeini, qui lui a succédé, fut bien plus horrible[1]. » Sa stratégie porta ses fruits puisqu'on lui commanda les portraits du souverain et de son épouse, la Shabanou.

Andy et Fred ne cachaient pas leur préférence pour des femmes de la haute société. L'arrière-grand-père de Catherine Guinness, Lord Moyne, avait été l'un des ministres de Winston Churchill. Lady Anne Lambton, fille d'un vicomte anglais, était devenue son « garde du corps », elle l'escortait lors de ses apparitions publiques et tenait à distance quiconque voulait l'approcher de trop près. Quant à Lee

1. Propos de Lee Radziwill recueillis par l'auteur.

Radziwill, sœur de Jacqueline Kennedy, elle avait épousé un prince polonais en exil. Andy aimait la retrouver le soir, à New York, on les voyait si souvent ensemble que la presse les disait sur le point de se marier. « Ma sœur et moi étions tellement habituées à lire des rumeurs stupides sur notre compte, c'était devenu un jeu et nous préférions en rire lorsque nous ouvrions les journaux, notait-elle. J'appréciais profondément Andy qui, contrairement à Truman Capote, n'a jamais trahi ma confiance. Nous avons si souvent dîné, chez moi ou à l'extérieur, et je chéris les moments passés ensemble à Montauk. Andy a fait mon portrait, que j'aime beaucoup pour sa mélancolie, et il m'a demandé de réaliser des entretiens pour *Interview*, chaque nouvelle expérience à ses côtés m'intéressait. Et je n'ai que de jolis souvenirs de lui. Ainsi une année, il m'a fait livrer un arbre de Noël miniature, de la taille d'un grand bonzaï, entièrement décoré de la façon la plus exquise, c'était tellement raffiné. Et j'ai été l'une des rares personnes à être invitées chez lui. C'était une maison incroyable, entièrement décorée avec un goût parfait par Jed Johnson, qui a fait là ses armes dans ce domaine. Il y avait des tableaux merveilleux, parmi lesquels *Le chat qui rit* de Lichtenstein. Je me souviens qu'Andy dormait dans un lit à baldaquin, l'idée l'enchantait. J'avais aussi noté qu'il n'y avait pas une seule toile de lui sur les murs. Cela en dit long sur sa personnalité, non[1] ? »

En 1976, Warhol fit ses adieux au cinéma avec un dernier film, tourné par le seul Jed Johnson. *Bad* racontait l'histoire d'une mère de famille qui tenait un institut de beauté mais arrondissait ses fins de mois grâce à un service de meurtres à la demande. Avec ses employées, qui étaient,

---

1. Propos de Lee Radziwill recueillis par l'auteur.

dans l'ombre, de redoutables tueuses zélées, au point de ne pas hésiter à jeter un bébé par la fenêtre si la situation l'exigeait. Le film reposait sur le contraste entre leur apparence charmante et inoffensive, et la cruauté de leurs actions en coulisse, une satire de la petite bourgeoisie américaine bien-pensante qui avait toujours des secrets à cacher. La carrière cinématographique d'Andy, commencée en 1963 avec *Sleep*, comprenait près de cent quarante films, et c'est sans compter ceux qui se perdirent et qui peuvent réapparaître un jour. Elle s'achevait avec cette énième comédie grand-guignolesque à la sauce Factory, qui sortit en avril 1977 sans provoquer l'engouement des distributeurs, de la presse ou du public. Warhol avait recherché un certain cinéma vérité, qui reposait en grande partie sur l'énergie et l'improvisation de ses interprètes, tout en explorant la banalité et les névroses de ses contemporains, mais sans jamais parvenir à un résultat probant, digne d'être sauvé de l'oubli. Et Andy lui-même en convenait. Peu avant sa mort, un journaliste lui demanda ce qu'il pensait d'une prochaine rétrospective de ses films, organisée au Whitney Museum de New York.

« Ça vous plaît ? »

« Non. »

« Pourquoi non ? »

« C'est mieux d'en parler que de les voir[1]. »

Une fois encore, sa lucidité était au rendez-vous car le concept était plus intéressant que le résultat, il avait raison. Et force est de constater que les ânes dirigés par Robert Bresson dans *Au hasard Balthazar* étaient plus convaincants que toutes les superstars warholiennes réunies.

---

1. *Flash Art*, avril 1987. Voir *Andy Warhol : Entretiens*, *op. cit.*, p. 392.

XXX

«À quel point il se sentait seul»

Warhol jugeait les êtres comme un éleveur de chevaux évalue des pur-sang : dons et capacité à devenir célèbre, à gagner la course. Autant dire les piliers de sa constellation, ainsi que l'illustraient la ligne éditoriale d'*Interview* et ses portraits de commande, qui flattaient les modèles et gommaient leurs imperfections. Et ce principe ne fit que s'accentuer avec l'ouverture du Studio 54, le 26 avril 1977. Considéré aujourd'hui, tant d'années après sa brève existence, comme le night-club le plus légendaire du XXe siècle, il mêlait musique disco, sexe et drogue, sous toutes leurs déclinaisons. Ses fêtes furent l'acmé des nuits new-yorkaises les plus extravagantes. S'y retrouvaient personnalités recherchées de tous et parfaits inconnus, à qui l'on ne demandait que d'être beaux et débordants d'énergie. Warhol en devint l'un des piliers, dès le début, il y photographiait les «Rich & Famous» sans vraiment prendre part à la liesse générale, en retrait, observateur et voyeur, comme toujours. Mais «le renard blanc» ne perdait jamais le sens des affaires et il recherchait au Studio 54 des sujets d'articles et des couvertures possibles pour son magazine et, naturellement, des commandes de tableaux. Il s'y rendait avec les membres de sa coterie, composée de figures du monde de la mode et de la musique comme le couturier Halston, la chanteuse et actrice Liza Minnelli – qui posa plusieurs fois pour lui – ou les Jagger – en 1977, il réalisa la pochette du nouvel album des Rolling Stones, *Love You Live*. Un clan talentueux mais narcissique, orgueilleux, exhibitionniste, porté par un goût de l'exception et par un sens défaillant du réel, qui n'avait qu'un seul véritable ennemi, « le désir des désirs : l'ennui », ainsi que l'écrivait Tolstoï dans *Anna Karénine*.

Ils se retrouvaient tous à la Factory en un chassé-croisé d'énigmes et d'allusions codées, de sous-entendus cocasses ou équivoques. Un monde hermétique et excluant qui possédait son propre langage : leur plat préféré était « les œufs aux œufs » (œufs brouillés au caviar), « avoir un problème » désignait l'homosexualité, un « organza » était un orgasme… Malheur à ceux qui n'auraient pas compris ces allusions, anathèmes et excommunications en étaient les sanctions immédiates. Au studio 54, Warhol enregistrait les confidences de ces idoles camées et survoltées, pour son seul plaisir, et en rentrant chez lui, au petit jour, il classait soigneusement les cassettes.

Il était toujours entouré, le soir et dans la journée, mais l'on comprend en lisant son journal intime à quel point il se sentait seul, sans liens profonds avec personne, si ce n'était ses deux chiens adorés. C'est d'ailleurs avec son teckel Archie que le peintre Jamie Wyeth avait représenté Andy lorsqu'une galerie new-yorkaise avait demandé aux deux artistes de se portraiturer mutuellement, en 1976. Warhol y ressemblait à un zombie à perruque, dont le seul véritable soutien lui viendrait d'un chien. « Pour moi, Andy était une version plébéienne du prince Mychkine dans *L'Idiot* de Dostoïevski, analysait John Richardson. Même au beau milieu des orgies du Studio 54, il gardait une sorte d'innocence sacrée. Le revers étant une profonde solitude et le sentiment d'être incompris. Il avait toujours l'air étonné d'être sur cette terre et gardait cette innocence dans ce milieu complètement superficiel et dépravé. Et tout comme Mychkine, Andy avait une sorte de folie douce, un charme que je trouvais irrésistible[1].»

Et le lendemain, même s'il s'était couché à l'aube, Warhol faisait fi de l'absence de sommeil et se remettait au travail. S'il continuait régulièrement à peindre des fleurs, car elles rassuraient et se vendaient toujours très bien, il proposa aussi, dès le milieu des années 70, certaines de ses séries les plus originales, qui lui faisaient retrouver les faveurs des critiques d'art. Après les travestis de *Ladies & Gentlemen* (1975), il y eut les *Crânes* et les *Faucilles et Marteaux* en 1976-1977. La première reflétait, une fois de plus, à quel point la mort avait toujours été au centre de son œuvre, et il se fit d'ailleurs photographier avec un crâne, qu'il avait acheté à Paris et qui lui servit de modèle, posé sur sa perruque argentée ou sur son épaule. Quant à la seconde série, c'était une réponse ironique à ses détracteurs italiens, mais aussi à des affiches placardées sur les murs de Rome. En réinterprétant le marteau du prolétariat ouvrier et la faucille des paysans, les deux symboles graphiques du communisme, il en faisait des icônes warholiennes qui rejoignaient les boîtes de soupe Campbell, les billets de banque ou les Marilyn, et clouaient le bec à ses adversaires. Puis il y eut les *Oxydations* (1978), projections d'urine sur de la peinture au cuivre oxydable, ou les *Ombres*, présentées à la galerie Heiner Friedrich, à New York, du 27 janvier au 10 mars 1979. Il s'agissait de toiles sérigraphiées qui pouvaient être placées dans un ordre aléatoire. Ces œuvres mystérieuses, purement abstraites, offraient des jeux de

1. Propos de John Richardson recueillis par l'auteur.

contrastes entre les fonds noirs et les dix-sept couleurs différentes, vives et acides, elles renouvelaient profondément le répertoire warholien et personne n'aurait pu imaginer qu'il s'agissait de photos de morceaux de carton projetant des ombres. Un thème idéal pour un artiste qui avançait masqué, depuis toujours. Des ombres qui annonçaient la fin d'une époque folle et insouciante, comme s'il avait prévu l'incertitude et l'angoisse qui allaient caractériser la nouvelle décennie avec l'arrivée du sida. En 1983, il renoua avec l'abstraction en proposant une interprétation des taches des tests de Rorschach, que certains psychothérapeutes utilisaient pour évaluer la personnalité de leurs patients. Pour chaque nouvelle série, il réalisait plusieurs versions de différentes tailles, accompagnées de dessins de sa main et de lithographies – les prix oscillaient entre huit mille et quatre-vingt mille dollars. Ses marchands, américains et européens, protestaient poliment car ils le voyaient inonder le marché, avec le risque de dévaluer sa cote, mais Warhol était financièrement trop angoissé pour en tenir compte. N'avait-il pas perdu cinq cent mille dollars en finançant le film *Bad*, qui avait été un échec ? Chez Andy, le sens de l'économie du paysan ruthène n'était jamais bien loin.

Biographes et témoins soulignent volontiers à quel point ses sources d'inspiration lui venaient des membres de son entourage, qu'il questionnait sans cesse pour glaner de nouvelles idées. Warhol lui-même ne s'en cachait pas, ainsi qu'il l'avait reconnu dans *Vogue*, dès juillet 1965, face à la journaliste Polly Devlin. « Il demandait toujours aux autres ce qu'il devait peindre mais, bien sûr, il savait faire le tri entre les bonnes et les mauvaises suggestions, c'était brillant de sa part », résume Catherine Guinness[1], nullement

1. Propos de Catherine Guinness recueillis par l'auteur.

choquée ou agacée par une telle démarche, contrairement à d'autres proches comme Bob Colacello, qui se sentait profondément exploité. De temps à autre, Fred lui manifestait aussi son ressentiment. Leurs relations s'étaient assombries au fil des ans, et lui aussi n'hésitait pas à lui sauter à la gorge lorsque la tension était à son comble. Il l'accusait de profiter de ses compétences sans vergogne, dans le seul but d'accroître sa célébrité et sa fortune personnelle. Andy faisait comme si de rien n'était et lui manifestait alors une sorte de condescendance rieuse. « Ce pauvre Fred a encore trop bu… » Il est vrai que Hughes était devenu alcoolique, il lui arrivait même de tomber, de ne plus tenir sur ses jambes, mais personne ne savait alors que ses excès de boisson n'étaient pas seuls responsables et qu'il s'agissait des premiers signes de la sclérose en plaques qui finirait par l'emporter. Lors de ses moments de crise, Fred s'exprimait avec la voix de Diana Vreeland, dont il était devenu très proche et qui, tout comme Maxime de la Falaise, avait donné de nombreux dîners chez elle pour leur présenter des célébrités et des commanditaires possibles pour des portraits. L'on pourrait comparer le timbre et l'élocution de la vieille dame à une série de glapissements distingués et, dès que Hughes se mettait à l'imiter, Andy soupirait aussitôt : « Ce pauvre Fred a encore trop bu… »

Un autre proche commençait aussi à se détacher de lui, Jed Johnson. « Pendant presque tout mon séjour à New York (1976-1979), il n'allait à aucun dîner avec Andy, il était désireux d'être lui-même et de ne pas vivre dans son ombre, soulignait Catherine Guinness, mais Andy avait financé le film *Bad* pour faire plaisir à Jed[1]. » Ce dernier avait pris goût à la décoration intérieure, il s'était occupé

1. Propos de Catherine Guinness recueillis par l'auteur.

de leur maison, et les rares personnes autorisées à la visiter ne cachaient pas leur admiration pour son talent en la matière. «J'avais adoré le résultat et particulièrement son style "Empire américain", comme l'on disait, il s'agissait de meubles du début du XIXe siècle qui n'existaient pas en France et il les choisissait et les agençait à la perfection, se souvenait Pierre Bergé. Par la suite, nous lui avons laissé carte blanche pour notre suite new-yorkaise, à l'Hôtel Pierre. Nous y recevions les gens les plus influents qui ont commencé à faire appel à lui[1].» Jed avait dû surmonter bien des difficultés et des conflits pour convaincre Andy d'ouvrir ses portes à quelques privilégiés. En 1977, il insista tant que Warhol accepta de donner chez lui un dîner de Thanksgiving, mais il refusa de dresser la table dans la magnifique salle à manger pour lui préférer la cuisine. Et il passa la soirée à regarder la télévision, tournant le dos à leurs convives. Andy ne souhaitait visiblement pas voir Jed s'émanciper et voler de ses propres ailes. Chez Drella, Dracula prenait souvent le dessus sur Cendrillon. Et Jed était psychologiquement fragile, au point d'avoir fait deux tentatives de suicide, en 1970 et en 1978.

Pour échapper au climat délétère qui perturbait sa garde rapprochée, Andy commença, dès l'automne 1977 et pendant un an, à photographier des actes sexuels entre des garçons recrutés pour lui par Victor Hugo dans les saunas de la ville. Il ne les touchait jamais, il s'agissait de pur voyeurisme, comme toujours, et ces photos lui inspirèrent une série pudiquement baptisée *Torses* (1978). En langage warholien, ces garçons nus étaient appelés des «paysages», tout comme il disait «la victime» pour quelqu'un qui serait susceptible de lui commander son portrait. «Paysages»

1. Propos de Pierre Bergé recueillis par l'auteur.

et « victimes » se succédaient dans sa vie, mais jamais aux mêmes heures. Il oubliait aussi ses problèmes en sortant, en se transformant, chaque soir, en oiseau de nuit. À une fête costumée donnée par Halston, qui louait sa maison de Montauk et lui procurait des commandes de portraits, Andy fit particulièrement sensation : il s'était travesti en Dolly Parton, célèbre chanteuse de Country, et Catherine Guinness, qui l'accompagnait, avait choisi d'incarner l'un des serveurs du Studio 54, qui ne portaient rien à l'exception d'un short en satin.

En août 1978, Halston, que Warhol admirait et jalousait à la fois pour sa beauté physique et son goût irréprochable, donna une fête pour les 50 ans de son ami Andy. Son cadeau préféré ? Steve Rubell, qui dirigeait le Studio 54, lui déversa sur la tête une poubelle contenant deux mille billets d'un dollar. « Les gens disaient qu'il lui fallait tout transformer en or, même son urine, qui avait servi de matériau pour la série des *Oxydations*, déplorait John Richardson. Cela me désolait car, avec des amis comme moi, il était la générosité même. Ainsi, il m'offrait des tableaux pour Noël, notamment un *crâne* ou une *ombre*[1]. »

Entre deux nouvelles séries – comme les *Pierres précieuses* (1978), les *Athlètes* (1978), *Les Juifs célèbres* (1979) ou les *Grappes de raisin* (1979) –, Warhol passait d'un nouveau projet à l'autre. En 1978, il conçut un décor de carrosserie pour la marque automobile BMW, fit le portrait d'un hamburger pour une enseigne de fast-food, et assista, à Zurich, à une rétrospective de son œuvre au Kunst Museum. Sans oublier les séjours à Londres et à Paris, où il exposait désormais à la galerie Daniel Templon, rue Beaubourg. Les hommages se multipliaient et on lui

1. Propos de John Richardson recueillis par l'auteur.

proposa même l'idée d'une comédie musicale consacrée à sa vie en cette année 1978. En 1979, il sortit le livre *Exposure,* qui regroupait des photos qu'il avait prises de personnalités issues de divers milieux : cinéma, musique, mode, sports ou politique. Ces portraits de noctambules riches et célèbres ne rencontrèrent pas le succès qu'il espérait, une fois de plus. Pourtant, tout comme il l'avait fait pour *Ma philosophie,* Andy accepta d'en faire la promotion pendant trois semaines à travers le pays. Et il ne ménagea pas ses efforts car il avait coédité l'album avec Grosset & Dunlap et, s'il se réjouissait à l'idée de toucher 50 % des ventes, il lui fallait aussi assumer, à parts égales, les frais de production. Les signatures attiraient toujours une foule disparate et si Andy était séduit par un joli minois, il n'hésitait pas à faire des petits dessins malicieux au fils des pages comme ces « oreilles d'éléphant » qui étaient en fait des vagins stylisés. Ses admirateurs, qui allaient de religieuses à des punks parisiens, dont il était l'idole, et de simples mères de famille à des drag queens, lui faisaient signer tout et n'importe quoi : décolletés, mains, fronts, bras, bouteilles, sous-vêtements… et même des pénis ou un bébé. Une Argentine lui demanda un autographe sur un morceau de pain, avant de le manger.

L'infatigable Warhol était plus que jamais partout à la fois. Il passait avec la même aisance d'une conférence du Dalaï-Lama à la cathédrale Saint-Jean le Théologien, à une soirée Halloween au studio 54, où le clou du spectacle fut un dîner de huit nains vivants, assis à une petite table. Voir et être vu, faire son miel de la moindre expérience, être au courant de tout et chercher de nouvelles inspirations dès qu'il mettait le nez dehors… Tel était le credo warholien depuis toujours, maintenu coûte que coûte par des somnifères pour dormir et des excitants, mêlés à de la vodka, pour garder son énergie intacte jusque tard dans la nuit. Warhol buvait tant qu'il envisagea alors d'assister à des réunions des Alcooliques anonymes.

Les années 70 se terminèrent pour lui par un coup de génie : faire écrire Truman Capote dans *Interview*. Les deux hommes étaient devenus amis à Montauk, grâce à Lee Radziwill, ils déjeunaient et dînaient ensemble, et Warhol l'enregistrait avec « mon épouse, Sony », dans l'espoir d'en tirer une pièce ou un livre. Il l'accompagnait même chez son psychanalyste, qui accepta sans broncher la présence du magnétophone. Mais il ne sortit rien de ses enregistrements car, tout comme avec Paulette Goddard, Truman était bien plus passionnant hors micro, et le mélange de drogue et d'alcool le faisait souvent dérailler. L'ancien admirateur transi était devenu plus célèbre encore que son idole et les deux hommes s'amusaient beaucoup ensemble, deux langues de vipère stimulées l'une par l'autre. Et Warhol appréciait aussi l'autodérision de l'écrivain, comme lorsqu'il donna une soirée pour célébrer son nouveau lifting. En parvenant à le convaincre de lui livrer, un an durant, une série de *Conversations avec Truman Capote*, Warhol fit de lui le collaborateur le plus légendaire de toute l'histoire du magazine. L'opération, qui débuta en février 1979, fut annoncée en fanfare dès le numéro de janvier lorsque Truman apparut en couverture. Ces dix articles prouvaient une fois de plus à quel point son talent littéraire restait inégalé et il rassembla ces textes dans un volume intitulé *Musique pour caméléons*, qui devint un best-seller. Le public fut conquis par l'originalité de ces entretiens, avec l'assassin Bobby Beausoleil ou avec une femme de ménage noire, qu'il suivit et interrogea pendant qu'elle nettoyait les appartements de riches new-yorkais. Warhol le rémunéra en lui offrant son portrait, l'un de ses plus réussis. Le peintre y avait capté l'étrangeté et la vulnérabilité physique de Capote, qui fait penser à un homoncule coiffé d'un feutre. Il le lui offrit le jour de son anniversaire, le 28 septembre 1979, lors d'un déjeuner à la Factory, et avait eu l'idée de lui faire un autre cadeau très warholien : un télégramme chanté comportant les titres de tous ses articles publiés dans *Interview*. Warhol avait le don des présents singuliers. Pour la Saint-Valentin 1979, il avait imaginé des petits cœurs de couleurs différentes pour chacun de ses amis et pour remercier la maison Tiffany d'avoir acheté des encarts publicitaires dans sa revue, il envoya à son responsable une carte de Noël qui portait sa marque : il avait dessiné un diamant puis il l'avait recouvert de poudre de diamants, avant de le découper en neuf parties. Il ne pouvait être reconstitué que si les neuf cartes étaient assemblées.

La décennie s'acheva pour lui, en novembre 1979, avec une grande exposition que lui consacra le Whitney Museum of American Art de New York. Elle s'intitulait « Portraits des années 70 » et regroupait les visages les plus célèbres immortalisés par Warhol au cours des dix années qui venaient de s'écouler – en cette même année 1979, il publia également un livre de photos de « Rich & Famous », intitulé *Exposures*, comme un frère jumeau de cette rétrospective au Whitney. Il va sans dire que cette galerie de Happy Few fut critiquée par ses détracteurs : ils n'y voyaient que le travail d'un peintre de cour qui avait galvaudé son art pour de l'argent. Et il est vrai que les caprices de certains privilégiés pouvaient nourrir cette thèse : des dames riches ne lui demandaient-elles pas de retoucher leur portrait car elles avaient changé de couleur de cheveux ? « Une fois encore, ces accusations, si politiquement correctes et si faciles à formuler, me paraissaient absurdes, c'était oublier un peu vite qu'Andy avait fait poser les personnalités les plus représentatives de leur époque, il en était l'un des chroniqueurs, comme d'autres le font avec un stylo, et cette polémique était vaine, constatait John Richardson. Mais, à titre personnel, j'ai préféré, de très loin, la petite salle consacrée aux portraits de sa mère, peints en 1974. Julia, au beau milieu de toutes ces étoiles, avait une intensité, une force tranquille, une étrange beauté poétique. Ces tableaux comptent au nombre des plus personnels d'Andy, c'était à la fois un hommage à l'être humain qui avait le plus compté pour lui et une façon de signaler au monde qu'il n'avait pas oublié d'où il venait[1].»

Son travail de portraitiste, si décrié à l'époque, est aujourd'hui réévalué par les jeunes historiens de l'art. «Avec le temps, l'actualité de tous les *people* peints par Warhol s'est fatalement estompée [...], au même titre que les aristocrates peints par Van Dyck. Alors, l'œil contemporain s'attache nécessairement – et enfin – à leur ligne graphique, à leurs effets de style, explique Judicaël Lavrador. Ces traits dilués ou surlignés, expressionnistes ou lisses, avec ces tons mats ou brillants, créent pourtant toujours une espèce d'aura électrique ou magnétique. Une image tremblée aussi qui rapproche ces visages des images télévisuelles. Comme s'il fallait voir dans ces portraits, non pas tellement le portrait d'une époque ou une vue en coupe de la haute société, mais la première tentative dans l'histoire de l'art de calquer la peinture sur la télévision, l'image peinte sur l'image cathodique[2].»

1. Propos de John Richardson recueillis par l'auteur.
2. Judicaël Lavrador, *Beaux Arts Magazine*, mars 2009.

XXXI

« Docteur Andy et Mister Warhol »

La perruque de Warhol semblait être autonome et mener sa propre vie, en toute indépendance, détachée du reste du corps. Elle bougeait au gré de sa volonté, ne tenait jamais en place et retenait tous les regards. Il en possédait des dizaines, de longueurs et de couleurs différentes, dans des dégradés de platine et d'argent, tirant vers le blanc, et pour l'essentiel en fibres synthétiques. Elles étaient son « Identité remarquable », comme la houpette pour Tintin. Il les transportait dans ses bagages, en Concorde, les offrait encadrées en guise de cadeaux et, lorsqu'on lança un « Jour des sosies de Warhol » aux États-Unis, les postulants avaient tous de faux cheveux argentés. Et n'existait-il pas, à Los Angeles, une boutique qui s'appelait « Les Perruques d'Andy Warhol » ? Il était alors prisonnier de son personnage, physiquement stylisé jusqu'à la caricature : cette image l'étranglait, mais le faisait vivre grassement car c'était le Warhol qui attirait les médias et le public. Docteur Andy avait mis au point une belle mécanique publicitaire et Mister Warhol était aux commandes. Et le livre qu'il publia en avril 1980, *Popisme*, ne fit qu'alimenter cette image. Pat Hackett avait mis en forme, à partir d'enregistrements d'Andy avec divers proches, ses souvenirs des années 60 : il y évoquait la Factory argentée et ses superstars, le Velvet

Underground et Valérie Solanas. En un mot, il recyclait la mythologie de l'artiste à perruque argentée et lunettes noires, qui avait modifié à jamais le regard de ses contemporains, et n'ouvrait la bouche que pour leur délivrer un aphorisme sibyllin. Le Warhol éternel et monolithique que l'on arrêtait dans la rue pour lui demander un autographe.

Qui pouvait réellement imaginer ce qui se passait derrière ce paravent ? Qui aurait pu deviner que, pour Warhol, les années 80 commencèrent par une version amoureuse du jeu des chaises musicales ? Le 21 décembre 1980, Jed, qui avait vécu sous le même toit que lui depuis 1968, quitta définitivement Andy. Il s'installa avec son compagnon, un jeune et bel architecte, et se consacra pleinement à sa carrière de décorateur. Les deux hommes étaient devenus des compagnons de cellule, le plus jeune avait compris que son aîné ne ferait jamais rien pour l'aider à se réaliser et les querelles s'étaient multipliées. Mais son départ l'ébranla car il redoutait, plus que tout, la solitude. Warhol se vengea en le retirant de son testament et lorsqu'on lui demandait des nouvelles de Jed, il se contentait de répondre : « Jed qui ? » Mais il fut obligé de le croiser régulièrement car Archie et Amos, les teckels, leur appartenaient à tous les deux et ils mirent au point un système de garde alternée.

Ne perdant pas le nord pour autant, il fit livrer, dès le lendemain du départ de Johnson, une douzaine de roses rouges à l'homme qui l'avait remplacé dans son cœur, Jon Gould. Warhol avait fait sa connaissance un mois plus tôt, en novembre, grâce à leur ami commun le photographe Christopher Makos, l'un des collaborateurs d'*Interview*. Âgé de 27 ans, Gould était le vice-président du département Corporate Communications des studios Paramount, et Warhol eut immédiatement pour lui les yeux du loup de

Tex Avery. Issu d'une vieille famille de Nouvelle Angleterre, il était séduisant sans être classiquement beau, intelligent et partagé entre deux images de lui-même : d'un côté, le garçon viril et ambitieux, qui entretenait le doute sur sa sexualité. De l'autre, le jeune homosexuel déchaîné, qui passait des nuits entières à danser jusqu'à l'aube, entouré de garçons séduits par son charisme. Warhol fit tout pour le prendre dans ses filets, commençant par lui faire livrer des douzaines de roses rouges chaque jour à son bureau, jusqu'à ce que Gould, au comble de l'embarras face à ses collègues, y mette un terme. Puis, il abandonna ses lunettes pour porter des lentilles, reprit des cours de gymnastique, lui téléphonait pendant des heures afin de le distraire avec les dernières rumeurs new-yorkaises, et on le vit même se tortiller comme un beau diable sur la piste du Studio 54, avec l'idée de lui montrer qu'il pouvait lui aussi partager sa passion de la danse. Pour Gould, homme de réseaux, Warhol était une légende vivante, une figure centrale du Gotha gay, l'homme qui pouvait enrichir son carnet d'adresses et le recommander aux personnalités les plus influentes. Et c'est bien ce qu'Andy fit : il le couvrit de cadeaux et l'aida à acheter un appartement à Manhattan, il l'emmenait partout, se faisant une joie de découvrir la surprise sur son visage lorsqu'il le présentait à une célébrité de l'envergure d'Elizabeth Taylor. Mais cette relation ne le combla nullement et, avec Gould, il commença à inaugurer un nouveau cycle de déception.

« Contrairement à Jed, qui faisait l'unanimité et que tout le monde appréciait pour sa discrétion, sa gentillesse, son élégance morale et son intégrité, le cas Gould était plus complexe, analysait John Richardson. À ma connaissance, la sexualité était inexistante entre eux et cela rongeait Andy, cela devait être terriblement frustrant pour lui, mais il y avait une telle différence entre ces deux hommes, ainsi que le montrent les photos prises à Montauk, sur la plage. Jon, en maillot de bain, avait un corps superbe, parfait, sculpté par le sport. Il était jeune, bouillonnant, sexy, et Andy, qui n'avait qu'une cinquantaine d'années et ne se déshabillait jamais en public à cause de ses cicatrices et de son corset, avait vraiment l'air très âgé, très dévitalisé à côté de lui, il ressemblait plus à son grand-père qu'à son père. Certains disaient que Gould était un opportuniste, qu'il profitait sans vergogne d'Andy, sans lui donner beaucoup en échange. Je sais qu'Andy se disait que, puisque Jon travaillait pour la Paramount, il pourrait l'aider à adapter à l'écran son livre *Popisme* et à entrer, enfin, dans le monde du cinéma par la grande porte, mais il n'en sortit rien. Je crois que Gould voulait éviter au maximum d'associer son nom à celui d'Andy, éviter de passer pour son petit ami dans les milieux machos des studios. Quant à Andy, il était amoureux et la raison ne pouvait l'emporter, même si c'était perdu d'avance. Car la règle se vérifiait à chaque fois : les beaux garçons étaient ravis et flattés de l'accompagner à des dîners et des soirées, et de rencontrer des gens célèbres, mais ils ne voulaient pas aller plus loin. Andy était un romantique qui passait d'un affront à un autre, et tout cela à cause de son physique, c'est une idée qui m'a souvent serré le cœur. Le fait de se sentir rejeté amplifiait son sentiment de solitude et son incapacité à faire vraiment confiance. Et n'oublions pas la sortie, en 1982, de la biographie de Jean Stein, consacrée à Edie Sedgwick, qui a été un best-seller. Andy y apparaît comme un monstre manipulateur, un vampire, et cela a été aussi une épreuve pour lui. Il avait l'impression que les gens le regardaient d'un sale œil alors qu'il ne se sentait en rien coupable de la déchéance d'Edie. Mais ce livre a été un choc, moralement, pour lui[1]. »

Warhol finit par persuader Gould de s'installer chez lui lorsqu'il était à New York. Il disposait de sa propre chambre, comme Jed, et on les voyait souvent dîner ensemble avec les gloires qui recherchaient la présence d'Andy. Ils voyageaient, séjournaient l'hiver dans le Colorado et l'été à Montauk, où Gould se prêtait aux bizarreries de son hôte, puisqu'on le vit en maillot de bain porter un double rang de perles offert par son protecteur. De même, en désignant la collection de poupées qu'il avait rassemblée chez Warhol, il disait en les montrant : « Ce sont nos enfants… » Mais Andy connut alors l'humiliation de la jalousie car certaines bonnes âmes le renseignaient sur les faits et gestes de Jon à New York ou à Los Angeles, où il fréquentait des lieux de rencontres homosexuels. Et qui recevait-il dans l'appartement qu'il l'avait aidé à acheter à Manhattan ? Mais Warhol se sentait si seul qu'il se contentait des miettes accordées par Gould, et il souffrait en silence, ainsi que le prouve la lecture de son journal. Le départ de Jed et le comportement de Jon le plongèrent dans un état dépressif. Il pleurait souvent, dormait très mal, buvait trop de café et d'alcool, prenait des tranquillisants et des somnifères. La solitude, le soir chez lui, aiguisait sa paranoïa, et il décida alors de prendre un garde du corps, le frère des fidèles Nena et Aurora, ses anges gardiens philippins. Son entourage immédiat ne pouvait rien pour lui : Catherine Guinness, sa favorite, était repartie définitivement en Angleterre pour s'y marier ; Fred Hughes, abîmé par l'alcool et la maladie, s'en prenait à lui de plus en plus

1. Propos de John Richardson recueillis par l'auteur.

souvent ; et Bob Colacello, qui avait fini par le détester, quitta *Interview* en 1983.

Comme toujours, le travail fut son salut et il faisait face à des demandes sans cesse croissantes de portraits de commande. L'exposition du Whitney, en 1979, lui avait valu de mauvaises critiques, mais aussi un afflux de demandes de gens riches désirant être « wharolisés ». Il proposait aussi de nouvelles séries. En 1979, il y avait eu les *Cœurs*, pour lesquels il avait utilisé un véritable organe retiré à un cadavre, mais aussi les *Inversions* et les *Rétrospectives*. Dans la première, ses images les plus célèbres – Marilyn, chaises électriques, fleurs ou Mao – apparaissaient comme des négatifs photographiques, la mort semblait gagner du terrain en ternissant ces icônes aux couleurs acides. Quant à la seconde, elle lui permit de revisiter les thèmes qui l'avaient rendu célèbre, comme le dollar, en des assemblages inédits. Dès 1979, il s'était mis à utiliser de la poudre de diamants pour rendre scintillantes certaines de ses nouvelles œuvres, comme s'il avait compris que l'ère Reagan serait celle des nouveaux riches et des excès. Cette poudre n'était qu'un sous-produit de la fabrication des diamants industriels, mais l'usage qu'en fit Warhol ne passa pas inaperçu. En 1980, il s'attela à une série de portraits de l'artiste allemand Joseph Beuys, avant de s'attaquer aux grandes figures de l'histoire, d'Alexandre le Grand à Lénine, aux stars de cinéma, d'Ingrid Bergman à Grace Kelly, aux reines vivantes, d'Elizabeth II à Béatrix des Pays-Bas, aux mythes de la culture populaire, de Superman à Dracula… Sans oublier les armes à feu et les couteaux ou les chaussures, couvertes de poussière de diamants, comme un clin d'œil à son travail d'illustrateur des années 50.

Certaines séries étaient plus intéressantes que d'autres et il faut bien reconnaître que celle qu'il consacra aux reines ne présentait guère d'intérêt, pas plus que celle des chaussures scintillantes, qui ne marquait aucun progrès dans sa créativité. Et que dire des *Détails de la peinture de la Renaissance* (1984) ? Il réinterpréta, en les vulgarisant de façon criarde, des éléments de tableaux de Botticelli ou de Léonard de Vinci, et le résultat, tout juste digne d'une campagne de publicité, en navra plus d'un dans son entourage. Mais la série *Espèces animales menacées de disparition* (1983) lui permit d'exprimer toute sa fantaisie chromatique en imaginant un éléphant rose, un panda rouge ou un rhinocéros bleu, et la série des *Madones* (1981), qui représentait des mères en train d'allaiter leurs bébés, était étonnamment émouvante, sans la moindre trace de cynisme ou de voyeurisme. Secondé par ses assistants, qui l'appelaient « Grand-Mère », Andy travaillait, travaillait, travaillait. Et ses œuvres se vendaient mieux que jamais. La griffe Warhol était immédiatement estampillable, et lorsque le magazine *Rolling Stones* lui demanda une couverture consacrée aux Beatles, leur numéro d'octobre 1981 s'arracha dans les kiosques. La peinture et *Interview* étaient loin d'être les seules activités à le mobiliser puisqu'il produisit et apparut dans trois programmes télévisés, sur des chaînes du câble, dès 1982 : *Andy Warhol's Fashion*, *Andy Warhol TV* et *Andy Warhol Fifteen Minutes*. Il s'agissait d'équivalents filmés des entretiens que l'on pouvait lire dans son magazine. À ce stade, il pouvait avoir accès à toutes les célébrités du monde entier, même les plus inaccessibles. À tel point qu'il parvint à convaincre Nancy Reagan, l'épouse du nouveau président, d'apparaître en couverture de sa revue en décembre 1981. Et c'est à lui qu'elle accorda sa première interview exclusive, dans le même numéro.

Warhol était obsédé par sa santé, sans pour autant envisager une ablation de la vésicule biliaire, qui le faisait souffrir depuis des années. Il préférait la diététique et les médecines alternatives : jus de carottes, nourriture bio et macrobiotique, vitamines en pagaille, usage immodéré de l'ail pour ses vertus antiseptiques et antibactériennes – il en masquait l'odeur en s'inondant de capiteux parfums français – et recours aux cristaux. Jon Gould l'ayant converti à leurs bienfaits énergétiques, il en portait sous ses vêtements, certain que leur vibration lui garantissait une plus grande vitalité, et il consultait des cristaux-thérapeutes. L'arrivée du sida, dès 1981, le rendit encore plus paranoïaque et hypocondriaque que jamais, d'autant plus dans son milieu, puisque l'on parlait alors de « cancer gay » et qu'il vit mourir de nombreux hommes qu'il connaissait. Andy multiplia les précautions, fuyant plus que jamais les contacts physiques. À la Factory, il était angoissé à l'idée de boire son café dans les tasses, même lavées, qui passaient d'une bouche à l'autre. Et lorsqu'il allait au restaurant le soir, il préférait dîner chez lui afin de ne pas avoir à toucher aux couverts et à la nourriture. Il en vint à boire beaucoup moins d'eau afin de ne pas être obligé d'utiliser les toilettes publiques. Et le dimanche matin, à la messe, il prenait la fuite avant « la paix du Christ », pour ne pas avoir à serrer la main des autres paroissiens. Warhol était très entouré, mais il ne faisait confiance à personne et l'on pense à ce qu'écrivait Baudelaire dans *Fusées* : « Beaucoup d'amis, beaucoup de gants – de peur de la gale. » L'époque justifiait sa paranoïa et des dizaines de personnes moururent du sida dans son entourage plus ou moins immédiat, à commencer par Jon Gould, le 18 septembre 1986, à 33 ans, squelettique et aveugle. Andy, qui le vit décliner lentement, avait passé des heures à son chevet à l'hôpital, lorsqu'il avait été hospitalisé pour une grave pneumonie en 1984, lui tenant compagnie et dessinant en silence lorsqu'il dormait. Cela n'était qu'un avant-goût du calvaire qui attendait Gould, mais auquel Andy n'assista pas puisque Jon décida de quitter définitivement New York pour Los Angeles.

XXXII
« Un forçat de la célébrité »

Warhol se consola du naufrage de sa vie amoureuse en devenant le mentor de la nouvelle génération de peintres new-yorkais : Jean-Michel Basquiat, Keith Haring, Kenny Scharf, Francesco Clemente ou Julian Schnabel. « Aucun autre artiste depuis Picasso, même Joseph Beuys, n'a eu une radicalité aussi salutaire pour la santé mentale de l'art, résumait Schnabel. Il a présenté l'horreur de notre époque avec la minutie dont avait fait preuve Goya en son temps[1]. » Ces jeunes gens admiraient son travail mais aussi le fait qu'il recherchait ouvertement la notoriété et l'argent, sans jouer aux artistes maudits et invisibles qui ne vivaient que pour la seule beauté de l'art. Ils étaient décomplexés, jouaient le jeu des cotes et des flambées des prix, aspirant tous à devenir aussi riches et célèbres que leur idole et père spirituel, n'y voyant rien de répréhensible, en phase avec leur époque. Ils recherchaient sa compagnie et son approbation, Andy se rendait à leurs vernissages et allait leur rendre visite dans leur atelier, et ils se retrouvaient régulièrement à des dîners ou à des fêtes. Warhol avait rencontré, photographié et filmé ses héros

---

1. Museum of Modern Art : *Andy Warhol a Retrospective*, *op. cit.*, p. 449. Traduction de l'auteur.

de jeunesse – Marcel Duchamp, Man Ray, Giorgio de Chirico ou Truman Capote –, et voilà qu'il jouait ce rôle auprès des représentants de la nouvelle avant-garde.

Il devint particulièrement proche de Basquiat, dont on disait qu'il avait depuis toujours une photo d'Andy accrochée au-dessus de son lit. Pour ce garçon d'une vingtaine d'années, fils d'un Haïtien et d'une mère d'origine portoricaine, il était le modèle à suivre. Basquiat avait tout fait pour le rencontrer, allant jusqu'à taguer l'une de ses portes, comme s'il s'agissait d'une démonstration d'admiration, mais Andy, qui connaissait sa réputation de drogué, le tenait à distance, effrayé par ce genre d'individu. Le marchand Bruno Bischofberger plaida tant et si bien sa cause que Warhol accepta de faire enfin sa connaissance. Et dès leur rencontre, en 1982, la connivence fut profonde et réciproque. Trois heures après leur premier déjeuner, Basquiat se présenta à la Factory avec un tableau, pas encore sec, qui les représentait tous les deux, d'après un Polaroid pris le jour même. Dès lors, le quinquagénaire homosexuel et le jeune peintre, qui collectionnait les aventures féminines, se virent très souvent. Ils dînaient, voyageaient – Basquiat l'accompagna à Milan en 1983 –, allaient au théâtre et travaillèrent ensemble, au point de réaliser près de deux cents œuvres à quatre mains, dans lesquelles leurs styles se mêlaient. D'un côté le graphisme et la palette du pop art, de l'autre des graffitis, des messages ésotériques et des collages qui mettaient en scène des personnages dont les visages ressemblaient à des masques dans des décors urbains, entre vaudou et vandalisme. Ils travaillèrent également à trois, avec le peintre Francesco Clemente. En 1984, Basquiat s'installa dans l'une des maisons new-yorkaises de Warhol, dans Great Jones Street – en plus de plusieurs biens immobiliers à

Manhattan, il possédait également Montauk et un terrain de seize hectares dans le Colorado. Basquiat y ouvrit son atelier contre un loyer mensuel de quatre mille dollars, qu'il versait de façon irrégulière, mais Warhol, toujours si près de ses sous, faisait preuve d'une indulgence particulière à son égard. D'une manière générale, il le protégeait et essaya, en vain, de le faire renoncer à sa consommation sans cesse croissante de drogues.

L'admiration et l'affection que ressentait Basquiat pour Andy s'expliquaient aussi par le fait que, lorsqu'il faisait des graffitis dans les rues de New York, et qu'il y vendait des tee-shirts tagués, Warhol lui avait donné quelques dollars ici et là, lorsqu'il le croisait. À tel point que Jean-Michel, qui gagnait désormais des sommes considérables, voulut le rembourser, mais Andy refusa. Leur relation fut intense, féconde et mouvementée, car Warhol constata rapidement à quel point le jeune artiste pouvait être difficile, versatile, toujours imprévisible. Il passait en un instant de la pudeur à la violence, de la délicatesse à une grossièreté insultante pour Warhol et son entourage. Par moments, il adulait ouvertement Andy, puis il l'accusait de l'utiliser en hurlant, déraillant sous l'empire des substances illicites et d'une gloire survenue trop jeune, qui brouillait ses repères. Warhol essayait de garder son calme, de le comprendre et de ne pas s'offusquer, car travailler à ses côtés le stimulait particulièrement, comme aucune collaboration ne l'avait fait de toute sa vie. Il admirait sincèrement le talent et l'originalité de Jean-Michel et constatait que leur duo lui offrait une seconde jeunesse. Et le regard que posait Basquiat sur lui l'amusait. Ne fit-il pas le portrait d'Andy en le transformant en banane ? Personne ne le voyait comme Jean-Michel. De son côté, Andy le warholisa en David de Michel-Ange. Mais la critique et le monde de l'art se liguèrent contre eux et lorsqu'ils présentèrent une exposition commune, à la galerie de Tony Shafrazi à New York, en septembre 1985, les attaques furent violentes et insultantes. On reprochait à Basquiat d'avoir perverti son talent en s'acoquinant avec Andy, et à Andy de manipuler son cadet pour intégrer la nouvelle avant-garde new-yorkaise. Si Warhol, qui en avait entendu d'autres, avait la peau d'un vieil iguane, Basquiat était trop vulnérable pour faire face à tant d'agressivité, il mit alors fin à leur complicité. Andy fut à la fois triste et blessé, mais aussi profondément soulagé car les errances et l'autodestruction de Jean-Michel ravivaient trop de mauvais souvenirs et lui rappelaient la violence qui avait caractérisé certains personnages de son passé.

En 1984, la Factory changea d'adresse pour la quatrième et dernière fois, elle s'installa sur Madison Avenue, entre les 32ᵉ et 33ᵉ rues. Cette fois, Warhol, qui ne voulait plus dépendre d'un propriétaire et des hausses de loyer, acheta les locaux pour 1,2 million de dollars. Il ne considérait pas sa célébrité comme une bénédiction, mais bien comme une réalité qu'il devait gérer au quotidien, et cette nouvelle Factory, la plus vaste des quatre, obéissait à cet impératif d'efficacité et de rentabilité. Il y réunissait régulièrement les membres de son état-major pour évoquer les projets en cours et explorer de nouvelles pistes, chaque minute ou presque comptait, tant ses activités étaient diverses et nombreuses. «J'ai tant de bouches à nourrir, plaisantait-il en parlant de ses quarante-cinq employés, je ne peux pas ralentir le rythme.» En plus de la peinture et d'*Interview*, il acceptait aussi de collaborer à des vidéoclips avec de jeunes musiciens et des groupes comme Ric Ocasek, Curiosity Killed the Cat ou The Cars. Ils l'admiraient, et associer son nom au leur était un gage d'excellence à leurs yeux. Plus que jamais, les contrats pleuvaient, et il eut même la surprise, en 1985, de recevoir une commande de la Compagnie des Soupes Campbell qui lui demanda une série de tableaux pour illustrer leur nouvelle campagne de produits déshydratés. En cette même année 1985, il s'attaqua à un autre totem, le flacon de Chanel n° 5. Les marques les plus diverses, de l'eau minérale Perrier aux montres Movado, en passant par les jeans Levi's, cherchaient à être *warholisées* pour séduire le public. À la consternation des critiques d'art et de ses galeristes, cela va sans dire. Warhol était à son tour devenu une marchandise. Mais son compte en banque en ronronnait d'aise. Les portraits de commandes n'étaient-ils pas passés à trente mille dollars pour le premier et à vingt mille dollars pour chaque visage supplémentaire ?

Officiellement, Andy était toujours aussi excentrique et flamboyant : il s'affichait dans les soirées avec un nouvel ami et « garde du corps » chinois, un travesti nommé « Vase Ming », et collectionnait les « Capsules temporelles » car il ne jetait rien. Il s'agissait de grands cartons qui, une fois pleins, étaient scellés, numérotés, datés et entreposés. Au cours des seules treize dernières années de sa vie, il en remplit six cent dix, il y en avait toujours un ouvert non loin de lui. Leur contenu ? Cela allait de vieux tabliers de Julia à un certificat de naissance de Jean-Michel Basquiat, en passant par des cartes postales, des mégots ou un pied humain momifié. Warhol pensait qu'elles constitueraient des documents passionnants, des décennies plus tard, sur sa vie à la Factory. Et certains y voient la plus warholienne de toutes ses créations, un véritable concept artistique. Elles soulignaient aussi combien le passage du temps, qu'il cherchait en vain à retenir, l'angoissait. On comprend d'ailleurs à la lecture de son journal à quel point le travail acharné et une vie mondaine frénétique ne lui offraient qu'une consolation illusoire, tout en l'épuisant, car il vivait sous pression du matin au soir, obsédé par l'idée de signer de nouveaux contrats. Et il en allait de même avec sa maison pleine à craquer de tout ce qu'il achetait chaque jour, et où personne ne pénétrait jamais, tout à la fois palais de l'égoïsme et cordon sanitaire entre le monde extérieur et son propriétaire.

Au milieu des années 80, l'insécurité constante liée à la peur d'être ruiné et oublié avait fait de Warhol un forçat de la célébrité. Il était prêt à tout pour faire parler de lui, au point d'être l'un des invités d'un bien mauvais feuilleton, *La croisière s'amuse*, en 1985. Il en vint également à se faire engager par des agences en tant que « mannequin », pour faire des photos et participer à des défilés de mode, au cours desquels son apparition faisait toujours sensation. Il fit aussi une publicité pour une boisson gazeuse sans sucres et fut l'ambassadeur d'une marque de lunettes. Il était, pour les artistes et le public, « le génie à la perruque argentée », mais cela pouvait dégénérer, comme ce fut le cas le 30 octobre 1985 alors qu'il signait son nouveau livre, *America*, un album de photos consacré aux contradictions d'un pays dont il avait été l'un des chroniqueurs les plus lucides. Ce jour-là, il y avait foule à la librairie Rizzoli de Soho, à Manhattan, lorsque soudain une jeune femme lui arracha sa perruque avant de l'envoyer à un complice qui prit immédiatement la fuite. Devant un public horrifié, Andy garda son calme et il rabattit le capuchon de son manteau sur la tête. Le personnel lui demanda s'il ne préférait pas partir mais tant d'admirateurs patientaient, avec un exemplaire à la main, qu'il continua à signer, provoquant l'admiration de tous. Quant à la « voleuse », elle fut arrêtée, mais Warhol refusa de porter plainte. Seule la lecture de son journal donne la mesure du traumatisme qu'il ressentit vraiment : « C'était comme si l'on m'avait tiré dessus une deuxième fois[1]. » Et il se demanda si les gens présents, tous munis d'un appareil, comme lui, avaient pris une photo de son crâne dégarni, privé de son bouclier argenté. Cette seule pensée le faisait souffrir, physiquement.

Derrière ce tourbillon de travail et d'apparitions, Warhol se sentait écrasé de solitude, miné par la dépression, incapable de communiquer profondément, trop lucide pour ne pas constater le vide de sa vie privée. Victime consentante d'une société où l'image, l'apparat et les attributs de la réussite étaient des enjeux permanents, il se savait prisonnier d'une geôle dont il était le seul à posséder la clef. Truman Capote n'avait-il pas comparé Andy à M. Singer, le personnage sourd et muet du roman de Carson McCullers, *Le cœur est un chasseur solitaire* ? Certes, il avait un confident fidèle depuis 1978, le négociant en pierres précieuses John Reinhold, mais cela ne pouvait en aucun cas remplacer « la force et l'amour d'un autre », pour reprendre une formule de George Eliot. Andy trouva alors réconfort dans la foi et le bénévolat. Il était croyant et pratiquant, assistait à des messes catholiques, mais se signait à l'envers, à la manière orthodoxe, comme s'il ne pouvait rompre complètement avec son passé. Il avait rencontré le pape Jean-Paul II au Vatican, en avril 1980, et l'importance de la religion dans sa vie se retrouvait dans certaines de ses séries, comme les *Croix* en 1982, ou la façon dont il avait choisi un détail de *L'Annonciation* de Léonard de Vinci en 1984.

1. *The Andy Warhol Diaries*, *op. cit.*, p. 689. Traduction de l'auteur.

Passant de la théorie à la pratique, il se mit à servir des repas aux sans-abri et aux personnes les plus pauvres avec les bénévoles de l'Église du Repos Éternel. Il commença un jour de Noël, le 25 décembre 1985, et reprit du service le 30 mars 1986, jour de Pâques, et pour Thanksgiving, en novembre de cette même année 1986. Tout en servant les repas et sortant les poubelles, Warhol pensait à quel point les vieilles dames les plus humbles ressemblaient à sa mère, ce constat le frappa. Il retrouva le chemin de l'église du Repos Éternel une dernière fois, le 25 décembre 1986, moins de deux mois avant sa mort. En juillet 1986, à la veille de ses 58 ans, il s'était rendu à Londres pour y présenter sa nouvelle série d'*Autoportraits* à la Anthony d'Offay Gallery, et certaines personnes fondaient en larmes en les découvrant tant il avait l'air d'un spectre, visage exsangue et regard inexpressif, perdu derrière des camouflages militaires – ces motifs utilisés par l'armée pour disparaître et se fondre dans le paysage. Pour Polly Devlin, qui l'avait interviewé pour *Vogue* en 1965 et qui le questionna de nouveau pour l'*International Herald Tribune*, « ses nouveaux autoportraits étaient comme des masques mortuaires[1] ». Le regard qu'il portait sur lui-même était celui d'un homme qui vivait déjà dans un autre monde, comme précocement anéanti par ses choix d'existence.

Sa dernière commande, qui lui fut passée par Alexandre Iolas, l'homme qui avait organisé sa première exposition à New York, était une réinterprétation de *La Cène* (1495-1498), réalisée par Léonard de Vinci pour les dominicains de Santa Maria delle Grazie à Milan. Iolas voulait organiser un dialogue entre l'œuvre de Léonard et les réponses de Warhol, présentées au palais des étoiles, face

1. Propos de Polly Devlin recueillis par l'auteur.

au couvent : le public pourrait passer librement d'un lieu à l'autre et comparer les visions des deux artistes. Warhol, qui avait déjà revu et corrigé sa *Joconde* en 1963, accepta de relever le défi et réalisa à la fois des sérigraphies et des tableaux « à la main ». L'exposition, qui débuta le 27 janvier 1987, connut un très grand succès médiatique et populaire, le couronnement de sa carrière. « Ces dernières œuvres sont mes préférées, et je pense qu'Andy avait compris qu'il allait bientôt mourir, il nous offrait là son testament, des toiles qui dévoilaient ce qui comptait le plus pour lui alors qu'il était sur le point de nous quitter », témoignait une Sao Schlumberger au comble de l'émotion, douze ans plus tard[1].

Après un bref séjour à Paris, Warhol assista à l'inauguration à Milan, mais une crise de vésicule biliaire d'une rare violence le contraignit à écourter son voyage. Il en souffrait depuis 1973, mais avait toujours refusé d'en subir l'ablation. Une fois de retour à New York, il décida de reprendre ses activités, comme si de rien n'était, mais les douleurs étaient si intenses qu'il finit par être hospitalisé, le 20 février 1987. Il fut opéré le lendemain et se réveilla, passa quelques appels mais on le retrouva mort, à 6 h 31, le dimanche matin. Les rumeurs enflèrent aussitôt. S'agissait-il d'une allergie à l'anesthésie ou à un médicament ? D'un simple arrêt cardiaque, tant son organisme avait été fragilisé par l'usage des amphétamines, des tranquillisants, des somnifères mais aussi par l'abus d'alcool et par des années de troubles alimentaires ? D'une inattention de l'infirmière, qui ne réalisa pas que son sang manquait d'oxygène ? Et que dire des dégâts provoqués par la tentative d'assassinat, qui compliquèrent le travail

1. Propos de Sao Schlumberger recueillis par l'auteur.

des chirurgiens lors de cette ultime intervention, tant il y avait d'adhérences. Le destin fut ironique avec lui jusqu'à la fin, puisque, avant d'être inhumé à Pittsburgh aux côtés de ses parents, le 26 février, il subit une autopsie, qui ne révéla rien d'anormal. Quoi de pire pour un Andy Warhol, terrorisé par les hôpitaux et les chirurgiens, qu'un corps livré aux bistouris ?

Épilogue

Une conversation avec John Richardson

« Sa fin est digne des grands mélodrames hollywoodiens qui l'avaient tant fasciné : une mort étrange, la une des journaux du monde entier, des proches qui attaquent l'hôpital pour faute professionnelle, une cathédrale pleine de stars pour son "Memorial Service", la vente de ses biens, en mai 1988, qui fut un événement évoqué dans tous les médias… Ses collections, dispersées par Sotheby's, ont rapporté plus de vingt-cinq millions de dollars. Et plus de vingt personnes ont dû travailler pendant des mois pour inventorier ses biens, afin de constituer le catalogue. Ils eurent le plus grand mal à entrer dans certaines pièces de sa maison, car les portes étaient bloquées par tout ce qu'il avait accumulé au fil des années. Et, depuis son décès, une pluie de rétrospectives et de livres, le filon semble inépuisable. La tragédie et le glamour furent, jusqu'au bout, les deux ingrédients warholiens, et Andy fut l'incarnation du rêve américain à lui tout seul : le fils de pauvres immigrés qui devint l'artiste le plus célèbre de sa génération, un artiste dont la fortune personnelle fut évaluée à plus de cent millions de dollars après sa mort. Il était vraiment ce que Jean Cocteau, qu'il admirait tant, appelait un "monstre sacré". J'ajouterai un monstre sacré à la toison d'or[1]. »

---

1. Propos de John Richardson recueillis par l'auteur.

ANDY WARHOL,
LE RENARD BLANC

Andy et sa mère, Julia Warhola, qui fut son alliée indéfectible dès l'enfance.
Il l'appelait « Matsuka » et elle l'avait surnommé « Andek ».
Ce duo singulier vivait dans un appartement avec leurs quinze chats.

En janvier 1964, Warhol ouvrit les portes de son atelier new-yorkais, tout y était argenté : murs, portes, téléphone, cuvette des toilettes. Andy y peignit des milliers de tableaux (ici, sa célèbre série « Flowers ») et y tourna des dizaines de films.

Au premier plan, le poète Gerard Malanga, son très efficace assistant.

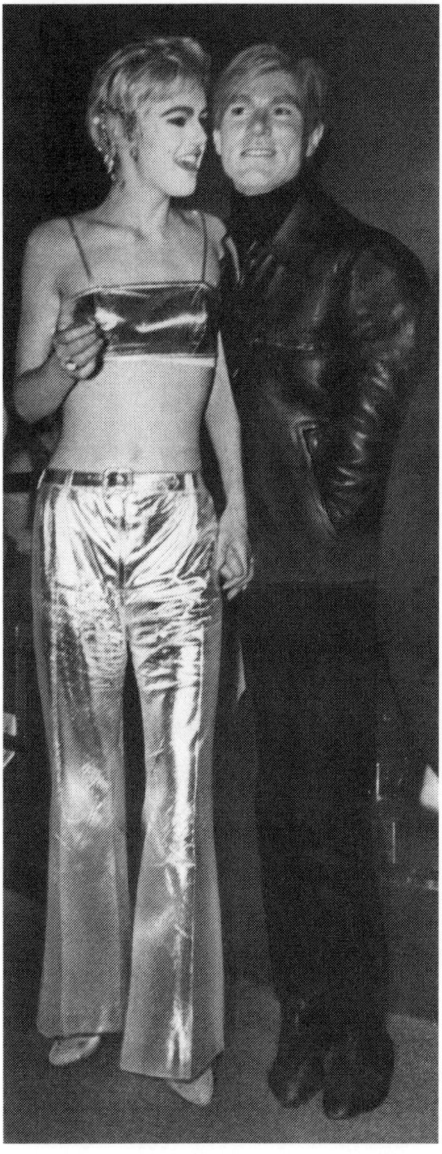

Avec Edie Sedgwick, sa muse majuscule.
Leur complicité, qui fascina plusieurs générations, fut aussi intense que brève, et elle s'acheva dans le dégoût et l'amertume.
Edie se fit couper les cheveux et les teignit en argent, afin de ressembler à Andy.

Avec Nico, déguisés en Batman et Robin.
Mannequin, actrice et chanteuse, elle interpréta grâce à Warhol certaines des plus belles chansons du Velvet Underground : *Femme fatale*, *I'll be Your Mirror* et *All Tomorrow's Parties*.

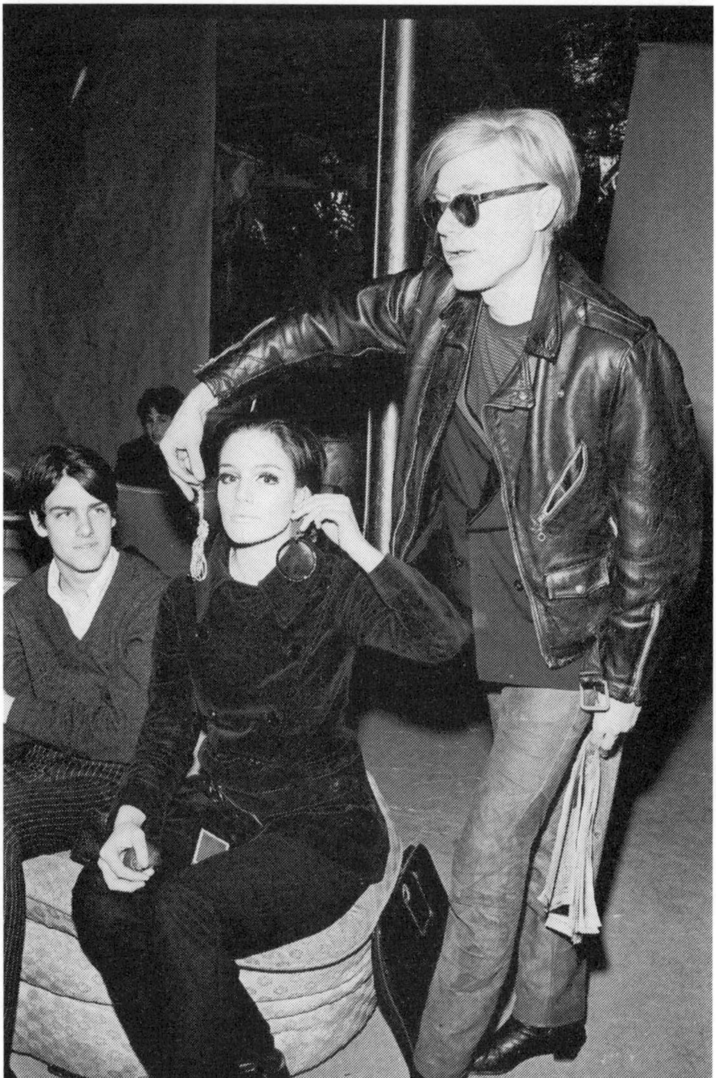

Avec International Velvet, l'une des beautés
de la Factory argentée, que Warhol comparait
à une statue en train de se maquiller.

Avec l'explosive Viva, qui joua dans plusieurs films de Warhol, comme *Lonesome Cowboys* ou *Blue Movie*.

Nico et Gerard Malanga, au premier plan, avec les membres du groupe de rock The Velvet Underground, dont Warhol fut le manager et le directeur artistique. Lou Reed en lunettes noires est le deuxième, à droite. À sa droite, le réalisateur Paul Morrissey.

Warhol et quelques membres de son premier cercle : l'acteur Taylor Mead, Fred Hughes, Gerard Malanga et Ultra Violet, sa superstar française.

Joe Dallesandro reste à ce jour la superstar warholienne la plus populaire. Silencieux, sans flamboyance, peu intéressé par les arts mais incroyablement photogénique, il devint le héros des films les plus célèbres de Warhol comme *Flesh* ou *Trash.*

Avec le peintre Jean-Michel Basquiat, qui voyait en Warhol son mentor.
Ils réalisèrent ensemble près de deux cents oeuvres à quatre mains.

CRÉDITS PHOTOGRAPHIQUES

– par ordre d'apparition –

1. © Photograph by Ken Heyman
2. © Fred W. McDarrah
3. © Granger / Bridgeman Images
4. © Zumapress / Bridgeman Images
5. © Santi Visalli
6. © Picture Alliance / Bridgeman Images
7. © Everett Collection / Bridgeman Images
8. © The Estate of David Gahr
9. © Everett Collection / Bridgeman Images
10. © Ben Buchanan / Bridgeman Images

ANNEXES

Bibliographie sélective

Ari : *L'amour ne s'oublie jamais*, Pauvert, 2001.
Beard, Peter : *Peter Beard*, Taschen, 2013.
Beaton, Cecil : *Portraits & Profiles*, Frances Lincoln Limited, 2014.
Bockris, Victor : *Andy Warhol*, Plon, 1990.
Bourdon, David : *Andy Warhol*, Flammarion, 1989.
Bulteau, Michel : *Flowers d'après Warhol*, La Différence, 1989.
Clarke, Gerald : *Truman Capote*, Gallimard, 1990.
Cohen-Solal, Annie : *Leo Castelli et les siens*, Gallimard, 2009.
Cohen-Solal, Annie, Goldberger, Paul et Gottlied, Robert : *New York 1945-1965*, Hazan, 2014.
Colacello, Bob : *Holy Terror*, Vintage Books, 2014.
Cueff, Alain : *Warhol à son image*, Flammarion, 2009.
Dadgett Dillenberger, Jane : *The Religious Art of Andy Warhol*, Continuum Publishing Company, 1988.
Danto, Arthur : *Andy Warhol*, Les Belles Lettres, 2011.
Dorment, Richard : *Exhibitionist*, Wilmington Square Books, 2016.
Drake, Alicia : *Beautiful People*, Denoël-Folio, 2010.
Fahs, Breanne : *Valerie Solanas*, The Feminist Press, 2014.
Ferguson, Michael : *Little Joe : Superstar*, Companion Press, 1998.
Finkelstein, Nat : *Andy Warhol The Factory Years 1964-1967*, St. Martin's Press, 1989.
Gidal, Peter : *Andy Warhol Films & Paintings*, E. P. Dutton, 1971.
Gopnik, Blake : *Warhol*, HarperCollins, 2020.
Grone, Rainer : *Andy Warhol*, Thames & Hudson, 1970.
Guilbert, Cécile : *Warhol Spirit*, Grasset, 2008.
Hahn, Otto : *Warhol*, Fernand Hayan Éditeur, 1972.
Hanhardt, John & Gartenberg, Jon : *The Films of Andy Warhol : An Introduction*, Whitney Museum of American Art, 1988.
Honnef, Klaus : *Andy Warhol*, Taschen, 2015.

Kasher, Steven : *Max's Kansas City*, Abrams Image, 2014.
Kiedrowski, Thomas : *Andy Warhol's New York City*, Little Bookroom, 2011.
Klossowski de Rola, Thadée : *Vie rêvée*, Grasset, 2013.
Koch, Stephen : *Hyperstar Andy Warhol, son monde et ses films*, Chêne, 1974.
Koestenbaum, Wayne : *Andy Warhol*, Phoenix, 2003.
Korichi, Mériam : *Andy Warhol*, Folio Biographies Gallimard, 2009.
Laing, Olivia : *The Lonely City*, Canongate, 2017.
Lawrence Guiles, Fred : *Loner at the Ball The Life of Andy Warhol*, Bantam Press, 1989.
Malanga, Gerard & Bockris, Victor : *Uptight The Velvet Underground Story*, Omnibus Press, 1983.
Mazzola, Anthony T. et Scheips, Charlie : *Andy Warhol : The Bazaar Years 1951-1964*, Hearst Corporation & Andy Warhol Foundation for the Visual Arts, 2009.
Museum of Modern Art : *Andy Warhol a Retrospective*, Kynaston Mac Shine, 1989.
Name, Billy et Cale, John : *The Silver Age : Black and White Photographs from Andy Warhol's Factory*, Reel Art Press, 2014.
Noguez, Dominique : *Une Renaissance du cinéma Le cinéma « underground » américain*, Librairie des Méridiens Klinksieck & Co., 1985.
Obalk, Hector : *Andy Warhol n'est pas un grand artiste*, Flammarion, 2009.
O'Sullivan Shorr, Catherine : *Andy Warhol's Factory People*, Open Road Media, 2018.
Ratcliff, Carter : *Andy Warhol*, Abbeville, 1983.
Richardson, John : *Sacred Monsters Sacred Masters*, Pimlico, 2001.
Scherman, Tony et Dalton, David : *Pop : The Genius of Andy Warhol*, It Books, 2010.
Schleif, Nina : *Andy Warhol Seven Illustrated Books 1952-1959*, Taschen, 2017.
Shore, Stephen et Tillman, Lynne : *The Velvet Years : Warhol's Factory 1965-1967*, Pavilion Books, 1995.
Sontag, Susan : *Against Interpretation and Other Essays*, Delta Book, 1978.
Stein, Jean : *Edie New York Sixties*, Denoël, 1984.

Stimson, Blake : *Citizen Warhol*, Reaktion Books, 2014.

Tomkins, Calvin et Coplan, John et Mekas, Jonas : *Andy Warhol*, New York Graphic Society, 1970.

Typex : *Andy, un conte de faits*, Casterman, 2018.

Ultra Violet : *Ma vie avec Andy Warhol*, Albin-Michel, 1989.

Viva : *Viva Superstar Underground*, Seuil, 1972.

Warhola, James : *Uncle Andy's Cats*, G.P. Putnam's, 2009.

Warhol, Andy : *Andy Warhol's Index Book*, Random House, 1967.

Warhol, Andy : *Screentests : A Diary* (avec Gerard Malanga), Kulchur Press, 1967.

Warhol, Andy : *a :A Novel*, Grove Press, 1967.

Warhol, Andy : *Intransit : The Andy Warhol-Gerard Malanga Issue*, Toad Press, 1968.

Warhol, Andy : *Ma philosophie de A à B et vice versa*, Flammarion, 1977.

Warhol, Andy : *Popisme : Mémoires. Les années 60* (avec Pat Hackett), Flammarion, 2013.

Warhol, Andy : *America*, Harpercollins, 1985.

Warhol, Andy : *The Andy Warhol Diaries* (Pat Hackett éd.), Simon & Schuster, 1989.

Warhol, Andy : *Entretiens 1962-1987*, Grasset, 2005.

Wilcox, John : *The Autobiography and Sex Life of Andy Warhol*, Other Scenes, 1971.

Willett, Edward : *Andy Warhol « Everyone will be famous for 15 minutes »*, Enslow Publishers, 2010.

Woronov, Mary : *Swimming Underground : My Years in the Warhol Factory*, Serpent's Tail, 2004.

Internet : warholstars.org

Index des noms cités

R

S

Remerciements

J'exprime toute ma gratitude aux personnes suivantes :

Charlotte Aillaud, feu Marella Agnelli, Guillaume Allary, Didi d'Anglejan, feu K. K. Auchincloss, feu la princesse Henri de Bavière, feu Pierre Bergé, Enid Boulting-Hardwicke, Michel Bulteau, Alison Cathie, Betty Catroux, feu Edmonde Charles-Roux, Laurent de Commines, Polly Devlin, Ghislain de Diesbach, Tan Giudicelli, feu Hubert de Givenchy, feu Bettina Graziani, Catherine Guinness, Annabelle d'Huart, Polli Kaminski, Nicole Lattès, feu Dorian Leigh, feu Rupert Loewenstein, Macha Méril, feu Bernard Minoret, feu Alexandre Mosley, feu Jean-Paul Najar, feu Jérôme Nicolin, Malcy Ozannat, Marie-Eugénie de Pourtalès, feu Stuart Preston, feu Lee Radziwill, feu Denise René, Antoine Muraccioli, feu Emma Reyes, feu John Richardson, feu Hélène Rochas, Denis Rossano, Annie Roussillon, Clara Saint, feu Denise Sarrault, feu Sao Schlumberger, John Stefanidis, feu Jeanloup Sieff, Pauline de Smedt (Christie's), feu Ultra-Violet (Isabelle Collin-Dufresne), feu Andreas Voutsinas, Orlando Whitfield.

Je remercie particulièrement ma mère, Yana Liaut, ainsi que mes amies Charlotte Mosley et Liane Viguié-Cohen.

Table

ANNEXES

www.allary-editions.fr

Ouvrage composé en Plantin
par Dominique Guillaumin, Paris

Cet ouvrage a été imprimé sur du papier issu
de forêts gérées de manière responsable.

FSC
www.fsc.org
MIXTE
Papier issu de
sources responsables
FSC® C003309

ISBN : 978-2-37073-353-5

Achevé d'imprimer par
Normandie Roto Impression s.a.s.
61250 Lonrai
France

--

N° d'impression : 2004473
Dépôt légal : février 2021